青岛大学学术专著出版基金资助

赵红梅—— 著

《文心雕龙》与楚辞之关系研究

人民出版社

目　录

1

序

    青岛大学文学院赵红梅君,本科毕业时品学俱优而留校任教,二十多年来,孜孜矻矻,勤勤恳恳,先后以优异成绩在职修完中国古代文论专业的硕士和博士研究生学业,立志从事中国古代文论与古代文学的教学与研究。其博士学位论文《〈文心雕龙〉理论体系建构与楚辞之关系研究》,根据出版社编辑要求,改名为《〈文心雕龙〉与楚辞之关系研究》,即将正式出版,为"龙学"界奉献一项重要的新成果,诚当祝之贺之。

    思所谓序者,序其作意,故不妨围绕其选题意义略加表述。赵红梅君这部新著,不是要研究《文心雕龙》与楚辞的一般泛泛而谈的关系,其立意在于专门探讨楚辞之于《文心雕龙》理论体系建构的关系。这一选题的依据与意义,该著绪论中已经扼要阐明,而其主体部分的研究内容很好地作出了具体的论证。这里说的楚辞,应是集中体现为东汉王逸所编撰的《楚辞章句》这部楚辞作品总集,以屈原《离骚》等作品为中心。《文心雕龙》中有关以屈骚为代表的楚辞评论的研究,学界早已展开多维度的探讨,取得斐然业绩;然而从刘勰为什么、如何能、怎么样建构起《文心雕龙》的理论体系这一专门角度,致力全面而切实地探究楚辞在其中的贡献,尚未之见,该著之独造即在于此。就此选题结合《文心雕龙》全书进行深入研究,以期进一步把握其理论内涵与原则,无疑具有重要的意义。

无可争论，《文心雕龙》虽然有其历史的局限性，但《文心雕龙》确为中国古代文论著作"成书之初祖"，是中国历史上第一部最具理论体系的文论巨著。对此前贤早已作出精到的评价，谓其能"笼罩群言"，"体大而虑周"；谓其与西方古希腊亚里士多德《诗学》比肩，"开源发流，为世楷式"。所谓"篇章既富，评骘遂生"，任何文学理论体系的建构，都是以优秀文学作品的诠释与评论为其重要基础的。这也就是说，文学理论的产生，都是从文学作品的详细解读与分析总结而来，此固不待言；应须强调的是，杰出的理论家建构成杰出的文学理论体系，往往主要得益于对文学史上最杰出作品的独到诠释与丰富营养。《文心雕龙》之所以获得巨大的成功，其原因有很多方面，我们以为其中突出之一大端就在于：除"六经"尤其是《诗经》外，其作者刘勰能够精心地分析、诠释、总结、运用屈原楚辞作品的伟大成就。《文心雕龙》全书中所有关于楚辞的作家作品的论述，既是从理论与批评上分析、诠释、总结了以屈骚为代表的楚辞的独特性，也是将其独特性升华为典范性，抽绎为《文心雕龙》全书论文学的诸多方面具有普遍性意义的理论与批评原则，成为一种理论的运用。特别是《辨骚》篇，作为《文心雕龙》"文之枢纽"论的首五篇之一，其所总结出的理论原则与审美理想，成为全书站在"宗经"立场上所建构的文论体系的至为重要而丰富的内容，与"论文叙笔"二十篇所采用的"选文以定篇"相比，更具有"顶层设计"的枢纽意义。《辨骚》开篇即云："自《风》《雅》寝声，莫或抽绪；奇文郁起，其《离骚》哉！固已轩翥诗人之后，奋飞辞家之前；岂去圣之未远，而楚人之多才乎？"（引据范文澜《文心雕龙注》）也可以说，没有独特的屈骚"奇文"，就没有独特的《文心雕龙》；楚辞对于《文心雕龙》理论体系的逻辑建构，具有非常特殊的贡献。

自西汉至南朝齐梁时期，中国文学的风骚传统已经在理论上得到自觉的继承与建立，这当然是创作实践所体现出的文学史实，但同时更是一种积极的理论追求。从刘安《离骚传》、班固《离骚序》《离骚赞序》到王逸《楚辞章句》等，其立场和具体批评观点具有大体相同的认识，也存在诸多重要差异乃至针锋相对的论辩，但实质上起到共同确立《离骚》与"风"（《诗经》）同等的"经"的地位。刘勰明确继承汉代以来《离骚经》的说法，称《离骚》为《骚经》。魏晋以来论文者众，风骚并称已成为文学批评之常谈，成为文学批评的公共知识。故至沈约《宋书·谢灵运传论》，其倡发诗歌写作的声韵规则虽多为新论，然所谓"自汉至魏"四百余年，"莫不同祖《风》《骚》"云云，已属陈言。而风骚传统的丰富的精神内涵，正是《文心雕龙》以及稍后成书的锺嵘《诗品》才进一步作出了更全面的诠释、总结、开拓与重构；是故也可以说，《文心雕龙》关于屈骚传统的继承与建设，使楚辞的经典意义得以前所未有的确立；视之为"文之枢纽"，体现了刘勰论"文"的过人之处。如果用一言以蔽之，刘勰借助楚辞作品的分析总结以及前贤之楚辞批评论述以建构《文心雕龙》文论体系的核心要点，就在于屈骚"奇文"之为"奇文"的认识，就在于"奇文"之"奇"的丰富的理解和全面的把握。其《知音》篇说："昔屈平有言：'文质疏内，众不知余之异采。'见异，唯知音耳。"屈骚乃"奇文"，其"奇"主要就是《辨骚》篇所归纳出的不仅在于与"六经"相比有"四同"，而更在于有"四异"，经过这一番同异分析后，刘勰说："固知《楚辞》者，体宪于三代，而风杂于战国；乃《雅》《颂》之博徒，而词赋之英杰也。观其骨鲠所树，肌肤所附，虽取熔经意，亦自铸伟辞。故《骚经》《九章》，朗丽以哀志；《九歌》《九辩》，绮靡以伤情；《远游》《天问》，瑰诡而惠巧；《招魂》《招隐》，耀艳而深华；《卜居》标放言之致，《渔父》寄独往之才。故能气往轹古，辞来切今，惊采绝艳，难与并能矣。"所谓"骨鲠"就是指思想内容的情志，而"肌肤"就是指艺术形式的文采声韵。"惊采绝艳，难与并能"，是关照"气往轹古，辞来切今"两大方面而言的，这也是刘勰根据屈原所有楚辞作品实实在在概括总结出来的结论。"气往轹古"不能简单地理解为

"气概能超越古人",这里的"气"就是开篇所说的"楚人之多才"的屈原所具有的才性才情,对其作品而言就是内容方面的"性情""情志"的有力的、充实的表现,包括前文所说的"四同四异"方面的内涵。"轹"者,碾压也;"切"者,横绝(断)也。"辞来切今"就是说屈原的楚辞作品辞采之"绝艳"(也应包括其语言声韵的动人)横绝"当世",故谓之"惊采"。曹丕《典论·论文》明说"诗赋欲丽",而陆机《文赋》主张"应、和、悲、雅、艳"之美,视"雅而不艳"为不足,如果说"应、和、雅"为常言的守正之论,而突出悲、艳之美,可谓创新之说,是陆机"诗缘情而绮靡"的文学观念的具体体现。刘勰通过"辨骚",欣欣然赞美"朗丽以哀志""绮靡以伤情""瑰诡而惠巧""耀艳而深华"等屈骚作品,归结为"虽取熔经意,亦自铸伟辞",归结为"惊采绝艳,难与并能",虽然坚持主张"凭轼以倚《雅》《颂》,悬辔以驭楚篇,酌奇而不失其贞(正),玩华而不坠其实"的折中持平之论文原则,但一个"艳"字的唱叹,就已经远远突破了本于儒家"文质彬彬"之说的束缚,扩展了他所说的"雅丽"的内涵,表现出对屈骚"奇文"之为"奇文"的深刻理解和独到诠释,也说明了他坚持的是既能守正又能新变、"通变"古今的文学史观,坚持的是奇正、古今、华实统一的创作原则。总之,如果说宗经之"经"为正,那么取效"骚"之奇即为变,这种正变结合、通变古今、华实统一的理论主张,极大地丰富、扩展了"宗经六义"的原则,涵盖《文心雕龙》文学观念、审美理想、创作原则与方法、批评标准、文学史观等理论体系诸多方面的内容,成为其文论体系的内在逻辑建构的基石。

就楚辞学而言,《辨骚》篇无疑具有里程碑的意义,无论是就理论批评还是就创作实践而言,对其后的影响长远而深刻,直至贯通我们今天的文学创作与文学理论的灵魂。就此而言,如果把楚辞之于《文心雕龙》理论体系建构内容研究清楚,实质上就已经逻辑地包括了论证《文心雕龙》对屈骚为代表的楚辞经典化历程的重大影响问题,《文心雕龙》与楚辞这

序

种关系本来就是相辅相成的。今传最早单行刻本王逸《楚辞章句》为明正德刻本，宋代最具代表性的注本之一是洪兴祖的《楚辞补注》，都附有《文心雕龙·辨骚》篇，这也能反映出《文心雕龙》楚辞学对《楚辞》经典化所产生的重要作用。楚辞之于《文心雕龙》理论体系建构之贡献，一部分是得之于刘勰自己直接对屈骚为代表的楚辞作品的解读而获得的富有卓识的知音之见，另一部分是得益于前人对楚辞的批评见解而刘勰能够予以客观理性的辨析总结。基于上述分析与理解，本论文选题无疑具有重要的理论意义和研究价值。

楚辞之于《文心雕龙》理论体系建构之独特贡献，赵红梅君已在论文中予以全面的论证，这里还不妨从《文心雕龙》文学观方面再略加阐明。

关于《文心雕龙》的文学观，学界有很多的探讨，似乎也没有取得一个完全一致的认识。这是由于不同研究者所持的文学观、批评立场与研究方法不同，加以语言表达层面上存在一些"意气之争"而造成的。凡研读《文心雕龙》者，无不注意到其所谓"文"包括"有韵谓之文"和"无韵谓之笔"两大类；而在"论文叙笔"的二十篇中，无论"文"类还是"笔"类，又都包含两种类别的作品，一种是虚构的作品，这类作品如诗歌、乐府、辞赋等，受到 20 世纪以来从西方输入我国文论研究的纯文学观的影响，被认定为"文学"，大体没有疑义；而另一种是非虚构的作品，往往是具有实际作用的应用性文体，是否属于"文学"，就存在极大的争议。这里还需要强调一句：这里所谓"虚构"也是就大体属性而言，其实诗歌、乐府、辞赋等文体作品，也存在力求写"实"之作，对此不必胶柱鼓瑟。于是乎学界一些学者提出"杂文学"观或"大文学"观来概括说明《文心雕龙》的"'文'学"观，随着西方文化研究的兴起、纯文学观的解构，特别是近几十年伴随全球化浪潮而产生的本土化、民族化的思潮，意图回到中国传统文论本身、回到《文心雕龙》本身进行研究的学术立场似乎更为"共识"。我们认为，研究《文心雕龙》和中国古代文论，应该弄清其本义，

5

切实地"抠字眼",予以准确的解释,这是必要的前提和基础,可以坚持、继承、弘扬我们中国古代传统固有的文学观,但不必执着于言辞之争,用"杂文学"观或"大文学"观来说明也并非不可。刘勰在"论文叙笔"时,意图囊括所有"文体",以构建其体大而虑周的文论体系,所持的是文体文学论而不是文学文体论。我们这里所谓文体文学论,就是认为一切文体皆可以是"文",是文学,只要能够具有文(文学)之所以谓文(文学)的水平;所谓文学文体论,就是预先设定哪些文体才是文学,例如我们一些"文学概论"(文学基本原理)的教材中,认为文学文体有诗歌、散文、小说、戏剧等,在此基础上又设定文学应具有文学想象等纯文学特质,似乎排除那些具有应用性的文体为文学。其实文学史的史实表明应用性的文体,例如《文心雕龙·书记》篇所列出的几十种文体,都可以写成"文学作品",而用所谓的"文学文体"写成的作品,也不一定就是"文学作品"。例如《书记》篇说:"券者,束也。明白约束,以备情伪。字形半分,故周称判书。古有铁券,以坚信誓;王褒《髯奴》,则券之楷也。"显然"券"是实用性的、应用性的文体,但王褒《髯奴》(即《僮约》)是一篇文采生动、趣味盎然的文学作品。

研究《文心雕龙》文学观问题,当然要紧扣全书内容,不能片面加以概括而得一偏之见。文学观包涵的理论内容很丰富,难以在此全面分析,但我们无疑可以同意这样一种观点,即文学观最为集中体现在什么是"文学作品"这个最核心品质的认识上,即前文所言"文之所以谓文"的水平到底有什么样的认定准则的问题上。以此为理论的逻辑中心对《文心雕龙》全书中有关论述乃至体系内容进行论析,就可以得到简要明确的结论。任何"文学作品"都是由内容与形式组成的一个整体,《文心雕龙》关于"文学作品"(包括文与笔的各种文体的作品)的内容与形式统一之专门论述是《情采》篇,它的论述又是涵盖全书的。因此,在我们看来,如用一句话从"文之所以谓文"这个核心问题出发说,《文心雕龙》

文学观就是其形文、声文、情文的"三文"统一论。就其新内涵而言，明显得益于屈骚为代表的楚辞的艺术精神。当然，我们并不是说刘勰《文心雕龙》文学观的新内涵仅仅是得之于楚辞及其影响，这也是要特别予以明确说明的。从其新的思想内涵而言，"三文"论体现了六朝与先秦两汉时期不同的文学观，既是刘勰对曹丕、陆机、沈约等诸多六朝文论家文学观的直接继承，更是刘勰自己所作出的对他以前的文学思想的一种重要发展。其新的发展，是总结也是创新，是在"折中"前人所论基础上，紧密结合文学发展史、文学创作实践而提出的。这正是《文心雕龙》获得巨大成功的秘密之一。那么，《文心雕龙》"三文"统一论的文学观有什么新内涵并且与其"宗经"立场又是一种什么关系呢？弄清楚这个问题，是理解楚辞之于《文心雕龙》理论体系建构关系具有独特贡献的最根本之所在。《情采》篇"三文"论具体论述为："故立文之道，其理有三：一曰形文，五色是也；二曰声文，五音是也；三曰情文，五性是也。五色杂而成黼黻，五音比而成韶夏，五性发而为辞章，神理之数也。"这"三文"论不仅是对作品本身"文学性"的静态分析，结合《情采》篇全文乃至《文心雕龙》"文之枢纽"论、"论文叙笔"论、"剖情析采"论以及文学批评论的全部理论内容，可以知道刘勰的思考是非常丰富的，难以娓娓细论、一一道来，但其要点，可得而言。"三文"论体现了其文学观关于"文"的基本特性的要求，即具有言志抒情等充实真挚的内容和文采、声韵的语言形式之美，采、韵、情三者可谓是其文学之所以谓文学的三要素，而在其具体内涵上，是对传统特别是儒家文论的继承，更是一种丰富与发展。这种丰富和发展就在于充分肯定屈骚等楚辞作品的"惊采绝艳"，而不是拘守"质胜文则野，文胜质则史"的"文质彬彬"说之固有内涵。

从形式上说，文之所以谓文，要具有采韵之美，是具有五色的形文、具有五音的声文。"文"（文学）具有形文、声文之美，这是自然之道所体现的文之德（属性）的必然。故《文心雕龙》前五篇"文之枢纽"论，《原道》篇的文之本体论、《宗经》篇的文之源流论和《辨骚》篇的文之新变论，都充分论证了"文"（文学）应具有采韵之美的依据，逻辑自洽、纲领明确。刘勰将形文、声文，置为第一、第二来论说，而把情文作为第三点来论说，确实有其内在的思想逻辑，参照《原道》篇所论可明。《原道》篇说："文之为德也，大矣；与天地并生者，何哉？夫玄黄色杂，方圆体分，日月叠璧，以垂丽天之象；山川焕绮，以铺理地之形。此盖道之文也。""傍及万品，动植皆文。龙凤以藻绘呈瑞，虎豹以炳蔚凝姿。云霞雕色，有逾画工之妙；草木贲华，无待锦匠之奇。夫岂外饰，盖自然耳。至于林籁结响，调如竽瑟；泉石激韵，和若球锽。故形立则章成矣，声发则文生矣。"《文心雕龙》首篇《原道》首段就如此开宗明义，"文"这种五色相杂、五音和谐之美，乃是自然之道的体现。"夫岂外饰，盖自然耳"，是为标揭《文心雕龙》审美宗旨之论，文采而自然是其文论体系的内在逻辑建构的基本原则之一。如《隐秀》篇说："故自然会妙，譬卉木之耀英华；润色取美，譬缯帛之染朱绿。"《文心雕龙》论文持儒家立场，宗经是其指导思想，但其最高审美理想乃是"自然"。这不仅是《文心雕龙》如此，钟嵘《诗品》如此，可以说是自六朝开始就成为中国古代文论的具有普遍性意义的传统。天文、地文乃为形文、声文，圣人参赞天地之文而著"六经"之人文，是其后中国一切文体文学的源头，也是如此，也应该如此。故说"仰观吐曜，俯察含章；高卑定位，故两仪既生矣。惟人参之，性灵所钟，是谓三才。为五行之秀，实天地之心。心生而言立，言立而文明，自然之道也。""夫以无识之物，郁然有彩；有心之器，岂无文欤？"这里说的"文"就是指"郁然有彩"（文采华茂之意），强调人之文，包括圣人的经典和后来作家的创作，更应该具有形文、声文之美，因为是属于"有心之器"的"制作"，同时这也是人之文应为情文的理论根据。《征圣》篇说："颜阖（《庄子·列御寇》中答鲁哀公问而讥刺孔子者）以为：'仲尼饰羽而画，徒事华辞。'

虽欲訾圣，弗可得已。然则圣文之雅丽，固衔华而佩实者也。"衔华佩实（华实统一）的雅丽论，也是《文心雕龙》文论体系的内在逻辑的思想原则之一，但我们只有结合《辨骚》篇"惊采绝艳"的采艳论，才能更好地把握其丰富的内涵。《宗经》篇指出各种文体源于五经，所谓"故论、说、辞、序，则《易》统其首；诏、策、章、奏，则《书》发其源；赋、颂、歌、赞，则《诗》立其本；铭、诔、箴、祝，则《礼》总其端；纪、传、铭、檄，则《春秋》为根。"是故文要宗经，要能"禀经以制式，酌雅以富言"；承此而言，宗经应该遵循"六义"之原则："一则情深而不诡，二则风清而不杂，三则事信而不诞，四则义贞而不回，五则体约而不芜，六则文丽而不淫。"接着说："扬子比雕玉以作器，谓五经之含文也。"这就是总结强调五经是"含文"（指"郁然有彩"）之作，因而其源于五经的各种文体，要成为"文"（文学），应该都要具有形文、声文之美。如果我们仅仅把宗经"六义"原则视为《文心雕龙》全部的创作与批评的原则，而忽略《辨骚》篇指出的"四同四异"的理论意义，忽略其认可的采艳之美，不能深入理解其奇正结合、通变古今等理论原则，那就没有能够完全把握其理论体系的思想内涵。

从内容上说，文之所以谓文，应是情文。要说清楚"情文"论与刘勰"辨骚"论的关系，有如下几点，须略加辨析：第一，关于"情文"之"情"的理解问题。刘勰明白说"情文"就是指"五性"，因为"五性发而为辞章"（"五性发"一般底本原作"五情发"，讹误）。关于这里的"五性"的含义，主要有三种解释，一是根据《大戴礼记·文王官人》篇："民有五性：喜怒欲惧忧也"，释此为五种感情；二是根据班固《白虎通·性情》篇："五性者何谓？仁义礼智信也"（引据清陈立撰《白虎通疏证》），释此为五常之德性；三是根据汉代的经今文学者翼奉关于《齐诗》学的"五性六情"（《汉书·翼奉传》）说，释为人的心肝脾肺肾五脏所对应的"静躁（燥）力坚智"五种功能属性，这是晋代晋灼《汉书音义》（《汉书注》引）的解释，其实他是运用阴阳五行学说把"仁义礼智信"与"静躁力坚智"统一起来解释"五性"的，所谓"五性，肝性静，静行仁"，"心性燥，燥行礼"，"脾性力，力行信"云云，这实际源于汉儒"五脏六府主性情"（《白虎通》）之说。《大戴礼记·杂篇》引《诗纬》也有类似的解说。《文心雕龙》在经学上主要持守经古文学的立场，但也汲取经今文学的一些论述，而且这些论述有些乃是源发于纬书，此处以"五性"解释"情文"即是例证。把人的"天性"进一步深究细化为"五性"，是汉代以来儒学的一种发展。《荀子·天论》说："喜怒哀乐爱恶藏焉，夫是之谓天性。"藏于情者谓之天性，说明情为性之发。《白虎通·性情》说："故人生而应八卦之体，得五气以为常，仁义礼智信也。六情者，何谓也？喜怒哀乐爱恶谓六情，所以扶成五性。性所以五，情所以六何？人本含六律五行之气而生，故内有五脏六府，此情性之所由出入也。"结合《明诗》等篇看，《文心雕龙》在诗歌（文学）何以发生的问题上主要还是采纳《毛诗序》"吟咏情性""在心为志，发言为诗"的观点和《礼记·乐记》所谓"人生而静，天之性也。感于物而动，性之欲也"的性静情动学说。总之，刘勰的"情文"说，主要目的在于说明"性发"（情为"性之欲"，为性动的结果）而成辞章，故其《情采》篇又突出以诗赋创作为论述中心，阐明"为情而造文"的原则："昔诗人什篇，为情而造文；辞人赋颂，为文而造情。何以明其然？盖《风》《雅》之兴，志思蓄愤，而吟咏情性，以讽其上：此为情而造文也。"而就《辨骚》"四同四异"的分析而言，无论是与"经"之同异，对于屈原而言，都是其"性"之所发的真情真性，确认《离骚》诸作，"朗丽以哀志"云云，都是"为情而造文"。从"诗者，持也，持人情性"的教育功能层面即"风教"而言，乃是通过讽喻美刺来实现的。《明诗》篇明确说："逮楚国讽怨，则《离骚》为刺"。

第二，关于"《雅》《颂》之博徒"的理解问题。从宗经"六义"原则看，"情深而不诡""事信而不诞""文丽而不淫"等要求，刘勰归纳的"四异"与之明显是不符合的。《辨骚》说:"至于托云龙,说迂怪,丰隆求宓妃,鸩鸟媒娥女:诡异之辞也。康回倾地,夷羿彃日,木夫九首,土伯三目:谲怪之谈也。依彭咸之遗则,从子胥以自适:狷狭之志也。士女杂坐,乱而不分,指以为乐,娱酒不废,沉湎日夜,举以为欢:荒淫之意也。摘此四事,异乎经典者也。故论其典诰则如彼,语其夸诞则如此。固知《楚辞》者,体宪于三代,而风杂于战国;乃《雅》《颂》之博徒,而词赋之英杰也。"对屈原和《离骚》等屈原的楚辞作品的诠释与评论上,班固与王逸有些对立的看法,而刘勰加以折中辨正。大要而言,在关于屈原其人的评价上,刘勰舍弃班固对屈原"露才扬己""非明智之器"的批评;而在屈骚诸作的评论上,刘安、王逸认为同于《风》《雅》、"依托五经以立义"的观点,刘勰基本赞同也有所辨正。班固虽对屈原有所批评指责,并认为其《离骚》"多称昆仑、冥婚、宓妃虚无之语,皆非法度之政,经义所载。谓之兼《诗》风雅,而与日月争光,过矣!"但班固对屈原的创作才能和《离骚》诸作成就以及影响评价也很高:"然其文弘博丽雅,为辞赋宗,后世莫不斟酌其英华,则象其从容。"为"妙才"、为"辞赋宗"等评价明显为刘勰所吸取。《文心雕龙·比兴》篇说:"楚襄信谗,而三闾忠烈,依《诗》制《骚》,风兼比兴。炎汉虽盛,而辞人夸毗;《诗》刺道丧,故'兴'义销亡。"这几句话,较为能够概括刘勰对屈原和他的《离骚》等楚辞作品的看法。在此基础上,我们就容易理解"博徒"的含义,这是个固定习语,就是指赌徒一类的人,故是"人之贱者"(范文澜注),但值得注意的有两点:一是《辨骚》篇所谓"《雅》《颂》之博徒",并非是说屈原为"博徒",而是指屈原《离骚》等楚辞作品,是一个比喻的说法;二是说《离骚》等作品跟《诗经》中的《雅》《颂》作品相比较,而不是跟《诗经》中的《国风》相比较,不是说"《风》《雅》之博徒",结合其征引刘安《离骚传》所谓"《国风》好色而不淫,《小雅》怨诽而不乱,若《离骚》者,可谓兼之"这几句话分析,"《雅》《颂》之博徒"的《雅》

应主要是指《大雅》。从具体语境分析，"《雅》《颂》之博徒"就是针对屈骚诸作"风杂于战国"的特点而言，指其与经典相异的"四异"，而这"四异"正是造就屈骚诸作成为"奇文"的重要原因。从《文心雕龙》文论体系来看，我们不难看到，刘勰在具体论文中，无论是创作还是批评方面，在"为情而造文"的前提下，对于"神思"飞扬的"诡异之辞"，对于用事出于神话传说而非历史事实的"谲怪之谈"，对于具有高洁志向而并非符合儒家"中庸规范"的"狷狭之志"，对于为抒情言志之所必须的"荒淫之意"等，都是赞许的而非排斥的。这都是属于与"正"相对的"奇"，只要能够"执正以驭奇"，就能够创作出伟大的作品，而且这也是文学的"通变"典范。《离骚》能够成为文学的经典，成为楷模，正是因为其形文、声文能够与情文相统一。

第三，关于"楚艳汉侈"的理解问题。《宗经》篇在阐明"六义"原则后说："夫文以行立，行以文传；四教所先，符采相济。迈德树声，莫不师圣；而建言修辞，鲜克宗经。是以楚艳汉侈，流弊不还；正末归本，不其懿欤！"这与其《通变》篇所说是一致的："榷而论之，则黄唐淳而质，虞夏质而辨，商周丽而雅，楚汉侈而艳，魏晋浅而绮，宋初讹而新：从质及讹，弥近弥澹。何则？竞今疏古，风末气衰也。"此所谓"楚艳"与赞美屈骚诸作"惊采绝艳"并不矛盾，因为屈原"依《诗》制《骚》，风兼比兴"，但屈原之后的楚辞之作以及深受楚辞影响的汉赋，刘勰认为有形文、声文之美，而存在不是"为情而造文"而是"为文而造情"的倾向，这就是流弊，是讹滥文风形成的重要原因。于此，我们也就更能体会《辨骚》篇被列入"文之枢纽"的理论意义，充分认识楚辞之于《文心雕龙》文论体系建构之重要理论价值。

范文澜《情采》篇注："形文，如《练字》篇所论；声文，如《声律》篇所论。"所言甚是。形文、声文论，不仅有专门《练字》《声律》两篇进一步深入论说，更是贯彻全书的"文"（文学）的观念。鲁迅撰《汉文学史纲要》当是周密思考过中国人的"文学观"问题，只有确立文学观，才能使文学史的书写有一贯鲜活的精神。其第一篇《自文字至文章》大要就是采用刘勰的"三文"说为其基本的文学观，认为汉字具有"形音义"三美："意美以感心，一也；音美以感耳，二也；形美以感目，三也。"而"连属文字，亦谓之文"。其第四篇《屈原及宋玉》说："实则《离骚》之异于《诗》者，特在形式藻采之间耳，时与俗异，故声调不同；地异，故山川神灵动植皆不同；惟欲婚简狄，留二姚，或为北方人民所不敢道，若其怨愤责数之言，则三百篇中之甚于此者多矣。"并赞许刘勰《辨骚》"可谓知言者已"（引据《鲁迅全集》第九册）。刘勰关于屈原"依《诗》制《骚》"之说，应该也是受到王逸"依托五经以立义"之说的影响。但无论是王逸还是刘勰的这种说法，乃是源于文学史实而发，是认真研究《楚辞》得出的结论（尽管王逸的许多例证有诸多牵强附会之处），并非都是其宗经立场的指引。据今人研究，王逸《楚辞章句》征引《诗经》例达 106 次，遍及《风》《雅》《颂》，涉及 91 篇，其他群经征引《周易》为 11 次，《尚书》为 13 次，《春秋左传》7 次等等（邓声国《王逸〈楚辞章句〉考论》），这也可以说明问题。

以上主要是从《文心雕龙》文学观与楚辞之关系，作了一些分析与思考，目的在于进一步说明本选题的意义。

赵红梅君这部"龙学"新著，除绪论、结论、附录外，主体内容有四章，前三章分别论述了《文心雕龙》的写作缘起与楚辞的经典化建构、《文心雕龙》的文体论与楚辞的"文"源意义、《文心雕龙》的创作论及批评论与楚辞典范诸论题，然后在此扎实的研究基础和较为充分论证的前提下，归结到从总体上论析《文心雕龙》理论体系建构与效骚原则。令人读之有水到渠成之感，所论可信。每章都有所创见和新意，文献翔实，方法得当，逻辑清楚，语言表达通顺，文字流畅，重视对前人研究成果的借鉴和学术规范，治学态度端正严谨。该著初稿作为作者的博士学位论文，外校专家匿名评审结果为双优；答辩时，其博士学位论文答辩委员会委员一致评其为优秀，并被评为当年学校优秀博士学位论文，作者因此评为当年学校优秀毕业生。当然，其所论或有不足，有些问题还可以讨论，有些论题还可以进一步展开。宝剑锋从磨砺出，梅花香自苦寒来。相信作者在此基础上定能有更加精进的研究，深所望焉，是为序。

陶礼天，辛丑年六月六日于北京

绪　论

　　作为中国古代文学理论批评的集大成之作,《文心雕龙》的理论渊源是多方面的,而楚辞应是重要一极①。本书关注《文心雕龙》与楚辞之关系研究,主要定位于楚辞对《文心雕龙》理论批评内容及其理论批评体系的影响问题;关于《文心雕龙》对楚辞研究之影响不作重点探讨,仅作为反观视角稍做补充讨论。

　　20世纪以来,《文心雕龙》研究渐为显学,相关研究成果众多,关于《文心雕龙》与楚辞之交集,学界亦不乏关注讨论,而立足文本互证视角、从楚辞作品文本本身所体现出的理论批评思想观念以及刘勰的掘取吸收出发,对《文心雕龙》整体之理论体系建构过程作全面关注,此前尚无系统专论。刘勰对楚辞的认识如何影响主体精神之选择,在文学观念、审美理想、思想价值判断、批评标准等方面引起何种变化,这均与其理论体系之形成内在相关,本书即拟对此进行全力探讨。

　　理论体系是现代概念,注重突出"联系""秩序"及"整体"义,是对某种理论之整体架构的综合认识与把握。具体到《文心雕龙》的理论体系问题,近现代以来论者有较多探讨,各有见解并较为一致地体现出

---

　　①　本书所论"楚辞",主要指刘勰所论以屈原、宋玉等为代表创作于战国时期的楚辞作品(具体篇目将在文中详细论析),一般不加书名号,在具指专书时方用"《楚辞》"。

以《文心雕龙·序志》所述的形式体例划分为重要依据的共识，即下面这段话：

> 盖文心之作也，本乎道，师乎圣，体乎经，酌乎纬，变乎骚，文之枢纽，亦云极矣。若乃论文叙笔，则圃别区分，原始以表末，释名以章义，选文以定篇，敷理以举统，上篇以上，纲领明矣。至于剖情析采，笼圈条贯，撮神性，图风势，苞会通，阅声字，崇替于时序，褒贬于才略，怊怅于知音，耿介于程器，长怀序志，以驭群篇，下篇以下，毛目显矣。位理定名，彰乎大衍之数，其为文用，四十九篇而已。①

依此，一般认为《文心雕龙》在内容安排上分为五个部分："文之枢纽"、"论文叙笔"、"剖情析采"、"批评论"（"为文用"的后五篇）、"序志"。但各家在内在逻辑结构的认识上则有分歧，对其相互之关系、作用理解不一。其中，"文之枢纽"是体系讨论的焦点，关于道、圣、经、纬、骚五者之关系，学界较普遍的看法认为前三者为主、为正，而后二者为辅、为变，具体到《辨骚》来说即是主张"文变论"。

21世纪近20年中，文化及文学传统之于《文心雕龙》研究仍持续受到关注，诗骚传统尤其《诗经》方面之研究多有讨论。楚辞在《文心雕龙》研究中也较受重视，论者多从刘勰在《文心雕龙》一书中是如何评价楚辞的角度进行了多方面探讨，尤其围绕《辨骚》《诠赋》等篇，即在其既成文本中探讨刘勰对楚辞的评价问题；楚辞对《文心雕龙》理论建构所产生的影响虽间有论及，但尚未系统充分。在围绕"道—圣—经"的"核心"

---

① 本书所引《文心雕龙》原文，均据（梁）刘勰著，范文澜注：《文心雕龙注》，人民文学出版社1958年版。为避烦琐，无特殊情况以下仅随文标注篇目出处。凡范注有明确按断而正文未改者直接据案语校改，有争议处择善而从加注说明。

探讨中，楚辞多被视为辅助、补充，笼罩在作为"五经"杰出代表的《诗经》的光环之下，其对《文心雕龙》理论体系之整体架构所产生的重大作用，尚未得到系统发掘与体认。本书拟对《文心雕龙》各篇进行彻底考察，在总结前人研究中的、《文心雕龙》中提到的楚辞之直接影响的基础上，进一步开掘、归纳楚辞之于《文心雕龙》如何提供了特别的理论批评资源和思想，《文心雕龙》的思想体系与理论批评如何因楚辞而获得突破与创新。通过系统梳理，以期对楚辞之于《文心雕龙》的影响作用有较为切实的把握，并在此基础上，归纳可靠恰当之结论。本书同时也关注刘勰所受到的其他平行影响，探析之前存在的整体学术氛围及其发展，关注刘勰如何解决这一思想遭遇等问题。

基于本论题的研究角度，《文心雕龙》理论体系与楚辞之"关系问题"是关注重点，其中也包括与《诗经》的关系研究。以下从几个相关议题作简要归纳，以明确相关研究之背景、研究路径、所存在的问题以及对本书研究的启发助益。

首先，关于《文心雕龙》枢纽论、理论体系及其他综合方面的研究。近现代以来的《文心雕龙》研究专著多数均对其理论体系问题有所论及，20世纪90年代以来也有几部专论《文心雕龙》理论体系的著作问世，文学史、文论史及一些思想史著作中对此也多有阐述，专论《文心雕龙》理论体系及总体评价的单篇论文自20世纪80年代以来已有七十余篇之多。①关于此一研究视角的主要分歧及讨论点为：《文心雕龙》之总纲是"文之枢纽"中的前三篇还是前五篇、全书内在之逻辑体系如何、贯穿全书的核心思想或论文宗旨是什么等。"枢纽论"之分歧主要在《正纬》《辨骚》两篇的地位评价问题，尤其是《辨骚》。针对《辨骚》在枢纽体系之地位的

---

① 据戚良德《文心雕龙学分类索引》论文部分"理论体系"类统计，1981—2005年专篇论文65篇，见戚良德：《文心雕龙学分类索引》，上海古籍出版社2005年版，第74—80页。另据知网检索，2006—2018年新增7篇。

大致观点有：是主旨之补充①；非总论或曰是附录并兼有文体论的性质②；狭义之文的典范③；文体之"丽"的枢纽④；等等。综合相关研究，关于《宗经》篇抑或前三篇之核心主导地位基本达成共识，而《辨骚》之地位评价存在分歧，这对判断楚辞之于《文心雕龙》全书理论体系之建构有直接关系。关于《文心雕龙》的核心思想与论文宗旨方面，大致有宗经正变⑤、华实⑥、雅丽⑦、文学自然论⑧、宗经六义⑨等几种不同提法，也有观点认为单纯用一个核心概念难以概其全、宜做系统观照。⑩理论体系的研究与形式结构之划分密切关联，《序志》篇所述仍是《文心雕龙》全书结构划分的根本依据，在此基础上的理论体系之讨论，虽表述各异但也形成某些共识。本书拟从楚辞影响角度对其内在的理论逻辑建构加以系统考察，并作出新的论证。

其次，关于《文心雕龙》中的文体论及文学史论研究。本书力图将楚辞放在刘勰的文学史视野中进行考察，从而较为切实分析其文本典范意

---

① 多数观点，其间又有完全正面补充与批判吸取之异。

② 如牟世金、张文勋等。牟世金：《〈文心雕龙〉的总论及其理论体系》，《中国社会科学》1981 年第 2 期；张文勋：《〈文心雕龙〉的理论体系》，《云南社会科学》1981 年第 2 期。

③ 周弘然：《〈文心雕龙〉的宗经论》，台湾《大陆杂志》1975 年第 3 期。

④ 徐复观：《文心雕龙浅论之六——文之枢纽》，载《中国文学精神》，上海书店出版社 2004 年版，第 196—203 页。

⑤ 多数学者观点。

⑥ 如牟世金观点，其在《文心雕龙研究》中提出，《文心雕龙》的理论体系以儒家思想为指导，以"衔华佩实"为轴心，以论述物与情、情与言、言与物三种关系为纲领。见牟世金：《文心雕龙研究》，人民文学出版社 1995 年版，第 143 页。

⑦ 如徐复观认为"雅"来自《五经》的系统，"丽"来自《楚辞》系统，"雅丽"合在一起是理想状态。徐复观：《〈文心雕龙〉的文体论》，台湾《东海学报》1959 年第 1 期。另，刘凌明确认为"雅丽"是《文心雕龙》的基本理论观点。见刘凌：《〈文心雕龙〉理论体系新探》，《文心雕龙学刊》1986 年第 4 辑。

⑧ 冯春田：《文心雕龙阐释》，齐鲁书社 1990 年版。

⑨ 李淼：《略论〈文心雕龙〉的文学理论体系》，《文心雕龙学刊》1983 年第 1 辑。

⑩ 石家宜：《〈文心雕龙〉系统观》，江苏古籍出版社 2001 年版，第 25—26 页。

义、承继开创与影响。楚辞作为创作文本，其具体影响力的发挥离不开文学史之考察，而《文心雕龙》之文体论与具体作家的作品论提供了充分的双面资源：既从中具体展现楚辞的重要影响，又可辨析刘勰对楚辞在文学史地位的阐释与评价。《文心雕龙》中的文学史论非仅涉及"论文叙笔"各篇、创作批评论中的《通变》《时序》《才略》等，实亦关系全书。针对"论文叙笔"的"分体文学史"特点，相关研究论文数量众多，其中又以《明诗》《乐府》《诠赋》等"文学体裁"研究为多，赋体研究与楚辞最为相关；近年来从实用文体角度对《文心雕龙》理论资源进行发掘整理的研究论文也较为集中。关于《文心雕龙》整体文学史论的研究，刘永济于 20 世纪 30 年代即对《文心雕龙》征引文献加以系统整理汇聚；张文勋对此进行了系统研究并有专著《刘勰的文学史论》[①]，对道统文统、文体正变等有所探讨；王运熙《刘勰论历代文学》一文也属于整体研究[②]，其中的分期与张文勋观点略有出入。其他尚有针对《文心雕龙》断代文学史论的相关研究、结合《诗品》《文选》之交叉比较研究等。研究刘勰的文学史论对于深入分析其文学观念、文论思想提供重要参照，拓展理论发掘之互文视野，对本书考证楚辞文本的价值与影响以及对刘勰立论之作用多有助益。

再次，关于《辨骚》篇及刘勰之楚辞观的相关研究。这部分是本书考察之重点，所涉论文专著众多。近现代以来关于《文心雕龙》的综合性校释及理论研究专著对此多有论及，专篇论文也较突出，据戚良德《文心雕龙学分类索引》统计，专论《辨骚》的单篇论文截至 2005 年已达百余篇[③]，近年来又有大幅增长[④]。也有《辨骚》篇研究专著问世，如

---

① 张文勋：《刘勰的文学史论》，人民文学出版社 1984 年版。

② 王运熙：《刘勰论历代文学》，《中华文史论丛》1985 年第 1 辑。

③ 据其论文部分"辨骚"类目统计，自 1925 年至 2005 年大陆计有 116 篇专篇论文，另有台湾、香港地区 9 篇。见戚良德：《文心雕龙学分类索引》，第 146—157、520—521 页。

④ 据知网统计，2006 年至 2018 年篇名专论《辨骚》的期刊论文新增 51 篇。

施筱云的《〈文心雕龙·辨骚〉研究》①，另有两篇硕士论文②。详观围绕《辨骚》篇的议题，涉及《辨骚》篇归属"枢纽论"还是"文体论"之争议、楚辞浪漫主义特点的讨论、"博徒"之释义、"四同四异"之批评、刘勰之思想矛盾态度褒贬等，不同意见一度纷争蜂起。《辨骚》不仅涉及刘勰对楚辞之根本态度，亦关涉对其全书理论建构之大判断，这也是促使本书由此介入着力探讨其内在究竟的主要缘由。关于《辨骚》篇之归属，上文对"枢纽论"争议的考察已有论及，这里再略做归纳。明清以来已有将《辨骚》篇归入"文体论"之说，而自范文澜注本明确提出后，20世纪六七十年代以降争议迭起，影响波及我国台湾、日本，至今未息。大致有三种意见：归属"枢纽论"、归属"文体论"、兼有枢纽意义及文体论特点。时至今日，多数学者认为从篇目系统上《辨骚》仍应按刘勰《序志》所述，归入"枢纽论"，而关于作为文体的"骚"，尚有若干讨论，如是否可视为一种独立文体还是多有涵摄、对后世文体之影响又如何等。本书认同《辨骚》应归入"枢纽论"也即总论，"如果把《辨骚》归入文体论内，势必会影响对《辨骚》意义的认识，破坏了'文之枢纽'的完整性，妨碍对刘勰基本文学观的理解"。③《辨骚》归属争议中的反复辩难，也令我们对作为特殊创作文本的楚辞有了更深入的体认，本书将对此具体讨论。围绕《辨骚》及楚辞作品之浪漫主义的讨论，带有时代理论语境的特点，其聚焦于楚辞之"异"的研究争议，推进对楚辞特征的进一步发掘。至于"博徒"一词的释义，近年来关于该词是褒是贬、刘勰之总体态度是褒是贬多有探讨争议，冯春田《文心雕龙释

---

① 施筱云：《〈文心雕龙·辨骚〉研究》，曾永义主编：《古典文学研究辑刊》八编第2册，台湾花木兰文化出版社2013年版。

② 张莉：《〈文心雕龙·辨骚〉篇辨疑》，硕士学位论文，温州大学2017年；李月娇：《〈文心雕龙·辨骚〉研究》，硕士学位论文，南京师范大学2018年。

③ 张少康：《刘勰及其〈文心雕龙〉研究》，北京大学出版社2010年版，第78页。

义》认为："刘勰称《楚辞》为'《雅》《颂》之博徒'，是针对汉宣帝谈辞赋认为'贤于倡优博弈远矣'的话而发。'博徒'即汉宣帝语'倡优博弈'的所指。"[①] 陈允锋认为视"博徒"之喻为否定前人说法的理论手段与工具，是一种富有启发性的研究思路[②]。"博徒""四同四异"之讨论，究其根本实与对刘勰之楚辞观的不同看法密切相关。刘勰之态度褒贬究竟如何、是否矛盾，这不仅取决于其具体用词，更应从行文语境、篇章主旨乃至多篇之相互关联、全书理论之具体论证做全面的考察细循，由此乃能作出有据可信之结论，这也正是本书所致力的研究目的所在。关于《辨骚》篇之研究虽素有争议，但也逐步取得一些共识，推进对刘勰楚辞观的深入探讨。20 世纪 90 年代以来专论刘勰之楚辞观的期刊论文近 20 篇，另有涉及刘勰之骚论思想、屈原论、宋玉论等多篇。关于《文心雕龙》他篇如《宗经》《诠赋》《通变》《比兴》《物色》等等研究中也多有涉及，主要聚焦于"通变"视角及其"奇艳"之文体特质的讨论。《辨骚》篇研究除上述主要理论分歧点之外，论者亦多注意《辨骚》本身内容主旨的深度挖掘、与他篇之关联影响，以及从中体现的诗学范式及文化思想等，这对本书重新审视楚辞之于《文心雕龙》的重要作用多有提示与启发。关于《辨骚》的相关详细研究状况参见本书附录《〈文心雕龙·辨骚〉研究史论》。

需要特别说明的是，有几篇硕士学位论文之议题与本书较为接近，如余震宇《〈文心雕龙〉与诗骚传统》（北京大学 2006 年）、任国福《刘勰的〈楚辞〉阐释与〈文心雕龙〉的形式美学论》（暨南大学 2008 年）、李月娇《〈文心雕龙·辨骚〉研究》（南京师范大学 2018 年）等，以上几篇角度侧重有别，尚非针对《文心雕龙》与楚辞关系的系统专论，但亦提供思考之

---

①　冯春田：《文心雕龙释义》，山东教育出版社 1986 年版，第 72—73 页。

②　陈允锋：《〈文心雕龙·辨骚〉之"辨"义及其思想渊源》，《中国社会科学院研究生院学报》2018 年第 2 期。

借鉴。①

　　另外，楚辞研究尤其关于魏晋南北朝楚辞批评之研究多与《文心雕龙》之论"骚"有所交集，尤为值得注意，对反观并印证刘勰之理论建构提供他观视角。

　　本书主要采取诠释学批评的研究方法，并吸收互文性理论之观点②，全文写作均纳入这一互文批评视野。对古代文学理论的研究本质上即为一

---

　　① 余震宇《〈文心雕龙〉与诗骚传统》（硕士学位论文，北京大学 2006 年），该文论到经书之文学正统地位于汉代以来不断受楚辞的挑战，"直至刘勰于《文心雕龙》承认《五经》与《楚辞》对于文学史有着同样的影响力"。该论文分三部分展开。一论"风雅"与"雅颂"属于两种不同的概念，两者于抒情倾向及社会功能有明显的差异，刘勰将楚辞归于"风雅"传统，同时标举"雅颂"传统在于调和楚辞的浮艳文风。其次辨析楚辞得以成为文学传统的原因及理论依据，包括两汉之基础、魏晋玄学认同性情之思想、创作上的显著影响等。第三比较《文心雕龙》与《诗品》于诗学传统问题上的论述。认为《文心雕龙》以宗经的角度展开，并论述了楚辞的历史地位及艺术风格。该论文较为整体地考察了《文心雕龙》中的诗骚传统，并于楚辞方面多有发据，但主要侧重《文心雕龙》对诗骚传统的树立，并未聚焦于二者尤其楚辞之于《文心雕龙》的整体影响问题。任国福《刘勰的〈楚辞〉阐释与〈文心雕龙〉的形式美学论》（硕士学位论文，暨南大学 2008 年），该文从刘勰对楚辞的阐释入手，探讨《文心雕龙》中形式美的构建，从刘勰对楚辞之阐释接受的角度来研究《文心雕龙》美学观，提出其形式美学观具有新奇美、华丽美、情采美之特征。这一着眼楚辞之于《文心雕龙》理论建构的视角与本书较为一致，但限于形式美学之专门讨论。李月娇《〈文心雕龙·辨骚〉研究》（硕士学位论文，南京师范大学 2018 年），该文聚焦"辨骚"专篇研究，对楚辞之于《文心雕龙》的影响有所延展讨论，如涉及其与宗经之关系、对文体论的意义、提出"华采效骚"的审美理想等，但拘于宗经原则视角，对楚辞影响问题尚未做全面系统的观照与揭示，尤其对于作为理论之重的下篇创作论及批评论与楚辞之关系未予专门讨论。楚辞对《文心雕龙》理论深层问题所起的作用正是本书拟全力探讨的。

　　② "互文性理论"，由法国学者克里斯特瓦于 20 世纪 60 年代提出，以质疑原创性、作者权威为出发点，主要观点包括：任何文本均有互文性，是引文的拼接、对另一文本的吸收与转换，取自其他文本的各种陈述等等。本书采用之互文性理论，非指以克里斯特瓦为代表的具有社会历史批判性的初创期广义互文性，而主要借用 20 世纪 70 年代以来在诗学、修辞学领域渐益广泛运用的"狭义"的、"应用"的互文性理论，尤以热奈特等为代表，是一种重要的文学研究方法，是"建构"的互文性理论，其关注文际关系，互文性是指"一个文本的内部所表现出的与其他文本的关系的总和（引文、戏拟、转述、否定等）"。见秦海鹰：《互文性理论的缘起与流变》，《外国文学评论》2004 年第 3 期。

种诠释学批评，从本书论题来说，尤其倚重诠释学中的"前见"及"视域融合"理论，刘勰论"文"处于六朝视域之大背景，其对楚辞的认识判断经由经学视域、六朝创作视域之投射，这种认识如何作为理论资源融入《文心雕龙》的理论架构并最终达于视域融合、取得何种理论推进，其间的历史、逻辑理路需层层剖析以见分明。楚辞之于《文心雕龙》的影响有显有隐，本书以《文心雕龙》原文文本为重要依托，力求忠实解读，既不忽视楚辞的显与隐的作用，也高度警惕过度诠释、只注意楚辞的影响而不及其余。注意在文学创作与批评的历史语境下、整体的思想学术生态下考察与把握《文心雕龙》的理论体系建构，作"还原"分析，以切实探索楚辞在文学观念、审美理想、创作经验等方面之理论渗透，以及汉代至南朝宋齐时代的楚辞批评对《文心雕龙》理论体系建构的深刻影响。另外，在关注楚辞影响的同时，较为突出了"五经"之《诗经》，其他"经典"之影响暂不讨论，诗骚并观中则突出"骚"之影响的挖掘。诠释莫不带有主观立场，但是否妥当是可寻检验标准的，如有学者指出的"简洁经济标准"①。对于古代文献尤应注意文本依据，刘勰有没有这样的意图我们只能从其"文本"中细循，而文本"不只是一个用以判断诠释合法性的工具，而是诠释在论证自己合法性的过程中逐渐建立起来的一个客体。这是一个循环的过程：被证明的东西已经成为证明的前提"②。因之，本书立论以这样的思路展开：循《文心雕龙》的写作脉络，呈现楚辞影响之事实的存在，同时完成自身之证明，再通过验之于《文心雕龙》文本的连贯性整体，归纳合理之研究结论。本书在具体论证中也注意吸取刘勰之方法原则：一为折中、辩证原则，力求论证圆该、避免片面；一为观澜溯源原则，注意体

---

①　[意]艾柯（Umberto Eco）等著，[英]柯里尼（Stefan Collini）编：《诠释与过度诠释》，王宇根译，生活·读书·新知三联书店2005年版。参见书中第二部分《过度诠释文本》（艾柯），第54页。

②　参见《诠释与过度诠释》第三部分《在作者与文本之间》（艾柯），第68页。

察历史纵向之源流异变。

　　基于以上考虑，除绪论外，本书主要分四大部分展开论述。第一章首先考察《文心雕龙》的写作缘起与楚辞的经典化建构，即探讨二者密切关系之背景与条件；第二章进而全面考察刘勰之文体论，本部分并不限于原书的"论文叙笔"而是作贯通考察，《文心雕龙》的理论阐述依托于其对文体发展事实的认识与总结，本书也意在通过对刘勰之"论文事实"的全面考察，同步追寻其思想进路，从而求证楚辞在其中的位置与分量；在此基础上，第三章集中讨论楚辞对《文心雕龙》创作批评理论的内在影响，这是本书的理论探讨重点；基于二三章的考察分析，第四章是验之于整体的总结归纳，分别探讨了《文心雕龙》对风骚传统的树立、枢纽论用意及全书理论体系建构的基本原则，以及《文心雕龙》对楚辞学研究的理论推进等，对本书之研究目的及结论所在做全面论证收结。

　　本书之研究，对判断刘勰之理论建构提供"效骚"一途的充分佐证，对于准确把握《文心雕龙》理论体系及其论文宗旨具有补充抑或深化之义，从而在更内在层面上，深入理解《文心雕龙》理论精义对优秀创作经验的批评总结、对文学传统的树立之功以及楚辞对古代文学理论建构的深厚影响。

第一章
《文心雕龙》的写作缘起与楚辞的
经典化建构

《文心雕龙》的产生有多元的思想来源，置于历史坐标中，其影响脉络方清晰可见。本章着意考察《文心雕龙》的产生背景、创作缘起，尤其在时代学术氛围中刘勰与楚辞的"相遇"问题，考察在多元平行影响背景中刘勰如何解决这一思想遭遇，以及有何掘取与突破。

第一节　从刘勰的论"文"初衷谈起

本节立足于对《文心雕龙》成书之际的南朝宋齐时期的整体学术背景进行考察，结合《文心雕龙·序志》篇的自述文本，还原分析刘勰的主观动意，分析其论"文"之根本所由，以期近距离把握时代脉搏，觇知背后的文坛风气与综合影响，从而为进一步考察刘勰之撰述策略、理论建构奠定基础。

一、宋齐文坛风气与《文心雕龙》的产生

关于刘勰的生活年代，因史料记载有限，各家对其具体生卒年的推断尚有出入，但大体时段是基本确定的：即生于刘宋后期，青壮年基本处于

南齐时期，后半生入梁，其一生先后经历居家读书、寄居定林寺、入仕、出家等不同阶段。《文心雕龙》成书的具体系年亦难确定，自清人刘毓崧考订当在南齐之世后，各家又有所补充辨证，现学界基本认同在498年至502年之间，值南齐末年，于时刘勰三十余岁，仍寄居于建康（今南京）定林寺。故考察刘勰写作《文心雕龙》的缘起及背景，宋、齐两代是尤其密切相关的时段，入梁以后的情形演变也是重要参照，南朝都会建康是其重要活动地域。

　　南朝宋（420—479）凡六十年，南齐（479—502）二十余年，宋齐两世继东晋之后，偏安相对稳定的南方地域，逐步酝酿形成南朝新的时代性特点。为清晰呈现刘勰所经历的文坛演变状况，现参酌学界相关考订及史料记载，择要列表如下，表中所列时间点或有争议，当不影响纵向脉络的总体呈现。①

公元纪年	年号纪年	刘勰生平事件	文坛状况（兼及儒道佛相关事件）
464	宋孝武帝大明八年	（王更生、龚菱考订之生年）	沈约24岁，江淹21岁，孔稚圭18岁，王俭13岁，任昉，萧子良5岁，丘迟、萧衍、谢朓生
465	宋前废帝永光元年、景和元年，宋明帝泰始元年	（范文澜、霍衣仙、詹锳、王金凌、穆克宏、李庆甲、陆侃如、华仲麐、张严考订之生年）	大明、泰始中，文章殆同书钞（锺嵘《诗品》）

---

　　①　表中刘勰生平系年暂以张少康所定为据，其他各家不同意见择要在括号内说明，时间跨度从学界对其生年推断的最早时间464年至成书考订之最晚时间508年，共四十余年。见张少康：《刘勰及其〈文心雕龙〉研究》，第21、22页。另，表中系年事件主要参考牟世金《刘勰年谱汇考》，并循牟考之例兼顾不同意见有所扩展补充，约略呈现刘勰前半生的主要经历及文坛状况（限于本节所论，之后部分从略）。参见牟世金：《刘勰年谱汇考》，巴蜀书社1988年版。

续表

公元纪年	年号纪年	刘勰生平事件	文坛状况（兼及儒道佛相关事件）
466	泰始二年	生年(兴膳宏、杨明照、张少康观点，以下依此系年)	鲍照、谢庄卒。王僧虔撰《诫子书》
467	泰始三年	2 岁 (牟世金考订之生年)	裴子野生。顾欢撰《夷夏论》，时佛道二家学者互相非毁
468	泰始四年	3 岁	王融生。锺嵘生于本年前后
469	泰始五年	4 岁。本年或次年，父尚卒	吴均生。南北复通好
470	泰始六年	5 岁	立总明观，征学士以充。……分为儒、道、文、史、阴阳五部学，言阴阳者遂无其人(《南史·宋本纪》)
472	宋明帝泰豫元年	7 岁。梦采云若锦(《文心雕龙·序志》)	陆厥生
473	宋后废帝元徽元年	8 岁。笃志好学	王俭表上所撰《七志》
479	宋顺帝升明三年，齐高帝建元元年	14 岁	齐高帝即位后，王俭为辅，儒学大振。阮孝绪生
481	建元三年	16 岁	褚渊上臧荣绪《晋书》 刘孝绰生
482	建元四年	17 岁	诏立国学，精选儒官，僧入玄圃
483	齐武帝永明元年	18 岁	征顾欢(道家学者)为太学博士。 家寻孔教，人诵儒书。 僧柔、玄畅、僧远等佛徒为帝王敬重
485	永明三年	20 岁	复立国学。王僧虔卒
486	永明四年	21 岁	刘峻(孝标)自魏还齐
487	永明五年	22 岁	竟陵八友形成(萧子良、萧衍、谢朓、王融、萧琛、范云、任昉、陆倕)，亦招致名僧讲论佛法，道俗之盛，江左未有。庾肩吾生。沈约奉命撰《宋书》

续表

公元纪年	年号纪年	刘勰生平事件	文坛状况（兼及儒道佛相关事件）
488	永明六年	23 岁	沈约撰成《宋书》（纪传部分）。声律学渐兴。臧荣绪卒
489	永明七年	24 岁。本年或次年入定林寺（上定林寺）。入寺后协助僧祐整理经藏	王俭卒。萧子显生
492	永明十年	27 岁。撰超辩碑文	裴子野撰《宋略》。陶弘景退隐句曲山。僧祐于三吴讲律
493	永明十一年	28 岁	王融卒。四声论、永明体形成
494	齐郁林王隆昌元年，齐恭王延兴元年，齐明帝建武元年	29 岁。撰僧柔碑文	萧子良卒。明帝不重儒术，儒学日渐衰落
496	建武三年	31 岁。开始写作《文心雕龙》	锺嵘上书齐明帝谏阻躬亲细务
497	建武四年	32 岁。《灭惑论》撰于本年或稍后	—
498	建武五年，永泰元年	33 岁	僧祐《出三藏记集》（十卷）初成于齐（《弘明集》成于齐末）废学之议，学竟不立
499	齐东昏侯永元元年	34 岁。本年或次年撰成《文心雕龙》	陆厥卒。谢朓卒
500	永元二年	35 岁	祖冲之卒
501	永元三年，齐和帝中兴元年	36 岁	萧统生。孔稚圭卒
502	中兴二年，梁武帝天监元年	37 岁（牟考本年撰成《文心雕龙》，并取定于沈约。）	—

续表

公元纪年	年号纪年	刘勰生平事件	文坛状况（兼及儒道佛相关事件）
503	梁武帝天监二年	38岁。离开定林寺，起家奉朝请（贾树新、张恩普认为成书于本年）	范云卒。萧纲生。置大小道正
504	梁武帝天监三年	39岁。为临川王萧宏记室	萧衍敕舍道事佛
505	梁武帝天监四年	40岁	梁置五经博士，立孔子庙。江淹卒
507	梁武帝天监六年	42岁	范缜撰《神灭论》。徐陵生
508	梁武帝天监七年	43岁。参与梁武帝命释僧旻等于定林寺抄经事务（施助、广信、叶晨晖认为《文心雕龙》成书于本年左右）	下《立学诏》。集僧俗编撰《众经要抄》。丘迟、任昉卒。萧绎生

　　从上表所列三教之相关事件来看，儒学之沉浮、道（玄）佛之渗透可见一斑。参照史书所载，"国学"在南朝各代有立有废，《南史》有评："国学时或开置，而劝课未博，建之不能十年，盖取文具而已。"① 宋、齐开国之初均曾议立国学，虽其间辗转反复亦有延续，且京师、州郡乃至私人学馆不绝，其所讲述概以儒学为主，梁初亦置五经博士，可见儒学于官方、民间的主流影响仍存，尤其南齐初年一度"儒学大振"乃至"家寻孔教，人诵儒书"②，而齐末又趋衰落，刘勰的青少年时期正亲历这一盛衰变化。道（玄）、佛之学在争论交融中得到发展。宋文帝时即立玄学为四学

---

① 《南史》卷71《儒林传》，中华书局1975年版，第1730页。

② 《南齐书》卷39《刘瓛陆澄传论》，中华书局1972年版，第687页。

之一①，道家学者顾欢在齐武帝时被征为太学博士，陶弘景于齐初历任诸王侍读、入梁亦受礼遇；同时佛教于刘宋以降得到大发展，史载宋文帝、孝武帝时皆曾下令申严佛律沙汰僧徒，可见于时之盛，齐高帝时僧入玄圃，名僧讲法之风亦著，梁武帝更有舍道事佛之举。以上可见宋齐之世及入梁以后三教的并行发展，兼收并蓄中彰显各派之消长，其间的思想碰撞与交融是南朝社会的突出特点。关于刘勰的思想渊源与儒道玄释之密切关系学界已有较多探讨，如刘勰家世信仰方面的主道兼儒、佛寺撰经经历的濡染、《文心雕龙》理论内容及论述方法上所受诸教的影响呈现等等，从《文心雕龙》成书的具体背景而言，其处于兼收并蓄之社会风气，三教之综合影响是可以肯定的，且在刘勰看来"至道宗极、理归乎一"②，而从论"文"一途来看，儒学影响尤为主要，下文详论。

聚焦文坛状况来看，上表所反映的突出特点是：创作、批评之繁盛与新变。上表所列的文人学者依其生年可大致划为三组。大约长于刘勰10岁以上之人：沈约、江淹、孔稚圭、王俭、鲍照、谢庄、王僧虔、顾欢、臧荣绪、范云等；约同时代之人：任昉、萧子良、丘迟、萧衍、谢朓、裴子野、王融、锺嵘、吴均、陆倕、陆厥、刘峻等；晚于刘勰10年乃至30年以上之人：阮孝绪、刘孝绰、萧琛、庾肩吾、萧子显、萧统、萧纲、徐陵、萧绎等。当然这一统计尚属简略、或有出入，但可清晰见出其时文士之荟萃、文坛之盛和刘勰所处的具体氛围。刘勰于定林寺写作《文心雕龙》之时，竟陵八友显耀文坛已十余年，永明声律学余风正炽，与刘勰同时及

---

① 关于刘宋时的"四学"，史籍多见记载。《宋书》卷93《隐逸传》之雷次宗传记载了元嘉十五年后，虽国子学未立而儒、玄、史、文四学并建之事（中华书局1974年版，第2293—2294页）。又，《南齐书》卷16《百官志》"总明观祭酒一人"条记载，宋明帝泰始六年初置总明观，有玄、儒、文、史四科（第315页）。《南史》卷3《宋本纪下》则载总明观分为儒、道、文、史、阴阳五部学，言阴阳之道遂无其人（第82页）。

② 刘勰：《灭惑论》。见杨明照：《文心雕龙校注拾遗》，上海古籍出版社1982年版，第801页。

其后，众多文士接踵参与到各类文体撰述与创作，其间有趋同之俗也不无迥异争执之论，呈现兴盛复杂之面貌。

宋齐两代诗文集的编纂数量众多，依《南朝宋会要》及《南朝齐会要》所载，刘宋别集167种，总集39种；南齐别集59种，总集11种。[①] 于时个人文集众多，所涉文体不一，总集类亦涉及诗、赋、颂、碑、诏、策等各体，分体总集已较完备，其中又以诗、赋的创作辑录较为突出。成书于梁代的萧统《文选》是总集之集大成者，志在选录历代优秀之"篇章""篇翰""篇什"，从其所录文体来看，赋列第一、诗列第二，是其辑录之大端，约占全部选文一半的分量，加上其余各类文体共计39种[②]，且南朝以来之作多有选入，可见当时各类文体创作的丰富拓展与风气所重。

参以《文心雕龙》《诗品》中的"宋齐文学"论，可对其时文坛状况有更为切近的认识，并觇知两家的判断取向。

《文心雕龙》论宋齐文学：

> 自宋武爱文，文帝彬雅，秉文之德，孝武多才，英采云构。自明帝以下，文理替矣。尔其缙绅之林，霞蔚而飙起；王袁联宗以龙章，颜谢重叶以凤采，何范张沈之徒，亦不可胜数也。盖闻之于世，故略举大较。暨皇齐驭宝，运集休明……顾言赞时，请寄明哲。（《时序》）
>
> 宋代逸才，辞翰鳞萃，世近易明，无劳甄序。（《才略》）
>
> 宋初文咏，体有因革，庄老告退，而山水方滋，俪采百字之偶，

---

① （清）朱铭盘：《南朝宋会要》《南朝齐会要》，历代会要丛书本，上海古籍出版社2006年版。

② 通行本《文选》37类之外，清代胡克家《文选考异》已指出"书"类"刘子骏移书让太常博士"之前应脱"移"字；另外，"檄"类"司马长卿难蜀父老"的"难体"应否单为一体引起学界争议。游志诚《论文选之〈难体〉》一文对"难"之一体有详细的论证，也指出"移"之单立已有明确版本依据（南宋陈八郎本《五臣注文选》目录）。因此，按加入移、难二体计，共39类。参见游志诚：《昭明文选学术论考》，台湾学生书局1996年版，第141—169页。

争价一句之奇，情必极貌以写物，辞必穷力而追新，此近世之所竞也。(《明诗》)

今之常言，有文有笔，以为无韵者笔也，有韵者文也。夫文以足言，理兼诗书，别目两名，自近代耳。(《总术》)

自近代以来，文贵形似。(《物色》)

宋初讹而新。(《通变》)

自近代辞人，率好诡巧。(《定势》)

近代辞人，率多猜忌，至乃比语求蚩，反音取瑕，虽不屑于古，而有择于今焉。(《指瑕》)

而近代词人，务华弃实。(《程器》)

而去圣久远，文体解散，辞人爱奇，言贵浮诡，饰羽尚画，文绣鞶帨，离本弥甚，将遂讹滥。(《序志》)

锺嵘《诗品》对南朝诗人之评价及著录：

《诗品序》：

元嘉中，有谢灵运，才高词盛，富艳难踪，固已含跨刘、郭，陵轹潘、左。……谢客为元嘉之雄，颜延年为辅：斯皆五言之冠冕，文词之命世也。

今之士俗，斯风（指作五言诗之风）炽矣。……于是庸音杂体，人各为容。……次有轻薄之徒，笑曹、刘为古拙，谓鲍照羲皇上人，谢朓今古独步。

颜延、谢庄，尤为繁密，于时化之。故大明、泰始中，文章殆同书抄。近任昉、王元长等，辞不贵奇，竞须新事。尔来作者，寖以成俗。

王元长创其首，谢朓、沈约扬其波，三贤或贵公子孙，幼有文辩。于是士流景慕，务为精密，襞积细微，专相陵架，故使文多拘忌，伤其真美。

三品著录：

宋 上品：谢灵运

中品：谢世基 顾迈 戴凯 陶潜 颜延之 谢瞻

谢混（未入宋） 袁淑 王微 王僧达 谢惠连 鲍照

下品：傅亮 何长瑜 羊曜璠 范晔 孝武帝刘骏

南平王刘铄 建平王刘宏

谢庄 苏宝生 陵修之 任昙绪 戴法兴 区惠恭

齐 中品：谢朓

下品：汤惠休 帛道猷 释宝月 齐高帝萧道成 张永

王俭 谢超宗 丘灵鞠 刘祥 檀超

钟宪颜测（一说颜则） 顾则心 毛伯成 吴迈远

许瑶之 鲍令晖 韩兰英 张融 孔稚珪 王融

刘绘 江祏 王中（一作"巾"） 卞彬

卞录（一作卞铄） 袁嘏 张欣泰 陆厥

梁 中品：江淹 范云 丘迟 任昉 沈约

下品：范缜 虞羲 江洪 鲍行卿 孙察①

《文心雕龙》论"文"明确论述的历史断限是东晋，对宋齐时期采取笼统论述的方法②，以上三组材料可见其主要观点。第一组侧重总体肯定。《时序》篇列叙历代创作之大概，意在彰显代有其文，其间多有褒赞之辞，

① （梁）锺嵘著，曹旭注：《诗品集注（增订本）》，上海古籍出版社 2011 年版。

② 日本学者兴膳宏提出刘勰这种论法本之于《春秋公羊传》"三世之说"，即"所见异辞，所闻异辞，所传闻异辞"（隐公元年），三世叙述有不同原则，对刘勰来说，所见之世是齐代，所闻之世是宋代，所传闻之世为东晋以前的时代。参见［日］兴膳宏：《〈文心雕龙〉与〈诗品〉在文学观上的对立》，王元化选编：《日本研究〈文心雕龙〉论文集》，齐鲁书社 1983 年版，第 229 页。

于宋齐两代更是褒而无贬，其于刘宋略举大较可见其时文坛彬盛之一斑，对齐代文学的"过誉"则显示同代避忌，也是断定《文心雕龙》一书作于齐代的重要依据；《才略》篇则对刘宋时期简略带过，"尊"而不论。第二组《明诗》《总术》《物色》等篇，指出刘宋以降属意山水、写物竞辞、文笔两分的风气之变，属于较客观的评论。而第三组《通变》诸篇，则更多地表露出对时风的批评与不满，主要归纳为文体解散、逐奇务华之弊。

锺嵘《诗品》成书于梁初，其从五言诗一体着眼，所选诗人以两晋南朝为多，虽本"不录存者"之原则，对前此之宋、齐乃至入梁诗人也多有涉及，计有66人，占全书所评122名诗人（《古诗》未计）的半数以上，可见南朝五言诗创作之盛，其《诗品序》中对宋来创作也有所评述，并从五言诗角度着重指出了当代创作的用事、声律之弊。

由上可见宋齐时代文坛创作中题材内容之转向、形式技巧之竞鹜，以及文章体类的丰富拓展，文坛新变是时代的突出特点，并由此产生若干逐新之弊。创作既丰，评论亦著，在《文心雕龙·序志》及《诗品序》中，二人均对前代论"文"者有所评述，从魏晋时期的曹丕、曹植、应玚、刘桢、应贞、挚虞、陆机、陆云、李充等，以至入宋以来张骘、谢灵运、颜延之、王微、刘绘等，论"文"之作代有发明。可以说时至刘勰时代，受时风所趋，从创作到批评、单篇到专书都有一定的积累，文人之著述繁盛，而文坛异变亦蕴育其中，亟待有识者作出时代之回应。

二、《序志》中的论"文"初衷分析及背景再阐释

《文心雕龙》循传统撰著之例将序言置于文末，第五十篇《序志》是其夫子自道的重要篇章。细味本篇可捕捉到如下信息：《文心雕龙》命名之含义，树德建言之抱负，论"文"目标之确定，近代论文者之得失，本书之纲领毛目，自我之评价、剖白及感喟。无论置前置后，"序"中所

涉的诸多方面确需在动笔之前思考谋划，但也不排除完稿之后的归纳与再阐释，如全书之纲目细条或在具体写作中有所调整改动、个人感喟亦在全书完稿后方有更切身的体会等。就提前谋划来说，论"文"目标的确定尤为关键，如同现代撰述的选题拟定，这是关系撰述方向的核心问题。兹录《序志》中关键一段如下（此段亦为《南史·刘勰传》节要所引）：

予生七龄，乃梦彩云若锦，则攀而采之。齿在逾立，则尝夜梦执丹漆之礼器，随仲尼而南行；旦而寤，乃怡然而喜，大哉圣人之难见哉，乃小子之垂梦欤！自生人以来，未有如夫子者也。敷赞圣旨，莫若注经；而马郑诸儒，弘之已精，就有深解，未足立家。唯文章之用，实经典枝条，五礼资之以成，六典因之致用，君臣所以炳焕，军国所以昭明，详其本源，莫非经典。而去圣久远，文体解散，辞人爱奇，言贵浮诡，饰羽尚画，文绣鞶帨，离本弥甚，将遂讹滥。盖周书论辞，贵乎体要，尼父陈训，恶乎异端：辞训之异，宜体于要。于是搦笔和墨，乃始论文①。

这段文字有以下几层意思：追述二梦以见慕文崇儒之宗尚、寻觅"敷赞圣旨"之途、阐明文章为"经典枝条"的大用、指出文坛之弊、归纳论"文"的撰述决定及原则。刘勰之二梦看似闲笔，却是察知其思想动因的出发点，无论实有其事或是出于撰述策略，无疑是符合其个人取向的：服膺儒术，亦慕绚烂之文采②。于是其欲"敷赞圣旨"而属意于可望"立家"

---

① 《文心雕龙·序志》，引文着重号为笔者所加，下同。

② 陈允锋《〈文心雕龙·序志〉篇二梦寓意补说》一文对有关刘勰之梦的相关研究有详细考察，涉及生平思想、成书时间、文论主张等多个方面，陈文并从章法结构角度认为："七龄"之梦重在喻示刘勰本人卓越的天赋文才，"齿在逾立"之梦则体现了刘勰继踵仲尼、立志"制作"之宏伟抱负。见陈允锋：《〈文心雕龙〉疑思录》，中央民族大学出版社 2013 年版，第 261—287 页。

的论"文"之途，而时下之文坛现状令人担忧，后文也进一步说到近代"论文者"多有不足，刘勰有足够自信准备做一番"同之与异、不屑古今"的折衷宏论。由此，其论"文"初衷可以概括为两方面：于己，立言立家；于世，矫弊敷圣。这一学术选择，是综览内外条件深思熟虑后的个人定位与追求，也有背后时代风气的促发，而两者之归结点则在"唯文章之用，实经典枝条"，从这一角度可再进一步细论。

视文章为经典枝条，固属刘勰的个人判断，从其援以为著述的重要选择依据看，当亦为时人所认同。儒与文的密切关联是文学发展的史实，郭绍虞就曾指出："论周秦时期的文学批评，只能在儒家思想中求之。"① 所言虽嫌绝对，但鲜明指出先秦文论以儒家为主的突出特点。相对于先秦道家、法家的反文，墨家的尚质，儒家主言能尽意、重立言传教、标举文质彬彬，表现出更多的"尚文"色彩，儒家的"五经"，是我们所能追溯到的"文"的最早渊源。故历来儒林中人同时多是文学之士，历代史传中"儒"与"文"的分合编纂很可见出二者的密切关系以及文学观念的演变。如《史记》《汉书》中专辟"儒林传"，正是其时儒学一尊、注经解经风气兴盛的体现，而于"文学"之士尚未单辟一类，只以单传、合传等形式附带评述其文学成就。自刘宋范晔《后汉书》首次分出"文苑列传"有意区别文、儒，其后官修史书大多依例分列，代有延续，而明代宋濂编纂《元史》时，却又从文道为一角度复合"儒林""文苑"为"儒学传"，认为"经艺文章，不可分而为二也"②，可见文化传统中儒、文之间难以切断之渊源。从范晔分出"文苑列传"看，一定程度上反映"后汉"文人队伍的日

---

① 郭绍虞：《中国文学批评史》上册，商务印书馆 2010 年版，第 14 页。

② 《元史》卷 189《儒学一》之所以合为一传，其认为："前代史传，皆以儒学之士，分而为二，以经艺颛门者为儒林，以文章名家者为文苑。然儒之为学一也，《六经》者斯道之所在，而文则所以载夫道者也。故经非文则无以发明其旨趣；而文不本于六艺，又乌足谓之文哉。由是而言，经艺文章，不可分而为二也明矣。"（中华书局 1976 年版，第 4313 页）

益壮大和创作的繁盛，而其分类意识实显示了刘宋以来的风气之变。史载宋文帝时曾建儒、玄、史、文四学馆①，宋明帝亦置总明观并分设儒、道、文、史、阴阳五部学②，后来梁萧绎将"今之学者"分为儒、文、学、笔四类③，可见南朝以降儒、文分立的思想已较为鲜明，乃至"大江以南，自宋及齐，遂不能为儒林立传"④，也可见其时经学著述与个人诗文创作的消长变化。但文士习儒仍为社会所尚，是当时许多世家大族一贯尊奉的家学传统，儒文分立而并不矛盾，"儒林"一脉并未中断⑤，作为"经典枝条"（《序志》）的各类文章的创作也受到重视。综上，儒文分立、崇经而习文、视文章为经典枝条是宋齐以来风气所趋，也是促使刘勰决意论"文"的重要出发点。

关于刘勰自身之学养积累，史载简略，据《梁书》本传，仅可获知其早年"笃志好学"，依沙门僧祐十余年后"遂博通经论"，为文擅长"碑志"，并有"文集行于世"⑥。结合《序志》所述，可对刘勰之生平学养有进一步认识。其属意论"文"乃因文章为儒家经典之枝条，论"文"既可"敷赞圣旨"亦可立家，这一学术选择背后正彰显了儒家的突出影响，故可推知刘勰早年所学，"主要是儒家著作"⑦，而其论"文"之自信所由，亦在对

---

① 《宋书》卷93《隐逸传·雷次宗》，第2293—2294页。

② 《南齐书》卷16《百官志》记载总明观玄、儒、文、史四科（第315页）。《南史》卷3《宋本纪下》载总明观分为儒、道、文、史、阴阳五部学，言阴阳者遂无其人（第82页）。

③ 《金楼子·立言》，许逸民校笺：《金楼子校笺》，中华书局2011年版，第966页。

④ （清）焦循：《雕菰集》卷12《国史儒林文苑传议》。见《雕菰集》，《续修四库全书》第1489册，上海古籍出版社2002年版，第225页上，据清道光四年（1824）阮福岭南节署刻本。按，《宋书》《南齐书》分别成书于齐、梁，二者均无"儒林传"，《宋书》"谢灵运传论"对当时文坛状况有专论，《南齐书》有"文学列传"。

⑤ 唐代成书之《梁书》《陈书》《南史》《晋书》等皆别立"文苑传"或"文学传"，而"儒林传"亦得到恢复，六朝以来儒学著述虽少开创而数量亦很可观。

⑥ 《梁书》卷50《文学传下·刘勰》，中华书局1973年版，第710—712页。

⑦ 牟世金语。牟世金：《文心雕龙研究》，人民文学出版社1995年版，第54页。

历代各体文章写作的充分熟悉与积累，这征之全书有明显体现①。至于刘勰本人的创作，虽有文集然不传于今，除《文心雕龙》外，现仅存《灭惑论》及《梁建安王造剡山石城寺石像碑》二文②。《梁书》本传言及刘勰擅长碑志写作，《文心雕龙》中刘勰亦曾论道："属碑之体，资乎史才。"（《诔碑》）其在《诔碑》篇中又对蔡邕及孔融之碑文写作赞以"骨鲠训典""清允""该而要""雅而泽""辨给足采"等，其本人既以擅写碑志见称，"史才""骨鲠"之赞誉云云，或亦可用以自评。可见从个人素养看，刘勰具备论"文"的丰富的前期积累。

另外，刘勰写作《文心雕龙》之前后虽偏居定林寺，其于当时的文坛并不隔绝闭塞，对文坛状况应是有充分了解的。建康作为东吴以来的大都会，晋宋以降一直是政治、经济中心，文人学士汇聚，齐梁间多有聚众讲学活动，僧俗间的交往也较为频繁，史载僧祐就曾参与其中且为重要人物。刘勰依僧祐寄居建康定林寺，其与当时文坛，既觇知风气而又保持适当的距离观照。

从文学发展史来看，魏晋时期即已鲜明体现出对文章写作包括诗赋创作的渐益重视，如曹丕、曹植等人的创作实践及相关言论。上文已明，承时代风气之转，"作文"之事在宋齐时代更备受关注，各体文章（文笔）创作繁盛（其中尤以诗赋为主），杰出者如谢灵运、颜延之、沈约、谢朓、鲍照等为时流所称，然平庸者过于雕饰、拘挛声律、文体浮泛等弊端亦已

---

① 罗宗强《〈文心雕龙〉的成书和刘勰的知识积累——读〈文心雕龙〉续记》一文，曾据《文心雕龙》的相关引用对刘勰之学养积累有详细考证，得知其对经、史、子等各类书籍的广泛涉猎吸收，而"最为重要的知识准备是对于文学史的全面而深入的掌握"（《社会科学战线》2009 年第 4 期）。

② 两文引见杨明照《文心雕龙校注拾遗》附录"别著第九"，第 797—803、804—809 页。杨明照：《文心雕龙校注拾遗》。另，《灭惑论》又参考（梁）僧祐编撰，刘立夫、胡勇译注：《弘明集》，中华书局 2011 年版。另，两唐书所载的《刘子》，作者尚存争议，学界多数认为非刘勰之作。

多显，文坛新变引起文学批评之热议，刘勰正是在这样的背景下开始《文心雕龙》的撰著。细考上引《序志》中文字，"二梦"作为有意的导引显示慕文崇儒之立场宗尚，其后叙述层次井然，从"自……而……唯……而……盖……于是……"等关联词的使用可明确感受到刘勰所进行的周密思考：考虑各方面的状况及条件、确定最终之学术定位与目标。在其决心"搦笔和墨，乃始论文"的背后，是基于现实状况、自身积累的充分自信，无怪其撰成后"自重其文"而"取定于沈约"了。①

在其确定论"文"的论述链条中，最后一环值得注意："盖周书论辞，贵乎体要，尼父陈训，恶乎异端：辞训之异，宜体于要。"②这是针对前句所述文坛弊端而作的概括性应对说明，体现其论"文"的总体指导思想——"宗经体要"。文中所引"周书"即《尚书》，"贵乎体要"的原文出自《毕命》："政贵有恒，辞尚体要，不惟好异。"③孔子的话出自《论语·为政》："攻乎异端，斯害也已。"④两处言论针对政教言辞以及学术之"异"，对"好异""攻乎异端"的行为提出警醒与批评，主张守正折衷，刘勰援以立论，

---

① 《梁书》卷50《文学传下·刘勰》，第712页。

② 《文心雕龙·序志》。这段话中的"体要"，各家注解不无分歧，陆侃如、牟世金《文心雕龙译注》将前一"体要"释为"体现"要点（但译文中又译为抓住要点，角度有所转换了），后一"体于要"，则是"体会""体察"其"主要精神"，注意到角度的差别，较为得当。但"辞训之异"的理解，似不应释为"《尚书》和孔子的说法有所不同"，而是指二者所涉及的对待"异"之观点而言，即要善于体察辞、训论"异"之要点，这也更符合本段针对"爱奇""浮诡"等"好异"现象的具体语境。见（梁）刘勰撰，陆侃如、牟世金译注：《文心雕龙译注》，齐鲁书社1995年版，第415—416页。

③ （汉）孔安国传，（唐）孔颖达疏：《尚书正义》卷19《毕命》，十三经注疏本，北京大学出版社2000年版，第617页上。

④ （魏）何晏注，（宋）邢昺疏：《论语注疏》卷2，十三经注疏本，第21—22页，何晏注："攻，治也。善道有统，殊途而同归，异端不同归也。"邢昺疏："正义曰：此章禁人杂学，攻，治也。异端，谓诸子百家之书也。……异端之书，或秕糠尧舜，戕毁仁义，是不同归也。"关于"攻乎异端"的理解，以钱穆说较胜：仅治一端。钱穆：《论语新解》，生活·读书·新知三联书店2005年版，第40、41页。从刘勰所用"恶乎异端"来看，应与何晏所注较一致，不仅指学术之"一端"，也有"异端学说"之义。

主张依经"体要"，以应对文坛之异变。

《征圣》篇对此有进一步阐说：

> 易称辨物正言，断辞则备；书云辞尚体要，弗惟好异。故知正言所以立辩，体要所以成辞；辞成无好异之尤，辩立有断辞之义。虽精义曲隐，无伤其正言；微辞婉晦，不害其体要。体要与微辞偕通，正言共精义并用；圣人之文章，亦可见也。……然则圣文之雅丽，固衔华而佩实者也。

刘勰对圣文的"雅丽华实"之评是建立在全书理论建构之上的认识提炼，这有待本书后文细加论证。征圣、体要、正言，正可与《序志》篇所言相为补充，可知以圣文之高格纠正时弊是其立论的总体考虑，欲正源流，先须树典。至于如何"体要"、何为"要"，却是需以整篇论著从不同方面来细加挖掘的，但从《文心雕龙》全书的论证看，其真正取效之典范较为明确地落实在《诗经》与楚辞，这与二者在文学发展中的突出地位及经典化建构传统密切相关，楚辞在后世接受中的流变及影响又是值得特别关注的现象，下文详论。

第二节　汉魏六朝诗骚经典化建构及演变

《诗经》与楚辞在文学传统上的典型意义，是从两汉以讫六朝逐步建立起来的。如前所述，儒家之"五经"是我们所能追溯到的"文"之最早渊源，"宗经"以论文是从荀子至扬雄早有的传统，而《诗经》作为最具"文学色彩"之经，其地位影响尤为特别。同时，楚辞作为《诗经》之后的又一创作高峰，在汉代以后的诗赋以及各体写作中影响显著。随着儒文分立、"文"之范围的进一步明确独立，南朝文坛各体创作繁盛，文体讹变现象也随之而生，"矫讹翻浅"（《通变》）以还其本，作为"诗"之最早源头的《诗经》及"变"体之始的楚辞在文体流变上的特殊地位尤为彰显，对二者的突出关注进入时人论"文"视野也就成为应有之义。本节考察汉魏以讫南朝诗骚接受的源流异变，以见时代观念的变迁以及《文心雕龙》的继承与开拓。

一、两汉时期诗骚的经典定位

两汉时期是诗骚经典化的重要起点。①"经"之含义，范文澜在《群经概论》一书中曾有专门考论，列举"因丝而得经名"及"金、经通用"之说，并认为"常经""常道"之义乃属后起。② 无论"丝"或"金"，"经"之原初含义与书写载体密切相关，并已带有"重要典籍"之义。战国时期的称"经"，据考"很可能是由儒家以外的其他学派诸子首先开始使用的"③，如《墨子》《韩非子》中的"经"，而《庄子》中所提到的儒家六经、十二经之说因其本身成书较晚难以采信，"六经"之组合及称名约在荀子及其后学之时，至汉代随着儒学定于一尊，经官方进一步明确"六经"之

---

① （清）章学诚《文史通义》卷 1《内篇经解下》曾言："史迁以下，至取《骚》以名其全书，今犹是也。"见章学诚著，叶瑛校注：《文史通义校注》，中华书局 1985 年版，第 130 页。以"骚"代表或概称屈原作品，是《史记》以来的传统，而考文献中具体所载，"骚"之普遍使用及"骚体"之名的确立约在南北朝时期，两汉魏晋时期一般称楚辞为"赋"。这里出于表述的方便与统一，概以"诗骚"代称《诗经》及战国楚辞作品，特此说明。另，关于《诗经》的经典化，有观点认为，早在孔子时代就开始了，"孔子删诗而存三百，就是化歌谣为经典的行为"。见詹福瑞：《论经典》，人民文学出版社 2015 年版，第 136 页。从《诗经》明确被铸为儒家之"经"角度论，本书仍以两汉为其经典化的起点。

② 范文澜：《群经概论》，《范文澜全集》第一卷，河北教育出版社 2002 年版，第 1—2 页。

③ 洪湛侯：《诗经学史》，中华书局 2002 年版，第 101、102 页。

目，尊崇之义益显。《诗三百》易名为《诗经》并成为西汉后之定名①，正彰显这一经典化过程之变化，《诗经》在两汉之世虽所传家数不同，第有消长，但作为儒学经典的尊崇地位已然牢固树立，而从文体视角看，作为诗歌专集，《诗经》又是儒家经典中较为独特的一支，其经典化建构对后世文学创作产生深远的影响。

楚辞的地位与褒贬也在两汉之世备受瞩目。从汉初的刘安、司马迁，到刘向、扬雄、班固，直到王逸在《楚辞章句》中称《离骚》为经、确立为辞赋典范，彰显汉人对楚辞的另一种经典化建构。《离骚》称"经"，虽属王逸个人之撰著体例②，亦可推知背后的风气酝酿，王逸《离骚后序》就言及班固、贾逵均作过《离骚经章句》。由官方认定的儒学之"经"延展到楚辞之《离骚经》，体现了汉人依经论骚、有意提高楚辞地位的用意。另外，扬雄、班固等虽有批评之语但亦深受楚辞的深刻影响，其批评正是基于楚辞不可忽视的重大作用力。可以说，正是在汉人的褒贬争议中凸显、确立了楚辞不可替代的"辞赋之宗"的经典地位。

---

① 《史记》卷121《儒林传》始载"申公独以《诗经》为训以教"，可见汉初《鲁诗》之传授已用"经"之名（中华书局1959年版，第3121页）。但《史记》其他各处仍称《诗三百》，可见过渡期两存之状况。

② 洪兴祖《楚辞补注》较忠实地保留了王逸《楚辞章句》的内容，其篇目首为《离骚经》，记载了王逸《前序》中对"经"字的明确解说，其《后序》又言"合之经传，作十六卷《章句》"，洪兴祖并于《九歌》目录下注"一本《九歌》至《九思》皆有传字"。见（宋）洪兴祖撰，白化文等点校：《楚辞补注》（2002年重印修订本），中华书局1983年版。朱熹《楚辞集注》之目录于《九辩》下注"晁补之本，此篇以下，乃有传字"。见（宋）朱熹：《楚辞集注》，《景印文渊阁四库全书》第1062册，上海古籍出版社2003年版，第301页。今黄灵庚新校《楚辞章句》单行本以明翻宋刻"正德本"为底本，目录即是《离骚》称"经"而其余称"传"。见（汉）王逸撰，黄灵庚点校：《楚辞章句》，上海古籍出版社2017年版。关于《楚辞》中的经传问题，章学诚曾指出"惟因首篇取重而强分经传"（章学诚著，叶瑛校注：《文史通义校注》，第130页）。经传编纂之例或为后世的发挥引申，但《离骚》称经见于汉代文献是可以确定的。另，王充《论衡·案书》中也有将《离骚》称经之说："扬子云反《离骚》之经，非能尽反。"见（汉）王充著，黄晖校释：《论衡校释》，新编诸子集成本，中华书局1990年版，第1175页。

诗骚在汉代的经典定位及具体内涵尚需进一步辨析。从班固《汉书·艺文志》对《诗经》、屈赋的录列来看，二者在当时众多"艺文"典籍中的定位归属各异。班固循刘向、刘歆之例以七略分类，除总纲"辑略"外，依次为：六艺略、诸子略、诗赋略、兵书略、数术略、方技略，《诗经》从"六经"之属列为"六艺略"第三，而其"诗赋略"则包含了屈原赋之属、陆贾赋之属、孙卿赋之属、杂赋及歌诗五类。"诗赋略"的别出及四赋一诗的体类录列是汉代文坛诗赋创作兴盛的体现，梁阮孝绪就曾指出："不从六艺诗部，盖由其书既多，所以别为一略。"①"屈原赋之属"列为诗赋略第一，下含屈原、唐勒、宋玉及汉人诸作，后来收入《楚辞章句》的作品当基本在此列。② 关于赋体四类的划分，班固未加解释，根据所列

---

① 阮孝绪《七录序》，（清）严可均辑：《全梁文》卷66，《全上古三代秦汉三国六朝文》，河北教育出版社1997年版，第689页。

② 王逸自作之《九思》晚出而未列，其余收入《楚辞章句》之篇目，以《艺文志》所录作者核之，除东方朔《七谏》（或疑伪）外当基本包含在内，另外，屈原赋二十五篇据学界考订亦未及《大招》。关于《汉志》未录刘向所辑《楚辞》问题，这里稍做补充。《艺文志》序中曾叙及"诏光禄大夫刘向校经传诸子诗赋"，但《艺文志》原文及刘向本传中均未言及刘向所校之《楚辞》，故学界对《汉志》未录刘向所编《楚辞》的问题多有探讨。或以为"岂以原本《七略》而从略耶"（顾实：《汉书艺文志讲疏》，上海古籍出版社1987年版，第169页）；又或对此十六卷本之《楚辞》的有无提出怀疑，如朱东润、黄灵庚等均曾对此提出疑义。（见朱东润：《楚歌及楚辞——楚辞探故之一》，李诚、熊良智主编：《楚辞评论集览》，楚辞学文库第二卷，湖北教育出版社2003年版，第687页。黄灵庚：《〈楚辞〉十七卷成书考辨》，《复旦学报》2008年第3期）据纪晓建《汉魏六朝楚辞学名家研究》一书所援引，《汉志》未录原因尚有诸多猜测，如林维纯认为最大可能是班固当时并未见到此书，应尚未完稿成书；力之认为是不重复著录之意等。纪晓建亦认同本于《七略》故从略的观点，并补充认为刘向所编十六卷《楚辞》内容已完全包含在《七略》之"诗赋略"中，"无论从体例上还是从内容上考量均无录入《七略》的必要"，见纪晓建：《汉魏六朝楚辞学名家研究》，国家图书馆出版社2014年版，第72—73页。又有认为班固所列之屈赋二十五篇"可以视为十六卷本《楚辞》以外的另一个《屈原辞集》"（金开诚：《屈原辞研究》，江苏古籍出版社1992年版，第19页）。所见不一。考"诗赋略"各类著录之例，基本以诗赋作品单篇数量系之作者录列，无名或较散碎者则临时以类相从，以固定之"文集"入列者未有先例，体例问题或为主要原因。但《汉志》虽未采录刘向所编《楚辞》，后来收入《楚辞章句》的篇目已基本录列在"屈原赋之属"。

作家作品的情况，论者多以为"屈原赋之属"是"言情"之赋（章炳麟《国故论衡》）、"写怀之赋"（刘师培《论文杂记》），且"写怀之赋其源出于《诗经》"①。综上，《诗经》与"屈原赋"在《汉书》中的著录有"六艺"与"诗赋"之别，分属不同"略"类。《诗经》作为官方认定的六艺之一，属公认的儒家经典，与其他文籍有明显界限，是地位尊卑之分而非文体类型之别；"屈原赋"作为诗赋之首，亦见尊崇，显示楚辞作品在汉代诗赋创作中的突出地位与影响，楚辞虽亦有称"经"之说而更多带有个人、"民间"②色彩。

诗骚在汉代的具体接受及影响可再作比较。汉人尊《诗》是以经学眼光看待，习经、注经、解经是汉代学术之宗尚，《诗经》的研习传布亦分流异派殊为繁盛，从汉初官学之三家诗到民间《毛诗》的发展壮大，《诗经》之学有官学私学、今文古文之别，而《毛诗》终集今、古文诗学之大成取代三家成为主流，奠基"诗经汉学"。大体来讲，三家诗重应用而古文诗学重训诂，二者于政教、学术领域影响重大，"诗经汉学"的传统一直绵延至唐代。从另一方面讲，《诗经》本身的诗歌本色亦被其经典光环所掩盖，《诗经》归属于"经"，对于其"诗"性的挖掘从属于经义的注解，难以剥离诗教色彩。楚辞的情形与此有异。楚辞在汉代经由地方文学的普泛化进入宫廷③，并因由宫廷之喜好得到进一步普及，文人的个人创作受其影响鲜明，各种拟作及伤悼评述之作、赋体创新之作应运而生，形成汉代骚赋文学的大观。而楚辞虽在士大夫及宫廷中得到尊崇，但未立学官，不属于儒家经典之列，其突出的影响力是在诗赋创作领域。但经学眼光亦影响到对楚辞的评判，依经解骚是汉人在看待屈原及楚辞作品时难以摆脱的前见视域，其间之褒贬争议莫不因是否"合经"而起；另一方面，因楚辞

① 陈国庆编：《汉书艺文志注释汇编》，中华书局1983年版，第185页。
② 这里指在士大夫文人间的尊崇，与一般意义上的民间不同。
③ 据《史记》《汉书》所载，楚辞的早期流传主要集中在淮南、吴、梁、巴蜀等地。

并非官方经典而有了更多的讨论自由，其自身之创作特色也在相互辩难中得以凸显，推进认识的全面与深入。

综上，诗骚作为文学发展源头的两座高峰，在两汉之世均得到较为突出的关注并确立为后世效仿的经典，但其间有"官方儒学经典"与"民间诗赋创作经典"的差异。自《汉书·艺文志》置六艺略，后世目录分类中将经学著述独立一类成为惯例，直至清代《四库全书》，《诗经》始终未能列入更符其文体特征的诗赋类或集部，以致在尊显之"经"与普通之"文"之间似形成一道无形之界限。以屈宋为代表的楚辞对汉代文人的个人创作产生重大影响，成为实际上的辞赋之宗，《汉志》视楚辞为"赋"并列于诗赋略之首，在文体态度上彰显辞赋一体、辐射后世各类诗文创作的观念。随着后世文体的进一步拓展，"诗赋类"扩而为"文翰""文集""集部"，"屈原赋之属"易为"楚辞类"并延续置首单列之例，其突出地位与影响则更为扩大强化了。"楚辞所代表的价值地位、形式意义、学术传统都是在汉代建立起来的"①，楚辞可以说承担了从《诗经》到汉代诗赋创作的重要过渡，或者说从"经"到当下之文人创作的过渡，其经典地位是在汉代得以初步建立起来的，并在后世进一步发扬光大泽被深远，鲁迅亦曾指出其影响"于后来之文章，乃甚或在三百篇以上"②。

二、魏晋时期诗骚观的新变

魏晋时期社会状况的极大变动、思想领域之复杂多元引发文坛创作与批评的新变。这一时期无论各体文章创作抑或理论批评均呈现渐趋繁富之姿，论者以"文学自觉"目之亦属共识。鉴于学术变迁及各类图书数量的

---

① 熊良智：《楚辞的艺术形态及其传播研究》，商务印书馆 2016 年版，第 298 页。
② 鲁迅：《汉文学史纲要》，人民文学出版社 1973 年版，第 20 页。

增减，文籍的收录编类也有变化，据《隋书·经籍志》所载，晋代荀勖在魏秘书郎郑默所编《中经》基础上编成的《新簿》，始以甲、乙、丙、丁四部分录各类书籍，大致对应于后世的经、子、史、集，其中丁部录列诗赋、图赞、汲冢书，所录"诗赋"的详情已不得而知，但据前此的《汉志》"诗赋略"及后此的梁阮孝绪《七录》"文集录"来看，其"诗赋"中包含楚辞作品应是肯定的，并很有可能仍单列居首。《诗经》自然列于甲部六艺类。

　　承汉末余绪，辞赋仍为魏晋时期文人创作的重要体裁，诗歌创作一改汉代之沉寂而渐趋兴盛，四言、五言、七言以及杂言体均有新创，其中尤以五言诗创作最为突出，其他如书、赞、铭、诔等各体文章也在汉代基础上进一步丰富。总体来看，这一时期创作体裁、题材得到拓展，风格多有变化，并呈现注重个人情感抒发、注重形式技巧、重玄理思辨等不同倾向。这一时期文坛之批评，主要聚焦于以下几个方面：第一，文章写作的地位、价值及今古优劣的讨论。从曹丕、杨修、曹植等的论述及往复书信中，可见其时对文章写作的重视尤其对"诗赋小道"的实际上的倚重青睐，时人大量的诗赋及各体创作不言自明。今古问题在魏晋人看来多是肯定当下、主于创新的，杨修言"不更孔公，《风》《雅》无别"①，葛洪更提出今诗胜古诗之论②。第二，文体的辨析与分类。随着创作之繁盛、众多文章体样形态的出现，亟待新的文体分类，从曹丕到挚虞、陆机、李充，分类渐趋细密。第三，文质、情志之辨。从阮瑀、应玚之"文质论"辩难到左思、皇甫谧《三都赋序》之不同取向，从曹丕"诗赋欲丽"到陆机"诗缘情而绮靡，赋体物而浏亮"，重文、缘情之论渐益突出。随着总体创作批

---

　　① 杨修：《答临淄侯笺》，（梁）萧统编，（唐）李善注：《文选》卷40，上海古籍出版社1986年版，第1819页。

　　② 葛洪《抱朴子·钧世》言："今诗与古诗俱有义理，而盈于差美。"见杨明照：《抱朴子外篇校笺》，中华书局1997年版，第74页。杨明照于该句下注："犹言今诗之美略优于古诗。"这里的"古诗"即指《诗经》。

评风气的变化，魏晋时期对诗骚的传播接受相比汉世也有显著不同。

首先看魏晋人的楚辞观。两汉以降，楚辞于文人创作的影响更为延展而内在。就文体而言，楚辞作为"辞赋宗"的地位更加牢固，其对诗歌及各体文章写作的影响也逐步渗透。就内容看，这一时期仍有沿继汉代传统对屈原抱有同情惜悼的仿拟之作，如曹植、陆云、挚虞等皆有拟骚之作，而楚辞之精神资源更进入魏晋人之情感怀抱，即使拟骚之作如陆云《九愍》，已不复代言体而呈现抒己怀的倾向。另外，楚辞研究在汉人尤其王逸研究的基础上有所推进。据《隋志》记载，这一时期重要著作如郭璞之《楚辞注》，徐邈之《楚辞音》，呈现出与汉人不同的关注角度与认识。这一时期楚辞的传播接受更为突出的变化则是：楚辞与玄风清谈、名士风度的密切关联以及对楚辞作品艺术性的关注与挖掘。《世说新语》中有两则言及楚辞的片段可资说明前一特点。《豪爽》篇载："王司州在谢公坐，咏'人不言兮出不辞，乘回风兮载云旗'。语人云：'当尔时，觉一坐无人。'"《任诞》篇载："王孝伯言：'名士不必须奇才，但使常得无事，痛饮酒，熟读离骚，便可称名士。'"① 可见咏读楚辞进入时人的日常并成为相互标榜的名士风采，其所注重的是当下之需，纳入现实的生活，楚辞精神融入时代玄风，呈现接受视域的转变：屈原的诗人身份、个性风采被凸显，而楚辞的合经与否、屈原之际遇悲愤已非首要关注甚至淡化了。至于屈原作品艺术性的问题，早在汉人的相互辩难中不无彰显，但其出发点、标准仍在合经与否，魏晋时期情况有所变化。曹丕《典论·论文》中谈到对屈原、司马相如之赋的比较，有"优游案衍""据托譬喻""其意周旋""绰有余度"等评价②，殊无比附经书之色彩，是魏晋时期较早涉及对屈原作品艺术性

---

① （南朝宋）刘义庆撰，（南朝梁）刘孝标注，余嘉锡笺疏：《世说新语笺疏》，中华书局 2007 年版，第 712、897 页。

② 不见于《文选》所载《典论·论文》，严可均据《北堂书钞》增辑，见（清）严可均辑：《全三国文》卷 8，河北教育出版社 1997 年版，第 91 页。

的评论，进一步发挥了辞赋有别之论，推进后来对楚辞、汉赋区别对待之倾向。晋世皇甫谧以孙卿、屈原为赋之首，认为宋玉之后风雅之则始乖；挚虞认为楚辞为"赋之善者"而宋玉始变；陆云提出"以其情而玩其辞"①。以上种种对楚辞作品自身特色的更细致辨析，均显示楚辞接受视域的时代之变。

再看魏晋时期的《诗经》观。两汉以降，儒学不复一尊，"经学衰微"似属大势所趋，然正如有学者指出："真正式微的主要是汉代对经学的某些阐释，特别是对汉代章句之学的厌弃，而作为先秦时期的经学元典，仍受到重视，仍在相当大的范围内得到传播。"②就《诗经》而言，可以说"诗经汉学"或有衰微演变，而《诗经》之尊未减。这一时期《诗经》研究著述仍较丰富，据《隋志》经部著录，"诗经类"39部，通计亡书76部，汉人流传之作仅数家，多数为六朝时期所新出，其中魏晋之作几近半数，可见对《诗经》的尊奉研读代有延续。除著述外，《诗经》对魏晋以降诗文创作的影响也较为突出，典型如曹操、王粲的诗等，但"就大多数学者的视界来看，他们仍是把《诗经》看成是'经'"，"文学自觉"还"没有进入《诗经》学这一领域"③。晋代挚虞曾论及《诗经》与后世颂、赋、诗三种文体的渊源关系④。总体来看，《诗经》对魏晋时期诗文创作的影响是突出的，但理论之自觉尚不明显，与此相较，楚辞的接受则体现出更为明显的"文学眼光"。

魏晋时期楚辞的文体归类仍为"赋"，如称为"赋之首""赋之善"等，作为文体的"骚"不见著录。挚虞所论体现"取效诗骚"的端倪，但二者

---

① 以上分别出自皇甫谧《三都赋序》、挚虞《文章流别论》、陆云《九愍序》。见（清）严可均辑：《全晋文》卷71、77、101，河北教育出版社1997年版，第747、802、1028页。

② 张可礼：《三国时期〈诗经〉学者著述叙录及其启示》，《山东大学学报（哲学社会科学版）》2003年第2期。文中上述论断针对三国而言，扩及整个魏晋时期应无抵牾。

③ 张可礼：《三国时期〈诗经〉学者著述叙录及其启示》。

④ 挚虞：《文章流别论》，（清）严可均辑：《全晋文》卷77，第801—803页。

作为文学经典的明确树立，尚有待风气的进一步推毂。

三、南朝文坛诗骚并论的共识与分歧

时讫南朝，儒道玄释之博弈第有消长，本章第一节曾有叙述，盖儒学时有盛衰而尊显仍在，佛教发展渐著，道玄思想亦自有继，呈现多元并存的复杂现象。思想界之多元与文坛创作批评之繁盛相与并生，文坛异变亦蕴育其中，亟待有识者作出时代之回应。诗骚在文学之域的并举共尊即在这一时期得以彰显树立。

图书著录方面，南朝宋齐以来官修目录概以荀勖的四部之分为基，齐王俭《七志》乃循《汉志》之例稍事增改为新的七类并附录道经、佛经，其"文翰志"系由"诗赋略"演变而来，盖因"诗赋之名，不兼余制"①，可见其时文坛创作"余制"已多。梁阮孝绪《七录》在此基础上又作拆合，定为经典、记传、子兵、文集、术伎、佛法、仙道七类，其中"文集录"包含了楚辞、别集、总集、杂文四部。从以上两部齐梁时期目录学著述之分类看，《诗经》的著录沿袭《汉志》"六艺略"传统位列"经典"类，这一称名更直接彰显其尊崇地位；楚辞则录列于更为宽泛的"文翰""文集"，可见其时文体创作渐趋繁富。阮孝绪《七录·文集录》以"楚辞"之名明确单列居首，是现存目录学文献的首创，且直至清代四库全书之集部仍是如此，显示自《汉志》列"屈原赋之属"以来，楚辞地位独标的进一步明确。考察现存《〈七录〉目录》，其文集录中"楚辞部"之记载仅言："楚辞部五种，五帙，二十七卷。"② 从后来的《隋书·经籍志》记载看，"楚辞类"通计亡书共11部，均为以王逸《楚辞章句》所收楚辞作品为基础

① 阮孝绪《七录序》，原载《广弘明集》卷3，引见（清）严可均辑：《全梁文》卷66，第689页。
② 阮孝绪《七录》目录，（清）严可均辑：《全梁文》卷66，第691页。

的相关研究著述，原《汉志》所列"屈原赋之属"的其他汉人拟骚之作则移入别集类，以此推知，同样具备"别集"的《七录》，其"楚辞部五种"当亦属专门研究之学，范围小于《汉志》的"屈原赋之属"，显示"楚辞部"类目的更为纯粹化。又，《隋书·经籍志》在对别集、总集解释时说道："别集之名，盖汉东京之所创也。自灵均已降，属文之士众矣……故别聚焉，名之为集"，"总集者，以建安之后，辞赋转繁……文集总钞，作者继轨"①，可见别集、总集之设立与楚辞之影响均大有关系。从《汉志》以讫《七志》《七录》《隋志》之著录看，《诗经》既已入"经"，《楚辞》之于后世"诗赋""文翰""文集""集部"之地位尤为凸显，汉人所辑的《楚辞》作为一家之集②，是除《诗经》之外的文人创作的最早文集，流传过程中因其突出影响渐形成一家之学，其在"文"类中的单列居首有类于六艺经书的单列居尊，既是基于相关著述的蔚为壮大、自成体系，也是其经典地位的体现，故"楚辞类"单列于别集、总集等之前亦非体类之别而是地位之差，可以说楚辞亦是集部之"经"。

此一时期关于《诗经》及楚辞的研究著述，据《隋书·经籍志》所载亦复不少，延续魏晋风气，体现出对传统传注的进一步释解或突破、开创新视角的倾向。这一时期诗骚接受的重大变化尤在论"文"一途。南朝人从"文"的角度说诗说骚已较为普遍，二者的"文学色彩"得到进一步开掘突出，以《诗经》与楚辞作为各类文体创作的源头典范渐为论者共识，相比魏晋时期体现出更为明确的自觉意识。而面对文坛异变，各家在瞩目诗骚方面的具体见解、倾向上又有若干分歧。

这一时期"骚"体单称的普遍使用值得注意，这与南朝人对楚辞、汉赋的进一步区别对待有关。早在扬雄即已提出"诗人之赋"与"辞人之

---

① 《隋书》卷 35《经籍四》，中华书局 1973 年版，第 1081、1089 页。

② 王泗原《楚辞校释·自序》认为，《楚辞》并非总集，而是屈原集，"以宋玉以下及汉人诸篇为附录"，"有似今人编纪念集"。见王泗原：《楚辞校释》，中华书局 2014 年版，第 4 页。

赋"不同，班固在《汉书·艺文志》"诗赋略论"中也对屈原、宋玉之作有所分别，但两汉时期屈宋之作在体类上同归于赋体，所凸显的是楚辞、汉赋之同，而对楚辞是否"合经"多有论辩；至曹丕、皇甫谧、挚虞等则对屈原、宋玉之作及与汉赋之间的相异之处有进一步辨析，但仍称楚辞为"赋"；至南朝以"骚"代指楚辞方明确见诸文献记载并较普遍使用，且作为独立之体类与"赋"相区别。沈约有"骚人以来"之说①；江淹有明确标为"骚体"之作，其《杂体诗序》亦言"楚谣汉风，既非一骨"②；裴子野《雕虫论》言"若悱恻芳芳，楚骚为之祖"③；锺嵘《诗品》及萧统《文选》更将楚辞或"骚"之一系体类独标④。刘勰于《文心雕龙》中单辟《辨骚》一篇并屡有称"骚"之说⑤，亦属时代风气的体现。

与此相应，"诗骚"的并称并论也见诸时人论述。如刘宋时期檀道鸾《续晋阳秋》中就已提出"世尚赋颂，皆体则诗、骚"⑥；沈约《宋书·谢灵运

---

① 《宋书》卷67《谢灵运传论》，第1779页。

② 江淹"骚体"之作如《应谢主簿骚体》《刘仆射东山集学骚》《山中楚辞六首》等。见逯钦立辑校：《先秦汉魏晋南北朝诗》，中华书局1983年版，第1590页。所引《杂体诗序》见第1569页。

③ 裴子野：《雕虫论》，（清）严可均辑：《全梁文》卷53，第535页。

④ 《诗品》将五言诗人之源出系于国风、小雅、楚辞三系；《文选》于赋类之后单列骚体。另，南宋王应麟《玉海》之"艺文"类"总集文章"目"晋集苑、文苑、宋集林"条记载："孔逭文苑一百卷，又文苑钞三十卷。"并引南宋陈骙等《中兴书目》："孔逭集汉以后诸儒文章，今存十九卷，赋颂骚铭□吊典书表论凡十属。"见（宋）王应麟：《玉海》，《景印文渊阁四库全书》子部类书类，第944册，上海古籍出版社2003年版，第436页。孔逭为宋齐时人，《文苑》在《隋书·经籍志》《新唐书·艺文志》均著录一百卷，《宋史·艺文志》载十九卷，今佚。据所载孔逭之文体分类看，其单列"骚体"还早于萧统《文选》。

⑤ 统计《文心雕龙》全文，计有22处用"骚"，除去10处系"离骚"连称或确指《离骚》外，尚有12处用"骚"均概指战国楚辞作品尤其屈原之作，并集中于《通变》《定势》《章句》《比兴》《练字》《物色》等篇。《辨骚》一篇中6处用"骚"，其文辞表面虽指《离骚》，但审其所论亦属楚辞作品的概称。

⑥ 据《世说新语·文学》许询条刘孝标注。（南朝宋）刘义庆撰，（南朝梁）刘孝标注，余嘉锡笺疏：《世说新语笺疏》，第310页。

传论》中亦言"同祖风、骚"①；锺嵘言四言诗创作"取效风骚，便可多得"②，并在全书的五言诗品评中系以国风、小雅、楚辞三系；萧纲《与湘东王书》批评"懦钝殊常"的京师文体"既殊比兴，正背《风》《骚》"③。《文心雕龙》中亦见诗骚、风骚的并称并论。从时人论述的大体趋向看，将楚辞与《诗经》相举并论并同视为早期杰出的创作传统渐为较普遍的认识，而"风骚""诗骚"等用词差异、兼之"风雅""雅颂"等不同对称，以及具体论述中对屈宋的评价，则显示出各家论"文"观点取向的分歧，诸如同异区判、文体正变、诗骚高下之争议等。综合来看，《诗经》的经典地位自无可动摇，分歧的焦点主要集中于对楚辞的评价，这两者又是相互关联的，对楚辞的判断同时影响了《诗经》之接受视角。如沈约认为"屈平、宋玉，导清源于前"④，裴子野虽以楚骚为"悱恻芬芳"之祖却实含贬抑⑤，《梁书》载萧子显《自序》中颇以唐勒、宋玉自比而殊无贬斥⑥，锺嵘《诗品》对风骚两系各有倚重。参以北朝的屈宋接受状况更是分歧明显，赞誉有之，指摘亦较尖锐⑦。对待楚辞之褒贬，与各家对待文坛新变的态度较为一致，激

---

① 《宋书》卷 67《谢灵运传论》，第 1778 页。

② （梁）锺嵘著，曹旭集注：《诗品集注（增订本）》，第 43 页。另，该页曹旭校异中提到，"骚"字《升庵诗话》《诗话类编》并引作"雅"，注者按："上句言'四言'，'雅'字可参，唯二书晚出，不据。"

③ 萧纲：《与湘东王书》，（清）严可均辑：《全梁文》卷 11，第 118 页。

④ 《宋书》卷 67《谢灵运传论》，第 1778 页。

⑤ 裴子野：《雕虫论》，（清）严可均辑：《全梁文》卷 53，第 535 页。

⑥ 《梁书》卷 35《萧子显传》，第 512 页。

⑦ 如《魏书》卷 55《刘芳列传》记载高祖之诏："览卿注殊为富博，但文非屈宋，理惭张贾。"（中华书局 1974 年版，第 1221 页）《北史·卢玄传》附卢元明传记载北魏中山王元熙曾赞："卢郎有如此风神，唯须诵离骚，饮美酒，自为佳器。"又《朗基传》附子茂传记载其"七岁诵骚雅"等等。而《北史》卷 81《儒林传》之刘献之传则记载其曾谓其所亲曰："观屈原《离骚》之作，自是狂人，死其宜矣。"（中华书局 1974 年版，第 1071、2013、2713 页）。自南入北的颜之推在《颜氏家训·文章篇》中也有"自古文人，多陷轻薄，屈原露才扬己，显暴君过"之论。见（北齐）颜之推撰，王利器集解：《颜氏家训集解》（增补本），新编诸子集成本，中华书局 1993 年版，第 237 页。可见于时对屈宋评价之意见分歧。

进者多褒赞而保守者多抑之，其间又有程度、具体认识的差别。总体上楚辞是作为"新变"之开端及典型进入时人论"文"视野的，并与《诗经》共同作为早期创作文本启发当下的思考，这与汉人注重"合经"与否的诗骚比较是有根本不同的，彰显论"文"眼光的深入、时代文学观念的演进。

南朝文坛各体文章创作的丰富、新变是促发辨体探源、宗经树典之理论意识的时代土壤。从文学发展的历史源流看，儒家五经确属可以追溯的早期典范文本，但除《诗经》以外多属于著述应用体类，随着后世文体分类的渐趋细化、更具抒情功能的诗赋创作日益繁盛，楚辞在由诗及赋的传承中地位突出、影响渐著，两汉至南朝，其作为依经典范（抑或违经典范）、实际创作中的赋体典范、名士风流典范、变体典范等多种身份标签彰显时代视域之变。同时，五经中《诗经》作为"诗"的文体特性渐亦得到开掘，诗骚并论也凸显了《诗经》之文学地位与影响，而这又是得力于对楚辞的认识深入。故南朝诗骚观呈现不同于以往的时代特点：突出文学视域的诗骚并论以及二者正变高下的评价分歧。回顾汉魏六朝诗骚接受的演变过程，又可得出如下印象：楚辞，由早期单篇之称谓（如《史记》中所载），到"屈赋""楚辞"，再到"楚骚""骚""骚人""骚文""骚体"，体现逐渐独立、自成体系，以及地位作用之渐著、独特个性的树立；《诗经》，由"诗""诗三百""诗经"之概称到"风""雅""颂"乃至"二南"等分称或组合，以及诗骚、风骚、骚雅之并称，剥开经学藩篱，更多彰显文体本色。二者称谓的分合变化恰反映出诗骚接受上的更为内在深入。

上列南朝诸家的言论，间有略晚于《文心雕龙》者，亦属风气相通的大背景。刘勰曾言："有同乎旧谈者，非雷同也，势自不可异也。有异乎前论者，非苟异也，理自不可同也。"（《序志》）《文心雕龙》一书志在论"文"立言以救时弊，承南朝文坛风气所渐，刘勰对诗骚传统有自己的解读与重铸，其以宗经体要、取效诗骚为指导思想及总体原则，构建了集大成之理论体系。

第三节 《文心雕龙》的总体写作策略与楚辞

综上，刘勰决定"搦笔和墨，乃始论文"（《序志》），是充分考虑各方面状况而作的学术选择，有自身之储备、旨趣之所钟，又有时代风气之推毂、理论之传承演进。《文心雕龙》杰出的理论建树，正是特定时期历史条件与个人才能融汇激发的结果。从上节所论可知，诗骚的并称并论是南朝文坛较普遍的理论共识，而各家立场观点多有分歧，且较集中于对待楚辞的看法上，《文心雕龙》总体写作策略的拟定也与楚辞有重大关系。

一、南朝文论各家的应"变"立场及楚辞观比较

上节论到，对楚辞之褒贬与各家对待文坛新变的态度较为一致，激进者多褒赞而保守者多抑之，这是从大体而言，其间尚有许多具体分歧。

就目前文献所考，刘宋时期的檀道鸾最早明确使用"诗骚"并称的说法，据刘孝标《世说新语》注引，其在《续晋阳秋》中明确论及汉代赋颂"皆体则诗、骚"，并批评晋世玄言诗作"诗、骚之体尽矣"①。从现存佚文看，檀道鸾应是主于标举诗骚体则之同，是将诗骚共同作为后世诗、赋、颂等各体创作之源头典范加以树立援引的，开南朝文论诗骚并尊之先声。其对楚辞未予单独置评，但可以肯定立场是明确的，从其对汉代以降的诗赋创作有所肯定、对玄言诗之异变提出批评来看，在新变问题上是较为持中的态度。

沈约的《宋书》纪传部分完成于齐代永明年间，其《谢灵运传论》列

————————
① （南朝宋）刘义庆撰，（南朝梁）刘孝标注，余嘉锡笺疏：《世说新语笺疏》，第310页。

叙历代诗文创作时首列"风什"（《诗经》），对屈宋"清源"也充分肯定，并认为自汉至魏的辞人才子之作"莫不同祖风骚"，但又明确指出"徒以赏好异情，故意制相诡"，当具指司马相如、班固以及曹植、王粲的"文体三变"而言，降及晋宋亦处处谈变，于刘宋时期的颜、谢则又重申"轨""范"，至论声律之学则云"骚人以来……此秘未睹"①。综合其前后论述，应该说沈约在肯定诗骚传统的基础上实更为注重时代新变，这从其大量永明新体诗的创作实践中亦可得到充分说明。

裴子野在沈约的基础上稍后撰成《宋略》一书，其《雕虫论》一篇体现出较为明显的宗经复古倾向②。其视《诗经》六艺为王化之本，评楚辞为"悱恻芬芳"之祖却同时也是"弃旨归而无执"的讹变之根③，对宋来文坛吟咏情性、博依尚采之风是非常不满的，可见诗骚虽并论而崇抑有别，裴子野是齐梁之际面对文坛新变的保守一派之代表。后来由梁入北的颜之推将这一崇经抑骚倾向进一步发挥，尊崇五经为文章之源，其中《诗经》为"歌咏赋颂"之源，而对屈原、宋玉则有明确的贬抑之词，是北朝以至入隋以后崇儒致用文学思想的典型体现，但颜之推又有肯定"今之辞调"之论，呈现出调和南北的倾向。④

梁代以后的南朝文坛，无论创作与批评，"变"的意识渐益突出。成书于梁天监年间的锺嵘《诗品》聚焦于魏晋之后流行的五言诗，作专体批评并多有创见，其溯源诗骚、辨析流别，对两系诗人的艺术特点、承继关

---

① 《宋书》卷 67《谢灵运传论》，第 1779 页。

② 据学界考证，《雕虫论》系《宋略》之佚文。参见［日］林田慎之助撰，陈曦钟译：《裴子野〈雕虫论〉考证——关于〈雕虫论〉的写作年代及其复古文学论》，《古代文学理论研究》1982 年第 6 辑。关于《宋略》之成书时间，学界尚有争议意见不一，大致在南齐永明末至梁天监初年之间。

③ 裴子野《雕虫论》言："若悱恻芬芳，楚骚为之祖；靡漫容与，相如扣其音。由是随声逐影之俦，弃指归而无执。"见（清）严可均辑：《全梁文》卷 53，第 535 页。

④ （北齐）颜之推撰，王利器集解：《颜氏家训集解》（增补本）卷 4《文章篇》，新编诸子集成本，第 237 页。据王利器考证，《颜氏家训》著于隋文帝灭陈之后，隋炀帝即位之前。

系做了具体探讨，大大推进了对诗骚传统的建构与体认。从其明确指明源出的两系诗人序列看①，上品诗人以《诗经》一系居多，总体数量则楚辞一系为胜，体现出诗骚并尊、宗经亦重变的思想②。大致同时期成书的萧子显《南齐书》，在《文学传论》中提出"吟咏规范，本之雅什"，对当时所谓"三体"均有批评，但又明确提出"若无新变，不能代雄"，于"属文之道"推重神思、吟咏、折衷雅俗，《梁书》所载其《自序》中更申明笃好文章辞藻且自比唐勒、宋玉，可知也属尊重传统亦重新变的倾向③。

萧统编辑《文选》，其《序》中亦有踵事增华、随时变改之说，所录皆"能文"之篇章、篇翰、篇什而不取经、子、史及简牍杂论，篇目以赋、诗、骚及其他各体文为序且诗赋数量过半，正是重视时代文坛宗尚及创作实际的体现。《文选序》于"赋"类说明中曾引《毛诗序》六义之说并言"古诗之体，今则全取赋名"④，可知其意在说明"赋"实为今之"诗"，赋体创作并不悖《诗经》六义，其将后世蔚为壮观"不可胜载"的大量赋作居首录列，显是重视及肯定之意，赋之源则系于荀子、宋玉。《文选》另将"骚人之文"别列一体，是楚辞进一步单体独标的明确体现，亦含见重之意，《序》中对屈原的评价主要着重于对其遭遇的同情。《文选》"诗"类辑录汉代以降之作，因《诗经》为"经"故不录，但《序》中亦溯源风雅之道，且在"序"类作品一目收录了《卜子夏毛诗序》，可见其对《诗经》传统

---

① 据曹旭《诗品集注（增订本）》统计，明确指出源出的共36人，其中出于《国风》15人、《小雅》1人、《楚辞》21人，详细情况见该书《前言》之统计表。（梁）锺嵘著，曹旭注：《诗品集注（增订本）》，第33页。

② 《诗品》之"宗经"，主要体现在论述五言诗人创作源流、分析诗歌艺术等方面对《诗经》（国风、小雅）传统的尊奉倚重，而据《梁书》及《南史》本传，锺嵘本人明《周易》、好学有思想，曾举秀才、为国子生，可说也是"服膺儒术"的，《诗品》之"宗经"与《文心雕龙》之间有复杂之异同，尚需详细另论。

③ 《南齐书》卷52《文学传论》，第907—909页。其《自序》见《梁书》卷35《萧子显传》（第512页）。

④ （梁）萧统：《文选序》，《文选》，第1页。

的标举。另外，萧统在《答湘东王求〈文集〉及〈诗苑英华〉书》一文中有"丽而不浮，典而不野，文质彬彬"之论，《陶渊明集序》中又标举"有助于风教"之旨①。由上可见，萧统《文选》囿于体例虽未明确标举诗骚，从以上分析亦可推知，其文学思想大体属于折衷新变与传统，又从各体文章之编选并录来看，其树典意识是较为通达宽泛的。

萧纲的论"文"取向则体现出更为彻底的主变观点。《与湘东王书》中曾指摘京师文体"正背风骚"，其标举风骚是为新变之"今文"助力，实际推重的楷模典范则是谢灵运、沈约、任昉、陆倕之作，并将"今文""古文"截然对立，提倡崇今摒古②。萧绎在创作实践上与萧纲声气相类，主于新变、热衷新体，理论主张则并未极端绝对。其以屈原、宋玉为"文"之远源，主情灵哀思、辞采声韵，但又有"艳而不华，质而不野"的折衷之论③。

从南朝创作实践的总体走向看，"变"是大势所趋，无论保守复古、逐新求变抑或折衷态度，均基于这一"应变"背景，宋齐两代新变与复古的对垒已渐分明，入梁以后新变、折衷之论更为主流，体现对文坛新变的普遍承认。从以上各家理论主张的总体倾向看，除裴子野、萧纲属较为极端的复古派、新变派外，其余各家在二者之间多有兼顾、也有偏向，未可以"折衷"一概而论。各家的具体差别，在楚辞评价上尤其彰显：主宗经复古者的典型表现为崇经抑骚（裴子野乃至颜之推），视楚辞为后世文体讹变的源头而加以贬抑；彻底倾向新变者如萧纲则抛开诗骚另立楷模；其他认可新变者，对楚辞均予以肯定，但有具体程度之差别。如沈约"此秘未睹"之说、萧子显"代雄"之论，似更青睐后世新声；钟嵘、萧统则对

---

① （清）严可均辑：《全梁文》卷20，第211、215页。

② 萧纲：《与湘东王书》，（清）严可均辑：《全梁文》卷11，第118页。

③ 参见萧绎：《金楼子·立言》及《内典碑铭集林序》。（梁）萧绎撰，许逸民校笺：《金楼子校笺》，第966页；（清）严可均辑：《全梁文》卷17，第189页。

楚辞有较多倚重，限于各自体例以不同方式对楚辞的特异有所剖示与肯定。可见在诗骚并举并论的时代共同风气下，实有具体主张之不同，尤其对待楚辞的褒贬及倚重程度差异较大。源于两汉的经骚同异之辨是影响南朝楚辞评价的背景及远因，对当下文坛新变的排斥或接受则是直接因素，因同而赞、因异而贬还是因异而赞、赞并取效，便有不同角度、程度之差别。楚辞评价问题密切关联各家论"文"的立场与观点，也是考察其理论内核及差异所在的重要着眼点。

二、《文心雕龙》"取效诗骚"① 的策略实施及楚辞因素的文本呈现

《文心雕龙》成书，如前所述，早于锺嵘《诗品》而更远早于萧统《文选》，正处于文坛上复古、新变各有所执的齐梁之际。刘勰选择作为经典枝条的文章为著述对象是出于弘儒立家的初衷，立家即要自成一家，从《序志》所论看，其对"近代论文者"的得失是有充分考察与思考的，撰述定位不同于以往的单篇序论及文集选编之类，而是能"观衢路""振业以寻根"的"亦几乎备矣"的综合著述。《序志》中对全书篇目内容的一段概述可视为这一论"文"抱负的具体实施策略，为方便论述援引如下：

> 盖文心之作也，本乎道，师乎圣，体乎经，酌乎纬，变乎骚，文之枢纽，亦云极矣。若乃论文叙笔，则囿别区分，原始以表末，释名以章义，选文以定篇，敷理以举统，上篇以上，纲领明矣。至于剖情析采，笼圈条贯，摛神性，图风势，苞会通，阅声字，崇替于时序，褒贬于才略，怊怅于知音，耿介于程器，长怀序志，以驭群篇，下篇

---

① 锺嵘《诗品序》中有"取效风骚"之说，这里套用锺嵘语概括，刘勰并未明言此语，但多处见"诗骚"并举，且综贯全书所论，其取效二者之意甚明。《文心雕龙》的具体取效情形在下文详论。

以下，毛目显矣。

从这段文字的表述方式看明显区别为三大序列：文之枢纽（亦云极矣）、上篇以上（纲领明矣）、下篇以下（毛目显矣）。下篇根据三字、五字、四字之表述句式又可再分为三部分，如此《文心雕龙》全书五十篇可归为五组：枢纽论、文体论、创作论、批评论（除《序志》外的后五篇）及序言（《序志》）。①《梁书·刘勰传》曾概评《文心雕龙》"论古今文体"②，从上述序列看确属贯通古今而再归纳深研，其纵横广深的论文视野是前人未及的。以如此视野探察文学史历程、观照当下之现状出路，诗骚在其理论思索中的突出地位尤为彰显。从《序志》已知，其应对文坛异变的总体指导思想为"宗经体要"，拟通过溯源经典、树立高格以救时弊，而基于"文"之一途的发展史实及创作现状，"树典"原则实具体聚焦于《诗经》与楚辞。即从文辞表面之论述看，《文心雕龙》全书涉及诗骚之辞已占大多数篇章，如下表所示。

篇目	涉诗	涉骚
原道	逮及商周，文胜其质，雅颂所被，英华日新。……重以公旦多材，振其徽烈，剬诗缉颂，斧藻群言。至夫子继圣，独秀前哲，镕钧六经……	—
征圣	近褒周代，则郁哉可从……郑诗联章以积句…此博文以该情也……征之周孔，则文有师矣……然则圣文之雅丽，固衔华而佩实者也	—

---

① 祖保泉《对〈文心雕龙〉文学理论体系的思考》一文对上引《序志》文字的表述句式曾有详细论析，见祖保泉：《文心雕龙解说》，安徽教育出版社 2009 年版，第 974—985 页。

② 《梁书》卷 50《文学下·刘勰》，第 710 页。

篇目	涉诗	涉骚
宗经	诗列四始……昭明有融(引自《大雅·既醉》)。诗主言志,诂训同书,摛风裁兴,藻辞谲喻,温柔在诵,故最附深衷矣……赋颂歌赞,则诗立其本……若禀经以制式,酌雅以富言,是即山而铸铜,煮海而为盐也。故文能宗经,体有六义……扬子比雕玉以作器,谓五经之含文也	是以楚艳汉侈,流弊不还,正末归本,不其懿欤
正纬	—	—
辨骚	轩翥诗人之后……淮南……以为国风好色而不淫,小雅怨诽而不乱……王逸以为诗人提耳……及汉宣嗟叹,以为皆合经术;扬雄讽味,亦言体同诗雅……凭轼以倚雅颂……	(具体篇章)
明诗	自商暨周,雅颂圆备,四始彪炳,六义环深……若夫四言正体,则雅润为本	逮楚国讽怨,则离骚为刺
乐府	匹夫庶妇,讴吟土风,诗官采言,乐盲被律……季札鉴微于兴废……自雅声浸微,溺音腾沸……	朱马以骚体制歌
诠赋	诗有六义,其二曰赋。……传云登高能赋,可为大夫。诗序则同义,传说则异体。……然则赋也者,受命于诗人……按那之卒章,闵马称乱,故知殷人辑颂……斯并鸿裁之寰域,雅文之枢辖也。……赋自诗出……风归丽则	及灵均唱骚,始广声貌。然则赋也者……拓宇于楚辞也……楚人理赋,斯并鸿裁之寰域,雅文之枢辖也
颂赞	风雅序人,事兼变正;颂主告神,义必纯美。……时迈一篇,周公所制,哲人之颂,规式存焉	及三闾橘颂,情采芬芳,比类寓意,又覃及细物矣
祝盟	—	若夫楚辞招魂,可谓祝辞之组丽也。……指九天以为正(《离骚》语)
铭箴	—	—

续表

篇目	涉诗	涉骚
诔碑	殷臣咏汤，追褒玄鸟之祚；周史歌文，上阐后稷之烈；诔述祖宗，盖诗人之则也	—
哀吊	昔三良殉秦，百夫莫赎，事均夭枉，黄鸟赋哀，抑亦诗人之哀辞乎	或狷忿以乖道……自贾谊浮湘，发愤吊屈……扬雄吊屈……
杂文	—	宋玉含才，颇亦负俗，始造对问，以申其志，放怀寥廓，气实使文……自七发以下……观其大抵所归，莫不高谈宫馆，壮语畋猎。……（范注：观此数语，益信七之源于《大招》）
谐隐	—	楚襄宴集，而宋玉赋好色。意在微讽，有足观者。……餔糟啜醨（《渔父》语）
史传	就太师以正雅颂，因鲁史以修春秋	—
诸子	—	—
论说	—	—
诏策	《诗》云畏此简书……《诗》云有命自天，明命为重也	—
檄移	—	—
封禅	—	—
章表	《诗》云为章于天，谓文明也。	—
奏启	诗刺谗人，投畀豺虎	—
议对	周爰咨谋，是谓为议（《大雅·绵》） 三代所兴，询及刍荛（《大雅·板》）	—
书记	《大雅》云人亦有言，惟忧用老，并上古遗谚，诗书所引者也	—
神思	—	—
体性	—	—
风骨	—	—

篇目	涉诗	涉骚
通变	暨楚之骚文，矩式周人	暨楚之骚文，矩式周人；汉之赋颂，影写楚世；……商周丽而雅，楚汉侈而艳，魏晋浅而绮，宋初讹而新
定势	是以模经为式者，自入典雅之懿	效《骚》命篇者，必归艳逸之华
情采	昔诗人什篇，为情而造文……盖风雅之兴，志思蓄愤，而吟咏情性，以讽其上，此为情而造文也	—
镕裁	—	
声律	又诗人综韵，率多清切	楚辞辞楚，故讹韵实繁。及张华论韵，谓士衡多楚，文赋亦称不易，可谓衔灵均之余声，失黄钟之正响也
章句	寻诗人拟喻，虽断章取义，然章句在篇，如茧之抽绪，原始要终，体必鳞次。……至于诗颂大体，以四言为正，唯祈父肇禋，以二言为句……六言七言，杂出诗骚……又诗人以兮字入于句限……	六言七言，杂出诗骚……又诗人以兮字入于句限，楚辞用之，字出于句外
丽辞	至于诗人偶章，大夫联辞，奇偶适变，不劳经营	宋玉《神女赋》云：毛嫱鄣袂，不足程式；西施掩面，比之无色。此事对之类也
比兴	诗文宏奥，包韫六义；毛公述传，独标兴体，岂不以风通而赋同，比显而兴隐哉？……关雎有别，故后妃方德；尸鸠贞一，故夫人象义……故金锡以喻明德，珪璋以譬秀民，螟蛉以类教诲，蜩螗以写号呼，浣衣以拟心忧，席卷以方志固……至如麻衣如雪，两骖如舞，若斯之类，皆比类者也……诗人比兴，触物圆览	楚襄信谗，而三闾忠烈，依诗制骚，讽兼比兴 ①……宋玉高唐云：纤条悲鸣，声似竽籁。此比声之类也

---

① 范文澜认为"讽"当作"风"，并注："楚骚，楚风也。"杨明照《文心雕龙范注举正》已证"讽"字不误，今本多取"讽兼比兴"。见（梁）刘勰撰，詹锳义证：《文心雕龙义证》，上海古籍出版社 1989 年版，第 1357 页。

篇目	涉诗	涉骚
夸饰	虽诗书雅言，风俗训世，事必宜广，文亦过焉。是以言峻则嵩高极天，论狭则河不容舠，说多则子孙千亿，称少则民靡孑遗；……辞虽已甚，其义无害也。且夫鸮音之丑，岂有泮林而变好？茶味之苦，宁以周原而成饴？并意深褒赞，故义成矫饰。……若能酌诗书之旷旨，翦扬马之甚泰，使夸而有节，饰而不诬，亦可谓之懿也	自宋玉、景差，夸饰始盛
事类	夫经典沉深，载籍浩瀚，实群言之奥区，而才思之神皋也。……经书为文士所择……经籍深富	观夫屈宋属篇，号依诗人，虽引古事，而莫取旧辞
练字	诗骚适会，而近世忌同，若两字俱要，则宁在相犯	诗骚适会，而近世忌同，若两字俱要，则宁在相犯
隐秀	—	—
指瑕	斯言之玷，实深白圭	—
养气	—	—
附会	—	—
总术	—	—
时序	成汤圣敬，猗欤作颂。逮姬文之德盛，周南勤而不怨；大王之化淳，邠风乐而不淫。幽厉昏而板荡怒，平王微而黍离哀	唯齐楚两国，颇有文学……楚广兰台之宫……屈平联藻于日月，宋玉交彩于风云。观其艳说，则笼罩雅颂，故知炜烨之奇意，出乎纵横之诡俗也。……爰自汉室，迄至成哀，虽世渐百龄，辞人九变，而大抵所归，祖述楚辞，灵均余影，于是乎在

篇目	涉诗	涉骚
物色	是以诗人感物，联类不穷……故灼灼状桃花之鲜，依依尽杨柳之貌，杲杲为出日之容，瀌瀌拟雨雪之状，喈喈逐黄鸟之声，嘤嘤学草虫之韵。皎日嘒星，一言穷理；参差沃若，两字穷形：并以少总多，情貌无遗矣。……至如雅咏棠华，或黄或白；……诗骚所标，并据要害……春日迟迟……	是以献岁发春，悦豫之情畅；滔滔孟夏，郁陶之心凝；天高气清，阴沉之志远；霰雪无垠，矜肃之虑深。……虫声有足引心……及离骚代兴，触类而长，物貌难尽，故重沓舒状……骚述秋兰，绿叶紫茎……诗骚所标，并据要害……屈平所以能洞监风骚之情者，抑亦江山之助乎？……秋风飒飒……
才略	吉甫之徒，并述诗颂，义固为经，文亦足师矣	战代任武，而文士不绝。诸子以道术取资，屈宋以楚辞发采。……相如好书，师范屈宋，洞入夸艳，致名辞宗
知音	—	昔屈平有言，文质疏内，众不知余之异采。见异唯知音耳
程器	—	若夫屈贾之忠贞……声昭楚南……
序志	本乎道，师乎圣，体乎经，酌乎纬，变乎骚	本乎道，师乎圣，体乎经，酌乎纬，变乎骚

从上表辑录可知，全书中三十六篇均有"涉诗""涉骚"的文句，其中诗骚兼及者达二十篇，集中在属于枢纽的《宗经》《辨骚》、文体论之"文"类各篇以及"下篇以下"创作批评论诸篇，其中《章句》《练字》《物色》又有"诗骚""风骚"等并称，《定势》有"模经为式"与"效骚命篇"的明显对称，由此可以明显见出刘勰立论的"取效诗骚"之意。各篇理论内容与诗骚的实际相关性尚待具体论证，这里仅就文辞表面已足以证明诗骚在《文心雕龙》整体论述中的重要分量。从"涉骚"一面看，上表所计篇

目达 25 篇，除"叙笔"部分未见引用外，其他各处基本与《诗经》呈并举对等之势甚至在多篇独标，所涉文字有援引文句、客观陈述、褒赞以及似含批评等差别，此尚需结合具体内容做具体分析，但以"一人专书"在各篇中有如此高频率的涉及，是除《诗经》以外值得注意的突出现象，显示其对楚辞的特别倚重。

时人关于诗骚同异正变、褒贬高下等各种意见不一，刘勰对此有自己的判断。其以宽广视野远效诗骚，是"宗经体要"原则的进一步落实，而目的、着眼点在矫正时俗，提供如何正确对待当下文坛异变的思考。从历史发展来看，儒家经典固是早期各体文章创作的杰出代表，但未足言"变"，楚辞于文体之源流承继则地位关键，是进行理论反思的异变典型，也是南朝文论各家分歧的焦点所在，《文心雕龙》中的"楚辞因素"正是其不同于复古及极端新变派的重要表征。从弘儒立场出发，尊崇五经是刘勰与复古一派的共识（二者之崇经内涵则存在差异），其宗经旗帜鲜明，但楚辞观彰显二者的根本差别：裴子野、颜之推主张崇经抑骚，对楚辞"异变"有明确体认但因"异"而贬；刘勰崇经也重骚，对楚辞的倚重却并非无视其"异变"。刘勰所论亦不同于极端主变一派的"尊骚而未效"，而是因"变"而取效。上表所计一定程度上可见楚辞在《文心雕龙》全书中的比例分量，从其策略实施的序列安排看，"变乎骚"也明确进入枢纽五篇的总体考虑，影响全书论述的总体立场及定位，后续的文体辨析及研术与批评则具体贯彻"取效诗骚"之旨，树典引证中基本言"诗"必及"骚"，有些篇目更有对楚辞的独标专引，诗骚之间的对论比较有同有异，显示糅合诗骚同异的辩证思考。楚辞被复古派视为讹变之根而贬斥，在新变派眼中又被置于古代传统而有所忽略，刘勰对既"古"而"新"的楚辞的充分关注，纠复古派之成见、补新变派之所忽，相较晚出的《诗品》《文选》亦独具理论品格。可以说，《文心雕龙》独特的理论建树正与论骚取向有莫大的关系。

刘勰在《序志》中明言"擘肌分理，唯务折衷"，其在诗骚立场上正是如此，以"取效诗骚"的全面、发展眼光从经变两途溯源思考，对传统资源尤其楚辞创作经验做了前所未有的深入挖掘，并纳入论"文"的整体思考，形成其丰富、圆该之理论体系。楚辞对《文心雕龙》理论建构的影响非仅在文辞表面，更渗透体现于全书理论内容，以下分别加以具体探讨。

第二章
《文心雕龙》的文体考论与楚辞的"文"源意义

循刘勰之撰述策略,《文心雕龙》全书分为三大板块进行:文之枢纽,上篇(论文叙笔),下篇(剖情析采、笼圈条贯)。枢纽五篇明显以总体视野笼罩全书,具备总论性质,上下篇的安排体现由外而内、由述转论的用意:在文体考察基础上再进行综合的理论归纳。可以说,上篇正是下篇的前提与基础。从《序志》中的概述看,"论文叙笔"主要解决两方面问题:囿别区分并对各类文体做一番"原释选敷"①,意在对各体文的当下样态、历史流变做全面系统考察,显示纵横宽广的文体视域,但其文体观念并不仅体限于这一部分,是贯穿全书的。本章着意考察刘勰在文体考论诸多方面所受到的楚辞影响问题,即在文体意义上对楚辞的挖掘吸收,以"文之枢纽""论文叙笔"为重心,亦兼及下篇。

第一节 刘勰所见的《楚辞》

既从文体着眼考察楚辞与《文心雕龙》之关系,首先需对进入刘勰视

---

① 即"原始以表末,释名以彰义,选文以定篇,敷理以举统"的简称,是刘勰为各体文考察所确定的基本方法与思路。

野的《楚辞》文本作出辨析，即确定楚辞本身的"身份"问题。作为创作文本，楚辞亦是各体文的一种，是刘勰考察的对象，它如何进入其论文视野、具体篇目状况又如何，是进行下一步关系讨论的文本依据和前提。

一、《文心雕龙》中所讨论的楚辞篇目

《文心雕龙》中涉及楚辞篇目的论述主要集中在列于"文之枢纽"的《辨骚》一篇。① 该篇以"骚"为题，援引评述也主要针对屈原的《离骚》，但又明显不限于此，显示南朝以来普遍以"骚"代称楚辞尤其屈原、宋玉之作的使用倾向。

本篇有一段"征言"论骚之"四同四异"的文字，考其所引主要来自以下作品：《离骚》、《九章》三篇（《涉江》《哀郢》《悲回风》）、《天问》、《招魂》、《九辩》②。后文综论楚辞各篇特点，上述引证作品均已包括，并按内容风格分五组呈现：《骚经》《九章》；《九歌》《九辩》；《远游》《天问》；《招魂》《大招》③；《卜居》《渔父》。再后，"九怀以下"所指应是汉代王褒《九怀》等拟骚作品。

《文心雕龙》其他各篇也有涉及楚辞作品的情况（征引作品文句或直接述及），辑录如下：

《明诗》：《离骚》。（逮楚国讽怨，则离骚为刺）

《颂赞》：《九章》之《橘颂》。（及三闾橘颂，情采芬芳）

---

① 关于本篇归于"枢纽论"抑或"文体论"曾在学界引起较广泛讨论，见本书绪论。篇目归属上仍应以《序志》所述为据，至于"骚"之文体意义将在下文详论。

② 笔者另文中曾参照《辨骚》篇的多家注解对其举以例证的语句出处有详细归纳，可参看。见赵红梅：《辨骚》篇"征言"再议与〈文心雕龙〉的论文宗旨》，《首都师范大学文艺学博士文选》（第三辑），中国社会科学出版社 2018 年版，第 167—181 页。本节所论亦对该文有所酌取。

③ 元至正本为《招隐》，唐写本为《大招》，今学界较一致认同的应为《大招》。就王逸对两篇作者的判断及刘勰所论之楚辞范围看，确以系于屈原或景差的《大招》为是。

《祝盟》:《招魂》《离骚》。(若夫楚辞招魂,可谓祝辞之组丽也。另,"指九天以为正"取自《离骚》)

《谐隐》:《渔父》。("舖糟啜醨"取自《渔父》"众人皆醉,何不舖其糟而啜其醨?")

《物色》:《招魂》,《九辩》,《九章》之《怀沙》《涉江》,《离骚》,《九歌》。①

《知音》:《九章·怀沙》。(文质疏内,众不知余之异采)

可知关于《九章》具体篇目又有所补充,《离骚》《招魂》《九辩》《九歌》等篇亦多次论及,较为倚重。综合《文心雕龙》引述楚辞作品的情况看,王逸《楚辞章句》系于屈宋的诸篇均已包括,计有:《离骚》《九歌》《天问》《九章》《远游》《卜居》《渔父》《九辩》《招魂》《大招》十种,其中《九章》中直接涉及五篇。现在学界对于以上篇目的作者归属尚存争议,如《招魂》系于宋玉还是屈原,《远游》《卜居》《渔父》《大招》等是否后人拟作等,屈宋之间暂且不论,据今存王逸注,以上篇目是均视为战国时期楚辞作品的(其中《大招》或疑为景差所作),以《辨骚》所论看亦如此,全篇致力于对"屈宋逸步"的辨析,"九怀以下"实际未予讨论。《文心雕龙》中引述楚辞作品之全面与丰富、分析之见解独到,显示刘勰对《楚辞》文本的全面阅读与充分熟悉,同时,楚辞作品在《辨骚》及其他多篇中的呈现亦见其对刘勰理论的广泛渗透。

二、刘勰所见的《楚辞》版本推测

自东汉末王逸在刘向基础上"著《楚辞章句》行于世"②,这一集大成

---

① 《物色》篇所涉《楚辞》篇目众多此不详引,其中《离骚》直接论及,其他属征引文句。关于本篇的"楚辞渗透"问题本书第三章有论。

② 《后汉书》卷80上《文苑传上·王逸》,中华书局1965年版,第2618页。

的全注本在后世流传中影响渐著，而其他汉人注解之作则逐渐散佚，南北朝时期楚辞相关书目的存佚即有了较大变化。梁代阮孝绪《七录》"文集录"中首次单列"楚辞部"，据《广弘明集》记载，包含"五种，五帙，二十七卷"①，惜未录细目。据成书于唐代的《隋书·经籍志》"楚辞类"所列，其时尚有十种书目，如下：

《楚辞》十二卷并目录，后汉校书郎王逸注。

《楚辞》三卷，郭璞注。梁有《楚辞》十一卷，宋何偃删王逸注，亡。

《楚辞九悼》一卷，杨穆撰。②

《参解楚辞》七卷，皇甫遵训撰。③

《楚辞音》一卷，徐邈撰。

《楚辞音》一卷，宋处士诸葛氏撰。

《楚辞音》一卷，孟奥撰。

《楚辞音》一卷。

《楚辞音》一卷，释道骞撰。

《离骚草木疏》二卷，刘杳撰。

右十部，二十九卷。通计亡书，十一部，四十卷。④

---

① （清）严可均辑：《全梁文》卷66，第689页。

② 杨穆，未确何人。清代姚振宗《隋书经籍志考证》提出："后周有杨穆，字绍叔，弘农华阴人，仕至车骑将军都督、并洲刺史。附见其弟杨宽传，不知否即此杨穆也？"这里指《周书》卷22《杨宽传》附载的杨穆。见《二十五史补编》，中华书局1955年版，第5666页。

③ 据此处"……撰"之著录例，似应断为"皇甫遵训"，未确何人。如宋洪兴祖《楚辞补注》在"楚辞卷第一"下之小注："隋唐书《志》有皇甫遵训《参解楚辞》七卷。"见（宋）洪兴祖撰，白化文等点校：《楚辞补注》（2002年重印修订本），第1页。清代蒋骥《山带阁注楚辞》所附《楚辞余论》援引同。近人刘永济《王逸章句识误》明确断为"皇甫遵训"，见刘永济：《屈赋通笺笺屈余义》，中华书局2007年版，第263页。若据《隋志》经类著录《吴越春秋》十卷，皇甫遵撰"，则此"皇甫遵"据考似为隋唐间人。此尚存疑。

④ 《隋书》卷35《经籍四》，第1055页。

上列作者除隋代释道骞以类相从列于梁代刘杳之前外，其余基本是以时代先后为序的，可知自王逸至刘宋孟奥之前诸作，以刘勰生活时代衡之均有可能经见，计有王逸注《楚辞》、郭璞注《楚辞》、何偃删改王逸的《楚辞》及其他晋宋著作共八部。这与阮孝绪的"五种"有出入，其间之发掘、著录应受条件所限未尽一致，"五种"也未必全部包含于"八部"之中，但从中可见王逸注《楚辞》（即《楚辞章句》）作为唯一汉人之作得以承传，是其他各家所依据的共同来源，属于流行的权威注本，在南北朝楚辞接受中具有突出地位，刘勰对楚辞的阅读与吸收也应主要来源于此。

王逸《楚辞章句》今存最古为明翻宋刻本，十七卷。自其问世以来，版本著录情况相关记载不一，如下①：

《楚辞章句·离骚后叙》：今臣复以所识所知，稽之旧章，合之经传，作十六卷章句。②

《后汉书·文苑列传》之王逸传：王逸，……著《楚辞章句》行于世。③

《隋书·经籍志》：《楚辞》十二卷并目录。后汉校书郎王逸注。……后汉校书郎王逸，集屈原已下，迄于刘向，逸又自为一篇，并叙而注之，今行于世。④

《旧唐书·经籍志下》：《楚词》十六卷，王逸注。⑤

《崇文总目》集部"总集类"：《楚辞》十七卷。⑥（未具作者名）

---

① 以下著录及卷数情况凡据《景印文渊阁四库全书》本辑录，均据上海古籍出版社2003年版，标点参照各书通行本酌加，下同。

② 《景印文渊阁四库全书》集部楚辞类，第1062册，第15页。

③ 《景印文渊阁四库全书》史部正史类，第253册，第554页。

④ 《景印文渊阁四库全书》史部正史类，第264册，第649页。

⑤ 《景印文渊阁四库全书》史部正史类，第269册，第351页。

⑥ 《景印文渊阁四库全书》史部目录类，第674册，第127页。

《新唐书·艺文志》：王逸注《楚辞》，十六卷。①

《郡斋读书志》集部"楚辞类"：《楚辞》十七卷，后汉校书郎王逸叔师注。……《补注楚辞》十七卷，《考异》一卷，未详撰人。②

《直斋书录解题》集部"楚辞类"：《楚辞》十七卷。③（据题解指洪兴祖补注本）

《宋史·艺文志》集类"楚辞类"：《楚辞》十六卷，楚屈原等撰。《楚辞》十七卷，后汉王逸章句。……洪兴祖《补注楚辞》十七卷，《考异》一卷。④

……

《四库全书总目》集部"楚辞类"：《楚辞章句》十七卷，……逸又益以己作《九思》与班固二叙，为十七卷。⑤

可知，王逸注本或径称为《楚辞》《楚词》，长期以来并未定名《楚辞章句》。宋代以后所载卷数基本统一于"十七卷"⑥，而之前的著录尚有许多疑问：王逸所叙之"十六卷章句"是否即为《楚辞章句》、何以《隋志》载录为"十二卷"但又包含王逸之自作、《旧唐书》又如何易为"十六卷"等等。学界对此意见不一，以下结合篇目分析再一并探讨。

另外，宋代楚辞研究中涉及的《楚辞释文》"古本"真伪问题，亦在后世引发广泛讨论，并与刘勰《辨骚》中的相关论述密切关联。现将主要几条文献依据罗列如下（着重号为笔者所加）：

---

① 《景印文渊阁四库全书》史部正史类，第 273 册，第 104 页。

② 《景印文渊阁四库全书》史部目录类，第 674 册，第 242 页。

③ 《景印文渊阁四库全书》史部目录类，第 674 册，第 779 页。

④ 《景印文渊阁四库全书》史部正史类，第 284 册，第 1 页。

⑤ （清）永瑢等：《四库全书总目提要》，《四部精要》第 10 册，上海古籍出版社 1992 年版，第 711 页。

⑥ 早于《新唐书》的《崇文书目》已著录为"十七卷"，《新唐书》或因袭《旧唐书》而未改，《宋史》所录十六卷本似为无注本。

　　洪兴祖《楚辞补注》目录后叙：按《九章》第四，《九辩》第八，而王逸《九章》注云"皆解于《九辩》中"，知《释文》篇第盖旧本也，后人始以作者先后次叙之尔。①（《楚辞补注》目录于每篇下均注明《释文》篇次，其中《离骚经第一》篇下注："《释文》第一，无'经'字"）

　　晁公武《郡斋读书志》卷四上：《楚辞释文》一卷。未详撰人。其篇次不与世行本同。盖以《离骚经》……为次。……知《释文》篇第，盖旧本也，后人始以作者先后次第之耳。或曰："天圣中陈说之所为也。"②

　　朱熹《楚辞集注》所附《楚辞辩证卷上》之《目录》：洪氏又云："今本《九辩》第八，而《释文》以为第二。盖《释文》乃依古本，而后人始以作者先后次叙之。"然不言其何时何人也。今按天圣十年陈说之《序》，以为旧本篇第混并，首尾差互，乃考其人之先后，重定其篇。然则今本说之所定也欤。③

　　陈振孙《直斋书录解题》卷一五：《离骚释文》一卷。古本，无名氏。洪氏得之吴郡林虑德祖。其篇次不与今本同。……《释文》亦首《骚经》……则《释文》篇第，盖旧本也，后人始以作者先后次序之耳。朱侍讲按，……然则今本说之所定也。④

　　《四库全书总目》集部"楚辞类"《楚辞章句》提要：陈振孙《书录解题》载有古文《楚辞释文》一卷，其篇第首《离骚》……迥与今本不同。兴祖……振孙又引朱子之言……则自宋以来已非逸之旧本。……逸所注本确有"经"字，与《释文》本不同，必谓《释文》为旧本，亦未可信，姑存其说可也。⑤

---

① （宋）洪兴祖撰，白化文等点校：《楚辞补注》（2002 年重印修订本），第 3 页。

② 《景印文渊阁四库全书》史部目录类，第 674 册，第 242 页。

③ 《景印文渊阁四库全书》集部楚辞类，第 1062 册，第 379、380 页。

④ 《景印文渊阁四库全书》史部目录类，第 674 册，第 779、780 页。

⑤ （清）永瑢等：《四库全书总目提要》，《四部精要》第 10 册，上海古籍出版社 1992 年版，第 711 页。

从上引文献可知，《楚辞释文》之名在宋人称述中并不统一，或略称
《释文》或别称《离骚释文》，但所指应同，为方便论述，下文统称《楚
辞释文》。刘勰所见的王逸注《楚辞》（《楚辞章句》）应为南北朝时期的传
写本，其篇次面貌是否同于宋人所说的"旧本"《楚辞释文》，学界有不同
意见。为清楚比对，现将今本《楚辞章句》与宋人所录《楚辞释文》的篇
次情况以及《文心雕龙》《文选》所涉楚辞篇目情况（兼及宋玉其他作品）
一并列表如下：

今本《楚辞章句》篇次	《楚辞释文》篇次	《文心雕龙》所涉楚辞篇目及宋玉其他作品		《文选》所录楚辞篇目及宋玉其他作品	
离骚经 九歌 天问 九章 远游 卜居 渔父 九辩 招魂 大招 惜誓 招隐士 七谏 哀时命 九怀 九叹 九思	离骚① 九辩 九歌 天问 九章 远游 卜居 渔父 招隐士 招魂 九怀 七谏 九叹 哀时命 惜誓 大招 九思	骚经、九章 （涉江、哀郢、悲回风） 九歌、九辩 远游、天问 招魂、大招 卜居、渔父	辨骚	离骚经 九歌（六首） 九章（涉江） 卜居 渔父 九辩（五首）	骚类
		九怀以下		招魂 招隐士	
		九章·橘颂（颂赞） 九章·怀沙（物色、知音） 风赋（诠赋） 钓赋（诠赋） 对楚王问（杂文） 登徒子好色赋（谐隐） 神女赋（丽辞） 高唐赋（比兴）		风赋（物色类） 高唐赋 神女赋 登徒子好色赋 （情类）	赋类
				对楚王问	对问

——————————

① 按，洪兴祖、晁公武、陈振孙、《四库全书总目提要》四家于《楚辞释文》具体篇
次的载录较为一致，应皆本于洪兴祖之说，但首篇《离骚》题名不一：洪兴祖《楚辞补注》
的《离骚经第一》目录下明确注明"《释文》第一，无'经'字，《四库》本即转录为《离骚》，
但晁公武及陈振孙转述时均有"经"字（离骚经、骚经）。审洪兴祖曾亲见《释文》并据以考证，
特意指出无"经"字应属实，晁、陈二人应属习称之误。

综合以上材料,可对刘勰所见《楚辞》的版本情况作出推测。

王逸注《楚辞》问世以后,直至南北朝隋唐时期仍为地位独具的权威注本,随着宋代楚辞研究再度兴盛,洪兴祖《楚辞补注》、朱熹《楚辞集注》等影响渐著,而《楚辞章句》先唐旧本也渐湮没无传,《四库全书总目提要》即已指出"自宋以来已非逸之旧本"①。据考证,今所见《楚辞章句》本有三个系统②:一是单刻《楚辞章句》本③,二是合刻于宋洪兴祖《楚辞补注》本,三是录于《文选》的十三篇。一、二在篇次上无差异④,均为经宋人整理以后之版本,《文选》十三篇(《九歌》六首计为一篇则共八篇)选录的先后大致与今本一致,但是否可作为《楚辞》全本的篇次依据尚可商榷。总之,今所存《楚辞章句》未可遽视为刘勰所见之《楚辞》原貌,尚需辨析,这其中的篇次问题又尤为突出。

关于古本与今本篇次差异问题,由来已久意见不一。概而言之,宋人基本认同《楚辞释文》篇第"盖旧本""依古本",但上引数人之表述尚属简略猜测之辞,序次本身又混杂难解,引发后世学者的质疑和讨论。上引《四库全书总目提要》条即根据洪兴祖所言《离骚》无"经"字认为"必谓《释文》为旧本,亦未可信,姑存其说可也"⑤。明清以至近现代以来论者对此

---

① (清)永瑢等:《四库全书总目提要》,《四部精要》第 10 册,上海古籍出版社 1992 年版,第 711 页。

② 参黄灵庚:《关于王逸〈楚辞章句〉的校理》,《中国文化研究》2003 年夏之卷,第 54—62 页。

③ 按,为明翻宋刻本。

④ 关于《楚辞章句》两个流传系统的内容差异,有学者指出:"将明翻宋本《楚辞章句》与明翻宋本《楚辞补注》的'章句'部分比较,则异文迭出,差别很大,可知洪兴祖作《补注》所用宋本《章句》底本属于另一传本系统,《补注》"章句"部分乃是以这一传本为底本的校本。"见李大明:《宋本〈楚辞章句〉考证》,《四川师范大学学报(社会科学版)》1995 年第 1 期。

⑤ (清)永瑢等:《四库全书总目提要》,第 711 页。

有诸多探讨，所论繁富此不详述①，总体上呈现由主于肯定到较多质疑的趋势，焦点集中于对《楚辞》成书过程、王逸作注次序及篇目等的讨论。

刘勰所见的《楚辞》篇次是否异于今本、宋人所说的《楚辞释文》是否反映宋代以前王逸注本的原貌，是密切关联的问题，且《辨骚》所论亦是考辨《楚辞释文》的重要佐证。今学界较为一致认为刘勰所见的《楚辞》篇次应与今本不同，但具体所论又有分歧②。《辨骚》中在列叙五组十篇(此

---

① 汤炳正《〈楚辞〉成书之探索》一文（写于 1963 年）对前此之争论有过详细考述：肯定论者如明代焦竑、清代吴汝纶、近世以来梁启超、刘永济等认可《释文》篇次并定《九辩》为屈原作；否定论者如清代孙志祖、张云璈以及当代姜亮夫、游国恩等则认为《九辩》自当为宋玉作，《释文》篇次混乱。汤文进而提出"成书五阶段说"，对《楚辞释文》篇次做了较为合情的解释推论。见汤炳正：《屈赋新探》，华龄出版社 2010 年版，第 68—87 页。"五阶段说"提出后学界多有引证认同，但质疑者认为文献依据尚薄弱。日本学者竹治贞夫强调"篇第"盖旧本而《楚辞释文》不是隋唐以前的古本，并考定为唐人陆善经所作。见［日］竹治贞夫，赵晓兰：《关于〈楚辞释文〉的作者问题》，《成都大学学报（社会科学版）》1993 年第 1 期。西村时彦以《文选》所录为据认为齐梁隋唐旧本篇次与今本同。参周建忠、倪歌：《〈释文〉的纠结与〈楚辞〉的篇次——兼及西村时彦〈屈原赋说〉》，《职大学报》2016 年第 5 期。近年来多有质疑之声，亦有倾向认为今本无误之论。按，典籍流传中篇章内容之窜乱固属常见，但作为总集（虽然《楚辞》较为特殊）若已然按时代先后排列且并无作者争议（宋代以前对王逸意见基本认同），流传中个别异位尚属可能，大面积篇次错乱当不难察觉，以上两种目录多篇位置有异，由序而乱的可能性较小，由乱而序似较为符合常理，从这个意义上说《楚辞释文》之篇次应较近古。

② 较为主流看法认可《楚辞释文》篇次为王逸注旧貌，且刘勰所见应基本与此相同。姜亮夫则认为《释文》本乃民间误例，刘勰不重版本故有此失（姜亮夫：《洪庆善楚辞补注所引释文考》，《姜亮夫全集·八·楚辞学论文集》，云南人民出版社 2002 年版，第 379—409 页）。近年黄灵庚提出王逸所注实际十一卷，即《释文》前十一篇（略不同处是《招魂》在《招隐士》前），而刘勰所见同此（认为《辨骚》所引为《招隐》非《大招》）（黄灵庚：《楚辞与简帛文献》，人民出版社 2011 年版，第 50—55 页）。关于"误例"问题，本书倾向认为《楚辞释文》似非"由序而乱"之误。黄著中提出的十一篇之说情形较为复杂，略做引述。其主要观点是：王逸在《离骚后叙》中说的"作十六卷章句"是指《离骚》一篇而言，而"王逸所辑《楚辞》本有十六卷（篇），但是其所作《楚辞章句》只有十一卷，依次为《离骚》、《九辩》、《九歌》、《天问》、《九章》、《卜居》、《渔父》、《招魂》、《招隐士》、《九怀》"。（见该书第 54 页，依据其前后文论述这里应误漏掉了《远游》）其主要依据出土"象牙书签"《王逸集》中记载"著《楚辞章句》及谏、书、杂文二十一篇"，认为除去《隋志》所载的王逸《正部论》八卷（篇）

以《九歌》《九章》各作一篇计）屈宋作品之后说："自九怀以下，遽蹑其迹，而屈宋逸步，莫之能追。"①以此衡之上述两种不同目录篇次，似仍以《楚辞释文》较为合理。《辨骚》的十篇作品是以内容风格分组，并不能作为篇次依据，但刘勰将之同归屈宋之作是可以肯定的；"《九怀》以下"与屈宋分列，评价迥异，当指《楚辞》中的汉人拟作。依今本篇次看，前十符合刘勰所论的"十篇"，但《九怀》以下作品计入王逸自作也才总共三篇，"遽蹑其迹"者似过少，况且前面四篇汉人之作（《惜誓》《招隐士》《七谏》《哀时命》）亦蹑其迹，纵其"能追屈宋"，又何以不论？而从《楚辞释文》篇次看，《九怀》以下主要即为汉人之作，惟《大招》与前《招隐士》位置不类②，但就大体分域则前后分明。故范文澜《文心雕龙注》采纳《楚辞释文》篇次详列《九怀》以下诸篇（《大招》除外）③；祖保泉《文心雕龙解说》明确肯定"刘氏所见到的《楚辞》篇目次第，与《楚辞释文》所列次第相同"④；周振甫亦认为刘勰所见《楚辞》篇目先后和今本不同，肯定《九怀》以下"当指《楚辞》中的汉人辞赋"，但鉴于"既以《大招》

_____

及《王逸集》二卷（篇），恰余《楚辞章句》"十一篇"，而刘勰所见本也"《九怀》一卷殿其后"，如此则与《隋志》所载"十二卷并目录"合。细思上引所论似仍有未安，如王逸自述中"十六卷"与班、贾之"其余十五卷阙而不说"应有比对之意，解为只针对《离骚》于义未畅；"象牙书签"之文仍可理解为"及"字之后的各体文为二十一篇，不含《楚辞章句》；若以"二卷"为"二篇"且是包含谏、书、赋、论的"诗文总集"，显然过少；再有，刘勰既有"《九怀》以下"之论，显然不应止于《九怀》。综上，"十一卷（篇）"之说尚存许多疑问，《隋志》既著录"十二卷"而又明言"集屈原已下，迄于刘向，逸又自为一篇，并叙而注之"，似乂包括今本之所有篇目，或许篇卷并不一致，其分卷与今本不同亦未可知。

① 五组十篇指《骚经》《九章》；《九歌》《九辩》；《远游》《天问》；《招魂》《大招》，其中《大招》据唐写本校改，见前。

② 因分析古本篇次，《楚辞》篇目作者的时代均以王逸判断为据，今人考订暂不论。王逸认为《大招》为屈原作，或曰景差，《招隐士》为淮南小山作。

③ 范文澜注中指出："九怀（王褒作）以下，当指东方朔七谏刘向九叹严忌哀时命贾谊惜誓王逸九思诸篇。"可知属于"九怀以下"序列的篇目除《大招》外共六篇，计入《九思》，未计前面的《招隐士》。范文澜：《文心雕龙注》，第58页。

④ （梁）刘勰撰，祖保泉解说：《文心雕龙解说》，第82页。

为屈原作，就不该在《九怀》下有《大招》"而未下结论 ①。随着《楚辞释文》研究的质疑声起，关于"《九怀》以下"所指又有认同今本次序之论。笔者以为，正如认同《楚辞释文》"篇第盖依旧本"并不等于认可其本身为先唐古本一样，刘勰所依据的《楚辞》版本篇次并非一定非此即彼，但以现知的两种来看，《楚辞释文》篇次于义较胜较为接近，《大招》《招隐士》错位问题或为版本差异误倒亦未可知，但即便就此"错位版"看，按其大概以《九怀》区分前后亦可说通，故较审慎的判断是：今本《楚辞章句》应非王逸注本原貌，亦非刘勰所见到的《楚辞》篇次，而《楚辞释文》可视为旧本之一种，篇次较接近刘勰所论，但未必完全一致。

另外关于《楚辞释文》作者，宋人均言不明，现代学者据有关旁证考为南唐王勉、唐代陆善经等，尚无定论 ②。

综上，刘勰所见的《楚辞》基础版本，为王逸作注的六朝传写本（尚未定称《楚辞章句》），卷帙尚存疑，但今本篇目应均已包括。其篇次与今本不同，大致与《楚辞释文》接近，即《九怀》前基本为屈宋作品，《九怀》以下基本为汉人拟作。王逸论定的十种屈宋作品是"辨骚"的具体对象范围，刘勰对作者之归属当也无疑义，下文详论。

三、刘勰的楚辞作者论

从上可知，刘勰所目之"骚"是以屈宋之作为代表的战国时期楚辞

---

① 周振甫：《文心雕龙译注》，江苏教育出版社 2006 年版，第 103 页。

② 余嘉锡《四库提要辩证》据《宋史·艺文志》认为，《楚辞释文》的作者是五代南唐人王勉。余嘉锡：《四库提要辩证》第 4 册，中华书局 2007 年版，第 1228 页。后姜亮夫、游国恩均予以肯定，刘永济提出质疑。见刘永济：《余嘉锡楚辞释文作者考存疑》，《屈赋通笺笺屈余义》，中华书局 2007 年版，第 259 页。日本学者竹治贞夫又据钱杲之《离骚集传》所载《陆氏释文》推定《楚辞释文》作者为唐代的陆善经。见［日］竹治贞夫、赵晓兰：《关于〈楚辞释文〉的作者问题》，《成都大学学报（社会科学版）》1993 年第 1 期。

作品①，这也是本书"关系研究"所界定的"楚辞"概念所指。除《辨骚》篇笼统提及"《九怀》以下"外，《文心雕龙》其他各篇也未涉及收于《楚辞》的汉人拟骚之作，故这里讨论刘勰的楚辞作者论，主要就指前述十篇作品而言。本节仅从作品归属及总体评价方面作基本探讨，至于刘勰的许多具体理论见解将在后文结合相关论题再作论述。

十篇作品，无论依据王逸注还是刘勰所论看，较为一致归入战国时期作品，但其中具体所系学界又有不同看法，刘勰是否全部认同王逸观点还需稍做辨析。

据现存王逸注，《离骚》《九歌》《天问》《九章》《远游》《卜居》《渔父》七篇均以较笃定语气注为"屈原之所作也"，《九辩》注"楚大夫宋玉之所作也"，《招魂》注"宋玉之所作也"，《大招》注"屈原之所作也，或曰景差，疑不能明也"②。可见，王逸认为《九辩》《招魂》二篇为宋玉作，其余基本归入屈原的作品。对于王逸意见，洪兴祖的补注除《大招》一篇怀疑"恐非屈原作"，其余均无疑义③，朱熹的《楚辞集注》对以上作品的归属也仍采用王逸之说，可以说直至宋代以前，楚辞学界主流意见仍基本认可王逸的判断，未见较突出的作者争议。比《文心雕龙》稍后问世的萧统《文选》，除《招隐士》由"淮南小山"改系于刘安名下外，其余屈宋作品也与王逸的区分一致。对于刘勰的楚辞作者归属判断的论定，分歧集中于《招魂》一篇，宋代晁补之即提出"勰以《招魂》为原作，

---

① 《文选》基于"文集"体例，其"骚"类所收另有汉人拟作《招隐士》一篇，但"骚"之为体仍是以战国屈宋作品为主的。

② 见洪兴祖《楚辞补注》所录王逸之各篇前叙。(宋)洪兴祖撰，白化文等点校：《楚辞补注》(2002 年重印修订本)。

③ 见洪兴祖：《楚辞补注》(2002 年重印修订本)，第 216 页。该条补注还指出："屈原赋二十五篇，《渔父》以上是也。"此前各篇前叙下的补注也未见质疑之语。《渔父》篇，王逸认为屈原所作，又说楚人"因叙其辞以相传也"，似有矛盾，盖认为言论出于屈原故仍可视为作者；洪兴祖补注指出渔父之言非实录，但并未怀疑作者，且其"假设问答以寄意"之说似更倾向于屈原自作而非楚人据实转述了。

误矣"的说法①，关于刘勰是否将《招魂》系于屈原，现代学界也有不同的看法②。

这涉及《辨骚》一篇是单论屈原还是屈宋并论的问题。本篇开首所论显然集中于《离骚》及屈原，但从"四同四异"相关征引看，涉及《离骚》《九章》《九辩》《天问》《招魂》等多篇，综论各篇特色时又提及《九辩》《招魂》，这均是王逸系于宋玉的作品，接下来比较"《九怀》以下"，明确说"屈宋逸步，莫之能追"，结尾赞语则又独标屈原，至于宋玉的单独评价则无。综合来看，《辨骚》篇可视为屈原专论，但又因屈及宋、以屈该宋，宋玉作品统一于以屈原为代表的楚辞作品的整体评价。考虑到王逸对楚辞作者的认定结论直至宋代以前并未受到明显质疑、萧统亦认同《招魂》为宋玉作、《辨骚》中又确也提及屈宋，故仍以刘勰认同王逸观点为是，即上述十篇之作者归属均同于王逸的判断：《九辩》《招魂》系于宋玉，其余八篇包括《大招》基本视为屈原所作。至于今人关于楚辞篇目归属的争议考辨，是另一问题与此无干。

章学诚曾指出："夫《楚词》，屈原一家之书也。"③《楚辞》虽被目为"总集之祖"④，据《隋志》所叙，其对别集之形成也有莫大关系⑤，其以一人为主、附录多人的篇目组合方式较为特殊，故今人又有将其视为屈原"纪

① 晁补之《离骚新序下》语。见《景印文渊阁四库全书》集部别集类，第1118册，第684页。

② 如李曰刚由《辨骚》所引《招魂》文句认为："彦和引之，足征彦和所见《楚辞》列《招魂》为屈原之作也。"日本学者斯波六郎则认为："此段并论屈宋，引作宋玉之作，并不抵触。"参见詹锳：《文心雕龙义证》（上），第151页。

③ 章学诚《文史通义·文集》，见（清）章学诚著，叶瑛校注：《文史通义校注》，第347页，

④ （清）永瑢等：《四库全书总目提要》（《四部精要》第10册），上海古籍出版社1992年版，第711页。

⑤ 《隋书·经籍志》释别集之名曰："自灵均已降，属文之士众矣，然其志尚不同，风流殊别。"《隋书》卷35《经籍四》，第1081页。

念文集"之说①。屈原是楚辞的灵魂人物，《辨骚》篇字里行间也以屈原为主要论述对象，可以说是《文心雕龙》中的唯一一篇作家作品专论。

在《文心雕龙》其他篇中，也有单论屈原、屈宋并论、单论宋玉等其他楚辞作家的情况，可作为《辨骚》篇之补充，兹分别搜列如下，以见刘勰的总体态度。

单论屈原：

《诠赋》：及灵均唱骚，始广声貌。

《颂赞》：及三闾橘颂，情采芬芳，比类寓意，又覃及细物矣。

《比兴》：楚襄信谗，而三闾忠烈，依诗制骚，风兼比兴。

《时序》：爰自汉室，迄至成哀……灵均余影，于是乎在。

《物色》：然则屈平所以能洞监风骚之情者，抑亦江山之助乎！

《知音》：昔屈平有言，文质疏内，众不知余之异采，见异唯知音耳。

《程器》：若夫屈贾之忠贞……岂曰文士，必其玷欤？

屈宋并论：

《事类》：观夫屈宋属篇，号依诗人，虽引古事而莫取旧辞。

《时序》：屈平联藻于日月，宋玉交彩于风云。

《才略》：屈宋以楚辞发采。/ 相如好书，师范屈宋。

另，包括《辨骚》在内有两处"楚人"之称，寻其文意亦当主要指屈宋而言：

《辨骚》：岂去圣之未远，而楚人之多才乎！

---

① 王泗原：《楚辞校释》，中华书局 2014 年版，第 4 页。

《诠赋》：故知殷人辑颂，楚人理赋，斯并鸿裁之寰域，雅文之枢辖也。

从上可见，单论屈原时均为褒赞之辞，屈宋并论也无贬抑，"楚人"之称也属称誉，再加之《辨骚》所论，刘勰对屈宋的整体肯定与高度评价是较为明显的，并渗透到《文心雕龙》各篇的理论建构中。

以上评论中宋玉是连带而及的，作品应具体指收入《楚辞》的《九辩》《招魂》，这是刘勰基本予以肯定的。除此之外，《文心雕龙》中还涉及宋玉的其他作品，计有五篇赋作及一篇对问（见第 62 页表），其具体评价如下：

《诠赋》：于是荀况礼智，宋玉风钓，爰锡名号，与诗画境。/ 宋发夸谈，实始淫丽。

《杂文》：宋玉含才，颇亦负俗，始造对问，以申其志，放怀寥廓，气实使文。

《谐隐》：楚襄宴集，而宋玉赋好色：意在微讽，有足观者。

《丽辞》：宋玉神女赋云：毛嫱鄣袂，不足程式；西施掩面，比之无色。此事对之类也。……征人之学，事对所以为难也。

《比兴》：宋玉高唐云：纤条悲鸣，声似竽籁。此比声之类也。

《夸饰》：自宋玉景差，夸饰始盛。

《知音》：宋玉所以伤白雪也！

宋玉的创作有自身的特色，《汉志》《隋志》皆载有宋玉的作品，欧阳修曾说"宋玉比屈原，时有出蓝之色"①。刘勰对其突出成就有充分肯定，

---

① 欧阳修：《论屈宋》，见（宋）欧阳修撰，李逸安点校：《欧阳修全集》，中华书局 2001 年版，第 2583 页。该文为辑佚文，文后有注："《类说》卷五十七引《陈辅之诗话》。"

如对赋类创作的开拓之功、"事对"及"比声"手法的杰出运用、"含才""足观"以及知音难觅之感叹等等。但也指出其"夸饰""淫丽"之弊。其对宋玉的态度是褒贬兼存的,从以上所引来看又以褒赞为多,宋玉也是进入其论文视野的重要作家,涉及多篇的理论探讨。

从以上梳理可见,《文心雕龙》对《楚辞》作品有充分倚重,所论主要对象即是收于《楚辞》的屈宋之作,其中又以屈原为主,兼及宋玉;单论宋玉时主要针对其《楚辞》以外的其他作品。刘勰对"楚人"创作有较为公允全面的把握,并纳入其论"文"的整体理论思考之中。

第二节 《文心雕龙》中的特殊之文:经、纬、骚

依据《序志》所列的三大部分,《文心雕龙》中的文体考论主要集中于上篇"论文叙笔"二十篇,而前此的"文之枢纽"作为总摄,特意拈出了三种特殊文本:即经、纬、骚。这三者作为历史上呈现的不同文本形态,并未与其他各体文一起统一考量各归其类,而是"超拔众类"纳入枢纽,其作为文本的特殊性以及作者的用意值得探讨。

前五篇作为"文之枢纽"自成一组,在历来研究中较受瞩目,五者之主次轻重及相互关系等学界多有探讨,其整体涵摄拟在末章再做进一步分析归纳,本节着重对五篇所涉的三种特殊之"文"加以考察。五篇所论的对象依次为——道、圣、经、纬、骚,"道"探讨的是"文道","圣"为经之作者,后三者为实体文本。作为论"文"之书,《文心雕龙》一切理论探讨的根本在"文",相对于二十篇"论文叙笔","枢纽"中对经、纬、骚三种特殊文本的专门论析是《原道》篇乃至全书理论思考更为直接的影响因素,"自然""文采"的根本提炼也与三者密切相关。

一、"经"之文

经，指儒家经典，刘勰在统称时亦用"六经"之说，如《原道》《正纬》《时序》等篇，《宗经》《诸子》篇用"五经"说，据《宗经》所论即具指《易》《书》《诗》《礼》《春秋》，《征圣》篇随文引证亦涉及"五经"但未按一定次序单列，《宗经》中三次论列则均按以上之先后，从这一排列顺序以及认为"乐"本有"经"的观点来看，再征之全书多处引"经"之论等，可知刘勰的经学立场主要为古文学派并兼取今文之说①。儒家五经自汉代确立独尊地位，《汉志》以来位列历代艺文之首已是不更之传统，但正如刘勰所言："迈德树声，莫不师圣；而建言修辞，鲜克宗经。"（《宗经》）前此虽有扬雄、桓谭、王充等着眼于修辞的"崇经"之论，但尚属零星简略②，挚虞较早有溯源经典的文体论析但旗帜尚不鲜明③，刘勰对"五经"

---

① 陶礼天《〈文心雕龙〉与经今古文学述略》一文中对刘勰的古文学派立场有详细论析，计有八条主要论据：以"六经"为孔子所删述而非如今文派以"六经"为孔子作；认为"乐"本有"经"即《乐经》，后燔于秦火，且排列六经的顺序符合古文派传统；对《周礼》与伪《古文尚书》的采用；文字学观点与内容；对谶纬的态度；对易学的研探和对易学学说的吸收；《春秋》"三传"中大量征引采用《左传》并遵从杜预之说；《诗经》学上主要采用《毛诗》及《郑笺》。并指出刘勰基本立足于儒家经学古文派的立场，同时对今文学说也有所统摄与采缀。该文对《文心雕龙》中所涉"五经"具体文本的剖示对本书有较大的启发，以下论述中有所吸收。见陶礼天：《中国文论研究丛稿》，学苑出版社 2011 年版，第 211—222 页。

② 扬雄《法言·寡见》言："惟《五经》为辩。说天者莫辩乎《易》，说事者莫辩乎《书》，说体者莫辩乎《礼》，说志者莫辩乎《诗》，说理者莫辩乎《春秋》。"桓谭《新论·正经第九》："古帙《礼记》、古《论语》、古《孝经》，乃嘉论之林薮，义文之渊海也。"王充《论衡·佚文》："文人宜遵《五经》六义为文，诸子传书为文。"以上引见詹锳：《文心雕龙义证》（上），第 55 页。另，上引桓谭之言詹著转引自饶宗颐《文心雕龙探源·文心各篇之取材述略》一文，核之《全后汉文》，原文尚杂有卷、篇、字数等记载，并在《礼记》前述及《易》及《古文尚书》，可知"林薮""渊海"之论也是包含以上二"经"的。

③ 挚虞《文章流别论》对颂、赋、诗等各体曾有较细致溯源论析，见（清）严可均辑：《全晋文》卷 77，第 801—803 页。刘勰在《序志》中有评："《流别》精而少功。"

明确推尊标举，非为治经而在论"文"，是与其全书论"文"目的、文体辨析密切相关的。综合枢纽前三篇"道—圣—经"之相关论述，可对刘勰的"五经观"有更切近认识。

关于"五经"的论述集中在《宗经》篇，但《原道》《征圣》中也有关涉，以下加以综合归纳：

文本对象	相关评价	文体指向
《易》（汉易象数说、玄学易义理说）	易惟谈天，入神致用。故系称旨远辞文，言中事隐，韦编三绝，固哲人之骊渊也。（《宗经》） 明理以立体。/ 隐义以藏用。/ 易称辨物正言，断辞则备。（《征圣》） 幽赞神明，易象为先。……而乾坤两位，独制文言。言之文也，天地之心哉！（《原道》）	论说辞序
《书》（古文尚书）	书实记言，而训诂茫昧，通乎尔雅，则文意晓然。览文如诡，而寻理即畅。（以上《宗经》） 书云辞尚体要，弗惟好异。（《征圣》） 元首载歌，既发吟咏之志，益稷陈谟，亦垂敷奏之风。夏后氏兴，业峻鸿绩，九序惟歌，勋德弥缛。（《原道》）	诏策章奏
《诗》（毛传郑笺）	诗主言志，诂训同书，摛风裁兴，藻辞谲喻，温柔在诵，故最附深衷矣。（《宗经》） 博文以该情。（《征圣》） 逮及商周，文胜其质，雅颂所被，英华日新。（《原道》）	赋颂歌赞
《礼》（郑玄注三礼）	礼以立体，据事剟范，章条纤曲，执而后显，采掇片言，莫非宝也。（《宗经》） 简言以达旨。/ 博文以该情。（《征圣》）	铭诔箴祝
《春秋》（左氏杜注，兼采公羊、穀梁）	春秋辨理，一字见义，五石六鹢，以详略成文；雉门两观，以先后显旨；其婉章志晦，谅以邃矣。观辞立晓，而访义方隐。（以上《宗经》） 简言以达旨。/ 隐义以藏用。（《征圣》）	记传盟檄

文本对象	相关评价	文体指向
综合评价	义既埏乎性情，辞亦匠于文理，故能开学养正，昭明有融。此圣文之殊致，表里之异体者也。① 辞约而旨丰，事近而喻远，是以往者虽旧，余味日新。 故文能宗经，体有六义：一则情深而不诡，二则风清而不杂，三则事信而不诞，四则义直而不回，五则体约而不芜，六则文丽而不淫。……五经之含文也。 性灵镕匠，文章奥府。渊哉铄乎！群言之祖。（以上《宗经》） 繁略殊形，隐显异术，抑引随时，变通适会。 圣文之雅丽，固衔华而佩实者也。（以上《征圣》） 莫不原道心以敷章，研神理而设教……观天文以极变，察人文以成化。（《原道》）	
作者（圣）	庖牺画其始，仲尼翼其终。 文王患忧，繇辞炳曜，符采复隐，精义坚深。 公旦多材，振其徽烈，剬诗缉颂，斧藻群言。 至夫子继圣，独秀前哲，镕钧六经…… 玄圣创典，素王述训。（以上《原道》） 夫子文章，可得而闻……夫子风采，溢于格言。 鉴周日月，妙极几神；文成规矩，思合符契。 征之周孔，则文有师矣。 妙极生知，睿哲惟宰。精理为文，秀气成采。鉴悬日月，辞富山海……（以上《征圣》） 自夫子删述，而大宝咸耀。（《宗经》）	

　　刘勰的"建言修辞"之说实际泛指文章写作的各个方面，并不囿于文辞，其对"经"的关注落实在经书本身的"文"体意义上，上表综合评价中即涉及义、辞多个层面，尤其"六义"的归纳，并指出"五经"的殊致异体、殊形异术，《宗经》对"分教斯五"的五种经典文本各有切合其各自特点的分析探讨，并建立明确完整的"文源五经"文体体系。关于"五经"与各体文的对应关系，稍后的颜之推曾有不同论述，后世对此也不无争议指摘，

---

　　①　范文澜注本为"圣人之殊致"，唐写本、《御览》为"圣文之殊致"，今本多从"圣文"之说，今据改。即以"圣人"之表述来看，文意仍可落实在"文"。

拟在后文再作讨论，而其源流影响可见一斑。另，《原道》篇远溯"人文之元"，于"五经"之《易》较多涉及，叙及商周则较为突出了《诗》的产生。

刘勰视"经"之作者为"圣"，结合《征圣》专篇和《原道》《宗经》所论，可知"圣"之指称包含伏羲、文王、周公、孔子等一系"圣人"而主要指孔子，且《序志》中又有"随仲尼而南行"之梦，并言"自生人以来，未有如夫子者也"，可见其对孔子的特别尊崇。从其论述看，是秉承经古文学立场以孔子为"五经"（"六经"）的"删述者"（《宗经》），但这一"删述"至为关键，实际赋予其等同于"作者"的重要地位。

综合来看，其以圣人（孔子）为师，立"五经"为各体文的源头、典范，并突出了道心神理、含文贵文、变通日新等认识，对圣文的评价尤其集中于"雅丽"二字。儒家原亦重文（礼文、修养、文辞等），刘勰所论是从新的"文体""文采"角度对"五经"典范的再度树立。

二、"纬"之文

"纬"之进入论文视野，离不开其时特殊的政治文化背景，对此学界多有探讨，兹不赘述。据《隋志》记载的大致情况，自东汉纬学盛行以后，宋初曾禁图谶，梁代又重其制，至隋代始大面积禁毁，就刘勰所处的时代说，纬书仍是禁而不止流行未衰。刘勰于《正纬》亦有说明："前代配经，故详论焉。"可知论"纬"实"事出有因"，但置之"枢纽"，也是有其统筹考虑的。

纬、谶原有分别，刘勰所论之"纬"包括符谶。从文本角度考察，纬书在齐梁时期数量众多影响仍在。虽刘向《七略》未录，据《隋志》记载齐代王俭的《七志》第五《阴阳志》纪阴阳图纬；梁阮孝绪《七录》之"术伎录"有纬谶部三十二种；《隋志》移之经部谶纬类，著录纬书十三部，通计亡书合三十二部；宋代以后则因仅存《易》纬，多附于经部《易》类之后。从历代经籍著录看，齐梁时代基本将纬书归入数术阴阳类，"配经"之说或也属通识。结合《隋志》著录，考之《原道》《正纬》，刘勰所论之纬实有真伪褒贬之区判，详见下表：

文本对象	相关评价	作者
儒家经书中记载的《河图》《洛书》等前世符命之书。	若乃河图孕乎八卦，洛书韫乎九畴，玉版金镂之实，丹文绿牒之华。取象乎河洛，问数乎蓍龟。（以上《原道》）马龙出而大易兴，神龟见而洪范燿。……圣人则之。神教宜约。/事以瑞圣，义非配经。神宝藏用，理隐文贵。（以上《正纬》）	谁其尸之，亦神理而已。（《原道》）原夫图箓之见，乃昊天休命。仲尼所撰，序录而已。（以上《正纬》）
八十一篇及其他（《隋志》所载八十一篇为《河图》九篇，《洛书》六篇，别有三十篇，《七经纬》三十六篇。此外尚有十篇见录）①	纬候稠叠……钩谶葳蕤。经正纬奇，倍摘千里。/纬多于经，神理更繁。/先纬后经，体乖织综。伪既倍摘，则义异自明；经足训矣，纬何豫焉？或说阴阳，或序灾异……篇条滋蔓。虚伪……浮假……僻谬……诡诞。若乃羲农轩皞之源，山渎钟律之要，白鱼赤乌之符，黄银紫玉之瑞，事丰奇伟，辞富膏腴，无益经典，而有助文章。芟夷谲诡，糅其雕蔚。（以上《正纬》）	而八十一篇，皆托于孔子。伎数之士，附以诡术。（以上《正纬》）

以上两类谶纬之书今人看来自同属虚妄，而在刘勰却是泾渭分明褒贬相反：经书所记载的瑞圣符命属神理自现，孔子将之序录在籍，这类是真实可信的，且正是圣人著经所则效；而存世所谓八十一篇托名孔子之作及

---

① 《隋志》经部谶纬类载："说者又云，孔子既叙六经，以明天人之道，知后世不能稽同其意，故别立纬及谶，以遗来世。其书出于前汉，有《河图》九篇，《洛书》六篇，云自黄帝至周文王所受本文。又别有三十篇，云自初起至于孔子，九圣之所增演，以广其意。又有《七经纬》三十六篇，并云孔子所作，并前合为八十一篇。而又有《尚书中候》《洛罪级》《五行传》《诗推度灾》《氾历枢》《含神务》《孝经勾命诀》《援神契》《杂谶》等书。汉代有郗氏、袁氏说。汉末，郎中郗萌，集图纬谶杂占为五十篇，谓之《春秋灾异》。"见《隋书》卷32《经籍一》，第941页。

其他纬书等均属伎数之士造伪，不可信。有学者亦提出"二分纬学"即"瑞圣之纬"与"配经之纬"的区分，与上表两类相仿佛，认为刘勰肯定前者而贬斥后者。① 征之《原道》，对第一类或曰"瑞圣之纬"的肯定推崇显而易见，在《正纬》中又将其作为"伪"纬书之反衬，而刘勰却并未以"纬"指称这类作品，《正纬》的实际论述对象在第二类，旨在对"存世"的纬书加以辨伪批判，这其中也包含后世假托的《河图》《洛书》等。故虽然刘勰存在"二分"态度，但就《正纬》界定的对象文本而言是目标单一、态度明确的，所论之"纬"即当时尚存的各类纬书，总体态度为斥伪，可资取用则在事辞。从其所列举的四类"纬例"来看，显然依托所经见的纬书而归纳，也并未以瑞圣或阴阳灾异为去取标准②，乃看重其"事丰奇伟，辞富膏腴"，即叙事奇特夸张、辞藻华丽，这于文章写作应有可资用典、效法文辞、开拓想象之功，而于解释"经义"却是不可信的。可知刘勰对这类"虚妄"之书，从宗经立场及时代背景而言确需辨明真伪，从论"文"角度亦对这种奇诡文本给以特别关注，有所肯定吸取。

至于纬书的文体指向问题，《正纬》并未直接论及。齐梁时期的书目著录一般将其归入数术阴阳类，依此，《书记》篇有占、式之属似相仿佛，但并不等同，从其配经释经看又可属传注之"论"体，《明诗》中又提及离合诗萌于图谶。《封禅》篇对纬书多有征引、关系密切，后来《文选》亦将"封禅文"列入符命类，但从文本形态看，"封禅文"是立碑颂德之碑文，与纬书符谶之体制并不相类，这种关联主要是着眼内容意旨的接近。挚虞《文章流别论》曾评价图谶之属"虽非正文之制，然以取其纵横

---

① 邓国光：《〈文心雕龙〉文理研究：以孔子、屈原为枢纽轴心的要义》，上海古籍出版社 2012 年版。见该书第十三章至十五章论"假纬立义"。

② 从四例来看，有"瑞圣"之附会，也有"考史""考地"之参考等，况此处举例而言并非全部。刘师培《谶纬论》有"五善"之说：补史、考地、测天、考文、征礼，可资参考，见范文澜《文心雕龙注》第41页所引。刘勰所肯定的事、辞，也应包含内容之取用。

有义，反复成章"①，从刘勰所论看，实并未从文体意义上看待纬书，将其纳入"枢纽"，除事出有因的背景考虑外，八字定评（事丰奇伟、辞富膏腴）是主要认可点，其于纬书"体"不足言而仅取事辞。

三、"骚"之文

上节已明刘勰所论之"骚"，乃具指系于屈原、宋玉的十篇（此以《九歌》《九章》各作一篇计）楚辞作品，其所见《楚辞》版本的篇目次序与今本不同，与宋人所叙的《楚辞释文》则较为一致。这里以《辨骚》所论为主，再对"骚"之具体文本情况进一步考察。（下表暂依《楚辞释文》篇目次序，汉人作品从略）

文本对象	相关评价	作者
《离骚》	奇文郁起 典诰之体 / 规讽之旨 / 比兴之义 / 忠怨之辞 / 诡异之辞 / 狷狭之志 朗丽以哀志	屈原
《九辩》	忠怨之辞 绮靡以伤情	宋玉
《九歌》	绮靡以伤情	屈原
《天问》	谲怪之谈 瑰诡而惠巧	屈原
《九章》	比兴之义（《涉江》）/ 忠怨之辞（《哀郢》）/ 狷狭之志（《悲回风》） 朗丽以哀志	屈原
《远游》	瑰诡而惠巧	屈原
《卜居》	标放言之致	屈原
《渔父》	寄独往之才	屈原
《招魂》	谲怪之谈 / 荒淫之意 耀艳而深华①	宋玉

---

① （清）严可均辑：《全晋文》卷 77，第 801—803 页。

续表

文本对象	相关评价	作者
《大招》	耀艳而深华	屈原或景差
综合评价	岂去圣之未远，而楚人之多才乎。 故论其典诰则如彼，语其夸诞则如此，固知楚辞者，体宪于三代，而风杂于战国，乃雅颂之博徒，而词赋之英杰也。观其骨鲠所树，肌肤所附，虽取镕经意，亦自铸伟辞。 故能气往轹古，辞来切今，惊采绝艳，难与并能矣。 屈宋逸步，莫之能追。……故其叙情怨，则郁伊而易感；述离居，则怆怏而难怀；论山水，则循声而得貌；言节候，则披文而见时。……其衣被词人，非一代也。…… 故才高者菀其鸿裁，中巧者猎其艳辞，吟讽者衔其山川，童蒙者拾其香草。 不有屈原，岂见离骚。惊才风逸，壮采烟高。山川无极，情理实劳。金相玉式，艳溢锱毫	

　　《辨骚》一篇可视为屈原专论，宋玉为连带而及。从上表所列可见刘勰对楚辞作品的全面细致评价，以《离骚》为主，对其他各篇也有切合其文本个性的独到把握，综合评价中赞颂推崇之意溢于言表。

　　详其所论，首先着眼于诗骚的同异问题。"同于风雅"的例证出自《离骚》《九辩》及《九章》之《涉江》《哀郢》，"异乎经典"者则出自《离骚》《天问》《招魂》及《九章》之《悲回风》②，以"典诰"概"同"、以"夸诞"概"异"，不仅屈宋兼及，一篇作品之中（如《离骚》及《九章》组诗）亦兼有同异，故这一"同异观"或者说"四同四异论"并非拘泥于个别篇目字句，而是刘勰对楚辞作品的综合看法：相对于《诗经》，楚辞之"骨鲠""肌肤"都是同异兼具的，有承有创，体现出鲜明的新变特点。

---

　　①　深，唐写本为"采"，杨明照《文心雕龙校注拾遗》同其说，他本多取"深"字。

　　②　"四同四异"所征引的楚辞文句，综合各家考证大致出处如此，本人另文中有详论，文繁不录。见赵红梅：《〈辨骚〉篇"征言"再议与〈文心雕龙〉的论文宗旨》，《首都师范大学文艺学博士文选》（第三辑），第167—181页。

进而，刘勰对这十篇作品以五组加以分别：《离骚》《九章》；《九歌》《九辩》；《远游》《天问》；《招魂》《大招》；《卜居》《渔父》。这应主要考虑内容风格之不同，每组分别以简要精当的评语点睛归纳，彰显与其他组类的不同个性，同时也体现刘勰对楚辞作品丰富性、差异性的认识。在《文心雕龙》其他篇章中也有对楚辞作品的评论引述，可与此相为补充，如《明诗》《颂赞》《祝盟》《谐隐》《物色》《知音》等，重复涉及者不计，又另外涉及了《九章》之《橘颂》（《颂赞》）及《怀沙》（《物色》《知音》）两篇，另外《诠赋》《杂文》《谐隐》《丽辞》《比兴》等篇还述及宋玉的其他六篇作品①，可见刘勰对屈宋作品的全面了解及倚重。

《辨骚》篇接下来对"屈宋逸步"有一段综述，叙情怨、述离居、论山水、言节候等，正揭示楚辞在写情状物各个方面的杰出成就，而后人之取用又可分为鸿裁、艳辞、山川、香草等不同层面。刘勰对楚辞从创作到后世影响给予了全面的关注与挖掘。

通观《辨骚》所论，其对楚辞特质的把握可归结在"奇"与"艳"，诸如"奇文郁起""惊采绝艳""艳辞""艳溢锱毫"等表述。"奇"是与"正"相对之判断，《序志》说"变乎骚"，也正是提示楚辞的这一"奇变"特点；"艳"尤其彰显楚辞独特的创作面貌，下篇《时序》中也有"艳说"之论，《定势》说"效骚命篇者，必归艳逸之华"。值得注意的是，这些标示楚辞突出特质的"奇""艳"之论断在具体运用中是均有赞叹肯定义的。但综合考虑《辨骚》中的"同于风雅""异乎经典"之辨，对楚辞特质更为全面的归纳正与陆机所崇尚者一致——"雅艳"：艳为特质，而同于风雅的一面是重要基因。故虽《通变》言"楚汉侈而艳"，也同时指出"楚之骚文，矩式周人"；《宗经》中将楚汉分而论之的表述则是"楚艳汉侈，流弊

---

① 六篇作品计有《风赋》、《钓赋》（《诠赋》）、《对楚王问》（《杂文》）、《登徒子好色赋》（《谐隐》）、《神女赋》（《丽辞》）、《高唐赋》（《比兴》），评价亦多褒赞。

不还"。由艳及侈，方致流弊，作为"取镕经意"的楚辞"艳辞"，刘勰是加以明确肯定的，肯定其镕铸同异后的整体呈现，而并非如汉儒那样依经论骚、取同伐异。

关于"骚"之作者，上节已明刘勰观点应与王逸一致，十篇中系于宋玉两篇，其余除《大招》两说外均视为屈原作品。《辨骚》所论以屈原为主并以屈该宋，言辞间均为赞颂肯定，此外《文心雕龙》中尚有十余篇涉及屈宋的评价也多为肯定，在单及宋玉时方有微词。

"骚"之文体指向也是较为特殊的问题。在刘勰的文体体系中，"骚"自属"赋颂歌赞"的《诗》之一系，然究竟归诗归赋抑或单为一体、置之"枢纽"而非"论文叙笔"又与其他体类形成一种什么样的关系等等，尚需结合他篇内容进一步论析。

四、刘勰对三者评价的比较分析

从以上考察可知，作为文本的经、纬、骚有各自的特点，刘勰对之也有不同的态度评价，置之"枢纽"应用意有别。《序志》中总结说："体乎经，酌乎纬，变乎骚"，刘勰视"五经"为各体之源及最高的创作典范，置之"枢纽"无可非议，而纬、骚之论列尚需比较论之。

两相比较，可见刘勰对纬骚之处理方式明显不同。《正纬》篇聚焦于"真伪"之辨，其中"经正纬奇"是其斥伪的论据之一，纬书既不合经则不得配经、释经，但作为写作行为却并非不可如此表达，不足配经而可取事辞，故肯定其"事丰奇伟""辞富膏腴"。《辨骚》聚焦于经骚"同异"之辨，"经正骚奇"则是另一番讨论。既无关配经、释经，从对纬书之酌取看，刘勰于"文章之奇"原不排斥，况楚辞作为成熟完整的创作文本，自身具备卓越之艺术特色，在历代文士创作中已然产生了较大影响，刘勰注意到了楚辞之"奇"，从文辞到内容都进行了超越前代的细致挖掘，从而提炼出楚辞在同于"风雅"基础上的"艳"之特质，可以说"骚"因"奇"而被注意、被肯定。故从文本考察角度看，纬、骚虽同列"枢纽"而轻重有别，纬书之文章典范性显然不足，而楚辞为刘勰论"文"提供了丰富全面的创作经验，列入"枢纽"，既是对汉代以来尊崇地位的沿袭，更是在论"文"领域之开创。

汉代崇经，而文士创作尤重楚辞，从《汉志》"诗赋略"首列"屈原赋之属"，到梁代阮孝绪《七录》列"楚辞部"为"文集录"之首，楚辞在各类文集中的重要地位自汉魏以降愈益显明，居首录列源于创作实践上的重大影响。作为一种突出的创作现象，"楚辞类"在后世"集部"中是特殊的存在，其在集部的地位有似"经"与其他平行部类，并非基于文体之别，而是独标以示尊崇，并客观上以"经典"之姿辐射各体。齐梁时期，文论领域对楚辞投以特别关注已渐为风气所趋，如《文选》中赋类、诗类之外另标骚体，《诗品》论列诗人源流而出于楚辞者过半。刘勰在《文心雕龙》这一体系性文论著作中将《辨骚》列入总论实属首创，这一楚辞专论处于"枢纽论"之末、"文体论"之前，因应汉代以来所形成的视楚辞为"文集之首"的传统又特标其"变"，彰显其对楚辞的关注已超越单纯的一体之文，而对后续的"论文叙笔"各类实有引领辐射之意，于全书立论亦关系重大，可以说，楚辞进入其论"文"的核心考虑。

对"枢纽"所论的具体文本对象进一步分析可以发现，表面经、纬、骚三者并论，而实际尤重经骚，又从内在逻辑上体现出聚焦"诗骚"的特点。一方面，枢纽五篇中，前三篇乃至《正纬》凡涉及经书之论，均以"五经"整体为观照对象，《征圣》《宗经》更是"五经"兼顾、各有征引及评价，"五经"的文体指向涵盖广泛，体现刘勰从"经"到"文"的"宗经"眼光之变，也彰显其包举各体的广义文章观。另一方面，细循可见《原道》于商周时期特别突出了雅颂，《宗经》虽"五经"皆评而评《诗》以"最附深衷"，至《辨骚》则情形更变，"经"之指向明显聚焦到了"五经"之《诗》。关于这点，从《辨骚》中经、骚之间同异辨析的对比项可以清楚看出，"经"

在所引汉儒言论中尚涉及《诗》《易》《书》《左传》等多部经典，在刘勰自己的论述中则已具指《诗经》，如其论"同"则言"同于风雅"，论"异"则说"雅颂之博徒"，总体则言"轩翥诗人之后，奋飞辞家之前"。楚辞属于"诗立其本"的"赋颂歌赞"之文体大类，刘勰的同异比较突出了文体意义上的创作之变，"经"不再泛指五经而特指《诗经》，可说正是对"骚"的关注考察，连带突出了《诗经》作为诗歌的文体属性和在五经中的特殊性。当然，《文心雕龙》二十篇的文体论述仍总体秉承渊源五经的思路立场，其他文体与"经"的关系亦多见表述，但诗骚的突出，在文体论、创作论及批评论各篇均有明显体现，多层面确证全书"取效诗骚"的总体取向，其理论发端正在"文之枢纽"。

另外，从作者一端也可见出这一微妙变化。就经、纬、骚的作者讨论看：刘勰论定纬书为伎数之士作伪，故其作者不值得多作探讨，其所认可的前世符命为圣人所则效，属于"昊天休命"，亦无从深究；对可以征实的经、骚背后的作者——孔子、屈原则均有较多评论，并不吝赞颂称美。伴随"经骚"变为"诗骚"的转换，对于"经"之作者的指称也在多数情况下由"圣人"转为"诗人"。"枢纽论"中，前四篇言"经"则广涉"五经"，均以"删述""镕钧"经典的孔子为作者、为圣人；《辨骚》始出现"诗人"之称，此"诗人"已非确指孔子，而指《诗经》各篇的实际创作者。考《文心雕龙》后续的文体论及下篇，"诗人"之称亦较频繁。① 比较而言，称述孔子时言语尊崇，称述"诗人"则较为客观，"诗人"之称较少经圣色彩，且内容多涉及具体创作。总体而言，"枢纽论"中对经骚作者的评论，体现刘勰对作者个体的关注，而从圣人（孔子）到"诗人"的转换、到"诗人""骚人"的多方比较，使这一个体探讨更加走向真实具体。同时，相

---

① 以范文澜《文心雕龙注》原文为据，"诗人"之称共见17处，散见于包括《辨骚》在内的十三篇，尚未计其他具体诗篇作者、变称等，如又有殷人、殷臣、周史等变称。

对"生知"之"圣人"、难以准确考证的"诗人"(《诗经》创作者),实际又更多落实在独具个性的楚辞作者——屈原身上,《辨骚》论屈原时数称其"才",《物色》又有"江山之助"之说,作为作者明确可考的最早的文集典范,楚辞提供更具真实性、可学性的实践参考,其对刘勰论"文"之启发或更为内在关键,这正是《辨骚》作为唯一一篇"作家作品专论"而入"枢纽"的特殊之处。

第三节 "变乎骚"与"论文叙笔"(上):楚辞在辨体分类中的特殊作用

承"枢纽"五篇尤其紧接《辨骚》之后,"论文叙笔"二十篇是《文心雕龙》的真正文体论,论者多称为分体文学史论,这一"文学"范畴在刘勰角度是意欲涵盖"当世"所有文类的,体现其不取"隅隙"、欲观"衢路"的宏伟撰著抱负。二十篇分体考论是立足"枢纽"立场对所有文类的全面透视,是"文源五经"基础上的进一步铺展,同时也受到"变乎骚"的深刻影响。本节着重讨论《文心雕龙》之辨体分类尤其诗赋论与楚辞的影响关系。

一、辨体分类之源流与楚辞

《梁书·刘勰传》曾赅要评介《文心雕龙》"论古今文体"①,关于文体的集中考论即在"论文叙笔"部分,是下篇立论之基。考二十篇所论文体的时限,除《明诗》篇总体论及"宋初文咏"、《史传》篇偶及刘宋时期的王韶之以外,其他各篇均以东晋为断;再结合下篇《通变》《时序》看,

---

① 《梁书》卷50《文学下·刘勰》,第710页。

对刘宋乃至齐代也仅稍有延及，不同于前此各代的详细关注。可知《文心雕龙》循"不评当代"之例，具体论述的明确断限为东晋，但从上古至刘勰时代的属文之作均在其考察范围，"当代"创作承历代文类的累积之后，更是重要的反思参照与辨体依据，《文心雕龙》的辨体分类是与各个历史时期尤其"当代"的创作实践是密不可分的。先秦两汉以讫六朝，各类文体的创作实践发生了较大变化，大量文集问世，辨体分类意识也渐趋自觉，楚辞在其中所起的作用不容忽视。

史志或类书中对各类艺文、经籍的著录区分与文体分类是相联系又不同的两个层面的问题。艺文或经籍著录囊括各个领域的文字著作，依托各个时代学术文化发展及文献留存的状况，是以学术分野、内容形式差异、数量多寡等为分门别类的主要考虑方面，有一定的体类区分意识，但并不以"文体"差别为根本依据。自《汉志》承刘向父子以"六略"（"七略"中辑略为总目）分类，后世多有沿袭分合，至《隋志》确立经、史、子、集四部之分的著录体例，而此"六略"或"四部"并不等同于文体类目，如经部（也即《汉志》之"六艺略"）单列居首是汉代以来尊经传统的体现，而在体类上实与其他部类多有交叉，《汉志》中"诗赋略"之析出最初主要是与创作数量多寡有关，并未有意辨析各类文体。就"文集"类本身而言，《隋志》集部再分为楚辞、别集、总集三类，也不以文体为旨归，而是主要根据结集形式、创作现象与传统等，但这一部类的独立区分、渐益壮大却与文体分类密切相关。从《汉志》的"诗赋略"，到魏晋郑默及荀勖四部分类之"丁部"，再到齐王俭《七志》的"文翰志"、梁阮孝绪《七录》之"文集录"，乃至《隋志》的"集部"，各类文体创作日益繁富是这一历史过程中的明显趋势：《汉志》"诗赋略"仅辑录赋、歌诗二体且各以单篇系之作者或以类相从，并无独立的专集专名入列，至王俭已明确指出"诗赋之名，不兼余制，故改为文翰"，可见其时文体的拓展丰富，阮孝绪进一步说"窃以顷世文词，总谓之集，变'翰'为'集',于名尤显"①。《隋志》中虽说"别集之名,盖汉东京之所创也"②,但这应是后人整理辑录后的追称,诗文之明确称"集",据考证是晋代由史部派生、宋齐以降才流行开来的③,刘勰所生活的宋齐梁时代,正是各类文体之创作、结集兴盛时期,"家家有制,人人有集"④之说或许夸张但亦反映一时之盛况。文体分类在魏晋以降渐趋细化、专门,正是随着文章体样形态的丰富化进程而渐趋自觉的学术探讨,其以"集"部的丰富壮大为契机和主要分类对象,但体类辨析亦涵摄经、子、史著作。

《隋志》又载:"自灵均已降,属文之士众矣,然其志尚不同,风流殊别。……总集者,以建安之后,辞赋转繁,众家之集,日以滋广……"⑤从《汉志》"屈原赋之属"到阮孝绪《七录》"楚辞类",以屈宋为代表的楚辞作品是历代"文集"类著录的首要大端,其对各类别集、总集之形成有直接间接的促发作用,楚辞对汉魏六朝创作实践的巨大全面影响是文学事实,集部壮大、文体分类意识渐著均与楚辞相关。刘勰对此有敏锐的把握,体类辨析中多见"楚辞因素"之体现。

文体分类随创作实践拓展有一个渐趋丰富细化及理论自觉的过程。早期文辞亦有使用上的差别,先秦各类著述本身即体现不同体类的开创与奠基,如子、史及儒家经典等著作,《尚书》《左传》等记载了尚属简略的早期实用文体的分类;两汉时期,实用文体、诗赋文体皆有所拓展,尤其辞赋及歌诗(乐府)创作突出,《汉志》特辟"诗赋略",正是其时创作风气的体现,扬雄、王充等于著述中亦涉及到对赋等不同创作的体

---

① 见阮孝绪:《七录序》,(清)严可均辑:《全梁文》卷66,第689页。

② 《隋书》卷35《经籍四》,第1081页。

③ 参见钱志熙:《早期诗文集形成问题新探——兼论其与公谦集、清谈集之关系》,《齐鲁学刊》2008年第1期。

④ 《金楼子·立言》(梁)萧绎撰,许逸民校笺:《金楼子校笺》,第852页。

⑤ 《隋书》卷35《经籍四》,第1081、1089页。

类思考，但两汉基本尚未着意于全面细致的辨体分类，《汉志》将"诗赋"归为一类也是"取同略异"，并未有意辨析诗赋之别，所谓"诗与歌别"也只因尊显"六艺"（"诗"指六艺之《诗经》）的体例所决定而非文体区分，也未对诗类细目再作甄别，直至东汉末蔡邕作《独断》，记载了其时应用文类的较细致区分。① 魏晋以降，包括诗赋在内的各类文章创作更趋繁富，对各体文的有意辨析方应运而生，从曹丕"四科八体"之说到陆机的十类分述，再到挚虞对主要文体的细化探讨（如颂、赋、诗等），又再至齐梁时期刘勰、萧统更为繁富之划分，可以看到文章辨体思想清晰的承继关系，《文心雕龙》所建构的文体体系是对魏晋以来辨体传统的全面总结与拓展。

二、"文源五经"到"论文叙笔"：诗赋文体的突出与楚辞

刘勰的辨体分类，集大成而有鲜明之主导思想，是与全书论文宗旨相为一致的，是立足"枢纽"立场对各体文的辨析，考察其所建构的文体体系，尚需回溯"文源五经"说，并细循其间"变乎骚"之影响痕迹。

《宗经》中提出的"文源五经"之说，以五经对应五组二十类不同的文体，有限于骈文表达整齐对仗之考虑，考二十篇"论文叙笔"的具体所论，又可做如下补充②：

---

① 如策、制、诏、戒、章、奏、表、驳议等。见（汉）蔡邕：《独断》，《景印文渊阁四库全书》子部杂家类，第850册，第75—96页。
② 范文澜曾对文体论各篇对应五经之关系有详注，本书对此有所参考但并不完全相同。如本书不以《辨骚》为"文体论"故未予论列；《杂文》《谐隐》范注未注源出，根据实际所论细目《谐隐》可归《诗》类，《杂文》实可对应五经各类；《书记》细目也不仅限于《书》类，如"辞"之一体根据刘勰所述则出于《易》。本表所列除《诸子》外其他十九篇均已包括。《诸子》于"文源五经"说实属另类，刘勰在该篇论述中也未溯源五经，只言"圣贤并世""枝条五经"，

五经	文体特点	文体指向	对应篇目	其他相近篇目
《易》	谈天，致用，旨远辞文，言中事隐	论说辞序	《论说》	《杂文》《书记》
《书》	记言，昭灼，览文如诡，寻理即畅	诏策章奏	《诏策》《章表》《奏启》	《议对》《书记》《杂文》
《诗》	言志，摛风裁兴，藻辞谲喻，温柔在诵，最附深衷	赋颂歌赞	《明诗》《乐府》《诠赋》《颂赞》	《杂文》《谐隐》
《礼》	立体，据事剬范，章条纤曲，执而后显	铭诔箴祝	《祝盟》《铭箴》《诔碑》	《哀吊》《封禅》《杂文》
《春秋》	辨理，婉章志晦，观辞立晓，访义方隐	记传盟檄	《祝盟》《史传》《檄移》	《杂文》

　　可见这一文体序列涵盖广泛遍及各体，并显示出溯源五经、以经为范的鲜明立场。"文源五经"说上承汉代崇经传统以及晋宋以降挚虞、任昉等的探索而更加以丰富落实①，稍后的颜之推也对五经所对应文体有大致相似而又略有出入的表述，即"诏命策檄，生于《书》者也；序述论议，生于《易》者也；歌咏赋颂，生于《诗》者也；祭祀哀诔，生于《礼》者也；书奏箴铭，生于《春秋》者也"②。"文源五经"说对后世影响深远

范注依"经子异流"之历史事实将《诸子》移出"论文叙笔"置于与《宗经》并列地位且不注源出，但序次仍置《论说》之前。本书从范注亦不列《诸子》。见范文澜：《文心雕龙注》，第4、5页。

　　① 穆克宏《魏晋南北朝文论全编》在任昉《文章缘起》篇的"说明"中曾指出"文源六经"说自班固、桓范、挚虞、任昉至刘勰、颜之推、章学诚的承传序列。见穆克宏：《魏晋南北朝文论全编》，上海远东出版社2012年版，第197页。班固、桓范尚属较零星论及，如班固《两都赋序》："赋者，古诗之流也。"桓范《世要论》论"赞像"为"诗颂之末流"等。挚虞《文章流别论》："王泽流而诗作，成功臻而颂兴，德勋立而铭著，嘉美终而诔集。祝史陈辞，官箴王阙。"任昉《文章缘起序》："六经素有歌、诗、书、诔、箴、铭之类。"可见晋宋以南朝渐益有细化的论述。以上分别引见《全后汉文》卷24（第237页）、《全三国文》卷37（第377页）、《全晋文》卷77（第801页）、《全梁文》卷44（第436页）。

　　② 《颜氏家训·文章篇》，见（北齐）颜之推撰，王利器集解：《颜氏家训集解》（增补本），新编诸子集成本，第237页。

也引起诸多争议，从五经与各体文的对应关系看，区别在于内在文情、创作运思的大致方向性不同，而文辞形态是随时代发展、具体运用有更繁富的变异转化的，文体的辨析归类还需进一步注意形态区分，更为细致专门。《文心雕龙》下篇《定势》中为说明"循体成势"列举了六组二十二种文体，其前五组与上表五经序列大体相似而又有出入，可见依经分体并不严密。① 但从五经序列看，其大体分野是有的，有一定文体学上的门类特点，而更重要在强调、落实五经的源头及经典地位，后续各篇在考证各体源流时除基本遵从这一对应关系外，于具体分支的考证中亦不无融汇五经的交叉补充，显示早期经典的文体生发性。如"诔"文既出于《礼》，《诔碑》篇又言"诔述祖宗，盖诗人之则也"；"诏策"既出于《书》，《诏策》篇亦屡言"诗云"；《议对》篇又广举《诗》《易》《书》之言等。

　　"文源五经"到"论文叙笔"，是从经到文、辨体分类的进一步落实。范文澜于《原道》篇注中曾指出"《文心》上篇凡二十五篇，排比至有伦序"②，并对各篇顺序作了合乎情理之推断，可资参考。其将《辨骚》作为"文类之首"是特别关注并突出了楚辞在经、文过渡中的重要地位，但归于文体论的做法一度引起学界争议③，依刘勰《序志》的安排，"骚"与后续各体毕竟分属不同板块，还依原次为好。范注另指出"《文心》书中，屡以文笔分类"④，并根据刘勰所述"无韵者笔也，有韵者文也"的"今

---

　　① 《定势》六组二十二类为："章表奏议，则准的乎典雅；赋颂歌诗，则羽仪乎清丽；符檄书移，则楷式于明断；史论序注，则师范乎核要；箴铭碑诔，则体制于弘深；连珠七辞，则从事乎巧艳。"其前五组与五经序列表述不同但大体对应，但"史论序注"是合易类、春秋类而言，末组"连珠七辞"出于《杂文》，文体上与赋接近。

　　② 范文澜：《文心雕龙注》，第4、5页。范注将《辨骚》目为"文类之首"，《诸子》移出而与《宗经》并列，其实际所界定的"文体论"仍为二十篇，但与刘勰原本所分不同。

　　③ 详见本书"绪论"部分关于《辨骚》篇归属问题之考察。

　　④ 范文澜：《文心雕龙注》，第658页。

之常言"(《总术》),将"论文叙笔"的篇目分为文、文笔杂、笔三组①,如下:

文类:《明诗》《乐府》《诠赋》《颂赞》《祝盟》《铭箴》《诔碑》《哀吊》。

文笔杂类:《杂文》《谐隐》。

笔类:《史传》《诸子》《论说》《诏策》《檄移》《封禅》《章表》《奏启》《议对》《书记》。

依此,文体论二十篇(不计《辨骚》)以先文后笔之格局,首列八篇"文"类,继之《杂文》《谐隐》两篇"文笔杂",后续十篇"笔"类,若以"文笔杂"暂归"文"类、以标题所涉文体计,共涉"文"类文体十六种、"笔"类文体十七种,合三十三种,若计各篇细目则更多,是为刘勰所论文体的大概。从其序次看,二十篇文体论已非五经序列的均等排列,而是因应"当世"创作与风气,以文、笔分系,充分把握各体文的发展事实、主次轻重而展开,并体现先文后笔、有意突出诗赋文体的倾向。

以有韵无韵两分文笔是南朝辨体"常言",其内在则具有重文轻笔的倾向。据考证,文笔之称始于汉魏,而文笔之辨盛于南朝,并暗蕴向"诗笔之辨"的转变②,诗赋文体的突出至南朝渐为共识,回顾魏晋以来的辨

---

① 今学界多倾向认为仍以刘勰之文笔两分为是,此暂仍以范文澜之分类排列,其中《辨骚》未再列入,《诸子》在原注中虽被移与《宗经》并列,但从其认可原次看,仍归"笔类"。

② 可参见《中国诗论史》第三章之第一节"文笔之辨与诗学日尊",书中指出:"文笔之辨兴盛于南朝,但文笔之称则始于汉魏。……向起于齐梁大体上迄于中唐的诗笔之辨方向发展,……文笔之称→文笔之辨→诗笔之辨→诗文之别,是贯穿中国两千多年文学史、文论史的一条有迹可寻的发展线索。"见霍松林主编,漆绪邦、梅运生、张连第撰著:《中国诗论史》,黄山书社2007年版,第236页。

体探讨可清楚看到这一变化。① 刘勰对此有所吸收继承，并结合其论文原则有更细致的拓展。依据《宗经》中"赋颂歌赞，则诗立其本"之说，《诗》系文体主要为诗、乐府（歌）、赋、颂赞，恰为文体论之首四篇，而主要为诗、赋二体，另外《杂文》《谐隐》也可视为赋之衍生文体，可见《诗》之一系在"文"类乃至整个文体论中的重要地位，其他出于《易》《书》《礼》《春秋》四系的各类文体则在后续各篇第有穿插，并多集中于"笔"类。上述刘勰、颜之推对五经序列的归纳中，"诗"系文体较为一致而于其他四系多有出入，"诗"类之特别已为二人共识。"诗"之主于"言志""藻辞谲喻""最附深衷"（《宗经》）等特点与其他四系的致用、记言、立体、辨理实截然两途，而宜于唇吻的韵文于吟咏情怀本有优长，《诗》系文体为"有韵之文"的主类亦属必然，可知文辞表面的有韵无韵之区分背后，实暗蕴内情用心之差别。后来萧绎在《金楼子·立言》中归纳"文"之特点为"吟咏风谣""流连哀思""情灵摇荡"，即是对这一内在用心的明确揭示②，刘勰虽从"常言"以有韵与否区分文笔，从其以诗赋为主、对《诗》系文体特征的精要把握看，其对文笔之内在差别也是有所体认的。

综上，刘勰将后世各体文创作系于五经序列，是"宗经"立场使然，五经作为最早的创作典范亦属事实，而文章体类的拓展、成熟、丰富，在五经之后更有长期的演变过程，其所建构的庞大文体体系，重以文、笔分类，突出诗赋文体，与"枢纽"中既文宗五经又特辟《辨骚》专篇亦相为

---

① 曹丕所论"四科八体"之序次为奏议、书论、铭诔、诗赋。陆机《文赋》中讨论的"十体"：诗、赋、碑、诔、铭、箴、颂、论、奏、说。挚虞《文章流别论》：颂、赋、诗（含乐府）、七、箴、铭、诔（含哀辞、哀策）、设论（列举《解嘲》《应宾》等但未命名，依《文选》归为"设论"）、碑、图谶。以刘勰所分的文笔体类衡之，曹丕尚先笔（奏议、书论）后文（铭诔、诗赋），至陆机、挚虞明显先文后笔且"文"类为主，"笔"类仅为少数（论、奏、说、图谶等）。比《文心雕龙》稍晚的《诗品》专论五言诗，萧统《文选》也以赋、诗（含乐府）、骚首列，可见风气所趋。

② 《金楼子·立言》，（梁）萧绎撰，许逸民校笺：《金楼子校笺》，第 966 页。

一致，体现其论文视野的宽广与重点所系。前已辨明，"骚之辨"使五经之《诗》得以凸显，诗赋发展链条中楚辞之功至为关键，这在"论文叙笔"的诗赋论诸篇有鲜明的体现，而楚辞之于体类拓展的影响更延及文笔各体。

三、诗赋等辨体拓展与楚辞

《辨骚》凸显了五经之《诗》，文体论中本宗经立场并因应时代风气而改变五经序次、首论诗赋二体，其间楚辞的承传影响较为关键。《辨骚》中言"轩翥诗人之后，奋飞辞家之前"，"骚"之为体从时段上介于《诗经》与汉赋之间，体类上也较为特别，亦诗亦赋，可谓深具"诗"系特征的典范之作，于"文"类多体亦有较为密切的渊源关系。

《文心雕龙》的诗赋论主要集中于《明诗》《乐府》《诠赋》三篇。《乐府》一篇曾交代，仿刘向"诗与歌别"之例"故略序乐篇"，这与《正纬》篇言"前代配经，故详论焉"有相似之意，显示该篇之论列乃事出有因，《乐府》实为《明诗》之补充。三篇所论可贯通而看，作为主要文体，诗赋辨析是"论文叙笔"的重心，并与下篇创作批评论有更为紧要的关联，而楚辞在其中有重要的影响。

《明诗》作为首篇，论述尤其充分详细，也是唯一一篇及于宋代近世的文体论。本篇所叙"诗"之一体的发展演变，可简化为这样一个序列：葛天氏、黄帝之时的"自然"；尧舜之"辞达"；禹夏之"顺美匡恶"；商周之"雅颂圆备"；春秋之"讽诵旧章"；楚国之"讽怨"；秦代之"仙诗"；汉代之四言、柏梁、歌诗、五言等；建安之"五言腾涌"；正始之"明道"；晋世之"轻绮""玄风"；宋初之"极貌""追新"。从表面看，本篇于楚辞并未着墨太多，联系《辨骚》所论可知关系匪浅。《辨骚》中已明，楚辞与经典之间有所谓"四同四异"，而正是其"异"处使之超越"讽诵旧章"呈现不同的文体面貌，并融贯同异成为"变"体的典范，推进"诗"类文体在《诗经》之后的拓展,并以"变乎骚"(《序志》)的定位进入"文之枢纽"的讨论。《辨骚》中总结楚辞叙情怨、述离居、论山水、言节候均达到较高造诣,其提供给后世作者的资源包括鸿裁、艳辞、山川、香草,以今日写作术语转换,可以说囊括了构思、结构、语言、意象、题材、手法等各个方面,楚辞之全面影响在汉魏六朝的创作实践中鲜明地体现出来。即以刘勰之诗赋论看,经楚辞之"变"后,秦世短促本无足论,然仍有《仙真人诗》及杂赋出现,至汉代则有赋体之盛、诗体的细化分野,《隋志》所言"自灵均已降,属文之士众矣"①,其最直接体现即在汉代。《汉志》"诗赋略"列四类赋体而"诗"仅歌诗,体现其时赋作之盛及歌诗(乐府)的盛行。刘勰在《明诗》中详细分析了汉代四言、柏梁、歌诗、五言等各细类,对两汉诗歌创作渐趋多元有所揭示,但除歌诗外其他诗作规模尚弱,故《汉志》未录。《明诗》篇末再补及三六杂言、离合诗、回文诗、联句诗等,于诗之一体考证详细,彰显继楚辞之后传统诗歌体制的拓展丰富。两汉创作莫盛于赋,《诠赋》于汉赋论列尤多,并细分大赋、小制,指出赋体实"兴楚而盛汉",屈原有拓宇之功而荀宋"爰锡名号,与诗画境",汉赋与楚辞之承继关系参酌《辨骚》《时序》等篇有较多论述。综上,楚辞作为"雅颂之博徒""词赋之英杰"(《辨骚》),于"诗"体为异变、于"赋"体为开拓,《明诗》《诠赋》两篇虽以大量篇幅论述汉代以降的创作,但对于体类发展有关键作用的楚辞均有明确提点。《乐府》一篇相对简略,《明诗》中已涉及三百余篇"朝章国采"的歌诗,可见是将其目为诗之一体,又作专论探讨入乐之诗,但仍以乐辞为主。《乐府》所论作品主要在汉魏以降之作且指摘居多,其文体溯源与"诗"类有所重合,"乐府"之定名系于汉武帝,并于此提及"齐楚之气""骚体制歌",联系汉代文学发展史实,楚声骚体与汉乐府之关系亦密切。

---

① 《隋书》卷35《经籍四》,第1081页。

楚辞在创作上是继《诗经》后的一大变，这一"体类突破"对后世诗赋创作产生了重大影响，而其意义不仅限于诗赋，更延及其他各体，上文已明楚辞对集部之壮大有引领推进之力。考"论文叙笔"各篇于商周以讫楚汉尤其春秋战国之际的论述，可对楚辞之综合影响有清晰的体认。

商周及其以前的漫长时段，是文辞写作由萌芽到渐趋成熟的过程，主要的文本典范即是儒家经典①，这是历史事实所决定的。文体论各篇中论及商周之世屡以"圆备"（《明诗》）、"允备"（《颂赞》）、"体备"（《史传》）、"弥盛"（《章表》）等称述，显见崇经之立场，而相对后世文体，"经"之意义主要在"源"，虽有早期文辞"意志用心"之差别，但当时尚未有自觉的体类区分，在将各体创作溯源经典时多有交叉重合即缘于此，五经并非严格意义上的"文体"大类。

春秋末期以至战国虽历时不长，于各体文之演变却较为关键，刘勰对这一特殊历史时期予以较多关注。《明诗》言"讽诵旧章"，《乐府》言"雅声浸微，溺音腾沸"，《诠赋》言"结言短韵，词自己作"，《诸子》言"越世高谈，自开户牖"，这一变乱时代的文辞创作体现经典而后的变异与突破，尤其其中"奇文郁起"（《辨骚》）的楚辞的出现，作为既同且异的"己作"典范起到从经到文的重要过渡，对文体之拓展有重要作用。楚辞对文体创作的直接影响主要集中在诗赋类，并因诗赋二体在后世的进一步分化，又实际涉及"文"类多篇，诸如《明诗》中的"讽怨"之变、《乐府》中的"骚体制歌"、《诠赋》中的"拓宇"、《颂赞》中的"覃及细物"等，而《招魂》又为"祝"体之"组丽"，《杂文》《谐隐》所涉"对问"、"七体"、"连珠"、谐谑隐语之赋等也与楚辞有密切关系，可见楚辞对"文"及"文笔杂"各篇的普遍影响。

---

① 刘勰依创始之期将之系于商周，"五经"的最终完善定型当在战国乃至汉代。

上述种种尚属"显在关联",还可结合刘勰的汉代之论再做分析。"论文叙笔"各篇有一共同现象即是对汉代的重视,作家作品论列多,评价亦突出。除上述《明诗》《乐府》《诠赋》外,《颂赞》亦多举汉代作品而于魏晋仅只言片语,至言"贾谊首出"(《哀吊》)、"汉来杂文多品"(《杂文》)、"论家之正体"(《论说》)、"本经典以立名目"(《诏策》)、"相如唱首"(《封禅》)、"楷式昭备"(《议对》)、"辞气纷纭"(《书记》)等等,可以说"论文叙笔"各篇均体现以"汉"为重之势,汉代的各体创作或拓展突破、或首出新创,实可视作商周之后的又一"体备"时代且更为细化成熟①,魏晋以降是在此基础上的延续丰富,且辨体意识的增强正与前代(汉代)的创作积累有直接关系。刘勰充分肯定、突出了汉代的创作实绩,对于其间的源流承继亦有敏锐识见,《通变》中指出"汉之赋颂,影写楚世",《时序》中言"祖述楚辞""灵均余影",汉代文坛的彬彬之盛与楚辞密不可分,后世集部的发展壮大正肇基于楚汉相续之际,"兴楚而盛汉"(《诠赋》)不仅在诗赋而亦延及多体。从这一角度看,楚辞对后世各体实有全面的影响。

虽文体代变未可一一比附对应,综上,楚辞对后世各体的总体促发作用是可以肯定的,刘勰对此也有体认。《辨骚》未可视为普通"文体论"确有其因,"骚"与其他文笔各类相较体类特别,并非单一文体。若以荀宋"定名"为赋之始的话,楚辞作品还应主要属于诗类,但与诗、赋均有密切关系,加之又有祝体(《招魂》)、颂体(《橘颂》)及杂文、谐隐等多种衍生文体,对后世文士的各类创作拓展也有风气影响,在刘勰眼中,楚辞直接或间接与多种文体有渊源关系,体现有似"五经"的文体生发性。

---

① 张少康《文心与书画乐论》一书中即曾指出:"在刘勰所论到的这些文体中,大部分是在汉代发展成熟的。"见《文心与书画乐论》,北京大学出版社 2006 年版,第 211—212 页。

第四节 "变乎骚"与"论文叙笔"（下）：
通变尚采观与楚辞

"论文叙笔"各篇在分体辨析外，从会通视角看又体现出通变、尚采的共同倾向，这与楚辞影响不无关系，也是《辨骚》传达出的重要信息所在。本节结合《辨骚》及下篇中的《通变》《时序》《情采》等，着重讨论文笔各体纵横辨析中所体现出的这一共同特点与楚辞的关系。

一、诗赋论各篇的"敷理"反思与楚辞

《明诗》说"铺观列代，而情变之数可监；撮举同异，而纲领之要可明"，对于文体论各篇均是如此。刘勰的文体论遵循《序志》中概括的原、释、选、敷之法，即"原始以表末，释名以章义，选文以定篇，敷理以举统"，对各体文的考辨可谓详备。原、释、选、敷四法在各篇是灵活穿插运用的，细循也大致可分，原、选侧重对各体文发展史实的客观考察，但也有主观上的取舍详略，释名是在此基础上的文体定位，而各篇的敷理部分尤需重视，其理论认识是原、释、选的目的所在、结论所在，最能体现各体考辨的结论性成果，各篇的敷理有时随文按断，多数则集中在篇末赞前的总结性阐述。

总览文体论各篇，是有统一的论述方式及特点的，诗赋论（《明诗》《乐府》《诠赋》）作为首要文体是其中的典型代表，其敷理结论除归纳诗赋创作要领外，也体现刘勰于文体演变的基本态度。即以居首三篇诗赋论的赞前一段"敷理"论述加以比对：

> 《明诗》：故铺观列代，而情变之数可监；撮举同异，而纲领之要

可明矣。若夫四言正体，则雅润为本；五言流调，则清丽居宗；华实异用，惟才所安。……然诗有恒裁，思无定位，随性适分，鲜能通圆。若妙识所难，其易也将至；忽之为易，其难也方来。

《乐府》：若夫艳歌婉娈，怨诗诀绝，淫辞在曲，正响焉生？然俗听飞驰，职竞新异；雅咏温恭，必欠伸鱼睨；奇辞切至，则拊髀雀跃；诗声俱郑，自此阶矣。凡乐辞曰诗，诗声曰歌，声来被辞，辞繁难节……多者则宜减之，明贵约也。

《诠赋》：原夫登高之旨，盖睹物兴情。情以物兴，故义必明雅；物以情观，故词必巧丽。丽词雅义，符采相胜，如组织之品朱紫，画绘之著玄黄，文虽新而有质，色虽糅而有本，此立赋之大体也。然逐末之俦，蔑弃其本，虽读千赋，愈惑体要；遂使繁华损枝，膏腴害骨，无贵风轨，莫益劝戒：此扬子所以追悔于雕虫，贻诮于雾縠者也。

以上略去部分"原""选"文字以清眉目，三段所论俨然诗赋之创作简论，并体现立足当下的反思立场。三篇之作者态度，在上述三段有集中体现：《明诗》归纳"华实异用""随性适分"，《诠赋》在"新""糅""本""质"之间斟酌取中，并归于"丽词雅义"，两篇态度较为辩证通达；而《乐府》对艳歌新声则多有指摘。结合三篇所论及相关背景，可对上述结论再作详细论析。

《文心雕龙》之撰著有明显的现实针对性，其各体文的考述虽基本以东晋为断、并不具体评论当代，但无不以现实为鉴进行反思总结，述古鉴今之意显明，上述"敷理"结论，正是在明了当世创作前提下的对应性思考。首先从《明诗》看，是唯一直接述及刘宋时期的文体论，虽未具体论列，其言"宋初文咏，山水方滋"，当指以颜谢等为代表的新兴山水诗，这是重点提及南朝以来诗坛的新变现象，并指出"近世之所竞"的骈偶尚奇、极貌追新倾向。参考《文选》诗类的选录，刘宋以降的南朝作品遍及十四种细类，山水诗主要集中于"游览""行旅"二目，《明诗》所及是择其新创题材而论，也更为集中体现诗类创作的新变姿态。再看赋体，《诠赋》中在论列两汉英杰、魏晋赋首之后，即是上引阐发立赋大体的一段"物情"之论，从其提及"逐末之俦"的"繁华损枝，膏腴害骨"来看，也是有激而谈，联系《定势》篇言"近代辞人，率好诡巧"、《指瑕》言"近代辞人，率多猜忌"等，这"辞人"所指应是兼含诗赋作者的，可知赋体创作亦盛。《文选》于赋体较为重视，首录赋类，所选南朝之作集中在游览、物色、鸟兽、哀伤四类，可见于时赋体创作的风气所趋是与诗之新变相为一致的。《乐府》篇断限仍至晋代，然其篇末所感慨的"艳歌""淫辞""诗声俱郑"似有所指，纪昀于本篇曾评"其意为当时宫体竞尚轻艳发也"①，"宫体"之说虽时序有误但也揭示出当时的风尚所趋，范文澜注于此辨正指出"当即《南齐书·文学传》所称鲍照体"②。据史籍所载，宋齐两代乐府新声兴盛，《文选》诗类"乐府"一目也选录了宋齐作品三篇，《乐府》篇所论应亦有所针对。综合可知，刘勰对其时的诗赋及乐府创作是有充分了解的，其文体的溯源考察即伴随这一"前见"反思，三篇之"敷理"思考有强烈的现实针对性，是对当时文坛创作新变的回应。

诗赋创作转向写物达情并追求雕饰诡巧之风，对这一时代特点刘勰有明确体认与揭示，其对"近世之所竞"（《明诗》）、"逐末之俦"（《诠赋》）虽有批判，而面对新变所采取的态度则较为通达辩证。即如《明诗》中的四言、五言问题，论者多以为暴露刘勰的保守思想——肯定四言而贬斥五言，但从上述引文看，"四言正体"与"五言流调"属于并论兼顾，并无厚此薄彼，相较挚虞所言"雅音之韵，四言为正；其余虽备曲折之体，而

---

① 见（梁）刘勰撰，（清）黄叔琳注，（清）纪昀评：《文心雕龙辑注》，中华书局1957年版，第76页。

② 见范文澜：《文心雕龙注》，第113页。

非音之正也"①的明确褒贬自是不同，况篇中所论五言诗亦多，对这一新兴诗体并无排斥，从风格取向上来说实是雅润、清丽、华实兼取的。《诠赋》中也是提倡不废辞采、用之有度。这一态度当与楚辞有关。楚辞从体类渊源上对诗赋二体均有直接影响，更以"变体典范"对当下的诗赋创作反思提供更为内在的理论参照，《辨骚》对这一"诗人之后""辞人之前"的特殊文本予以突出关注，详细辨析了诗骚同异以及其取熔自铸的成就，对其叙情写物给以高度评价，鲜明突出了楚辞善于通变、富于辞采的特点，这于诗赋论的敷理反思不为无意，下篇《物色》在对写物达情的详细探讨中即于楚辞取效尤多，可见刘勰由当下创作远溯楚辞经验的用意，诗赋论中情采兼取、较为折衷的总结态度也与《辨骚》"奇正华实"之论相为一致。

《乐府》之情形有所不同。乐府"新声"与《明诗》之"近世所竞"、《诠赋》之"逐末之俦"均属近世讹变，刘勰于诗赋二体态度通达，而于乐府则对"雅声"以后之作几无肯定，"溺音""失其中和""不经""非典""淫乐""郑曲"之评尽是，只在篇末对高祖、汉武、曹植、陆机之作有所肯定。这一态度之原由论者多以"宗经"概之，礼乐教化之传统固以雅正为本，对乐府的区别态度，"正变"之外亦与"雅俗"之别有关。"乐府"有其民间性、通俗性特点，《乐府》篇中除对记载于经典的早期地方歌谣尊崇外，对汉代以降的民间乐府均未置评，所肯定的为帝王之作、文人拟作，其轻俗倾向明显，三用"俗"字，所谓"正音乖俗""俗听飞驰""俗称乖调"，均有贬义。考之他篇也有体现，如《谐隐》评"谐"文之"辞浅会俗"、《书记》评"谚"体之"文辞鄙俚"等。全书所见"俗"字，除客观"习俗"之义外，其余均含与"雅"相对之意，《通变》中说"斟酌乎质文之间，而櫽栝乎雅俗之际"，从全书论述实际来看虽不无适"俗"之吸收，但在明确阐述的立场态度上雅俗之间有明显的偏向，质文、奇正、雅俗之权衡有别，文

---

① （清）严可均辑：《全晋文》卷 77，第 802 页。

质彬彬而崇雅轻俗，又《定势》篇所谓奇正可兼解而雅郑不可共篇。雅俗之别加之宗经立场，使《乐府》篇带有明显偏见，体现出较为坚决的保守斥变态度。楚辞新变与此不同，虽与汉乐府之产生关系密切，但屈原笔下的楚辞已是经由文人改造嬗变之产物，这一介于诗赋之间的新型创作，不同于楚地民歌，在刘勰眼中是与殷人之颂同视为"鸿裁雅文"（《诠赋》）的，楚辞异变仍在"雅文"之域。故《明诗》《诠赋》之所斟酌主要在文质奇正之间，较为通达辩证；《乐府》则因雅俗异途而态度有变，体现为偏于保守的立场。但从其对曹植、陆机不入乐的乐府"佳篇"也有肯定，显示出对"新声"也有接纳的一面。

整合诗赋文体的历史发展链条，变异突破是明显趋势。自商周"圆备"即有四方之音的差别、同义异体之赋的萌芽，经春秋之寝声、讽诵旧章、溺音腾沸、词自己作，到楚国讽怨、骚体制歌、拓宇赋体，至汉代以后的细化拓展、五言腾踊，乃至艳歌婉娈、山水方滋等，从文辞之变到文体之变，发展与变异相为始终。故刘勰论"文"虽禀"宗经"之旨，于文体辨析中亦体认其"变"、思考其"变"，诗赋论是典型代表，"变乎骚"则提供取效之典范。总三篇所论，刘勰把握并突出了诗赋文体注重情采的特性，面对文体流变有较为辩证的思考以及应对。

二、"弃局就通"的诗化批评与通变尚采的共同倾向

"弃局就通"是黄侃在评价《事类》《镕裁》《颂赞》中以"笔"目文或兼言文笔现象时的说法，并指出文笔"散言有别，通言则文可兼笔，笔亦可兼文"[1]，"论文叙笔"中的文笔之别放之全书看，确有"弃局就通"

---

① 见《文心雕龙札记》之《总术》篇札记。黄侃著，黄延祖重辑：《文心雕龙札记》，中华书局 2006 年版，第 256 页。

的特点，并更突出表现为"以文该笔"①，同时含有"诗化批评"的特点，即以"文"类尤其诗赋为主要批评对象进行综合性理论思考，诗论具有影响其他文体的普泛性。这可视为"由'分别'论而自然产生的关于'文与笔'的'文学性'问题"②，刘勰在囊括各体的基础上以诗赋论为根基有深入的理论拓展，并作为主要内核融入论"文"的整体思考。上述诗赋论三篇之"敷理"即具有代表性并对其他文体各篇产生辐射影响，尤其《明诗》作为首篇的统领作用明显，该篇在溯源之前有"感物吟志，莫非自然"之阐述，上引文字又涉及情变、华实、恒裁、适分、创作之难易等，论述最为圆该详细，对《原道》及下篇所论均有多方面呼应，显示诗化批评之特点，征之《时序》《通变》的综合论述更是如此。

"论文叙笔"的整体论文视野极其宽广，纵向贯穿古今、横向遍考各体，从体类上来看，前文已明先文后笔、首重诗赋的特点，从纵向来看，因"虞夏以前，遗文不睹"③ 以及不具评当代之例，又"枢纽"中已单独讨论了经、纬、骚，故二十篇所论之重点时段实际集中在汉魏晋，这从各体的"选文定篇"可明确见出，相对来说又尤以汉代为多，这与汉代在楚辞之后的渐备各体有关，上节已论。若二十篇"论文叙笔"可视为"分体文学史论"，下篇中的《时序》即是在此基础上的"合体"，因是综论，进一步广及宋齐"当代"。经此合并，各个时代文体演变的整体脉络更加清

---

　　① 刘师培曾对"文可该笔"举出若干"当时世论"之据，如南朝史书、目录学著作及《文选》等，但其"笔不该文"之说是不确切的。见刘师培：《中国中古文学史讲义》，上海古籍出版社 2006 年版，第 97 页。

　　② 参见陶礼天《六朝"文笔"论与文学观——〈文心雕龙〉"文笔之辨"探微》一文。该文对黄侃、刘师培等关于《文心雕龙》文笔之辨的分歧进行了详细分析，指出可以分为两个相互联系的问题来看待，其一为"文笔之辨"中的"文笔分别"论问题，其二即上述所引，并认为刘勰《文心雕龙》虽以"常言"即无韵为笔而有韵为文作为准则区别文笔，但他对"文"的"文学性"的分析，是包括了"情采声韵为文"的理论内容的。文载《文艺研究》2005 年第 5 期。

　　③ 《宋书》卷 67《谢灵运传论》，第 1778 页。

晰展现：商周时期是刘勰所深许的"文理允备"（《颂赞》）时期，五经为各体之源，而本篇只特举了《诗经》中的颂及风之正变，以见"与世推移"之意；战国时期主要有取于《辨骚》《诠赋》《诸子》等，也是其时的主要文体；汉代之被倚重前文已论，真正创立后世多种文章细类之体式，多举诗、歌、赋，也述及图谶、策、奏、史、论、诔、颂等多体，赋作、歌诗仍是大端；建安及魏突出诗、赋、乐府的创作变异，稍及论体；两晋情形类似，多举诗赋而略及策、史等笔类；宋世泛举"王袁颜谢何范张沈"众作，齐代则只颂扬之辞。从《时序》篇历史链条中所涉文类看，诗赋之主导地位鲜明，《时序》是在"论文叙笔"基础上对各体文演变的大汇总，侧重以时代为轴、世情为基础综合考察各体的兴废演变，但基于对时代创作特点的整体把握又有所取舍，其间呈现主于诗赋的明显倾斜，并指出质文代变的总体演变规律。

如果说《时序》偏于较客观的各体文发展汇总，《通变》则体现出基于会通视野的更为内在的主观按断。篇中开头以广阔视野总揽文笔各体，聚焦文体之常与文数之变，提出"通变之术"的问题，其以"诗赋书记"概括，正对应文体论之首末，"通变"这一理论认识是汇总文笔各体之原、释、选、敷的结果，是对各体在"故实""新声"间的繁富演变、创作经验教训的归纳总结。而从《通变》中对"九代咏歌"的一段叙述看，所涉文体具体指歌、篇什、骚文、赋颂、篇制、辞章等，诗化批评倾向明显，其"通变"认识更为直接地来自诗赋论的归纳启发。《通变》篇所言"斯斟酌乎质文之间，而櫽括乎雅俗之际"的两个标准，也在《明诗》《乐府》《诠赋》诸篇有典型体现。

因应诗化批评之特点，诗赋论中所体现出的通变、尚采观可说是文笔论各篇的共同倾向，虽文体不同其情有异，在文质、雅俗、新旧等程度偏向上也有差别，如《乐府》之不同于《明诗》《诠赋》。览及其他各篇，有韵之"文"与诗赋关系密切故有较多同调，如《杂文》开首即言"智术之子，博雅之人，藻溢于辞，辞盈乎气，苑囿文情，故日新殊致"，这一强调辞采及新变的论述明显带有普适色彩，在"文"类其他各篇中多有体现，而《谐隐》亦言"本体不雅，其流易弊"，因雅俗成见对待异变更多指摘；无韵之"笔"也有明显的"被诗化"特点，"日新""华实"之论多见，即使如今日所目之"应用文书"，亦有"总法家之式，秉儒家之文"（《奏启》）的归纳，《书记》篇则指出"或全任质素，或杂用文绮"的两存现象。总体上看，文体论各篇的主导倾向是通变、尚采且两者相为统一，纳"变"者亦纳"采"，刘勰对文体演变有充分地认识并根据不同文体特质对辞采也有分寸要求。

三、通变尚采观及楚辞影响的深层分析

《文心雕龙》第二十九篇《通变》作为对历代各体会通后的规律性认识，集中反映了文体论中所体现出的共同倾向，值得仔细体味。而"枢纽论"中的《辨骚》可视作一篇诗骚比较专论，通过诗骚比较而形成会通视野，为看待文体演变提供典型参照，其对通变、尚采观念之具体内涵形成有更为内在的深层影响。

《通变》篇在引题之后、例证之前，是一段对"九代咏歌"的叙述勾勒，虽则简略，却是本篇重要的基础性论述，于其中体现细腻全面的理论判断。

是以九代咏歌，志合文则。黄歌断竹，质之至也；唐歌在昔，则广于黄世；虞歌卿云，则文于唐时；夏歌雕墙，缛于虞代；商周篇什，丽于夏年：至于序志述时，其揆一也。暨楚之骚文，矩式周人；汉之赋颂，影写楚世；魏之篇制，顾慕汉风；晋之辞章，瞻望魏采。摧而论之，则黄唐淳而质，虞夏质而辨，商周丽而雅，楚汉侈而艳，魏晋

101

浅而绮，宋初讹而新。从质及讹，弥近弥淡。何则？竞今疏古，风末气衰也。①

总览"九代"文体之演变，其结论性归纳为"从质及讹，弥近弥淡"，从文辞表面看，这与通变、尚采观似有扞格，尚需结合他篇尤其楚辞影响再做进一步分析。

（一）"从质及讹"论辨析

"从质及讹"是取两端而简略归纳，细循上述关于"九代咏歌"的表述链条实际分为两个序列：从黄唐至商周，依次强调广于、文于、缛于、丽于，下文进而总结为淳而质、质而辨、丽而雅，是从"质"及"丽"，重"变"重"采"倾向鲜明，而内在又有相通或曰不变之处，即"序志述时，其揆一也"；自楚辞至晋则表述不同，依次为矩周、影楚、慕汉、瞻魏，突出其因袭前代而同时寓变：侈而艳、浅而绮、讹而新。

两个序列的分别不为无意，显示经典前后的不同演变轨迹。刘勰论"文"标举宗经，对于商周之世的儒家经典给予最高评价，这是自"枢纽论"已确定的原则，《原道》所谓"文胜其质"②、《征圣》所谓"圣文之雅丽"、《宗经》之"五经含文"均与《通变》篇所论一致，商周"经典"是文之最理想状态，而早期文辞作为"前经典"也是被一并肯定的，第一链条的从

---

① 《文心雕龙·通变》。关于"风末气衰"，"末"原作"昧"，范文澜认为"疑当作风昧，风昧与风清相对"，并注"一作末"。见范文澜：《文心雕龙注》，第526页。刘永济、杨明照、王利器等据徐 、孙蜀丞等意见均以"末"字为正，《封禅》篇亦有"风末力寡"之句，今从。以上各家观点分别见刘永济：《文心雕龙校释》，中华书局1962年版，第110页；（梁）刘勰著，（清）黄叔琳注，李详补注，杨明照校注拾遗：《增订文心雕龙校注》，中华书局2012年版，第405页；（梁）刘勰撰，王利器校正：《文心雕龙校正》，上海古籍出版社1980年版，第200页。

② 这里"胜"当作"任"解，"文胜其质"即文质彬彬。

"质"及"丽",于变中有继承,是完全正面肯定的。"文"至楚辞而大变主要即基于宗经立场的判断,楚辞独具个性的创作自汉代即引发经骚同异的辩论,刘勰也以此为新序列演变的起点。此一序列的叙述却给人以渐变渐衰之感,且渐重文采的特点似乎也在演变中"走了味",呈现侈艳、浅绮、讹新的不同面貌,批评指摘意味渐浓,论者以为刘勰的通变观趋于保守甚至主张"文学退化论",应主要缘于这段表述,对此尚需全面分析。

首先应明确这段叙述之前提性判断,即"九代咏歌,志合文则",其对各个时代之文辞演变是持总体肯定态度的,认为符合"文之法则",皆有值得效法之处,显示其"通"的宏大视野。上文已明"从质及讹"实分为"质—丽"与"艳—讹"两个序列,第一序列是完全肯定态度毋庸赘言,讹变过程主要指楚汉以降而言,后文对这一讹变原因有明确揭示:"竞今疏古,风末气衰也。"详观后一序列,突出对前一时代的承袭,实亦暗寓演变:楚辞之"矩周"在《辨骚》中曾有充分的同异辨析,下文再论;汉代"影楚"问题,尤其体现于西汉百年间的辞赋及歌诗创作,所谓"祖述楚辞""灵均余影"(《时序》),并突出继承了楚辞铺排艳采的形式特点乃至"洞入夸艳"(《夸饰》),而从贾谊以至东汉抒情小赋,亦可见"发愤抒情"一途的流脉未断以及在影楚问题上的多面性;建安至正始的曹魏文学在抒情小赋、乐府、文人五言诗、杂文等各体创作上承继汉代基础有较丰富的拓展,对汉代之盛世文采不无仰慕追摹,如《才略》中言"魏时话言,必以元封(西汉武帝年号,公元前110—前105)为称首",正始之"轻澹"是时代玄风影响的直接体现,从中也可见汉末隐逸传统的痕迹,另外这一时期时代政治与文人命运的突出相关使作品独具"慷慨"之气,浓烈的个性抒情色彩又隐隐与楚辞遥相呼应;西晋以至宋齐同属"近世文辞"①,据《明

---

① 从《序志》篇"详观近代之论文者多矣"的后续表述看,刘勰一般把魏以后称为近代或近世;《明诗》篇说"晋世群才……此近世之所竞也",是从西晋至宋齐称为近世。

诗》所叙有西晋"采缛""力柔"的轻绮文风、江左（东晋）的玄风、宋初的山水诗咏等不同创作面貌，赋及其他体类创作也体现近似的倾向，这一时期在题材内容、文辞技巧上承袭曹魏创作继有增益，并逐渐走上偏于极貌追新的体物摹形之艺术追求。由此可见，每一时代的创作有其丰富性的变化与特点，《通变》篇在后面又论到"当代"才士"多略汉篇，师范宋集"，两举例证也均为汉代之作，可见对齐世而言，汉代又为"古"，是应该效法学习的。如此，则"从质及讹"并非标举每况愈下之论，乃有鉴于当下文坛风气，于溯源反思中揭示自楚汉以降偏于效法近世的倾向，近取无"通"则易"偏"，"讹变"多源于偏解，从而警醒勿"近附远疏"而应采取遍参"九代"之态度。篇中指出通变之"数"必"酌于新声"，但于质文、雅俗间须有判断把握，"矫讹翻浅，还宗经诰"，联系上文所论，宗于儒家"经诰"固属应有之义，实际亦应涵盖宗于"历代创作"之优秀"选文"之意，质文、雅俗的识见正来自于"博览""精阅"，方可"凭情以会通，负气以适变"。

关于"变"，第一序列自是肯定的典范，但因早期文辞尚简、文献不足、体类未定等，实际难以深入论析其间的"通变"经验。篇中"长辔远驭，从容按节"之论使人自然联想到《辨骚》中"凭轼以倚雅颂，悬辔以驭楚篇"，楚辞作为经典之后、第二序列的开端是非常特殊的存在，于"通变"之立论至关重要。篇中言"楚汉侈而艳"，《宗经》中曾说"楚艳汉侈"，分而视之"侈"归于汉，联系他篇所论，刘勰实未将讹变之责归于以屈原为代表的楚辞，而是系于宋玉、景差及汉代以降，如《夸饰》篇的"自宋玉景差，夸饰始盛"，《物色》《才略》篇的"辞人丽淫""洞入夸艳"等。《通变》中楚辞虽列第二序列却属异数，因从时段上"去圣之未远"（《辨骚》），其矩式的正是周代经典，故与其他"近附"者自属不同，这里显然有"尊经"的成分，但《辨骚》也指出过楚辞"体宪于三代"，可见并未将其视为"近附远疏"之流。《辨骚》中详细论析了诗骚之间的同异和楚辞的成就，联系《通变》序列看，正是将其视为通变典范而加以突出关注的。

《辨骚》中的诗骚比较集中在"四同四异"论，四同为典诰之体、规讽之旨、比兴之义、忠怨之辞，四异为诡异之辞、谲怪之谈、狷狭之志、荒淫之意，并以"典诰"概同①、以"夸诞"概异。总体来看，两者均兼涉情辞，但又相对"同"主情志、"异"主文辞："同"主要在崇圣尊君、美刺比兴、忠怀怨愤的情感内容，但也是战国之世、屈原其人之个性情志；"异"则突出体现为事辞之诡怪及表达上的激愤纵放，但也有文辞技巧的继承。《通变》篇所谓"文辞气力，通变则久"、于第一序列总结的"序志述时，其揆一也"等在楚辞均有典型体现，其在经典之后有继承有突破，"取镕经意""自铸伟辞"，从而达到新的高度，成为后世可资借鉴的"正变"典范。而汉之影楚，如西汉大赋，偏于承异弃同的文辞铺排之术，则致由艳及侈之弊，随着后代不断"近附远疏"的演化，及至浅绮、讹新，在异变之路上也便越走越偏了。

"同异之辨"较为全面分析了楚辞的创作特点，并在情辞两端彰显其既承且变的辩证把握，刘勰以宗经立场，对楚辞的重视与全面评价是了不起的识见，超越汉儒，也领先时代，其对楚辞的态度集中体现了通变观的具体内涵，并非执于一端的保守或逐新。齐梁之际面对文坛的大变化，批评界有所谓复古派与新变派的两极争端，典型代表如裴子野与萧纲，楚辞身份在其中被视为既古又新的存在，复古者视其为讹变之源而加以贬抑②，新变者视风骚同调而尊近世之作为"冠冕""楷模"③。刘勰以折

① 范文澜认为"诗无典诰之体"，同于风雅的"四事"宜云"同于书诗"。见范文澜：《文心雕龙注》，第53页。从举例看此"典诰"应非指《尚书》中的文体而言，是指《离骚》中对尧舜汤禹等古圣先王的称颂，这是符合儒家之体则精神的。

② 裴子野在《雕虫论》中认为楚辞为悱恻芬芳之祖，而"随声逐影之俦，弃指归而无执"。（清）严可均辑：《全梁文》卷53，第535页。

③ 萧纲《与湘东王书》言："至如近世谢朓、沈约之诗，任昉、陆倕之笔，斯实文章

衷态度较客观全面看待楚辞的承创，关注其变亦探索传承，深入挖掘了楚辞的独特价值，在其后，以调和态度对待文坛新变渐为主流。

楚辞诞生于战国之世的楚地，虽"去圣之未远"（《辨骚》），亦"出乎纵横之诡俗"（《时序》），相应商周经典，已是时代之变、地域之变、个体之变，有鲜明的创作个性，前文已论，从《辨骚》中可见楚辞的突出特点是雅而艳，因应对楚辞的重视与肯定，这一特点定位也延及"通变"的整体思考，《通变》篇"质文雅俗"之论不无楚辞的影响，在文体论各篇中所体现出的对"变""采"的普遍重视、文质兼取而雅俗有别等均与此相关，虽在有些篇章不无宗经之局限及雅俗偏见，而对楚辞的深入挖掘仍是居功至伟，《文心雕龙》在宗经原则上吸收楚辞新变，以更通达的视野获得理论的多方面突破。

（二）"弥近弥淡"与"季代弥饰"

"季代弥饰"出自《祝盟》篇，也是多篇在评价或批评"近世"之作时的共识，如《明诗》篇认为宋初以来竞相极貌写物、穷力追新，《诠赋》指出逐末之俦"遂使繁华损枝，膏腴害骨"，《哀吊》中的"华辞末造"，《定势》中的"率好诡巧"，《物色》中的"文贵形似"等。各体文写作的发展大势，体现出偏于文辞的逐新求变过于雕饰之弊，而基于对楚辞雅艳特色的肯定，《文心雕龙》对"采"又是并不排斥的，通变与尚采相为关联，其对"华辞""弥饰"的批评未可掩盖"尚采"的鲜明主张。

另外，《通变》在总结"从质及讹"的演变后却提出"弥近弥淡"的论断，"淡"字很可玩味，据范文澜注本，"淡"字由"澹"而改，并注"薄味也"[1]，他本注释与此相似。"淡"，是从总体的审美体验而言，没有味道、淡乎寡

之冠冕，述作之楷模。"（清）严可均辑：《全梁文》卷11，第118页。

　① 范文澜：《文心雕龙注》，第526页。

味,这与文辞之雕饰、华丽看似抵触,实际上正是一体两面,《通变》中引桓谭批评"新进丽文"之"美而无采"①,刘勰对近世讹变的态度也是如此,其主张"日新其业"(《通变》)亦"日新其采"(《封禅》),但所推重的"采"并非等同于一味地竞辞雕饰,取效于楚辞,其尚采观触及更为深入辩证的思考,即情与采的相互关系问题。

下篇中的《情采》即对此专门讨论。本篇对《原道》所标举的"自然文采""神理"等观点有明显的呼应,并特别关注了"情文"的立文之道,进一步强调"采"非外饰乃源于内质、内情,是从"情"的角度对尚采观的矫正和深入。结合篇中关于诗人与辞人的一段比较论述,更可清楚明了《通变》之褒贬所由,其间亦有潜在的楚辞影响。

> 昔诗人什篇,为情而造文;辞人赋颂,为文而造情。何以明其然?盖风雅之兴,志思蓄愤,而吟咏情性,以讽其上,此为情而造文也;诸子之徒,心非郁陶,苟驰夸饰,鬻声钓世,此为文而造情也:故为情者要约而写真,为文者淫丽而烦滥。而后之作者,采滥忽真,远弃风雅,近师辞赋,故体情之制日疏,逐文之篇愈盛。

这里由"诗人"到"辞人",通过对比鲜明体现情、采天平上的文体讹变,实际还跨越了一个中间环节——"骚人"。楚辞是诗赋演变链条中的特殊存在,其整体呈现的"采艳"特点不同于后来辞赋之"淫丽",这在《文心雕龙》多处都是可以明显看到区别对待的,《情采》所论实际上揭示了楚辞之所以异于"诸子之徒"的内在"奥秘",即源于"情"。上述引文中称述诗人"为情而造文"的一段文字比之《辨骚》所归纳的诗骚"四同"

---

① 《通变》:"桓君山云:予见新进丽文,美而无采;及见刘扬言辞,常辄有得;此其验也。"范文澜注:"桓谭语当是《新论》佚文。刘扬,谓子骏子云也。"见范文澜:《文心雕龙注》,第 520、526 页。

（典诰、规讽、比兴、忠怨）有高度一致，楚辞从"诗人"那里传承了为情而造文的优秀传统，这正是其"同于风雅"一面的真正所在。基于此，楚辞由内而外的"采艳"并非外饰，正是"附乎性情""本于情性"（《情采》）的，验之《情采》所论可谓"文质彬彬"之典型。甚至反向来看，上述对"诗人"之"采"的重视、"志思蓄愤"一面的着意突出盖亦受到楚辞特点的启迪。另外，从楚辞创作来看，这"同于风雅"之情又是因应时代、地域、个体而发展变化的，《物色》所谓"屈平所以能洞监风骚之情者"，正是赞叹其融会贯通亦自出机杼的通变特点。《情采》中继续指出"后之作者"的"远弃近师"，与《通变》所论"近附远疏"正相为一致，要纠正逐文之风必要效法体情之制，楚辞当之无愧是在"体情"之列的。

《情采》所论补充了"采"需合"情"方为可取，若仅流于表面也便"弥饰"即"弥淡"了。注重情采是诗赋创作的突出特点，文体论中的"尚采"倾向正是诗化批评的体现，而文情又与文体相关，各体之情志不同，"采"之体现也便有异，文体论各篇在论述中也有切合文体的不同分寸要求，如《哀吊》中警示勿"华过韵缓"、《论说》中强调"贵能破理"而非仅巧辩等，从"文情"出发使其对"采"的分析更为贴合实际、辩证全面。其总体主导倾向仍是注重文采，但主张应"文不灭质"。

自《原道》《辨骚》、文体论各篇以至《情采》，可见其对文之"采"的一贯重视与肯定，其中楚辞的贯通影响辨析可见，楚辞之"雅艳"影响到诗赋尚采、文笔尚采的整体趋向，甚至吸收到"圣文之雅丽"（《征圣》）、"五经之含文"（《宗经》）的宗经判断之中。

总结本章所论，文体意义上对楚辞的挖掘吸收对《文心雕龙》全书理论建构至为关键，楚辞作为五经之后的创作典范，一"体"而多向，在从经到文的体类拓展中起到重大作用，是文坛彬彬之盛的重要影响源，又是文体考论中的重要坐标参照，影响形成通变、尚采的共同倾向。下篇的创作论及批评论更与这一创作典范的经验启发密切相关。

第三章
《文心雕龙》的创作论及批评论与
楚辞典范

　　《文心雕龙》下篇凡二十五篇，据《序志》可分为三组：十九篇创作论（《神思》至《总术》），《时序》等后五篇批评论①，作为全书序言的《序志》。本章集中探讨楚辞对创作论、批评论理论建构的影响关系。

　　上篇文体论中，刘勰以其所处的宋齐时代视域，回溯上古及汉魏晋宋的文士创作，于各体的源流辨析中不断探索、思考"创作"问题，其褒贬分析历代作品的得失，本着"矫讹翻浅，还宗经诰"（《通变》）之旨，也树立了一批优秀作品的典范，并突出了诗骚的源头典范意义，而楚辞承载从经到文的重要过渡，尤其对"为文之用心"的进一步探讨提供实际的借鉴，楚辞创作经验融入下篇创作论、批评论之理论建构，其内在影响值得深入挖掘与关注。

---

　　① 　后五篇"批评论"，指除《序志》外的《时序》《物色》《才略》《知音》《程器》。本书取认可《文心雕龙》现有篇次立场，《物色》在《时序》篇后，虽《序志》未及但可视为骈偶表述所致（"崇替于时序，褒贬于才略，怊怅于知音，耿介于程器"），况创作论部分也是概略言之的。

第一节 《文心雕龙》的作者才器观及创作
批评视野与楚辞

《文心雕龙》下篇是全书的理论重心，是探讨"为文之用心"的归结所在，其篇次拟定亦属用心布排，宜从总体视角加以审视把握。总览下篇篇次，以《总术》《程器》为区界所彰显的作者才器观及创作批评视野，内蕴屈原及楚辞的突出地位与影响。

一、作者才器观及《文心雕龙》的创作批评视野

下篇除《序志》外的二十四篇，以《程器》居末，也是全书"为文用"之四十九篇的总收束，从总体视角看本篇的特殊性不容忽视；第四十四篇《总术》也以"总"字体现出鲜明的总览归纳性特点，历来被视为《神思》以下创作论各篇的"总序"或收结。仔细体味两篇的主旨用意，有助于从整体上把握《文心雕龙》下篇的内容视野及特点。

《总术》作为明显的标界，划分出前十九篇的创作论，刘勰统视之为"文术"。本篇以文笔、言笔之辨起论，有与上篇"论文叙笔"呼应之意，更主要在强调经典及一切文笔作品的"文"（文采）之特性，"造文"务需研术，又"文体多术，共相弥纶"（《总术》），故置此一篇来作一总论加以强调，此即《总术》篇的根本用意所在，"非别有所谓总术也"①。篇中言"不剖文奥，无以辨通才"，"才之能通，必资晓术"，掌握"文术"是富有文才的直接体现，也是达到文采斐然的有效法门，文术、文才、文采，在此语境下是统一的，整个创作论即是着眼于"才"的角度对"如何造文"以

---

① 黄侃著，黄延祖重辑：《文心雕龙札记》，第 254 页。

富于文采所做的各方面探讨，这是下篇的主要用力所在。

但刘勰的理论思考并未止步于此，"术"论之外又有后五篇从不同角度的延展，即《时序》《物色》《才略》《知音》《程器》。这五篇不再拘于具体"文术"的探讨，前四篇分别将文之创作置于时代更替、感物取象、作家品评、阅读接受等不同方面加以审视，展现从天、地、人之更广阔视角对创作行为及现象的整体观照，并导向对创作一事的终极价值思考——《程器》。后五篇的批评论在内容架构上隐与《原道》的宏观定位有所呼应，尤其《程器》集中讨论关于文士创作的根本价值与追求问题，作为论"文"之末篇（《序志》除外），具有总结回应整个创作批评论乃至全书的涵摄意义。

"程器"之"器"在语词流传中虽有多种含义，本篇所指不难确定，《程器》篇开头即征引《尚书·梓材》直言"贵器用而兼文采也"，而本篇论旨则在论"贵器用"，故"程器"者"程其器用"，与《汉书》所言"程其器能"[1] 是一样的意思，本篇中具指对文士器用器能的考察衡量。核之篇中所论，又可对"器"之内涵有更具体的把握。篇中将器用与文采对称，并指出"近代词人，务华弃实"，可知"器"属于实质内容之域；又大段讨论文士之疵，乃务华弃实所致，则进一步落实到实质内容所体现的"德"；进而论"士之登庸，以成务为用"，学文应"达于政事"，庾元规之勋庸、文才云云[2]，于此，"器"又指经世之才能，且与"文才"相对应；末引《易·系辞》"君子藏器"之说，这里的"器"则兼指德、才而言，"才"应视为也是包含文才的，并提出"摛文""垂文"的根本要求；赞语中又以文与德、雕与器的对称与开首的器用文采论呼应。综上，《程器》篇中的"器"，主要取"器用"义，与文采、文才相区别，具体内涵包括由实质内容所彰显出的德行操守、文士的经世致用才能等，"程器"即意在考

---

① 《汉书》卷65《东方朔传》，中华书局1962年版，第2863页。

② 《程器》："昔庾元规才华清英，勋庸有声，故文艺不称，若非台岳，则正以文才也。"见范文澜：《文心雕龙注》，第720页。

察并强调文士这方面的修养。论"人"亦及"文","器用论"与文之创作中的华实文质问题也不无关联,在"贵器用而兼文采"的总原则下,本篇尤其突出了务实的创作导向。《程器》所彰显的对文士创作根本价值及追求的立场态度,与《序志》之志是相一致的,所谓"君子处世,树德建言"(《序志》),也是刘勰所欲践行追求的。

纪昀曾评《程器》为"有激之谈,不为典要"①,"有激之谈"有之,"不为典要"则未免轻忽,《程器》虽为单篇,其所标举的"器用论"实与全书探讨"为文之用心"的中心目的相与始终,密切关联,《程器》补"文术"之未论,似与文术、文才、文采相对,而某种程度上"器"又是包含文才的,是文士各方面之才、德的最终体现,其与以文才培养为要的创作论共同形成刘勰论文的"才器观",并贯穿在全书的论述之中。查"器"之一词在《文心雕龙》中的使用凡三十余处,除文体论及下篇少数篇章用作普通器物之称外,下列几篇中的使用很值得注意:

《原道》:夫以无识之物,郁然有采;有心之器,其无文欤!

《宗经》:扬子比雕玉以作器,谓五经之含文也。夫文以行立,行以文传,四教所先,符采相济,迈德树声,莫不师圣;而建言修辞,鲜克宗经。

《神思》:若学浅而空迟,才疏而徒速,以斯成器,未之前闻。

《体性》:夫才由天资,学慎始习,斫梓染丝,功在初化,器成采定,难可翻移。

《养气》:若夫器分有限,智用无涯。

《原道》中即已论到"器"与"文"的问题,强调器(物、人)之含文(采);

① (梁)刘勰撰,(清)黄叔琳注,(清)纪昀评:《文心雕龙辑注》,第426页。

《宗经》所论更为明晰，由雕玉作器直指五经含文，引四教之论（文行忠信），意在突出"文"之一极，强调"建言修辞"角度的宗经；《神思》《体性》所言之"成器""器成"，也均与文才、文采相关；《养气》所说的"器分"，概指个人之资质才能，从主于论"文之创作"看主要即指文才。可知，从"文之枢纽"到创作论，在强调"文"之天生自然、关注各项文才培养的同时，亦与最终体现之"器"密切关联，可见"器"与"文"的不可分割性相互贯穿呼应，《程器》所说"贵器用而兼文采"是有涵摄全篇之意的。而从全书分量看，主论"为文之用心"，也即《宗经》所倡导的"建言修辞"角度的探讨，这是自"枢纽论"即已确定的写作导向，从"论文叙笔"的考察准备到创作论，无不着力于此，可以说文才、文采问题是本书主要关注的；除《序志》外即四十九篇"文用"论的后五篇，则是在完成"文术"探讨的基础上对创作行为及现象的整体批评，其中《时序》《物色》《才略》《知音》等虽还是主要着眼于"建言修辞"角度的总体审视，但已触及价值思考，至《程器》则标举"树德建言"之义，遥与传统的师圣观相应，是对"建言修辞"论在更高之终极价值层面的升华与补充，故有以一而罩全篇之意。

刘勰的才器观与汉末魏晋以来的才性论探讨不无关联。才性论是玄学思潮的中心议题，所谓同、异、离、合的才性四本论之争议，焦点即集中在如何看待才、德之取舍轻重的问题上，但也同时反映出时代变迁下个体及个体才能的渐受关注。这一风气渗透到论文领域，尤其体现在对作者创作个性及文体风格的探讨等方面，如从曹丕至陆机、沈约等所论，而随着对个人才性之关注，尤其聚焦于"才"，实际又引发对"德"之一极的忽视，"近代词人，务华弃实"（《程器》）即是典型体现。《文心雕龙》对玄学才性论也有充分的吸取，"其主要采用了'合同'一派的观点，但对'离异'一派的思想也有所借鉴"，如《程器》说的"人禀五材，修短殊用"，是"把玄学的才性论具体运用到文学批评上的一种理论发展",但"从理想上来说,才性统一最好"①,故《文心雕龙》于全书篇末(《程器》为除《序志》外的最后一篇)标举"器用论",重新树立传统之"三不朽"追求的终极价值意义,可说是有感于才性离、异的不良现象而希冀达于合、同的立场表现,彰显其立志论文、细究文才而不废德用的兼取主张。

综合来看,作者才器观可视为刘勰下篇立论的重要视域与出发点,才与器分而观之具体指文才文采与德行致用,彰显下篇既论"文术"亦重器用的创作批评视野,并以《总术》《程器》为区界连缀各有侧重的两大板块。另外,才器之间虽隐有对文辞技巧与内容情志这两个方面的侧重,但并非绝对,创作论的探讨并不限于文辞表面,贵器主张也应包含"文术"驾驭之前提,下篇乃至全书固以"文才"探讨为要务,而"贵器用"之旨亦贯穿前后,才器合一是刘勰认为的为文、为士的理想标准。

二、屈原作为文士典范的树立

《程器》在"略观文士之疵"后,曾列举屈原、贾谊、邹阳、枚乘、黄香、徐幹等为"无玷"的文士代表,赞语中以"楚南""梁北"概称又再次赞其文德兼具。② 文德论是《文心雕龙》的核心理论批评问题,也是中国古代传统文论核心的理论批评鹄的。结合《文心雕龙》全书看,这前修典范之誉显然更为集中体现于屈原,在刘勰才、器两端的论文视域中,屈原及楚辞的突出地位得以彰显。

---

① 参见陶礼天《论刘勰的才性批评模式》一文所论。陶礼天:《论刘勰的才性批评模式——〈文心雕龙〉文学批评范式研究之一》,载张健、郭鹏编:《古代文论的现代诠释》,北京大学出版社 2015 年版,第 171—190 页。

② 《程器》:"瞻彼前修,有懿文德。声昭楚南,采动梁北。雕而不器,贞干谁则。岂无华身,亦有光国。"

《序志》中说"耿介于程器","耿介"是其寓于《程器》篇的总体情绪态度，这一语词即较早见于楚辞，据王逸注，释为光大圣明、执节守度等义①，指正直、磊落、忠贞的德行操守，亦兼有不同流俗、内心感怀不平之义，从《程器》所论看确是如此。该篇在引题后即"略观文士之疵"，又举屈原等例力驳"文士必玷"的观点，并深刻指出"文士以职卑多诮"的事实，字里行间个人之感喟不无体现，有同情辩白又深具忧虑，可以说既恨世不公又哀其不争，其对"文士之疵"的态度是较为复杂的，本篇通过树立屈原等典范，突出强调了文士自身角度的德行修养问题，屈原是其中的杰出代表，从文德兼具两方面看屈原是更具典型性的，其在全书中的分量非其他五人可比，是《文心雕龙》真正树立的文士典范。

结合《文心雕龙》的论屈专篇《辨骚》，可集中见出其对屈原的综合认同。论"文"亦及人，《辨骚》是楚辞专论也是屈原专论，这是从其实际内容不难见出的，篇末赞语亦独标"不有屈原，岂见离骚"，作为唯一一篇作家专论，《辨骚》彰显对屈原才、器的突出关注与肯定，奠定屈原在众多引证作家中的特殊地位。本篇首尾皆为赞颂之辞，并集中于"多才""惊才""壮采""艳溢"等评价，是侧重对其外在文辞呈现特点的总体揭示与推崇，具体论证则更为内在全面。《辨骚》篇的论证核心在"四同四异"的辨析部分，也是直接影响其总体立场判断的重要论据。其以"典诰"概"四同"："故其陈尧舜之耿介，称禹汤之祗敬，典诰之体也。"(《辨骚》)关于"典诰之体"，据所引文句是指屈原作品中对先圣德行的陈述称颂，同时也是认可与尊奉，这是透过文辞表面对屈原作品基本精神的提炼与把握，并以之涵盖后几项的规讽之旨、比兴之义、忠怨之辞，"比兴"

① 《离骚》中语："彼尧舜之耿介兮，既遵道而得路。"王逸注："耿，光也。介，大也。……尧、舜所以有光大圣明之称者，以循用天地之道，举贤任能，使得万事之正也。"《九辩》中语："独耿介而不随兮，愿慕先圣之遗教。"王逸注："执节守度，不枉倾也。"见(宋)洪兴祖撰，白化文等点校：《楚辞补注》(2002年重印修订本)，第8、191页。

在此是作为美刺手段加以强调的，可见"四同"的归纳虽涉及文辞技巧但主要在论其内容情志之正，可说正是《程器》篇所言屈原之"忠贞"的具体体现。以"夸诞"总括的诡异之辞、谲怪之谈、狷狭之志、荒淫之意兼涉内容与文辞，彰显楚辞的异变突破。在列举"四同四异"后，刘勰连续以三个"故"字有序推导出他的研究结论：楚辞有承有创——多篇作品亦各有特色——总体乃达到轹古切今的杰出成就。这一总体态度是在充分认识到异变基础上的肯定：楚辞的文意内容虽不无诡怪、狷狭、荒淫而主旨典正①，与风雅精神相通；其文辞手法有美刺讽谏的继承而更诡谲多变，展现艳采之魅力。其对楚辞在骨鲠、肌肤各方面综合同异的"自铸"结果是充分肯定的，后文乃进一步论楚辞成就及影响，给以"衣被词人"的高度赞誉，背后之作者屈原也以忠贞之德、突出的文才而被视为文士的表率。

刘勰树立屈原为当之无愧的文士典范，并渗透到《文心雕龙》各篇的理论建构中。综观《文心雕龙》全书所论，于屈原多所述及且全为赞颂肯定之辞是非常明显的，本书第二章已有论证，这里为便于说明问题，将书中除《辨骚》外的几处直接"涉屈"之辞重新归纳略引如下：

《诠赋》：及灵均唱骚，始广声貌。

故知殷人辑颂，楚人理赋，斯并鸿裁之寰域，雅文之枢辖也。

《颂赞》：及三闾橘颂，情采芬芳，比类寓意，又覃及细物矣。

《比兴》：楚襄信谗，而三闾忠烈，依诗制骚，风兼比兴。

---

① 章学诚《文史通义·质性》曾言："吾谓牢骚者，有屈贾之志则可，无屈贾之志则鄙也。"揭示屈原之志的刚正品格。见（清）章学诚著，叶瑛校注：《文史通义校注》，第485页。

《事类》：观夫屈宋属篇，号依诗人，虽引古事而莫取旧辞。

《时序》：屈平联藻于日月，宋玉交彩于风云。观其艳说，则笼罩雅颂。

爰自汉室，迄至成哀……灵均余影，于是乎在。

《物色》：然则屈平所以能洞监风骚之情者，抑亦江山之助乎！

《才略》：屈宋以楚辞发采。/ 相如好书，师范屈宋。

《知音》：昔屈平有言，文质疏内，众不知余之异采，见异唯知音耳。

《程器》：若夫屈贾之忠贞……岂日文士，必其玷欤？

从以上罗列可见：第一组彰显屈原创作对相关文体的拓展之功；第二组突出其在《诗经》之后创作方面的继承创新；第三组囊括批评论的全部五篇，可见屈原影响的全面性。以上归纳虽拘于"涉屈"之辞有较大的片面性，如关涉楚辞作品的文句并未计入，但也可部分地证明一个事实：即作为作家代表，屈原在全书理论展开中被高频引述并贯穿始终，而其实际论述的分量应该更大。仅从上引各句看，多数集中于对屈原文才方面的肯定，从文体论、创作论乃至批评论的前四篇均是，这与全书用力所在也是相一致的；另外除《程器》赞屈原以"忠贞"外，《比兴》亦有"三闾忠烈"之评，可见其对屈原德行方面的肯定也是一以贯之的。

以才器观之视域，从历代作家中发掘、树立屈原为理想典范，其意义是重大的，不惟意味着对楚辞"异变"的充分肯定，更重要的是这一立场态度渗透影响到其论文的各个方面，屈原为文德兼备的文士典范，楚辞则为"善弈之文"（《总术》），全书在肯定屈原之"德"的原则保证下，于主要用力的"文才"探讨中对楚辞创作进行了全面借鉴。

三、楚人多才——楚辞创作经验的丰富性与创作论的空前拓展

《文心雕龙》的创作论凡十九篇，是文论批评史上史无前例的大规模集中专论，虽此前陆机已论及文之创作的诸多理论命题，然刘勰在此基础上有更为系统的整合与拓展。陆机《文赋》基于"每自属文"的甘苦体验"因论作文之利害所由"①，首次突出并挖掘了作文的构思过程，由心物交感、文思展开到意辞之酝酿表现均有涉及，同时也关注到文体辨析、风格技巧、各类文病、文变、批评、文用等许多方面，但拘于单篇赋体之形式，所论尚不充分，亦缺乏严整体系，确有刘勰所评"巧而碎乱"（《序志》）之弊。《文心雕龙》以煌煌五十篇之专著体式对作文之事做了全面观照，相关创作问题各以专篇分而论之，归入下篇创作论。考《神思》至《总术》的十九篇，《序志》中总括为"摛神性，图风势，苞会通，阅声字"，其序次隐与《文赋》有所呼应而更为完备有序，由构思所起始论（《神思》），继之从较整体视角审视创作的诸篇（《体性》至《镕裁》），下及具体属辞之术（《声律》至《指瑕》），又以《养气》《附会》从整体视角作补充交代，末以《总术》总摄归拢，总体视野及具体理论拓展均达到前所未有的水平。其对"文术"的充分挖掘与重视文才、树屈原为典范之取向密切相关。

《文心雕龙》一书中"才"之一词的使用非常普遍，不下百余处，且贯穿全书各个部分，尤其下篇，《总术》在总括创作论时两次提及："不剖文奥，无以辨通才。""才之能通，必资晓术。""才"的突出与创作论探讨的中心任务相一致，高频出现亦是情理之中，并主要指文才。又，批评论中的《时序》《才略》两篇中"才"的使用达三十处之多，可见纵论历代文士创作时的角度所向。此外，"才"字在"文之枢纽"部分的使用情况

---

① 陆机：《文赋》，（梁）萧统编，（唐）李善注：《文选》卷17，第762页。

值得注意。枢纽五篇之中，除《原道》提及"惟人参之，性灵所钟，是谓三才"外，《征圣》《宗经》《正纬》均无，而《辨骚》凡六见，除其一是指称楚辞的效法学习者（才高者）外，其余"多才""露才""妙才"①"独往之才""惊才"之称均指屈原，联系后文对"文才"的着力探讨，"枢纽论"中对屈原之才的突出体认确需重视，彰显屈原及楚辞在此方面的潜在影响力，刘勰力倡"建言修辞"角度的宗经，很大程度上确实得力于楚辞的影响。②

《辨骚》中盛赞"去圣之未远，楚人之多才"，对比《序志》中"去圣久远，文体解散"的救弊初衷，楚辞所具有的文体典范意义鲜明。前已述及，作为《文心雕龙》中的特殊之文，经、纬、骚同列于"文之枢纽"，其间之关系、分量不同各有用意，"经"在刘勰论文视野中的崇高地位毋庸赘言，纬、骚之间的轻重褒贬鲜明，经骚之间则较微妙。根据《辨骚》所论，经骚的同异对比实际上转为"诗骚"之间的对比，正是对"骚"的考察突出了《诗经》作为诗歌的文体属性和在五经中的特殊性。关于作者个体方面，纬书为伎数之士作伪，固不值得探讨，"经"之作者显示从"圣人（孔子）"到"诗人"的转换，而相对"生知"之"圣人"、难以准确考证的"诗人"，楚辞作者屈原则更具真实性、可学性，"枢纽论"中唯《辨骚》数称其才即是突出屈原之典范意义的明证，由此，楚辞文本亦应是创作论探讨较为重要的影响来源。

楚辞作为《诗经》之后的创作高峰，其丰富独创性与巨大影响力自汉代以降有目共睹，也争议不断。基于《辨骚》中的整体评价定位，刘勰对

---

① 露才、妙才属转述班固之论，可知屈原之才汉人已识，至刘勰乃尤其凸显与重视。

② 有论者提出，"《文心雕龙》存在一个以'才'为核心建构起来的完整而严密的理论体系"，并也注意到《辨骚》在其中的突出性，是对"自铸伟辞"的"辞人""才华"的定位确认。见赵树功：《道贯"三才"与骋才创体——论以"才"为核心的〈文心雕龙〉理论体系》，《文艺研究》2017 年第 10 期。

楚辞创作经验有充分的关注与挖掘，并潜在影响了他的整个创作论批评架构。《辨骚》不再以汉儒的"合经"立场评骚，而是辨析同异、征言立论，显示其对楚辞本身创作特点的深细挖掘，在综合同异之后的整体论述中，涉及楚辞多篇作品（五组十篇）的不同风格特色，"叙情怨""述离居""论山水""言节候"的丰富内容及表达效果，鸿裁艳辞山川香草的不同层次呈现等，已显综合倚重之端倪。作为"发愤以抒情"（《离骚》）的个人诗篇，楚辞是"学诗之士，逸在布衣"①后的开创及集大成之作，是从经到文的重要过渡，作者可考、文本成熟，本身具备很高的实践参考价值，其给予刘勰的创作启迪是内在而深厚的。

楚辞给予《文心雕龙》创作论以及批评论各篇的潜在影响将在下文分别探讨。

第二节 构思心物论与楚辞

心物关系在先秦诸家尤其儒、道之哲学探讨中早有涉及，也是艺术创作中不可回避的基本问题，《文心雕龙》的创作论首列《神思》，向来被视为创作论之纲领，另有《养气》《物色》等篇，彰显其对创作构思中的心物关系的丰富思考，本节基于上述诸篇并结合全书所论，集中探讨楚辞对《文心雕龙》构思心物论的建构影响。

《文心雕龙》于创作论中首谈"神思"，本身就是一个值得注意的现象。《神思》着眼"临篇缀虑"时的"思理"探讨，即我们现在说的创作心理活动，与全书"言为文之用心"的目的定位是一致的。《序志》中解释"文心""雕龙"之命名含义尤以"文心"为根本，略称曾用"文心之作也"，

---

① 《汉书》卷30《艺文志》，第1756页。

末尾亦感慨"文果载心,余心有寄"。"心"之一词在《文心雕龙》中出现凡一百多处,尤其集中于《原道》《神思》《情采》《养气》《物色》《知音》《序志》诸篇,可见其对创作之心的一贯重视。"文心"可广指一切"文术"之用心,也具指与"物"相对的构思之"心",《神思》即是对构思之心的专门探讨,详其所论,既含创作初起之想象,亦扩及整个过程中的精神思维活动,故对后续创作论各篇实有涵摄之力。另外,接近创作论尾声的《养气》篇具指养神气,是对构思中钻砺过分的反思,对《神思》中稍事提及的"秉心养术"之说做了进一步引申专论;批评论中的《物色》按现有篇次虽居后,作为"物"论专篇亦不妨从心物角度作结合看待。综览三篇,突出体现刘勰的构思心物论思想,并贯穿渗透于全书多处论述,是其创作论批评的首要方面,而其理论建构与楚辞有重要关联,以下详细论之。

一、"追骚"论文心——楚辞在创作心理探讨中的特殊地位

范文澜在《神思》篇的注中曾有"禀经酌纬,追骚稽史"①之说,这里用其意,具指刘勰对楚辞创作经验尤其创作心理的追摹与借鉴。

首先从《神思》所论做具体分析。刘勰之前的陆机《文赋》首次对创作构思活动进行了专门探讨,并对《文心雕龙》产生直接的影响,相对于陆机的描述、揭示,《神思》更重"思理"之辨析,是对文思问题的正面专论。"形在江海之上,心存魏阙之下"是刘勰化用庄子语的"自定义"②,这是整个下篇创作批评论的起头之语,句中语义已脱离原文语境而体现

---

① 范文澜:《文心雕龙注》,第498页。
② 出自《庄子·让王》中魏公子牟语"身在江海之上,心居乎魏阙之下",原意为身在山野而心慕功名。见(清)郭庆藩撰,王孝鱼点校:《庄子集释》,新编诸子集成本,中华书局2004年版,第979页。

其对"神思"概念的深入体认，即跨越时空的精神之游。这一语词虽非刘勰所创却是首次明确用于文论批评①，后文"神与物游"的精辟概括正是体认后的话语重铸，是其对"神思"根本性特点的论断。对主体精神活动的关注可追溯至先秦的儒道心性论尤其是庄子学说，《文心雕龙》受其影响的痕迹显著。即从征引看，《神思》中凡四处与《庄子》相关，除开头的化用外另有"玄解之宰""窥意象而运斤""轮扁不能语斤"等，《养气》中三处："尾闾之波""刃发如新""水停以鉴"。另外，《庄子》中频繁使用"神""游"等概念，与《神思》所论颇有近似，庄子笔下多见纵横捭阖的"观物"之境，如《逍遥游》《秋水》等所呈现出的阔大空间、超凡想象。但庄子之"神游"与刘勰所论指向有异，意在通过哲学思辨达于超越物质的内在精神的自由，《神思》之论则是紧紧围绕文之创作展开论述的，其言"神思"之情状为：

> 夫神思方运，万涂竞萌，规矩虚位，刻镂无形，登山则情满于山，观海则意溢于海，我才之多少，将与风云而并驱矣。

以庄子之论质之上述引文，显然庄子之意是并不主要着眼于万涂竞萌、情意满胸的。刘勰吸收庄子的心性论思想并移之于文之创作，所论"神思"是基于现实心物体验的创造性思维，对文本创作有直接的促发作

---

① "神思"一词汉末以后始多见，一般指人的精神状态，如沈约《宋书》记载三国吴韦昭《鼓吹曲》之《从历数》有"建号创皇基，聪睿协神思"之语。见《宋书》卷22《乐四》，第659页。曹植《宝刀赋》中"揽神思而造象"则已具构思想象之义，但此句另有"揽神功而造像"之异文，赵幼文校注中即以"揽神功"为是。见赵幼文：《曹植集校注》，人民文学出版社1984年版，第160、162页。陆机《文赋》首次对作文的构思活动进行了生动揭示与探索，但并未用"神思"之指称。刘宋宗炳的《画山水序》始将"神思"之说引入艺术创作领域，晚于刘勰的萧子显《南齐书·文学传论》也有"事出神思"之论。由上可见，在刘勰著述前后，"神思"由普通语词渐与创作相关。

用，"神思"导向于丰富而非对物质的超越，通过"规矩""刻镂"趋于形象生动而非抽象。其理论认识当还有来自文之创作自身发展中的重要启发。

再看《养气》中一段论述：

> 夫三皇辞质，心绝于道华；帝世始文，言贵于敷奏；三代春秋，虽沿世弥缛，并适分胸臆，非牵课才外也。战代权诈①，攻奇饰说；汉世迄今，辞务日新，争光鬻采，虑亦竭矣。

《养气》篇关注文思酝酿中的"爱精自保"②，有突出的生理层面意义，也兼及心理层面。这段追摹考察显示创作心理之时代变化，以战国为一大转折，这与《通变》所叙一致：战国以前由质及文乃至弥缛、弥丽皆无妨其"序志述时"的成就，战国之后则由艳及侈、及讹乃至"弥淡"。这种褒前贬后的态度宜从整体上理解其文意，显示其对当下不良创作风气的批判，而未可视作对一代创作的全面评价。从创作心理角度看，由"适分胸臆"到"攻奇饰说"已见过分钻砺，再至"辞务日新"，终致"虑亦竭矣"，上述考察链中"率志""余裕"（《养气》）的典范自属三代之前的先圣之作，而在战国这一关节点上略而未言的一个重要创作现象值得补入并重视，即楚辞。楚辞之奇意与艳采在《辨骚》中是有明确体认的，上文中"权诈""攻奇饰说"之批评应主要针对以纵横家为代表的战国诸子之文，《诸子》中虽赞以"越世高谈，自开户牖"，但也指出了"并飞辩以驰术，餍禄而余荣"的总体特点，《时序》中论屈宋之作"故知暐烨之奇意，出乎纵横之诡俗也"，《辨骚》亦言"风杂于战国"，可见其对楚辞出于战国之俗而又有所

---

① "战代权诈"，范文澜注本为"战代枝诈"，又注"一作技"，今取杨明照校注之"权诈"说。见杨明照：《增订文心雕龙校注》，第519页。

② 黄侃著，黄延祖重辑：《文心雕龙札记》，第247页。

超越的判断，从其数赞屈原之才看，楚辞也是应属创作上的"余裕"一组而非"虑竭"之类。又《才略》中具体评价道："战代任武，而文士不绝：诸子以道术取资，屈宋以楚辞发采。"诸子与屈宋是学术与创作之不同，这与《养气》中对学业与创作之辨析不无相似，《养气》所言"志于文也，则申写郁滞，故宜从容率情，优柔适会"的主张，质之楚辞也是更为符合的。可知，屈原及楚辞作为"文之枢纽"中即已树立的"变"之典范，其对一般创作心理的探讨也应提供了未可忽视的潜在影响。

关注创作心理，这与作者个体地位的渐趋突出密切相关，楚辞正是其中的重要一环。上引《养气》的"攻奇饰说"之论，同时也反映出战国时期"有意为文"的倾向，从文学发展史实来看，屈原正是"学诗之士，逸在布衣"① 后的首创与集大成的作家，是从经到文、从圣人到文士创作的过渡关键，体现由注重"用诗"到关注"作诗"的风气渐变，这对针对"中人之常资"（《养气》）的创作心理探讨产生更为直接的影响。《征圣》也论及圣人之心，认为"圣人之情，见乎文辞"，是对王弼以来"圣人有情论"的认同，又具指通过研读经典能够体会圣人为文之用心，诸如简言、博文、明理、隐义的运用等，故说"征之周孔，则文有师矣"，是鲜明的圣人可学论。然从具体创作心理的触及看，《征圣》中有"鉴周日月，妙极几神；文成规矩，思合符契"的高度评价，篇末赞语更言"妙极生知"，圣人之"心"玄妙完美令人仰视，仍是不同于凡夫的，其可学性主要在作为完美标准的崇高指引方面，是最高理想和努力的方向，周孔的具体创作用心也是难以追摹的，这在下篇诸多创作论及批评论的探讨中也有体现，多赞颂而少有具体剖析。《辨骚》对屈原的观照不同于此，虽未直接言及屈原之"心"却数称其才，屈原作为楚辞创作主体的主导地位明

---

① "逸在布衣"，指春秋之后"聘问歌咏不行于列国"而学诗之人沦落民间，"贤人失志之赋作矣"。见《汉书》卷30《艺文志》，第1756页。

显,"不有屈原,岂见离骚",刘勰的评论也多以"体屈之同情"出之,有突出的内视角、追体验倾向。如"四同四异"的辨析,并非仅仅着眼于文辞归纳而实"披文以入情"(《知音》),是深入其内在创作构思的知言之论,"取镕""自铸"等多处用语也凸显创作主体的思虑酝酿。屈原作为文士中之翘楚,其创作是圣人之后"词自己作"(《诠赋》)的典范,其"叙情怨""述离居""论山水""言节候"(《辨骚》)的丰富拓展尤其在下篇物色理论探讨中起到重要的文本支撑,这将在下文详论。从创作心理的探究来看,"征之屈原"确实提供了更为切近的经验参照。

刘勰在《神思》篇中论及文思迟速问题一口气列举了十二人,《养气》中引证思虑伤神又列举四人,遍涉汉魏晋时期的文士[1],固然时近易明、史料相对丰富,也是后世创作更趋个性化、多元化的体现。循屈原之迹,汉魏以降文人创作更趋个人化、专门化,文人队伍不断壮大,创作经验的积累也日渐丰富,为创作论探讨提供更多的借鉴参照。作为极富文才个性的远源典范,楚辞对"文心"探讨的影响是更为隐在而整体的。陆机在《文赋》的序中曾言"每自属文,尤见其情"[2],其对创作构思活动的真切揭示很大程度上得益于自身的创作体验,刘勰也有丰富的创作经历[3],更在此基础上多方拓展以达"体大虑周",尤其通过追摹楚辞丰富的创作经验,其对"思理"的探讨乃更加深入全面。

"变乎骚"(《序志》),作为圣人经典之后的杰出"变体",楚辞文本在特殊性之外,同时又具有可资效法的创作上的普遍性,具备创作之常理,从这个角度上说,"文变"之意义又通于"文源",楚辞与儒家经典共同作

---

① 《神思》所列依次为司马相如、扬雄、桓谭、王充、张衡、左思;刘安、枚皋、曹植、王粲、阮瑀、祢衡。其中前六为"思之缓"者,后六为"思之速"者。《养气》所列为王充、曹褒、曹操、陆云。

② (梁)萧统编,(唐)李善注:《文选》卷17,第762页。

③ 据《梁书·刘勰传》所载,刘勰是有"文集行于世"的,见第712页。

为源头典范对后世创作产生了深远影响，且在其中应具备更高的"可学性"。

二、楚辞及写景诗赋创作与心物论的拓展

进一步看，心物问题是一体之两面，对主体构思活动的关注挖掘亦伴随摹景体物的创作倾向转变，从陆机到刘勰，构思心物论得到重视与拓展，与楚辞、汉赋以降渐益突出的写景诗赋的创作背景密切相关。

诗、赋是汉魏以来渐受重视的两大文体，曹丕言"诗赋欲丽"①，陆机则首次辨析了诗赋的区别："诗缘情而绮靡，赋体物而浏亮。"② 二者相通而又分途发展，亦促进了彼此的相互吸收与开拓，共同推进文坛的多样化繁荣，尤其赋之"体物"是对传统诗歌表现领域的极大突破。至刘勰时代，诗赋的首重地位已成共识，尽管二者之间或有伯仲分歧，如刘勰在文体考察部分首列诗、赋，钟嵘《诗品》专门品评五言诗一体，而萧统的《文选》则先赋后诗、但两类篇目数量已占全书半数等等。《文心雕龙》的创作理论立足于文体考察且尤为倚重诗赋二体，这在本书"文体考论"部分也已辨明。在诗赋发展史上，楚辞地位关键而特殊，刘勰在《明诗》《诠赋》中曾分别指出"逮楚国讽怨，则离骚为刺"，"及灵均唱骚，始广声貌"，《辨骚》中明确说"轩翥诗人之后，奋飞辞家之前"，楚辞是诗赋发展链条上的重要转关，于缘情体物的创作倾向转变亦关系匪浅，以《文心雕龙》"论文叙笔"中的诗赋论为基作具体考察，可对刘勰的心物探讨及楚辞之助力有更为清晰的把握。

从文体考察的主要视点定位看，《明诗》《诠赋》两篇有较明显的区别：《明诗》侧重情与言的关系并兼及物，《诠赋》侧重情与物的关系并兼及言。

---

① （梁）萧统编，（唐）李善注：《文选》卷52，第2271页。
② （梁）萧统编，（唐）李善注：《文选》卷17，第766页。

《明诗》中释"诗",仍取传统儒家"言志"之说并辅以"诗者,持也"的纬学训释①,而所"持"对象为人之"情性",进而论到"人禀七情,应物斯感",从后文列叙历代诗歌发展的具体评述看,其对"言志"的理解已不囿于汉儒所谓政教讽谏之志,而是陆机"缘情说"之后的情志合一之论,如评两汉古诗的"怊怅切情"、建安的"慷慨以任气"、正始之"仙心"乃至江左的"嗤笑徇务之志",以及至宋齐之"当代"所竞的"情必极貌以写物",无不体现"情志"内涵的丰富突破。由心及物,《明诗》篇中亦不乏"感物""附物""逐貌""极貌"之词,但其对诗的主要关注点则在吟咏情性,关注"言"对"心声"的抒发,赞语之前的"敷理"部分对情志外发的写作之术进行了初步探索,情变、华实、随性适分之论以及难易之辨等"论诗心得"为下篇普适性的创作心理探讨提供了重要的立论参照。《诠赋》则与此有异,主要关注点在"睹物兴情"。"物"之一极的拓展是赋的重要特色,而相较陆机的"赋体物而浏亮",刘勰释赋为"铺采摛文,体物写志",补充了"写志"一面,基于情志合一的理解又更多使用"情"字,《诠赋》篇中"情"字凡七见,并多见情、物的相对并称,情、物关系或者说心物关系是其基于赋体创作的突出思考,又从义辞表现角度提出"丽辞雅义"的理想标准,对"繁华损枝"的后世文弊也提出警戒,这对下篇的心物理论探讨同样提供了重要的先期开拓。

两篇结合,可以看到围绕情、物、言三者密切之相互关系刘勰所做的思考,对诗、赋分途考察而又融合的理论思辨,下篇《神思》《养气》《物色》诸篇对心物二端所做的综合论述即主要倚重于此,而这其中楚辞是重要的聚焦点。因有《辨骚》专论,《明诗》《诠赋》中对楚辞并未着墨太多,但只言片语中也透露其重要识见与判断。《明诗》中突出了楚辞"讽怨""为刺"

---

① 出自《诗纬·含神雾》。见 [日] 安居香山、中村璋八辑:《纬书集成》,河北人民出版社 1994 年版,第 464 页。

的言志或曰言情特点，从这方面来说主要彰显了其对《诗经》传统的继承一面；《诠赋》则明确指出从屈原之"广声貌"到荀宋之"极声貌"，是为"别诗之原始，命赋之厥初"，"体物"的转变是创作上的极大创新突破，文体的变异也由此而生。《明诗》《诠赋》的两相结合正是《辨骚》中对楚辞的综合评价——"虽取镕经意，亦自铸伟辞"，在楚辞这里，是诗赋之"体变"及创作倾向转变的重要转折点，其对后世诗赋二体的各自发展壮大均产生重要影响，刘勰对此是有明确体认的。

综合两篇的文体考察链条，楚辞而后，"体物"一途的发扬光大首在汉赋，《诠赋》列楚汉十家而重镇在汉，刘勰对其题材内容的归纳包括京殿苑猎、述行序志、草区禽族、庶品杂类，于中可见汉末开始盛行专门咏物写景的抒情小赋。而《明诗》中提及的两汉之诗尚主要在述志写情方面，且总体影响不及汉赋之盛，诗之一体至建安方出现"五言腾涌"的局面，"怜风月，狎池苑，述恩荣，叙酣宴"显示突出的题材转向，而其"造怀指事""驱辞逐貌"的风格大变，亦不无创作上对赋体经验的吸收。魏晋以降，诗赋二体乃渐相融吸收、并驾齐驱，《诠赋》列魏晋之赋首八家，从现存作品看其题材取向相较汉赋更多转向了更阔大的山川物色，山赋、海赋、江赋等登高望远、睹物兴情之作并不鲜见；诗的方面历经正始"仙心"、两晋的轻绮与玄风，而玄言诗"以玄对山水"①实进一步深化了"风景"的意义，终致宋初的"山水方滋"，形成以谢灵运为代表的成熟的山水诗。综合两篇，可见诗赋之间的相互推毂，且至"近世"呈现某种创作上的一致性，即《明诗》中"宋初文咏"的"极貌追新"，《诠赋》中"逐末之俦"的"繁华损枝"。显然这是针对当时的文弊而发，同时也体现诗赋创作题材风格上的趋同，即山水等写景创作的渐益普遍，《物色》中说：

---

① 语出《世说新语·容止》第24则刘孝标注引孙绰《庾亮碑文》。见（南朝宋）刘义庆撰，（南朝梁）刘孝标注，余嘉锡笺疏：《世说新语笺疏》，第727页。

"自近代以来，文贵形似，窥情风景之上，钻貌草木之中。"这里"近代"就是晋宋至齐，山水诗赋及骈文，从东晋后期开始走向形似，《神思》中的登山观海之思正是立足于这一创作背景，以山水题材为典型代表的写景诗赋创作是促发其心物理论探讨的直接的现实动因。

关于诗赋创作之题材演变，还可借助萧统《文选》的诗赋收录情况进行更总体的把握①。相对汉赋，《文选》中对晋宋的赋作收录亦多，值得注意的是游览、江海、物色等新辟类目所收皆为山水赋作，而其他类目的作品也不无关涉，如纪行、志等；诗类所收显然大部分为魏晋以降的作品，公宴、祖饯、游览、赠答、行旅、杂诗等数量较多的类目也多涉写景题材，可见这一创作风气的蔚为大观。

"物以貌求，心以理应"（《神思》），当主体视野投向广阔之山川物色，心物问题尤为凸显，所谓"纷哉万象，劳矣千想"（《养气》）。从楚辞至汉赋、魏晋的写景诗赋，至陶谢终成专门一途的田园山水诗，有清晰的源流承变，刘勰的构思心物论基于对这一写景传统的充分考察。而从这一角度说，《诗经》经验确乎不足，尚较为简单质朴，追溯写景创作之源流，楚辞的"广声貌"是重要起点，又有承继《诗经》、"洞监风骚之情"（《物色》）的一面，其以缘情体物的综合创作呈现，提供给刘勰更为坚实的理论助力。

三、"物色论"建构与楚辞②

《文心雕龙》列《物色》一篇专门讨论文学创作与自然景物之关系是文论史上的首创，并有较强的现实针对性，而其"物色论"对楚辞尤为倚重。

---

① 参见本书附录"《文选》收录诗赋作品统计表"。

② 本部分曾以《楚辞对〈文心雕龙〉"物色论"的建构作用及意义》为题单独发表，收入本书时有所删改。见赵红梅：《〈楚辞〉对〈文心雕龙〉"物色论"的建构作用及意义》，《中国文化研究》2018 年秋之卷，第 139—146 页。

（一）《物色》篇中楚辞地位的突出及疑问

《物色》篇凡八百余字，除赞语外，其立论之真正展开始于"物色相召"的一段感慨之后，从"诗人感物""离骚代兴"到"长卿之徒"，一路而下边叙边议，在引诗骚"摛表五色"之例稍事补充后，针对"近代之文"（主要指晋宋以来的诗赋创作），感慨于"造极""愈疏"之异，指出"适要"求新之路，并归纳其核心观点：入兴贵闲、析辞尚简，从而使创作达到"物色尽而情有余"，并在最后特举屈原以证"江山之助"。从以上简要归纳可以看出，其理论路线是清晰的，从诗、骚、赋的创作传统中总结经验及教训，并针对近世文风提出明确的创作指导。该篇追溯所及直至诗骚，其对二者的称举与引例历来多有讨论，而通过详检《物色》全文，楚辞分量的突出应引起特别注意。

本篇除赞语中"秋风飒飒"或可视为一般的语词借用之外①，尚有五处明显涉及楚辞：开首一段的四季景句、末尾"江山之助"的特提以及中间"离骚代兴""骚述秋兰""诗骚所标"三次明述，中间的三次明述文中皆诗骚并提，而首引尾赞则使楚辞之比重明显超过《诗经》：

（一）是以献岁发春，悦豫之情畅；滔滔孟夏，郁陶之心凝；天高气清，阴沉之志远；霰雪无垠，矜肃之虑深。

（二）及离骚代兴，触类而长，物貌难尽，故重沓舒状，于是嵯峨之类聚，葳蕤之群积矣。

（三）骚述秋兰，绿叶紫茎，凡摛表五色，贵在时见，若青黄屡出，则繁而不珍。

---

① 《文心雕龙》多种注释本中都曾指出，此出自《九歌·山鬼》"风飒飒兮木萧萧，思公子兮徒离忧"，但这里仅事涉一词，即如"春日迟迟"（出自《诗·豳风·七月》），主要为借用形容之语，非有意彰显其所由来。

（四）且诗骚所标，并据要害，故后进锐笔，怯于争锋。

（五）若乃山林皋壤，实文思之奥府，略语则阙，详说则繁。然屈平所以能洞监风骚之情者，抑亦江山之助乎？

综合以上五处来看，楚辞不仅是《物色》篇的重要引例，更是被立为创作的典范。第四、第五条作为直接的赞颂称举当无疑义，但细审前三处之引例，尚存在须进一步厘清的疑问。

第一处引例承开篇"春秋代序，阴阳惨舒"之义作进一步申述，所述四季景语无一例外地出自楚辞相关篇章①，这已不仅是单纯的语词借用，说明一方面刘勰对楚辞非常熟悉，在论"物色"时自然联想到相关景句；另一方面，四时景物的描写在楚辞中较为突出甚至是相当普遍的，以致令其留下深刻的阅读印象。纪昀曾称许《物色》赞语为"诸赞之中，此为第一，政因题目佳耳"②，而这开首一段同样以充满诗意的语言迥异于其他各篇，童庆炳曾指出此在说明心物之间的"同构关系"，阳气萌则舒，阴律凝则惨，以明"物色相召"之义③。这段虽兼及"阴阳惨舒"，但行文爽朗

---

① 范文澜即已指明这里的四季景句出自以下各篇（其他各本校注与此基本一致）：献岁发春——《招魂》：献岁发春兮，汨吾南征。滔滔孟夏——《九章·怀沙》：滔滔孟夏兮，草木莽莽。伤怀永哀兮，汨徂南土。天高气清——《九辨》：寥兮天高而气清，寂寥兮收潦而水清。霰雪无垠——《九章·涉江》：霰雪纷其无垠兮，云霏霏其承宇。参《物色》篇注释〔四〕，为清楚其对应关系，文字有调整，并对《楚辞》原文稍事补充。见范文澜：《文心雕龙注》，第695页。本书所引《楚辞》原文，一般均以洪兴祖《楚辞补注》为据，见（宋）洪兴祖撰，白化文等点校：《楚辞补注》（2002年重印修订本）。后文仅标注篇名，有特殊情况参以他本并加注说明。

② （梁）刘勰撰，（清）黄叔琳注，（清）纪昀评：《文心雕龙辑注》，第403页。

③ 见童庆炳：《刘勰〈文心雕龙〉"阴阳惨舒"说与中国"绿色"文论的起点》，《江汉大学学报》2005年第6期。另，这里因"郁陶"一词的多义性各本解释或"喜"或"忧"不无出入，多数主"忧"。周勋初《文心雕龙解析》中《物色》篇注"郁陶"为"烦闷"（第718页），而《书记》篇此词注解较详（第430页），录引如下："郁陶，情思郁积。《尚书·五子之歌》：'郁陶乎予心，颜厚有忸怩。'伪孔安国《传》云：'郁陶，言哀思也。'又《礼记·檀弓下》曰：

明快，字里行间充满对自然万物的赏爱之情，更增以"一叶""虫声""清风明月""白日春林"进一步渲染，感触之细腻、想象之明丽，不啻一首四季赞美诗，这种"欣对"姿态也是带有时代共性的。而反观所引的楚辞作品原文，却与此并不同调，"阴律凝"自添悲慨，"阳气萌"亦难情畅，四时之景实同著悲色。当然此处所引已脱离原文语境而服从于本篇论旨，不必也不当拘以原义，但由此却引发如下之推想与疑问：楚辞之心物感应显然并不同构，也并非以赏爱之心专意写景，那么，其感物之思究竟如何？何以对近世写景之文提供借鉴？

再看二、三两处。作为引例，如果说上引四季景句是脱离本义而为当下之论服务的，这两处所引则是立足原文的例证："嵯峨之类""葳蕤之群"以证"重沓舒状"（相对前述《诗经》之"以少总多"），"绿叶""紫茎"以证"贵在时见"而非"繁而不珍"（与前引"雅咏棠华，或黄或白"同）。两处均指具体文辞表现而言，却是一为证"繁"，一为证"简"，显示出相反的判断。

第二处引文包含针对楚辞的几句基本评价："及离骚代兴，触类而长，物貌难尽，故重沓舒状"，反观本篇"贵闲尚简"之结论，上述疑问更加明显：楚辞之于"闲""简"，如何理清其中的内在理路？

从高频引用和直接称举来看，以屈原为代表的楚辞确在《物色》篇占有突出地位，对"物色论"的建构当有重要影响，要弄清其内在理路及上

'人喜则思陶。'孔颖达《正义》：'郁陶者，心初悦而未畅之意。'王念孙《广雅疏证》卷2下参会众说，指出'郁陶'兼忧、喜二义，大抵喜忧不能舒，结而为思。王说兼综喜意忧思，其义较胜。"见周勋初：《文心雕龙解析》，凤凰出版社2015年版，第430页。按，取王说不无调和兼采之义，但"喜忧参半"却使夏之"动"物面貌模糊。孟夏正属阳气渐升、万物繁茂之时，陶渊明有诗言"孟夏草木长……不乐复何如？"（《读山海经十三首·其一》，见逯钦立校注：《陶渊明集》，中华书局1979年版，第133页）董仲舒《春秋繁露》曾明确论及"人生有喜怒哀乐之答，春秋冬夏之类也。喜，春之答也；怒，秋之答也；乐，夏之答也；哀，冬之答也"（董仲舒《春秋繁露·为人者天》，见《景印文渊阁四库全书》经部春秋类第181册，第766页）。考虑此处亦论"阴阳惨舒"之义，则孟夏之"郁陶"似解为"喜意"为上。

述疑问，仍须从其基本评价及楚辞文本中探寻。这段文字中主要的理论判断即在：触类而长，重沓舒状。范文澜《文心雕龙注》于此段之后只注引《诠赋》之文以为旁证："及灵均唱骚，始广声貌。"① 可知，物色描写之突出及渐广渐繁是刘勰对楚辞的基本判断（相对于《诗经》），"广声貌""重沓舒状"侧重在文辞，"触类而长"侧重在感物，并作为内在原因兼及文辞，故"触类而长"是转变之根本所由，也是我们揭开此迷惑的重要出发点。

（二）入兴："刻意"与"贵闲"

"触类而长"，语本《周易·系辞上》："引而伸之，触类而长之，天下之能事毕矣。"② 原指理解一种事理的规律，进而可引申至对其他同类事理的理解认知，有推广、推及、举一反三之义。用以论写景感物，则意为接触同类之自然外物或同类情形时，引而申之，有更多的发现与感受，进而也必然伴随文辞表现之"长"，即后文所说的"物貌难尽，故重沓舒状"。而正如《文心雕龙》中所说，作者的创作需"为情而造文"（《情采》），批评时却需"披文而入情"（《知音》），对楚辞创作中感物体物的认识正须通过其文辞表现来分析推论。

楚辞的"触类而长"是相对前述《诗经》而言的。《物色》所引《诗经》十例分别源出《国风》《小雅》中的十首诗③，关涉桃花、杨柳、日、雨雪、黄鸟、草虫、小星、荇菜、桑叶等九种"物色"（咏日为两例），而所用描摹形容之词却极简约而贴切，所谓"一言穷理""两字连形"，准确把握了所拟之物的容、状、声、韵之主要特点并与原诗的情感表现相为协调，达

---

① 范文澜《物色》篇注释〔七〕。范文澜：《文心雕龙注》，第696页。

② （魏）王弼注，（唐）孔颖达疏：《周易正义》，十三经注疏本，北京大学出版社2000年版，第332页。

③ 范文澜：《文心雕龙注》，第696页。十首分别为《周南·桃夭》《小雅·采薇》《卫风·伯兮》《小雅·角弓》《周南·葛覃》《召南·草虫》《王风·大车》《召南·小星》《周南·关雎》《卫风·氓》。

到"情貌无遗"之效。所引诗例正可视为《诗经》物色表现的缩影，与后世相较，《诗经》具有早期写景作品的素朴特征，前人多已指出此中"景语"多属诗中起兴、是言志述情的辅助衬托、并未大量描写、所咏皆为较具体之物等等，而这也与主体感物之较为单纯直接密切关联：但取外物之突出特征为达情所用，尚未专意观物并深度交融。

草木鸟虫、日月山川入于楚辞却是另一番面貌。即以《离骚》为例，丰富物象之比喻暗指暂且不论，神游部分中诗人步兰皋、驰椒丘、济沅湘、过苍梧园圃，乃至抵昆仑、天津、西极，奔走于天地之间，时行迷、时延伫、时反顾，游目往观之际，四荒上下皆收眼底笔端，虽属神游想象之辞，亦可见作者体察现实物象之深。他如《湘君》《湘夫人》之秋风、木叶、庭波，《涉江》之秋冬绪风、山皋方林等等，则更显情景之交融。楚辞各篇多有登高、望思、反顾、流观之描述，已是较为普遍的情形，显非《诗经》中具拟一物或单纯之起兴，故空间阔大、完整之境的营造是楚辞"触类而长"的典型体现（即使具拟一物，如《橘颂》一篇已是另一番气象了）。另外，空间之中乃更引入时间感觉，贯穿于多篇的朝行夕止、节候更替之抒写使其物色之姿更为丰富变换、动人心魄。总之，楚辞中种种文辞表现均彰显其内在感物的"触类而长"。

《物色》中论道："是以诗人感物，联类不穷。流连万象之际，沉吟视听之区；写气图貌，既随物以宛转；属采附声，亦与心而徘徊。"据上下文意判断，上接"物色相召"之感慨，下则分叙历来写景传统的不同表现，故这里属提起议题综而论之，是对写景创作之感物属辞的普遍看法，"诗人"宜视为泛指（虽《文心雕龙》中多处具指《诗经》作者）。那么，此感物之说移之楚辞同样适用，"联类不穷"与"触类而长"实较近似①，甚至可以说，作为经典范本的楚辞是更为典型的文本例证，因后世写景之

---

① 细究差别，"联类不穷"侧重在"广"，"触类而长"则"广"之外亦兼"深"义。

作已都是"触类而长",而非复《诗经》素朴之面貌了。《物色》中这段论述揭示心物交感的心理机制:或随物以宛转,或与心而徘徊,有物色之感召,还需主体之投射,才可达心物之交融。开首一段主要从"物色相召"的心物同构角度引题,以明其对于创作的重要影响,这里的理论阐述则是更为全面的思考。即如前文所析,楚辞之四季景句并不完全符合于"阴阳惨舒",在心物关系上更多体现为主体强大内情的投射,但物色之感召作用仍是突出的:"阴律凝"则即目所见、触景生情,与万物同感惨凄,楚辞中凡涉秋冬之作多属此例,如《九章》之《涉江》《抽思》《悲回风》等;"阳气萌"却形成反衬、情因景著,景愈丽而心愈悲,如《哀郢》《怀沙》《招魂》等篇的"乐景写哀"。景之于楚辞作者(屈原),确已入眼入心,并与其强大之内情(失意、哀伤、怨愤等)交融一体,成为文本表现中不可或缺的重要部分。可知无论同构与否,感物之双向路径(随物、与心)实共存并生,正是通过心物之间的反复交接、体味(随物以宛转或与心而徘徊),联类不穷,乃令其景更为动人,其情愈见深著。楚辞文本,是这一感物过程的生动体现,也使认识更为深入。

"触类而长",当是人类心物交感的普遍渐进趋势,有主客体、宏观微观等多种促发因素,而主体"观物"之转向是其中重要的一环。以《离骚》为代表的楚辞,乃怨愤之诗,并非专意写景之作,这其中之转关须从作品中细寻。楚辞多篇作品中表达转接意义的"聊"字之使用,带来重要启发。

"聊"字在屈宋之作中多次出现,简列几处如下:

《离骚》:聊逍遥以相羊。/聊浮游以逍遥。/聊浮游而求女。/聊假日以媮乐。

《九歌·云中君》:聊翱游兮周章。

《九歌·湘君》《九歌·湘夫人》:聊逍遥兮容与。(两篇均见)

《九章·哀郢》:聊以舒吾忧心。

《九章·抽思》：狂顾南行，聊以娱心兮。

《九章·悲回风》：寤从容以周流兮，聊逍遥以自恃。

《九辨》：聊逍遥以相羊。

可见，"聊"字所引领的文句，多为自我安慰排解之语，且在该句前后，往往即为自然景物之描摹，其转接之意，实体现了一种强制自己观物以散怀的"刻意"心理，虽最终结果仍是未得解脱，但客观上却催生了文中大量的或即景或想象之细腻描写。其他更有诸如"吾将""吾且"等等之类用语与此相似。由此转接用语之提示，再结合作品全篇体味其物色描写的段落，这种感觉实属普遍：正是这种"刻意"心理，这种强制性的自求解脱，使主体发生"观物"转向，发愤以抒情之际，把目光投向眼前的山川草木风云。①

从心理机制看，这种"刻意"的寓目于景，亦是忧之所至的必然，"刻意"实属自然，正是顺情而至的结果。同时，亦因强大内情的"基因"，"缘情写景"故万物皆著"我"之色彩，成为"被自我意识紧紧控制住的山水"②，呈现出独特的楚辞魅力。这种"自然而然"的观物感物，与为文造情、矫揉造作之"刻意"有别，体现出情景交融之美，正是在此意义上，楚辞作为典范创作，为反思总结感物入兴之法提供了重要借鉴。

体现于楚辞的这种"刻意"心理亦催生了文学创作中由偏重主观感受到注意客观呈现、有意识进行景物描写的转向，宋玉《九辨》中的观物意

① 陶礼天《刘勰"江山之助"论与文学地理学——〈楚辞〉景观美学研究》一文中曾论到：受游国恩《楚辞女性中心说》一文启发，屈原创作体现出一种"弃妇式的审美心理及其观照方式"，即"以弃妇的哀怨伤感之心理和女性的细致绵密之眼光，抒发人生由失意而求放逸的情怀，描写物境由主观而及客观的外射型的审美观照方式"。本书亦受此启发，"失意而求放逸"，正是"刻意"观物的心理转机。陶礼天：《刘勰"江山之助"论与文学地理学——〈楚辞〉景观美学研究》，戚良德主编：《中国文论》（第一辑），上海古籍出版社 2014 年版，第 87 页；游国恩：《楚辞女性中心说》，游宝谅编：《游国恩楚辞论著集》第四卷，中华书局 2008 年版，第 1—14 页。

② 王国璎：《中国山水诗研究》，中华书局 2007 年版，第 29 页。

识已较为明显，至汉赋、"近代文咏"（晋宋以降的文学创作），专意描摹之风愈炽，而弊端亦显，这正是《物色》篇撰写的背景与动因。《文心雕龙》对"近代文咏"的态度在多篇均有表露，大体而言，除《时序》对"闻之于世"的作家"略举大较"故多颂扬之辞、《才略》言"世近易明，无劳甄序"未多置评外，尚有《明诗》《通变》《定势》《情采》《指瑕》《物色》《序志》等篇结合所论主题均流露出对"近代文咏"的进一步看法，而总体寓贬，认为有讹势追新、猜忌竞辞之弊。竞力于辞而忽于体物则文必浅而伪，《情采》篇说"故有志深轩冕，而泛咏皋壤，心缠几务，而虚述人外"，正是情伪之体现；"情必极貌以写物"（《明诗》）、"窥情风景之上，钻貌草木之中"（《物色》），仅仅停留于景物之表亦难有深至之情，对于写景之文，尤需注意的即是深入感物体情。而"洞监风骚之情"的楚辞提供了救弊之优秀范例。即如前文所析，楚辞之"刻意"写景是顺情所至，不同于专事描摹之刻意，其心物交感之际，内情投射与物色感召是双向互动的，"目既往还，心亦吐纳"（《物色》）。楚辞中的写景，无论想象之辞还是现实之境，均体现个体与自然万物的空间独对，这一空间是静谧的，摒弃其他因素的干扰，只有心物之间的交接对话，"静故了群动，空故纳万境"①，从而激发无穷之联类想象，达到情景的深度交融，这种入兴之"静"与主体的内心激情并不矛盾。深入体物正需这种虚静的独对境界，《物色》篇总结说"是以四序纷回，而入兴贵闲"，"闲"之提出当是反思时弊、体察经典的思考结果，非仅"清闲""悠闲"的表面之义（从这个意义上，近世所竞之游山观水不可谓之不"闲"），而更指内心之闲静、虚静，"贵闲"之旨与《神思》之"陶钧文思，贵在虚静"是相通的。同样对景，体物有真伪深浅，缺乏虚静独对、没有排除干扰的专注体味，笔下之文也就流于浮表之描摹了。

---

① 语出苏轼《送参寥师》，见（清）王文诰辑注，孔凡礼点校：《苏轼诗集》，中华书局1982年版，第906页。

由上可见，"触类而长"的楚辞以杰出之创作为后世写景之文寡情逐辞之弊提供了正面借鉴，其观物之转向、寂然独对的物我深度交融启发了主体感物之思，对《物色》篇"贵闲"主张的提出具有潜在影响。

（三）析辞：简繁之辨

"触类而长"是感物的深入，深入乃多见并多感，从而才"物貌难尽"故"重沓舒状"，这也是《物色》篇对楚辞的总体评价，但后文却提出"物色虽繁，而析辞尚简"，这一结论是否与楚辞相悖？篇中既言"诗骚所标，并据要害"，又举屈平之作为典范，可知对楚辞是肯定的，上引二三两例又显楚辞写景之亦繁亦简，文辞表现的简繁问题，结合楚辞文本应做进一步辩证思考。

相应"触类而长"的感物规律，物色描写的由简入繁也是时代发展所趋，《物色》篇在回顾写景传统主要是《诗经》、楚辞、汉赋的比较叙述中彰显这一演化路径。《诗经》之例无疑是"尚简"的杰出代表，少至一言两字而能"情貌无遗"，与其素朴之感物达情表现是相协调的。而楚辞相对于《诗经》是繁复的，触类而长、联类不穷，丰富的物色观感已远非一言两字所能述尽，细摹之下，文辞、表现技法之丰富多变也便应运而生。而汉赋之繁则沿重沓舒状之路更加铺展，以致模山范水字必鱼贯。在这由简入繁的发展链条中，结合全篇乃至全书之评价来看，其对《诗经》之"简"固为赞赏，楚辞之"繁"亦是没有贬词的，而对汉赋之"繁"则明确予以批判，这其中体现的繁简之度，并非文辞多寡之折中论，实关乎文情，与情理内容的表现相关。

《情采》篇说："昔诗人什篇，为情而造文；辞人赋颂，为文而造情。……故为情者要约而写真，为文者淫丽而烦滥。"《物色》篇亦化用扬雄之语曰："所谓诗人丽则而约言，辞人丽淫而繁句也。"其对诗（《诗经》）、赋之简繁是从文情角度下褒贬的，要约含情与寡情繁采之间，去繁就简为当然之选，而楚辞并不在其列。《辨骚》中指出以屈原为代表的楚辞"乃雅颂之博徒，而词赋之英杰"，《明诗》《诠赋》中对楚辞均有提及，可见楚辞实可诗可赋而又非诗非赋①，是二者之间特异的"骚人"之作，其独特的文辞表现令物色描写的简繁探讨走向深入。

《物色》中有段对"近代形似之文"的评价，与《辨骚》中评楚辞之语极其相似，两相比较，对楚辞之物色表现当有更清晰的体认：

> 《物色》：自近代以来，文贵形似，窥情风景之上，钻貌草木之中。吟咏所发，志惟深远；体物为妙，功在密附。故巧言切状，如印之印泥，不加雕削，而曲写毫芥。故能瞻言而见貌，印（即）字而知时也。
>
> 《辨骚》：故其叙情怨，则郁伊而易感；述离居，则怆怏而难怀；论山水，则循声而得貌；言节候，则披文而见时。

《文心雕龙》中对二者的总体态度褒贬前已述及，即以这两段来看，着重标出之文字如出一辙，均是对文辞表现极尽肖物之工的称赏，可见楚辞实开繁富描摹之端。而结合上下文来看，前者止于"形似""密附"，而后者尚有"叙情怨""述离居"，且验之楚辞作品，其述情与山水节候之辞往往是融于一篇的，屈原之作几乎篇篇如此。"近代文辞"虽肖物逼真却在《文心雕龙》多篇见贬，皆因逐采忽情；而楚辞的"重沓舒状""始广声貌"能被认可，实因情采并茂，故可达"情周而不繁，辞运而不滥"（《镕裁》）。可见若有利于充分达情，"繁"亦可取。"绿叶紫茎"的引例显示楚辞亦有用语精约的一面，而繁简实不在字句多寡，而在"以少总多"，在此意义上，"繁"亦是"简"。

---

① 按照现在学界一般的看法，《楚辞》仍可归入"诗"，但也有不同观点，此暂不论。

由此，繁简之间应予辩证看待，所谓"精者要约，匮者亦鲜；博者该赡，芜者亦繁"（《总术》），需繁需简要视具体文情而定，况还有文体、个性之差异。要之，有情，繁而不芜；无情，纵简亦陋。为情造文，方修辞有度。

《物色》篇提出"物色虽繁，而析辞尚简"，是意识到"繁"而后的简，是在总结比较前人创作、并针对时弊提出的创作主张，其"简"已非《诗经》之简朴，因单纯以《诗经》素朴写景之作已难以对当世专意写景之文提供充分的文本借鉴，而触类而长、重沓舒状的楚辞则以亦繁亦简的物色描写启发更为深入、辩证的思考。

以上从入兴与析辞两方面，对楚辞之于《文心雕龙》物色理论的建构影响做了具体分析，可以明确看到，作为《物色》篇所标举的典范文本，楚辞对本篇之论述起到关键作用，是重要的文本参考和理论总结来源，启发、深化了贵闲尚简以达情味有余的"物色论"主张。楚辞的杰出创作，使物色理论探讨趋于深入，从而在总结山水文学创作经验中有更入微的比对思考，得出极具现实意义、令人信服的结论。刘勰发掘了楚辞文本的"物色"魅力，这也是其本身所具备的重要一面，钱锺书就曾指出："（楚辞）皆开后世诗文写景法门，先秦绝无仅有。"[1]刘勰在理论上的明确剖析与标举具有开创意义，而其"物色论"的建构，诚得力于楚辞之功。

第三节　情采风格论诸篇与楚辞"体变"
　　　　带来的多重思考

创作论在《神思》以下的连续五篇即《体性》《风骨》《通变》《定势》《情采》，在此拟作为一组作综合考察。与后续各篇的具体文术探讨不同，

---

[1]　钱锺书:《管锥编》，生活·读书·新知三联书店 2008 年版，第 936 页。

五篇有一个共同的"体"的视角,即围绕文之"体"以及"体变",作了不同层面的理论思考,各有侧重又相互关联,通过综合比对,楚辞对各篇理论建构的影响也更为凸显。

一、源于楚辞的"体变"意识在各篇的综合体现及理论促发

"体"是这组篇目中的关键词,单从使用频率看也是创作论中较为突出的,尤其集中于《体性》《风骨》《定势》诸篇,其内涵在具体语境中有文体、形体、大体等差别,这里主要指各篇在论述中所体现的突出的"文体"思考向度而言,并不限于具体语词的使用,其系列思考又均与"文体"之"变"有莫大关系。

《文心雕龙》"枢纽论"中即已明确标举"变乎骚",在文体发展的历史链条上,楚辞是经典之后令人瞩目的大变化,所谓"轩翥诗人之后,奋飞辞家之前"(《辨骚》);在"论文叙笔"部分,通过对各体文的溯源考察可知,楚辞创作包蕴丰富,亦诗亦赋又非仅诗赋,具有文体生发性,直接或间接与多种文体有渊源关系。总体上看,楚辞是经典而后体裁上的突破拓展,同时也是风格的巨大变异(从《辨骚》的辨析结论看,突出体现为"雅"之外"艳"的风格特色),并影响形成整个文体论中通变、尚采的文体共识,这在本书文体考论部分已有辨明。《通变》开篇即从文体有常、文辞气力多变的视角切入,常、变之数在楚辞这里是重要节点也是典型体现,黄唐虞夏以至商周强调的是"序志述时,其揆一也",楚辞而后始发生重大转折,而历代在不断矩式、影写中体裁风格亦一变再变,乃至出现弥淡、及讹之弊,从而引发更宽广的"通变"思考而非"近附远疏",结合《辨骚》的详细剖析,楚辞所具有的同异特质正是深入理解"通变"要义的重要依据。《情采》从"采"而入,继而从"驭文采"的角度展开情采之间的探讨,不能不说这与楚辞以降"重采"一途的渐益偏向有很大关

系，从《通变》所列的侈艳（楚汉）—浅绮（魏晋）—讹新（宋初）的演变链条中可见一斑，因"采"之一极的驾驭不当，方引发情、采之间的辩证思考，《情采》中关于诗人、辞人的对比分析强化两者创作上的强烈反差，其所批判的"为文而造情"的"诸子之徒"应主要指辞赋作者的末流而言①，而详参他篇的论骚之言，也显见楚辞是归于"为情而造文"的"诗人"之列的，其在情采之间的综合驾驭正是"文不灭质，博不溺心"（《情采》）的正面典范。从诗到赋及更多的文类拓展、从述志言情到体物铺排，楚辞突出的"体变"经验对通变、情采的理论探索有重要触发，且作为"变体"典范引领了"救弊之方"的思考路向。《情采》归之于先情后文、文质彬彬，《通变》归之于凭情会通、负气适变，这种理想境地的"颖脱之文""万里之逸步"（《通变》），与"屈宋逸步"（《辨骚》）是正相符合的。

两篇有鲜明的现实针对性，《通变》指出"今才颖之士，刻意学文"的"近附远疏"倾向，《情采》谈到"后之作者"的"采滥忽真"，这皆属面对文体讹变的学不得法，锺嵘《诗品》也指出过时人"笑曹、刘为古拙"而多师法鲍照、谢朓又不得其门而入的弊病②，"文变染乎世情"（《时序》），面对文坛的纷繁变异，亟须寻找出路和方法。清醒的"体变"认识及反思也是其他三篇理论建构的出发点，《体性》正是鉴于"才性异区，文体繁诡"的个人定位思考，《风骨》中大力弘扬"风清骨峻"，意在防止"习华随侈，流遁忘反"，《定势》则基于"情志异区，文变殊术"探讨当下创作中的"变"中之"定"。三篇所论均与现代风格论视角有密切关联，从个性、文体、理想标准、体势等不同层面做了深入拓展，均着眼于文体的整体把握，这其中楚辞的潜在影响也是值得注意的。

---

① 《通变》中说："昔诗人什篇，为情而造文；辞人赋颂，为文而造情。何以明其然？盖风雅之兴，志思蓄愤，而吟咏情性，以讽其上，此为情而造文也；诸子之徒，心非郁陶，苟驰夸饰，鬻声钓世，此为文而造情也。"从具体语境看，"诸子之徒"自然对应"辞人赋颂"，而非一般理解的专指意义上的先秦诸子。

② 锺嵘：《诗品序》，（梁）锺嵘著，曹旭注：《诗品集注（增订本）》，第69页。

范文澜注本在《神思》篇后曾对"商榷文术"二十篇（含《物色》）的总体布排有所归纳，认为组织靡密①，上述五篇自有刘勰自己的思考序次：《神思》篇尾曾述及文才迟速问题，继之《体性》顺理成章，"体性"探讨之后继之理想体格"风骨"的树立，再思及"通变"、具体临文的"定势"，势成则"情采自凝"（《定势》），故又及《情采》。总体来看，《通变》《情采》涉及普遍性、较外围的文体演变共识，这在文体考论部分也多已探讨，其余三篇则深入更内在的风格探析，以下拟分别详细论之。

楚辞本身所具有的"体变"又有内部具体体式风格的复杂多变，其综合驾驭的典范性在风格论诸篇论证中作用重大。

二、《体性》《定势》"定变"思考中的楚辞作用力

《定势》中说："夫情致异区，文变殊术，莫不因情立体，即体成势也。"相对来说，《体性》侧重情、体之间的定变探讨，《定势》则主要聚焦于体、势之间，两篇均体现出在各种不确定性中寻找把握某种确定性的辩证思考。

从定变视角可清晰见出两篇的理论进路。《体性》篇的赞语言及"才性异区，文体繁诡"，这正是本篇立论的出发点，篇中开首即从才性不同引出文体多面，并列举八种不同的文体（风格）类型，言辞间充满突出的变异、不确定性，诸如云谲、波诡、异、反、殊、舛、乖、迁等，而后半段所论明显转向，从措辞上看，必符、必先雅制、学成、凝真、定习、练才等肯定性表述与前文形成鲜明对比，展现其多变中寻求个人确定性把握的思考路径。《定势》篇则首先列出"情—体—势"的延展链条，强调势的"自然"，所谓自转、自安、自入、必归、类乏、率乖等表述，似乎一切自成，无需人力，但其意在说明这种"定向发展"正因于内在恰当的动态把握，

---

① 范文澜：《文心雕龙注》，第495页。

即能得其势，"定"是结果，"变"是过程，其视点由"文体繁诡"（《体性》）进一步转向"文变殊术"（《定势》），具体创作过程中的定变把握是本篇探讨的核心所在，后文即进一步讨论了异势、群势、随势、讹势等丰富内容并提出了对应之法，"形生势成，始末相承"（《定势》），《定势》所论与《体性》有一定的承接关系，是在基于已立之"体"的前提下对当下创作的进一步关注，可以说是从"确定"的创作结果逆推充满"变数"的创作过程，并探讨在变动中如何求得文体的整体统一问题。文体之"体"在古代文论语境中兼有体裁、体貌、风格、整体等多重含义，这在两篇中均有体现，但又有所侧重，《体性》尤其突出了"风格"义，《定势》则更强调依托"体裁"的"风格"以及"整体"之义，两篇并参，有复杂的杂糅交织，需仔细辨析。

（一）楚辞新变对风格论视野的拓展

两篇的理论归纳均源于对复杂变动之"文体"的体认、分析与探求，《体性》归纳了"八体"，《定势》又对"杂体"有"六类"之分，均类似于现代所指的风格类型，是其各自定变思考的重要依据、起点，与最后结论的形成关系密切，楚辞在其间的作用力正可通过其起点所依与结论所归作分别探讨。

为方便比较分析其间的理论关联及影响，现将"八体""六类"及《辨骚》中对楚辞作品的"五组"相关评价一并提要胪列如下。

《体性》"八体"		《定势》"六类"	
典雅	镕式经诰，方轨儒门	典雅	章表奏议
远奥	复采典文，经理玄宗	清丽	赋颂歌诗
精约	核字省句，剖析毫厘	明断	符檄书移
显附	辞直义畅，切理厌心	核要	史论序注
繁缛	博喻酿采，炜烨枝派	弘深	箴铭碑诔
壮丽	高论宏裁，卓烁异采	巧艳	连珠七辞

---

① 范文澜注："'招隐'唐写本作'大招'，是。"范文澜：《文心雕龙注》，第57页。

续表

《体性》"八体"		《定势》"六类"
新奇	摈古竞今，危侧趣诡	
轻靡	浮文弱植，缥缈附俗	
《辨骚》"五组"		
朗丽以哀志		骚经、九章
绮靡以伤情		九歌、九辩
瑰诡而惠巧		远游、天问
耀艳而深华		招魂、大招 ①
标放言之致；寄独往之才		卜居、渔父

可以看到，其对文之"体"（风格）的概括用词并不一致但又有相似关联，其中《体性》是总括性归类，即"总其归途，数穷八体"，《定势》则属于大要举例，列举了六类共二十二种文体（体裁）的"本采"风格，《辨骚》的五组评价遍涉系于屈宋的所有楚辞作品，是对其具体创作个性的归纳。刘勰对楚辞创作个性的把握对两篇的理论建构均有重要影响，并突出体现在风格类型的拓展归纳以及两篇结论所归的论述上。

《体性》《定势》两篇的角度差异使文体风格探讨趋于更复杂多面。《体性》立足"体"与"性"的对应性思考，即外在的文体与个人内在的才性或曰情性，二者之间又有陶染的过程，故刘勰于内细化为充满变数的才、气、学、习四方面，于外总结归纳出各不相同的"八体"，虽其开篇即言"因内而符外"，但正如刘勰自己所指出，"缀文者情动而辞发，观文者披文以入情"（《知音》），其对"八体"的归纳认识应是因外而及内的，是从辞理、风趣、事义、体式等外在呈现而作的总体风格归类，从后文所举十二人的例证看，也是总括其各体创作而下的判断，在体裁上有兼跨性。《定势》则强化凸显了体裁影响下的风格，所举二十二种文体分别归入六类，但并非穷尽式分类和单一固化，意在阐明一般文体的"本采"制约性，后文乃论及如何广参变通，是个性与体裁规定性在具体文体创作上的碰撞融合。

　　关于《体性》"八体"及后文所举的十二人例证，范文澜曾提出后二体稍有贬义、十二人分别对应前六体的说法。[①] 关于"八体"是否有褒贬学界意见不一，十二人的具体所归自纪昀以来也多有认为"不必皆确"[②]。本文认为，"八体"总体上属于客观并列，但序次还是可以说明一些问题，而十二人之于"八体"应属综合熔铸，并不直接对应某一体类。所举汉魏晋时期创作突出的十二人是各具面貌的，依范注指明的各人所属体类验之各自创作，多有近似而又不仅如此之感，如其指出"长卿傲诞，故理侈而辞溢"当为"壮丽"一体，但司马相如之风格于"繁缛"也不无接近，其他几人多类此，在其援引的作品例中，潘岳更兼涉显附、壮丽、新奇三体[③]，况其"同体两人"也究竟不同，故知十二人是作为本之情性陶染、形成自己独特风格的创作典型而列举，其个人特点是广泛吸收后的综合熔铸，从刘勰之举例反观"八体"，亦可见"八体"并非固定体系，而是重在迁变与会通的，这是后文论证的要点所在。至于序次问题，则与其风格视野的总体判断有关，还可与《定势》的"六类"作结合思考。

　　"八体"本两两对应，但排列顺序却是交错的，从"一曰""二曰"等的表述看显然有意为之，恰巧都将对应二体拆散，这或许不无打乱固化的四组、凸显繁杂迁变之意，但更重要的是既属有意为之，序次先后便有分别。"八体"中首列"典雅"，显然有崇经之意；末二位的新奇、轻靡从阐释措辞看确有微贬，并有一定的现实针对性；"八体"连贯而下，则体现出一种隐在的"经—变"次序，即由传统儒家经典所具的风格扩及后世的

---

① 范文澜：《文心雕龙注》，第 507 页。

② 纪昀曾有评语："此亦约略大概言之，不必皆确。"见（梁）刘勰撰，（清）黄叔琳注，（清）纪昀评：《文心雕龙辑注》，第 279 页。黄侃认为："八体并陈，文状不同，而皆能成体，了无轻重之见存于其间。"见黄侃著，黄延祖重辑：《文心雕龙札记》，第 118 页。刘永济认为："舍人此篇虽标八体，非谓能此者必不能彼也。"见刘永济：《文心雕龙校释》，第 103 页。

③ 范文澜：《文心雕龙注》，第 508 页。

变体风格，这尤其体现于前四体与后四体的对比反差，即典雅、远奥、精约、显附对比繁缛、壮丽、新奇、轻靡。《定势》"六类"中的前五类，不知有意无意正与"文源五经"的归属分类大致对应①，所罗列的二十种文体虽非穷尽包举，但结合"文源五经"说似也不无"括囊杂体"（《定势》）之意，即有这样一种潜在观念：各体均溯源于五经，其"本采"风格自也与某一经典相通。五类中典雅、明断、核要、弘深正与"八体"的典雅、显附、精约、远奥大致契合，是自经典即具有的多面风格，惟赋颂歌诗的"清丽"显示出对艳丽新风的调和吸收。但"六类"中最后一类"巧艳"的特提凸显另类之体式。连珠、七辞在"论文叙笔"中本为"杂文"之二，"枚乘摘艳，首制七发"，"扬雄……肇为连珠"（《杂文》），《辨骚》中已指出："枚贾追风以入丽，马扬沿波而得奇"。连珠、七辞的体类风格与楚辞有直接承继关系，章太炎即指出七体乃"解散《大招》《招魂》之体而成"，连珠虽可溯及韩非但真正光大于"子云加以藻饰之辞"②，两体大致仍属辞赋一类，《定势》将其由"杂文"中独标特提，意在补充"巧艳"一途，这是"五经"大类所难以并括的，而与楚辞却有较深渊源，《定势》前文也说"是以模经为式者，自入典雅之懿；效骚命篇者，必归艳逸之华"，可见楚辞为艳逸之祖。再看《体性》"八体"的后四——繁缛、壮丽、新奇、轻靡，联系《辨骚》《通变》所论，亦属楚辞新变后所带来的新的风格倾向，是经典之外的新特点。当然，两篇的归纳角度不同，不宜机械对应，"方轨儒门"虽为"典雅"但并不限于章表奏议，赋颂歌诗虽本之"清丽"但于"八体"又可兼取吸收，经骚影响下的各体创作在"八体""六类"间多有交叉兼融，故引发后续的定变思考，但就其总体的体类风格归纳看，确有"从经到变"的共性特点，有先后之别又兼取并包，显示楚辞新变所带来的视野拓展。

---

① 《文心雕龙·宗经》："故论说辞序，则易统其首；诏策章奏，则书发其源；赋颂歌赞，则诗立其本；铭诔箴祝，则礼总其端；记传盟檄，则春秋为根。"

② 见刘永济：《文心雕龙校释》，第45页。

（二）会通、铨别探讨与楚辞

楚辞开创了经典之外的另一途，大大拓展了风格论视野，同时也带来奇正雅俗的纷繁把控问题。《体性》中言"八体屡迁，功以学成"，《定势》提醒"括囊杂体，功在铨别"，楚辞作为会通典范、铨别典范，在情—体—势的确定性探讨中亦发挥了重要作用。

《体性》沿"表里必符"的思路，探寻由才性到文体的确定性把握，给出"功以学成""必先雅制""会通""摹体定习""因性练才"等结论，这是既本之先天条件又更为注重后天培养的可行性方法途径，突出了陶染环节，天性有别但文才可学可练，两相结合乃能铸成独特的创作个性。楚辞在"体性"把握上的优秀经验给这一理论见解提供了强有力的实践支撑。上列《辨骚》的"五组"评价，显示了楚辞作品的多侧面特点与鲜明个性，从其风格提炼看，涉及"八体"多种，如"朗丽"之于壮丽、显附，"绮靡"之于繁缛、轻靡，"瑰诡惠巧"之于新奇、壮丽，"耀艳深华"（或曰采华）之于繁缛，……联系《辨骚》所总结的"四同"，也有同于风雅的一面，可以说楚辞创作几乎兼涉各类风格倾向，并总体呈现为迥异于经典的"艳逸"（《定势》）特点。关于屈原的个人才性方面，《史记》载有《屈原列传》，称其"博闻强志"①，《离骚》有夫子自道的"内美修能"之说，以刘勰对楚辞的熟悉当都是有充分了解的，而更在于其阅读作品时"披文以入情"（《知音》）的深入体认，按照因内符外、由外及内的"体—性"思考路径，辞理、风趣、事义、体式等外在呈现反映出内在才、气、学、习的情形，刘勰透过楚辞作品的风格呈现，对屈原之个性有独到的把握，在其眼中的屈原，其才俊，其气兼刚柔，其学博，其习独异而超拔。屈原之才在《文心雕龙》多处均有称颂，上述"五组"评价中"哀志""伤情""放

---

① 《史记》卷 84《屈原贾生列传》，第 2481 页。

言""独往"可见深情软意与刚烈决绝的兼具并融，而其"习染"也数次被关注提示，如《辨骚》中即已指出"体宪于三代，而风杂于战国"，《比兴》中说"三闾忠烈，依诗制骚"，《时序》言"暐烨之奇意，出乎纵横之诡俗"，《物色》又有"江山之助"等论。屈原秉持天资情性，多师兼取而终成独具特色的个人创作，是会通自铸的典型，其习染有时代、地域风俗的裹挟影响，更有个人的去取把握，《辨骚》中的"同异之辨"正彰显这种取熔自铸的枢机所在。另外，屈原学与习的对象是多方面的，但能取法乎上、不失正路，《体性》中说的"必先雅制""摹体以定习"也应不限于狭义理解，应有向各体的优秀之作学习之意，这其中自也包含新奇、轻靡之体，但要看如何合理吸收、执正驭奇，这便进入《定势》的议题了。楚辞创作在文体与才性的选择契会方面做了优秀诠释。

《定势》聚焦"循体成势"阶段的定变把握。"六类"的列举只在说明各类文体（体裁）应具有的"本采"要求，可以说是一种体式风格，其对当下写作的走向有一定的制约性，但写作过程同时又是变动不居的，是"随势各配"的不断把控，要达于自然就要对文之体式与当下创作有恰切的融合，这是由文类文体到具体文体实现的过程，"自然之势"必是经人工而达到的自然。故《定势》实际特别凸显了文体的继承创新问题，《通变》中说的"凭情以会通，负气以适变"，落实到了《定势》中的具体创作探讨。

在阐明"循体成势"的"自然"特点之后，《定势》讨论了异势、总群势、总一之势、随势、势有刚柔、势实须泽等不同方面的问题，显示其对写作过程中这一动态之势的充分关注与挖掘，继而引向篇末对于"讹势"的专门讨论，也是其文体承变思考的集中体现，有鲜明的现实针对性。在这段讨论中，其对近世"效奇之法"是持明确批评态度的，但对出奇一路并不完全抹杀，而是给出"密会者以意新得巧""执正以驭奇"的解决之道，如何免于"失体成怪"，作为变体典范的楚辞提供了具有说服力的立论依据。

　　《定势》开头便特意标出模经、效骚二体，是典雅与艳逸的截然不同，显示经骚两途的创作路径，"六类"中的"巧艳"正是受楚辞影响的文体，亦属"随变而立功"的"得体"之列，这均体现本篇对效骚类新变创作的肯定态度，并不要求一定要"模经为式"。《宗经》中指出"楚艳汉侈，流弊不还"，《通变》中说"楚汉侈而艳，魏晋浅而绮，宋初讹而新"，这是从大的趋势上讲，楚辞新变取得自身的杰出成就且影响深远，这在《辨骚》中已有充分论证，其对楚辞影响下的汉魏晋具体作家作品的品评也是有所肯定的，如《辨骚》指出枚贾马扬对"入丽""得奇"的传承，在他篇中对汉赋作家也有赞誉，扬雄、枚乘作为连珠、七辞的开创者在《杂文》中就得到了充分肯定。但楚辞新变亦引发逐奇求新的不良风气，在创作中如何驾驭奇变而不至"失体成怪"，楚辞为近世的讹势之变提供对比参照，正是要从中吸取可借鉴的良方。《辨骚》对经骚之间的同异问题已有充分讨论，楚辞在"依诗制骚"（《比兴》）的过程中是有承有变的，这里从创作中文体的具体把控角度再作审视。

　　楚辞呈现出与《诗经》传统大不相同的创作面貌，是风格之变也是体裁之变。楚辞或曰"骚"的体裁定位在《文心雕龙》中是诗、赋兼具的，《明诗》《诠赋》均有述及，上引"五组"作品的评价显示刘勰对其更细化体类的认识。具体来看，《离骚》《九章》可视作抒情长诗，有鲜明直言其志的特点，风格朗丽；《九歌》《九辩》属于对原有乐歌的改造复用①，但两者又不同，《九辩》仍自抒己情，《九歌》有借题而间接抒情的特点，均绮靡哀婉；《远游》《天问》侧重题材内容的特异性，凸显想象诡异之辞；《招魂》《大招》题材集中，风格艳丽铺排，《招魂》又被视为"祝辞之组丽"（《祝盟》）者；《卜居》《渔父》两篇除内容主题的不同外，又有体式上的

---

　　①　九歌、九辩，在《离骚》《天问》中均有提及，与《山海经》所记一致，是视为夏启时即有的乐歌乐调，虽为传说，可见其名由来已久。

散文化倾向，答问、故事性特点明显。可知，从具体作品来看楚辞又是丰富多元的，彰显其对《诗经》范式的多方面突破，在每一具体作品创作中，其能改造传统而出新自洽，当源于并总群势的综合驾驭力和文情表现的内在驱动。即以《离骚》为例稍做分析。《离骚》以近 2500 字的篇幅迥异于《诗经》体制，全文以一段自述与感叹起兴，继而叙及古圣前鉴及现实境况并陈说立场、与群小的斗争及遭遇、退隐之想与否定、对女婆劝辞的想象与否定、求女与幻灭、灵氛巫咸之劝与否定，直至最后幻想破灭并以愤激之语结束，可谓波澜辗转、层次丰富。如此丰富的内容显然是小制篇章所无法容纳的，故《物色》有言"及离骚代兴，触类而长，物貌难尽，故重沓舒状"，不仅是物色描摹，文情的复杂丰富也促使诗歌体制走向更阔大多样。依据《辨骚》中"四同四异"的归纳，《离骚》一文除"荒淫之意"未涉，其余"四同""三异"均有丰富体现，即具备典诰之体、规讽之旨、比兴之义、忠怨之辞，又兼诡异之辞、谲怪之谈、狷狭之志，换角度说即是对传统风雅体制有所继承又变异突破，而这种承变在行文脉络中是时有侧重随势各配的，如开首直述而后文多用比兴、与群小的斗争事属影射而胸臆直抒、诡异想象中又不断有反思自省，根据文情之演进，或激越喷发或喻托暗指，"其势也自转"（《定势》），其行文的把控是以诗之本采为地而兼总群势的，共同形成本篇的整体特征——"朗丽以哀志"①。《定势》中也指出"因情立体，即体成势"，楚辞之"体变"源于"情变"，具体的创作过程即谋求情、体、势三者在动态中的契会，而"体"在其中是相对的稳定性中介，其稳定意义不在固化的规定程式而是在自身的完整自洽。《离骚》在诗的体式风格上有巨大变化却并非"失体成怪"，正因于顺情而至而能统贯的驾驭，此即"执正驭奇"。这种潜变程度的渐进又会进

---

① 关于《离骚》所涉"四同四异"的详细分析可参见本人另一论文，见赵红梅：《〈辨骚〉篇"征言"再议与〈文心雕龙〉的论文宗旨》，《首都师范大学文艺学博士文选》（第三辑），第 167—181 页。

一步导向体裁的变异，楚辞"出诗入赋"的特殊性质即说明了这一点，某些楚辞作品如《卜居》《渔父》等"赋"的体裁特征已较明显。可见，楚辞提供"密会出新"的正面典型，新体非讹体，与颠倒文句的刻意求新截然不同，启发了《定势》中对文体建构与创新的思考。

综上，《体性》《定势》两篇讨论了与文体风格相关的重要问题，其间不无尊经思想的体现，但又通达兼收，充满定变思考，其理论的推进得益于"洞晓情变，曲昭文体"（《风骨》）的楚辞所带来的内在启发。

三、"风骨"理想与楚辞

与《体性》《定势》的定变探索不同，《风骨》篇在情、辞间的探讨有明显不容置疑的斩定语气，如必始乎风、莫先于骨、必精、必显、难移、不滞等等，开首一贯而下的这段坚定论述归之于"此风骨之力也"的鲜明总结，可见其对"风骨"的大力倡导与推崇，是将其视为一切文的必备要求而提出的。

关于"风骨"的含义，向来多有探讨，其本身属于比喻性指称，篇中将其进一步落实到形体之实，所谓"辞之待骨，如体之树骸，情之含风，犹形之包气"，比为形体中的气与骨骸，从这一视角，"风骨"之义则更生动具体了，这是人以及一切生命体得以树立、生气贯注的不可或缺因素，含于形体之内又显现于外，是饱满的生命力的体现，"风骨"之用又比喻为"征鸟之使翼"，"刚健既实，辉光乃新"，是内在的一股力量。那么，"风骨"也是文章生命力的关键所在，同样存于内（内容）而显现于外（言辞），故其虽从情辞两端始论风、骨，却不宜做单一片面的理解，黄侃所说的"风即文意，骨即文辞"，强化了篇中分途论述的侧面，意在"不蹈空虚之弊"①，

---

① 黄侃著，黄延祖重辑：《文心雕龙札记》，第123页。

也是不宜做断章理解的。以此再看刘勰对风骨的具体阐释则更加清晰明朗。综观全篇，"骨"的要义包括：结言端直、辞精、字坚难移、严，而不可瘠义肥辞、繁杂失统；"风"的要义包括：意气骏爽、情显、响凝不滞、蔚，不可思不环周、索寞乏气。①两者皆从文之整体着眼，"骨"是通过精粹文辞所显现的内容上的端严正直丰沛，"风"是文意内容所产生的情感层面的感染力但又落实于文字声韵的朗畅，"骨"之指向由辞深入到内容，"风"之含义由内情又呈现于辞表，可知风骨皆关内容，又从字句中来，"风骨"的全面理解，可以祖保泉《文心雕龙解说》中的精到概括为代表："文情并茂的、结构严密的、刚健朗畅的力的美。"②形体之生命以"气"为根本，《风骨》中对"气"也作了进一步强调，所举曹丕、刘祯论"气"是侧重"气"之人各不同，本篇论"气"则侧重"重气之旨"，也即重内在的风骨之力，前人已有指出"气即风骨"③，故"风骨"简单说即刚健的文章生命力，这并非与柔相对的"刚"而是超越于各类风格之上的。综上，在《体性》篇之后提出的"风骨"问题，是跨体裁、跨风格的共同的文体品格要求，刘勰将"风骨"一词由论人、论书画明确引入论文领域，也是对文之整体魅力的体认，并赋予它契合文体特性的丰富内涵。

篇中说"兹术或违，无务繁采"，又说"骨采未圆，风辞未练，而跨略旧规，驰骛新作，虽获巧意，危败亦多"，可见是将"风骨"作为实施其他藻饰之术的前提，为文首重风骨是正路本分。特意将风骨与繁采、逐新等创作倾向对立独标，也是有鲜明的现实针对意义。在讨论了风骨与新

---

① 范文澜注本作"索寞乏气"，今从。另，杨明照认为应作"牵课乏气"，并举例力证"牵课"为南朝常语。见（梁）刘勰著，（清）黄叔琳注，李详补注，杨明照校注拾遗：《增订文心雕龙校注》，第 394 页。

② （梁）刘勰撰，祖保泉解说：《文心雕龙解说》，第 543 页。

③ 刘咸炘《风骨》篇阐说："气即风骨。其运者风也，其持而无暴者骨也。"见（梁）刘勰撰，（清）黄叔琳注，（清）纪昀评，李详补注，刘咸炘阐说，戚良德辑校：《文心雕龙》，上海古籍出版社 2015 年版，第 183 页。

奇关系后篇中提出"确乎正式"以达到"风清骨峻，篇体光华"，这可视作其风骨美的理想标准，然而何为"正式"并未具指，篇中所列举的《九锡文》《大人赋》是否遂可视为风骨理想之典范、具备艳采奇辞的楚辞之于风骨的探讨是何关系，尚需结合作品及篇中具体所论做进一步分析。

（一）《九锡文》《大人赋》所彰显风、骨的突出义

《风骨》篇中是在首段阐述"风骨"之义后即列举两例的，原文如下：

> 昔潘勖锡魏，思摹经典，群才韬笔，乃其骨髓峻也；相如赋仙，气号凌云，蔚为辞宗，乃其风力遒也。

所涉作品为汉末潘勖的《册魏公九锡文》及西汉司马相如的《大人赋》，分别作为"骨髓峻""风力遒"的杰出代表。然而这一举例引发了不少研究者的异议指摘，诸如举例不当、保守局限等，原因即在两篇作品本身所积载的历史负面评价，似不足以立为风骨典范。这里先对两文情况及《文心雕龙》他篇的相关性论述简要梳理，以明其在刘勰眼中的究竟定位。

《九锡文》是册类文书的一种，潘勖这篇是奠基之作，表面看属于册封、赏赐一类上对下的公文，但这一文体有特殊的功用，往往是权臣进一步谋取"禅让"实则篡位的铺垫和美化，因之在后世多被诟病，但在魏晋六朝却使用频繁。据赵翼《廿二史札记》考证，自潘勖为这一文体确立规范，"其后晋、宋、齐、梁、北齐、陈、隋皆用之"，刘勰所处的齐梁时期，王俭曾为萧道成作，萧衍的《九锡文》或出自任昉、沈约、丘迟等，可见在当时的受重视程度，"其文皆铺张典丽，为一时大著作"①。潘勖所

---

① （清）赵翼撰，曹光甫点校：《廿二史札记》卷七"九锡文"条，凤凰出版社 2008

作这篇，全录于《三国志》的《武帝纪》，梁代的殷芸《小说》记载一段时人的称赏①，《文选》册类也仅录此篇，可知为六朝人所重。《文心雕龙》计有五篇论及潘勖，其中《铭箴》《杂文》对其《符节箴》和《拟连珠》之作评价不高，而《诏策》《风骨》《才略》中的赞誉均指《九锡文》而言。

司马相如的《大人赋》情况与此不同。《大人赋》在《史记》《汉书》的司马相如本传中均有记载，《史记》在篇后指出"天子大说，飘飘有凌云之气，似游天地之间意"②，此即"气号凌云"所本，而在赞语中对其作品整体的讽谏旨归还是有所肯定。《汉书》基本引录《史记》文字，其赞语在司马迁评语之后增加了扬雄的"劝百讽一"之论，显见批评立场，其《扬雄传》中更明确提及《大人赋》，认为"欲以风，帝反缥缥有陵云之志。繇是言之，赋劝而不止，明矣"③。扬雄在《法言·吾子》中亦论及赋之讽劝，《君子》篇则明言"文丽用寡，长卿也"④。可见，汉人对《大人赋》所激起的"凌云之气"是有明确的批评意见的，实是讽谏作用不彰的负面之例，《文选》即未录此篇。刘勰对以上言论也是熟悉的，并在《文心雕龙》中有所体现。查《文心雕龙》全书约有二十余篇论及司马相如，是将其视为重要的汉代代表作家，其中正面及客观评价居多，仅《夸饰》《物色》《才略》《程器》四篇有所批评，除《程器》涉及德行之疵外，其余几篇均针对其创作的诡滥繁丽倾向，《才略》明确引及并认同了扬雄"文丽用寡"之论，可见其对《大人赋》相关批评也应是明了的。

年版，第 100 页。

　①　据殷芸《小说》所载，潘勖此文作成后，"于时朝士皆莫能措一字"，在"勖亡后"晋王（司马昭）举办的一次腊日大会中，宣王（司马懿）曾向勖之子蒲道："尊君作封魏君策，高妙信不可及，吾曾闻仲宣亦以为不如。"见（梁）殷芸编纂，周楞伽辑注：《殷芸小说》，上海古籍出版社 1984 年版，第 101 页。

　②　《史记》卷 117《司马相如列传》，第 3063 页。

　③　《汉书》卷 30《艺文志》，第 2609、3575 页。

　④　（汉）扬雄撰，汪荣宝义疏，陈仲夫点校：《法言义疏》，新编诸子集成本，中华书局 1987 年版，第 45、507 页。

综上，《风骨》中对潘勖《九锡文》的突出标举有时代背景的影响，也与刘勰在他篇中的基本态度相一致；对《大人赋》的推崇却是有鉴于负面评价的前提，与他篇所论有所不同。仔细体味上引文字，列举两篇的目的是分论风、骨两面的，两篇的创作实践对风、骨之义做了具体诠释。

《九锡文》作为"骨髓峻"的代表，篇中核心评价是"思摹经典"，参以《诏策》所评的"典雅逸群"、《才略》之"凭经以骋才"，可见其突出特性即经典、典雅，《体性》中诠释"典雅"为"镕式经诰，方轨儒门"，《定势》中以"典雅"为章表奏议等公务文书的本采要求，核之潘勖《九锡文》正是符合这一取向的。"九锡文"之称虽前有王莽先例，但体制很不一样，赵翼曾指出"乃仿张竦颂莽功德之奏，逐件铺张"①，潘勖吸收了逐项铺叙功德及引经据典的做法，并以更圆融之手法采集经典话语融入当下论述，使文章的层次内容更加丰富饱满，确立此后《九锡文》的固定体例。论者多已指出《九锡文》的措辞用语多受《尚书》《左传》等影响的特点②，而列叙功德、追叙历代褒奖事迹、按照古礼颁发九锡这些所叙内容的正当性在当时也是肯定的，故潘勖这篇在刘勰看来正是从文辞到内容均符合经典要求的写作典范，而尤其体现于文辞，比之《风骨》中对"骨"的界定，《九锡文》是完全符合的：结言端直、析辞必精、捶字坚而难移，文辞涵摄之事迹内容丰富，叙述井然有序等，而更将这些标准罩上"经典色彩"，其文辞多摹自儒家典籍再加以改造熔铸，内容关乎立德立功的儒家教义。如此，"骨"的要义有一定"宗经"的倾向，论"骨"由"辞"而入也进一步指向义理内容的"端直"，"圣因文而明道"（《原道》），为文而有骨，是文辞内容各方面所综合体现的典正、坚实特征，这与后世所引申的文道论

156

不无相通，但又特别突出了其文辞特点。

《大人赋》则是作为"风力遒"的典型文本得以列举的。上文已明自汉代起对"凌云气"的问题实际是持批评立场的，刘勰在《才略》篇也有认同，在本篇则有反转。《才略》先言其"致名辞宗"，用"然"字转折继而归纳认同扬雄的批评之语①，《风骨》中则言"气号凌云，蔚为辞宗"，可见两篇立场侧重之不同。司马相如之为"辞宗"并不因此一篇，《大人赋》所体现出的特点与其他作品也是有共同性的，只是因"凌云气"的评价而更为突出，刘勰亦借之以突显本篇的主张。"风力遒"，即一种遒劲的力量，能感染影响读者的心性，汉武帝感受到的"凌云气"，正是其文辞效果的体现。我们今日读《大人赋》仍不免受到感染，其排比铺陈"大人"遨游四方的奇异经历，想象诡异、境界开阔，更以繁富的描摹之词加以渲染，其形象生动性极易引人心驰神往，乃至结尾本欲导致怅然若失的反思，却令人留下印象鲜明的回味了。司马相如其他赋作中也有这种特点，文字本身之铺排气势、生动形象殊为引人注目，即使目的在讽，也是着意追求这样一种以情绪感染而获得共鸣的创作取向，而这正是本篇倡导的"风力"之体现，所谓意气骏爽、述情必显，内在之情绪感染力又呈现为文辞声韵的铺排流丽。所以，《风骨》中对《大人赋》的推崇，是特意肯定其具备突出感染力的一面，也是司马相如能够"蔚为辞宗"的重要原因，风力遒举、以辞采铺排化动人心是其突出特点。

由上可见，风、骨分论各有其突出的强调方面，一重情辞之感染，一重意辞之典正，兼涉内容文辞，《九锡文》《大人赋》正是契合所需的适当"文"选。两篇例文与风骨理想之关系，结合《风骨》篇全文内容，可知二者是刘勰所举一为"风"多、一为"骨"多的突出例证，《大人赋》风多于

① 这段评语为："相如好书，师范屈宋，洞入夸艳，致名辞宗；然核取精意，理不胜辞，故扬子以为文丽用寡者长卿，诚哉是言也！"范文澜：《文心雕龙注》，第698页。

骨而《九锡文》骨多于风，其虽分论风与骨，然全书多有这种分析的方法，即合—分—合的一种骈对式话语方式，一体两面，最终还需合起来看，即风骨不是风与骨，而是一个整体——"风骨"，其风骨理想是对文意文辞共同特点的内涵熔铸，后文进一步阐述了这一风骨相济并兼文采的更高要求。

（二）"风骨"合一之内涵熔铸与楚辞风骨

相对来说，"骨"趋于质实端稳，"风"趋于形象灵动，两者实有相反之义，字坚难移或有防于意气骏爽，而铺排夸艳亦恐堕入瘠义肥辞，而风骨作为形体之气骸、文章之生命力所在，又是一体的，是在一篇中兼具相融的，风骨兼备的作品，虽有体类差别但在内容文辞上应有兼收并蓄之力，以达情理表现的完美效果。《风骨》篇接下来论风骨与辞采、新变的关系均立足合一视角。

"风骨"是刘勰由人物品评及书画领域移之文论的完整概念，是对一切文的总体风格要求，风、骨并用对各类创作作出评价，这在《文心雕龙》多篇有所体现。如《诔碑》《杂文》《檄移》《封禅》《章表》《奏启》《议对》等论"骨"亦言"风"、《宗经》中"极文章之骨髓"及"风清而不杂"的说法，而在《辨骚》中有更突出的体现，指其"骨鲠所树……取镕经意""风杂战国""惊才风逸""枚贾追风以入丽"等。当然，风、骨在具体语境下有差别，并不能简单等同于《风骨》中之相关阐释，但二者之并称对论当受到"风骨"视角的影响。可注意的是，《杂文》指出枚乘《七发》有"腴辞云构，夸丽风骇"的特点，后文批评继踵者之发挥则有"甘意摇骨体"之论；《议对》也说"腴辞弗剪，颇累文骨"；《诠赋》也有"腴辞害骨"之说。枚乘《七发》的"夸丽风骇"近似《大人赋》之"气号凌云"，也是"风力遒"的表现，而多篇均指出此种风力所依托的华丽辞藻对于文骨是有损害的。那么，风骨之间如何融贯统一、如何处理风骨与辞采的关系、在求新出奇与风骨之间如何取得平衡便是面对文坛讹变必要探讨的问题，《风骨》篇在进一步论述中虽无直接引证，验之楚辞及《文心雕龙》中的相关评论，却有非常紧密的契合关系，彰显楚辞尤其以《离骚》为代表作品，是具备刘勰所认为的合一之"风骨"品格的。

司马相如的《大人赋》即与楚辞有密切关系，论者多已指出《大人赋》与《远游》在行文手法上的相似性，《远游》作者及年代我们今天多有质疑，但刘勰是基本认同王逸观点并将其视为战国作品的，《辨骚》中评其"瑰诡而惠巧"，关于司马相如对楚辞的继承也在多篇中论及，诸如"马扬沿波而得奇"（《辨骚》）、"师范屈宋，洞入夸艳"（《才略》）等，可见其在楚辞基础上的进一步推衍，司马相如能够"蔚为辞宗"，其风力遒举的突出特点主要即得益于楚辞的传承。

以"风骨"视角再看《辨骚》，又可对楚辞有一番新的认识。

《九锡文》之为"骨髓峻"的代表即因其"思摹经典"，以此标准，《辨骚》中的"四同"之论正是楚辞"骨髓峻"的典型体现。"四同四异"是对经骚之间意辞表现的具体辨析，与"文骨"探讨密切相关。"骨"关辞而入意，结言端直合乎经典，依《辨骚》所论，楚辞同于风雅的一面是：典诰之体、规讽之旨、比兴之义、忠怨之辞，可见其从文辞到内容意旨对经典传统的继承吸收。若说潘勖《九锡文》在"思摹经典"上"比张竦的依《诗》立说高明一些"[1]，那楚辞的继承是更为高明的，并不局限于文辞气力的仿效，而是纳入自己当下的抒怀达意所需，其主线是强烈的个体思索与情感涌动，况在依经之外，还有"四异"的出新突破，《辨骚》中总结同异之后的结论是："观其骨鲠所树，肌肤所附，虽取镕经意，亦自铸伟辞"，可见其具备"文骨"而又能驾驭新变的综合造诣。

《辨骚》在总论楚辞的特点与影响时则突出体现其"风力"一面。上引"五组"的评论即立足于强烈的阅读感受，这正是其感染力的体现，"朗

---

① （梁）刘勰撰，周勋初解析：《文心雕龙解析》，第48页。

丽以哀志""绮靡以伤情"等等以及后文的"易感""难怀"无不彰显楚辞
打动人心的力量,"情之含风,犹形之包气"(《风骨》),《辨骚》中也不无
对"气"的关注与突出,在总结楚辞各篇作品的风格特点后说"故能气往
轹古,辞来切今,惊才绝艳,难与并能矣",其轹古之气又是与采艳的文
辞风格相并的,《风骨》中说的"刚健既实,辉光乃新",在楚辞这里得到
典型体现。情感表达及化感的重要因素尤在于语言的生动形象富于韵律,
无怪乎诗赋为"有韵之文",自曹丕、陆机以来也渐益指出其"欲丽""绮
靡""浏亮"的辞采特点,《风骨》中"结响凝而不滞"也是指具备风力的
流畅声韵而言,这在楚辞正是风力与辞采兼具的。楚辞对后世词人的影响
也是其强大的艺术感染力的体现,司马相如等辞赋作家即将风力、采艳一
面做了更极致的发挥。

关于"腴辞害骨"问题,结合楚辞创作可有清醒的辨析。虽《宗
经》有"楚艳汉侈"、《通变》有"楚汉侈而艳"之说,而《情采》《物
色》中关于诗人、辞人的褒贬比较是明显将楚辞与汉人辞赋区别对待的,
再结合《辨骚》的极度赞颂,更可明了刘勰的基本态度:楚汉之间虽有
突出的沿承关系但艳侈之程度有别,楚辞是虽具奇艳而并未过分的。沈
约在《宋书·谢灵运传论》中曾说"屈平、宋玉导清源于前,贾谊、相
如振芳尘于后"[①],虽同属赞誉但可见用词不同,以"清"字许屈宋之作,
后来的《隋书·经籍志》集部总序亦定评"宋玉、屈原,激清风于南楚"[②],
刘勰在《辨骚》中评"屈宋逸步""惊才风逸",亦不无意气骏爽之感,
这与"风清"的内涵是相一致的,《风骨》中就曾提到刘祯"有逸气",
相较评汉赋作品的"力遒""风骇"是有所不同的[③]。楚辞之文辞既非"腴

---

① 《宋书》卷 67《谢灵运传论》,第 1778 页。

② 《隋书》卷 35《经籍四》,第 1090 页。

③ 冯春田《〈文心雕龙〉语词通释》曾对多处"逸"字使用有详细释义,除《养气》中"劳
逸"释"安逸"外,其余均较一致倾向于奔逸、飘逸、超迈等义。冯春田:《〈文心雕龙〉词

词",则未害骨,原因即在《情采》所指出的诗人什篇乃为情造文,楚辞的艳采是本之于达情,是"骨采风辞",而并非驰骛新作、空结奇字,《史记》中即指出"其存君兴国而欲反复之,一篇之中三致志焉"①,可见楚辞与"劝百讽一"的汉赋之作的不同,其艳辞并未妨害内容意旨的充分传达。

总体来看楚辞的创作,正可将"风骨"之义合而观之,其述情铺辞真正实践了"莫先于风骨"的创作要求,风骨与辞采是融为一体的,所谓"风清骨峻,篇体光华"(《风骨》),可以说是奋飞于"诗人"之后的风骨辞采兼具之文坛"鸣凤"。在风骨与新变关系方面,楚辞也提供了典型的实践范例,《风骨》中总结为应广泛吸收经典子史、洞晓情变与文体再出新驭奇,这正是楚辞的突出特点,"体宪于三代,风杂于战国""虽取镕经意,亦自铸伟辞"等类似评断在《辨骚》有明确论述,在阐明奇正华实的综合驾驭后言"亦不复乞灵于长卿",可见楚辞是通变自铸的突出典范。

楚辞既风与骨兼具,当属篇中所推重的"正式"了。《文心雕龙》全书中推重的"正式"莫过于"经",而楚辞更别具新变的创作经验,《定势》即指出了模经与效骚的两途创作取向,楚辞确对"风骨"的理论思考提供了诸多深入的启发。

当然,《大人赋》《九锡文》是篇中明确标举的具备风、骨之作品,刘勰对此应是有清楚考虑的,而进一步提出风骨相济、兼具文采的理想要求。这里并非以楚辞为更具风骨理想之典范而质疑抑或歪曲刘勰原意,从上文分析确可见出,楚辞是刘勰心目中具有风骨的作品,其在《风骨》篇中虽未直接言及楚辞,但二者之间亦不无内在逻辑之关联,从这个意义上说,楚辞创作经验潜在融入了"风骨"的理论建构。

语通释》,明天出版社 1990 年版,第 275、397 页。

① 《史记》卷 84《屈原贾生列传》,第 2485 页。

第四节　成篇之术与楚辞鸿裁

《文心雕龙》对"体"的重视，在情采风格论诸篇中已有突出体现，"体"兼有体裁、风格、整体义，而能位体、制体是属笔成文的基本要求，《神思》中言及"文之制体，大小殊功"，以见文思之迟速不同，而从另一方面看，体制宏大的作品也对"文术"的多方面拓展有重要影响。《诠赋》论汉赋的首尾完具曾追溯楚人之赋为鸿裁雅文，《辨骚》也言"才高者菀其鸿裁"，本节探讨具备宏大体制的楚辞与成篇之术的关系，主要涉及《镕裁》《章句》《附会》等篇。

一、"篇体"创作过程论与楚辞影响下的文体拓展及独立

创作论中的《镕裁》《章句》《附会》三篇，虽原本序次并不相连，但三篇有极大的相关性，从其内容主旨看属于具体创作过程论，也即现代写作理论中所说的构思与表达，故这里作为一组加以综合考察。三篇有一共同倾向，均体现出鲜明的"篇体意识"，所谓"百节成体"（《镕裁》）、"章句在篇"（《章句》）、"弥纶一篇"（《附会》），这里"篇""体"同义，《风骨》亦言"篇体光华"，指作为一篇独立完整的文章之整体，创作过程探讨的根本目的即在成篇，成篇之术是三篇的共同目的而角度各有侧重。

《镕裁》是三篇中的首重与核心。篇中说"规范本体谓之镕，剪截浮词谓之裁"，承接《情采》，镕裁的对象正是文章的情理与文采，即镕意裁辞，镕裁是组合而成的术语，着眼于具体构思的去取斟酌，是贯通现代写作学上立意、选材、谋篇等各个阶段的一体考虑。从篇中所言"凡思绪初发，辞采苦杂"看，正是对《神思》中"辞溺者伤乱"的进一步细化探讨，而"贯一为拯乱之药"，镕章篇、裁字句亦秉承了"贯一"的原则立场。《章

句》在镕裁基础上关注由字句到章篇的具体表达,"贵于顺序",这一表达
过程"有检"可循亦"随变适会",而以成篇为根本目的,也突出了"振
本而末从"的整体观。《附会》篇是《总术》之前整个创作论的末篇,向
来被视为《镕裁》之补篇,与《章句》所论也多有相通,进一步从结构层
面再次强调了文章辞义的完整严密。可见,三篇的创作探讨均围绕单篇整
体的具体之文而展开,有鲜明的具"体"意识,这里的"体"更侧重基于
不同体裁的"整体"之义,而这与楚辞影响下的文体的拓展及独立有密切
关联。

　　本书第二章已论楚辞在辨体分类中的重要作用,其直接间接与多种文
体有渊源关系,从战国时期个人著述的兴盛到汉代各类文体的完备,这一
因果发展链是文体论各篇所体现出的共同判断,而楚辞是其中的突出因
素。《才略》篇在论战国之世的创作时涉及了诸子、楚辞、书、说、奏、
赋等不同体类,从对后世的影响看楚辞无疑是其中的佼佼者,两汉创作以
楚辞影响下的辞赋为大端,在文笔两途均有更丰富细化的拓展,从而达
到较成熟意义上的文体大备①。"诸子以道术取资,屈宋以楚辞发采"(《才
略》),楚辞与诸子以及经史著作不仅内容取向不同,更有体式上的差异,
其以体貌具的单篇独体迥异于集纂式著述,对于文体的独立发展、以
"篇体"论文的文术探讨提供更切近的经验参照。

　　楚辞影响尤其体现于由诗到赋的文体拓展,《诠赋》对楚辞的体类开

---

　　① 关于文体大备的时代问题,向有文体备于战国(章学诚)、备于西汉(胡朴安)、
备于东汉(刘师培)等不同观点,可参看何诗海:《"文体备于战国"说平议》,《文学评论》
2010 年第 6 期。文中指出,章学诚的"战国说"侧重于时代思潮、学术文化背景,论诸体
时主要着眼内容而很少涉及文体形态,事实上战国时"体制成熟、形态独立的文体,除了诗、
赋、论体文外,并不多见",刘师培所持的"东汉说"有较丰富佐证,确是新文体孳生较集
中的体现。文中提及任昉《文章缘起》也将多数文体的起始之作系于两汉,战国文体只四种:
赋、歌、离骚、对问。综上,虽各家观点不同但总体可见从战国至两汉文体渐富的发展脉
络,而战国文体中楚辞地位尤为殊显。

拓之功有明确论述，从屈原的"始广声貌"到荀宋的定名、汉代赋作的大盛，在体制上形成前有序引、后有总乱的完整宏大格局。《诠赋》篇从具备"乱"辞的角度上并称殷人之颂与楚人之赋为鸿裁雅文，但"乱"在《诗经》文本实无直接呈现，所引《商颂·那》的卒章之"乱"来自《国语》中的称述，楚辞中则在《离骚》《招魂》以及《九章》中的《涉江》《哀郢》《抽思》《怀沙》等均有明确的"乱"辞表述。"乱"作为结尾的一种明确体式为汉赋所继承，《卜居》《渔父》及荀宋之作的问答之辞对汉赋的序引也有直接的影响关系。举此二端可见楚辞是体类拓展上的重要过渡，是更具鸿裁体制的创作先驱，至汉赋则形成更定型化的体式特征。

相对于《诗经》，楚辞是有明确作者可考、独立成篇的个人自觉创作，其单篇作品在早期流传中虽有异文但基本面貌应是一致的，已具备固定的标题和完整内容，《史记》中即记载了其所经见的《离骚》《天问》《哀郢》《招魂》《怀沙》等篇目，这与《诗经》在流传中逐步定型、采集成书、多取诗中之字命题的特点不同。① 楚辞的单篇成体意识突出，体制较《诗经》更为宏大，一篇之中首尾完具，有集中表达的主题和鲜明的创作个性，是文体独立成熟的更充分体现，这也统一于整个时代风气的转变，个人著述兴起，作者地位得到注意，《诗经》的接受上由赋诗者的断章取义转向"章句在篇"（《章句》）的整体视角也不无这一风气的潜在影响，东汉王充即已论到："夫经之有篇也，犹有章句也；有章句，犹有文字也。文字有意以

---

① 《诗经》篇名仅有六篇不取诗中字，即"小雅"的《雨无正》《巷伯》，"大雅"的《常武》以及"周颂"中的《酌》《赉》《般》，其余或取篇中字合成或加字，并以取诗首字常见，一般认为为编诗者后加。黄震云、韩宏韬《诗经〈篇名〉类释》一文对各类命名法有详细探讨，认为皆与主题不无关系，呈现总体上的统一性、多样性特点，部分标题可能当初即有，部分后加。见黄震云、韩宏韬：《诗经〈篇名〉类释》，《甘肃社会科学》2002年第5期。因作者无考，《诗经》篇名是否有作诗人自拟仍是难以普遍确证的，而其命题方式也体现了早期的时代特点，与楚辞命题究竟不同。

立句，句有数以连章，章有体以成篇，篇则章句之大者也。"①是刘勰章句论的先声。

随着汉代各类文体创作的进一步丰富完备，"体"的意识逐步增强，魏晋以后在文体辨析代有推进的同时，创作过程探讨也得到重视，陆机《文赋》在生动描述了文思初起的想象状态后，关于选义按部、考辞就班的一段论述即触及具体的构思及表达过程，篇中另有铨衡、离合、警策等语也论及篇章词句的具体把握，而到了刘勰的《文心雕龙》，方以专篇详细讨论了属笔成文的全过程，楚辞鸿裁的理论启发令其突破前人取得许多深得创作三昧的理论新见。

二、楚辞经验对成篇之术的具体启发

《镕裁》《章句》《附会》三篇相联系而各有侧重，深入具体创作过程有深细的理论发掘，其间楚辞经验的吸收熔铸值得注意。

（一）练镕裁而晓繁略

"三准"是《镕裁》篇提出的重要原则，即："履端于始，则设情以位体；举正于中，则酌事以取类；归余于终，则撮辞以举要。""三准"表明行文前构思斟酌的基本次第：先从情、体角度入手对文章整体体制选择定位，这是行文的大方向②；其次，事、类指选择适宜的题材内容以符合达情需要；最后考虑合适的文辞表达以阐明要义。"三准"是动笔之先的考虑，然后才是真正开始舒布文辞，即属于章句之术了，下文继论"次讨字句"，

---

① 王充《论衡·正说》语。（汉）王充著，黄晖校释：《论衡校释》，新编诸子集成本，第1129页。

② 情、体之间的对应关系在《体性》《定势》篇均有述及，这里更侧重"体"的体制、体裁义而非风格义。

则是"三准既定"后聚焦对已拟文辞的增删，撮辞、舒布、字删、辞敷是各有侧重的说法并共同指向落实终端的文辞，在实际写作中是相为一体难以割裂的。"三准"的层级同样也不宜机械对待，总体来看，由"体"及"事"、及"辞"，显示以篇体为重的整体视角，刘永济曾指出"三准"中"情为尤要"①，篇中后文也说"万趣会文，不离辞情"，情即文章的情意内容，"三准"之术彰显由本及末、由内而外、以意统文的统序追求，并最终体现在文辞繁略的合理驾驭上，故篇中有"练镕裁而晓繁略"之归纳，后半段对繁略问题又做了进一步分析。

有学者已指出，《镕裁》中的"三准"论"对创作大型作品来说尤为重要"②，盖因体制宏大、内容繁富，尤需注意整体上的贯一把握。而反方向看，较成熟的"大型作品"如楚辞，其杰出的"镕裁"经验也对刘勰的理论探讨产生重要影响，"三准"的统序思路及繁略问题等都可见出楚辞影响的痕迹。

繁略既属文辞表面，亦可"披文以入情"（《知音》），由此窥知文章整体的情辞把握状况，"善删者字去而意留，善敷者辞殊而意显"，无论繁略，要在"意留""意显"，而不应"意阙""言重"，这在《镕裁》中得到关注与揭示，其并非"专以简短为贵"③"兼增删二者言之"④的深入认识，是与楚辞影响有关的。繁略问题在《文心雕龙》多篇均有涉及，并典型体现在诗人、辞人的两相比较中，如《情采》《物色》所论，而楚辞是其中的异数，其"繁而有度"的独特创作面貌使相关理论探讨没有流于简单的繁略取舍而是走向深入，"镕裁"探讨也是如此。从楚辞的"广声貌"（《诠赋》）、"重

---

① 刘永济：《文心雕龙校释》，第 121 页。

② （梁）刘勰撰，祖保泉解说：《文心雕龙解说》，第 605 页。

③ 黄侃札记中指出："或者误会镕裁之名，专以简短为贵，斯又失自然之理，而趋狭隘之途者也。"见黄侃著，黄延祖重辑：《文心雕龙札记》，第 138 页。

④ 范文澜：《文心雕龙注》，第 549 页。

沓舒状"（《物色》）来看自是属于繁富一体，《镕裁》中说"思赡者善敷"，即以《离骚》为例，上节曾对其丰富内容及行文脉络作了论析，从其敷辞呈现看，正是"辞殊而意显"，通过直述、引事、比兴、假拟想象等不同手法从不同角度反复陈辞，内心之情得到更充分、酣畅的体现，司马迁评其"一篇之中三致志焉"①，正是体会到楚辞这种独特的抒情方式所带来的情感冲击。这不同于"精论要语"的极略之体，但也非"游心窜句"之文，因其始终有个人笃定、强烈的情感贯注其间，主旨集中鲜明。其序次从自我陈述开始，进而含蓄影射与群小的斗争，再以诡异想象分别述及对退隐保身的否定、求女及幻灭的历程、去留的思考等，变而不离其旨，其忠贞意志及愤懑之情在行文中不断得到强化与推进，并以结尾的幻灭达到情绪的最高潮，也完成"首尾圆合，条贯统序"的整体的成功驾驭，这正是以情位体、酌事取类而敷辞的"三准"原则的典型体现。另外，与后世的讹滥之风相较，楚辞又是繁而有度的，以述情为要而非一意铺排，从这个意义上说也是"善删者"。总之，楚辞在文辞运用上的"晓繁略"正是"练镕裁"之体现，其对表面"繁略"下的"镕裁"理论的深入大有促进。

《辨骚》中评价楚辞"取镕经意，自铸伟辞"，"镕铸"正是其善于"镕裁"的体现，这里互文足义，指楚辞能够将经意己意、经辞己辞充分酝酿融合纳入当下之思，而自成意辞统一、体类完具的新创作。镕裁或曰镕铸的要义即在这种自主性的把握，依《镕裁》所论，须将情、体、事、辞等各个方面纳入一体的通盘考虑，起根本制约导向的是内在情意的提炼，而集中呈现于恰当表述的文辞。楚辞独特的"新变"创作确实为"镕裁"探讨提供更典型的论证文本，其宏大体制和杰出的总体驾驭，是之前的《诗经》短制及之后"繁类以成艳"（《诠赋》）的汉赋所未具备的。

《镕裁》篇的提出针对"辞采苦杂""情苦芟繁"，这与楚辞之后文体

---

① 《史记》卷84《屈原贾生列传》，第2485页。

体制的渐趋拓展和复杂直接相关，体制愈庞大则贯一的整体驾驭能力更为迫切重要，作为"鸿裁雅文"的楚辞的经验积累吸收进了《镕裁》篇的"三准"及繁略探讨之中。

（二）字句缝辑之术

《章句》聚焦文辞表达，但总体仍以"成篇"为务，字、句、章、篇是一个渐次勾连的整体，关于"章句在篇"的总体视角下文一并讨论，这里主要从本篇所涉及的几个具体问题看其中与楚辞的诸多关联。

首先是句式探讨方面，具体说就是对句中字数丰富变化性的关注分析。本篇以诗笔两类分别论述，指出"笔句"以四、六字为常而以三、五为变的特点，可见其时笔类创作的骈文化倾向。诗作为"文"类代表也是相对"字有条数"的，篇中所言与《明诗》多有重合补充处，其中六言七言明确指出了"杂出诗骚"。这段对诗中句式字数的叙述意在追索每种句式的源出，强调"情数运周，随时代用"。从文本实际看，《诗经》仍是以四言为主的，而六言、七言及各种变式则在楚辞作品中体现明显。六言、七言是楚辞的普遍用式，"在他们的形式上最容易看得出的是以六字或七字句为原则"①，如《离骚》以六言为主七言次之、《九章》中除《怀沙》《橘颂》以外多用六言、《九歌》也是六言较多等等，另外也有四言、五言句式、偶用的短句及长言句式等，楚辞在句式上的拓展和丰富变化突破了《诗经》四言体的限制，是诗歌体制的重大发展，对其后的诗体及散文创作均有影响，如《章句》所言"二体之篇，成于两汉"②，即指

----

① 游国恩：《楚辞概论》，商务印书馆1933年版，第74页。

② 此句有不同校勘版本，"两汉"或为"西汉"，"二体"又有"两体""全体""杂体""五体"等不同意见，詹锳《文心雕龙义证》中有详细录列，见（梁）刘勰撰，詹锳义证：《文心雕龙义证》（全三册），第1275页。查《文心雕龙》全书于"西汉"一般称为"前汉"或"西京"，这里似仍以"两汉"为宜。"二体""两体"在文义上无分歧，均指六言、七言诗，从前后文叙述皆以成篇来论看，也以此义较长。

出汉代在此基础上进一步完善成型为独立诗体。作为句式突破的重要一环，楚辞使文辞表达走向更加灵活多变，对于"随时代用"的篇章句式探讨是有突出助力的。

《章句》中还关注到改韵从调的问题，主要也对应于诗赋文体。所谓"从调"当指服从于整体的气调情调，改韵与情感内容的转折变化有关，随着文体体制的进一步拓展、行文层次的更趋繁富，改韵在长篇作品创作中尤其受到关注。《诗经》中也有改韵情况，受篇幅所限其变动次数尚属有限，在楚辞中则有更繁富的呈现。据王力的《楚辞韵读》所考，楚辞作品中除《九歌》中的《东皇太一》《礼魂》一韵到底外，其余均有换韵现象，并总体上以两韵一换为主，如《离骚》《天问》《远游》及《九章》的多数篇章，此外偶有一韵即换及两韵以上换韵的各种复杂变式①。韵字的改变伴随情感内容的层次推进，这在楚辞长文中也有更丰富的"从调"呈现，且在意、韵的过渡关联上写作手法更为成熟细腻，如王夫之就曾指出楚辞有"意已尽而韵引之以有余，韵且变而意延之未艾，……韵意不容双转"②的特点。《章句》中进而列举了汉魏晋作家在换韵问题上的不同创作取向和认识，体现出逐渐尚变的倾向，贾谊、枚乘以及陆机所认同的"两韵辄易"应是受到楚辞换韵形式的影响，而刘勰认为宜取折中立场，范文澜依《南齐书·乐志》所载进一步考证认为应以四韵一换为佳③，这是有取于"汉世歌篇"的常例，可见后世在换韵问题上的适变调整。

"外字"即虚字作用的突出关注也明显受到楚辞用字的影响。"兮"字

---

　　①　此据王力《楚辞韵读》所列的各篇韵部情况归纳。见王力：《诗经韵读楚辞韵读》，中国人民大学出版社 2012 年版，第 397—466 页。

　　②　王夫之《楚辞通释·序例》，见（清）王夫之著，傅云龙、吴可编：《船山遗书》（第七卷），北京出版社 1999 年版，第 4120 页。另，汤炳正曾指出："王氏这段话的论点，只能说明屈宋诗篇中的某些少数'韵例'是如此（如《涉江》《惜往日》某些诗节），而不能概括屈宋诗篇的全部。"见汤炳正：《〈楚辞韵读〉读后感》，《四川师院学报》1982 年第 1 期。

　　③　范文澜：《文心雕龙注》，第 585 页。

向来被视为骚体的重要标志，刘勰对此的认识更为辨析入微，认为《诗经》的"兮"字是"入于句限"，即计入四言诗的字数之限，而楚辞则"字出句外"，不将其计入诗句字数之限。以《离骚》来看，每句不计"兮"字，即是以六言、七言为主的句式。这是就大体而言，楚辞中"兮"字的运用有多种变式，也有"入于句限"的情况如《橘颂》，另有句中、句末的位置变化，其作用据现代学者的考证也不限于"语助余声"而有更多的结构语法功能，如郭绍虞主张要"跟着上下文的意义来体会它的不同语气和不同作用"①，但刘勰对"兮"字的突出关注实有开拓之力，也是将其视为与其他外字共同发挥"弥缝文体"作用的重要因素。篇中提到的其他"外字"如"夫惟盖故""之而于以""乎哉矣也"等发语、句中、句尾词，在楚辞中也多见使用。楚辞在虚字运用上的典范性，是本篇探讨的重要依托文本。

（三）"章句在篇"的"通制"之术

"成篇"是三篇创作过程论的共同目的所在，而尤其体现在《附会》所论。文中对"附会"的解释是："总文理，统首尾，定与夺，合涯际，弥纶一篇，使杂而不越者也。"《附会》对文章各个部分在结构意义上的整体贯一再次做了强调，体现出鲜明的文章整体观，《镕裁》篇的"百节成体""首尾圆合"、《章句》所谓"首尾一体"，均在本篇再加以集中讨论。篇中说"凡大体文章，类多枝派"，"大体"一词有解作"总体"之义，也有解作"鸿篇巨制"②，但内容丰富、头绪繁多的"大制作"对于附会之术的探讨应是更有典型意义的。文中将这一结构安排过程比作水流、枝干、

---

① 郭绍虞：《汉语语法修辞新探》，《照隅室语言文字论集》，上海古籍出版社 2009 年版，第 320、321 页。

② 如周振甫译为"一切文章，从大体看来"，见（梁）刘勰撰，周振甫译注：《〈文心雕龙〉译注（修订本）》，江苏教育出版社 2005 年版，第 590 页。李曰刚《文心雕龙斠诠》："此处'大体'一词，有'体大思精'之意，犹言鸿篇巨制，作体制宏伟解。"李曰刚：《文心雕龙斠诠》，台湾编译馆 1982 年版，第 1344 页。

驾辔行路等，生动体现其间的统绪和序次要求，循主干、无倒置之乖，并更集中体现在首尾的周密照应，"制首以通尾"的通制者即善附会者，而不应作接附者（尺接以寸附）。《附会》的再次强调即因"接附者甚众"而"通制者盖寡"，而"通制"的表率置之全书来看，楚辞是不二之选。

前文已论楚辞的序引及乱辞对汉赋体制的影响，楚辞作品的结构相对于《诗经》有较大的变化，虽未必篇篇前有序引、后有乱辞，但每篇的单篇独体、首尾完具、一贯而下特点明显，迥异于《诗经》多数篇章的重章叠句，是"章句在篇"的更典型体现。《诗经》中的分章情况，据统计，除《周颂》大部分、《商颂》一部分不分章外，其余均有分章，少则两章，多达十六章，《国风》中以三章多见且形式上较整齐。《诗经》的分章作品中，重章叠韵现象突出，通过置换个别字词，加强情感的渲染，虽也有一定叙事、情感的推进，但在文辞形式上有明显的平行性。陈钟凡《中国韵文通论》中曾概括《诗经》的分章状况："要皆一义而更申，或章重而文变，较《楚辞》之滔滔千百言，一气贯注，不能强分章节者，又大不侔。"[1]"章"的体式在楚辞中是隐在并密切融入情感层次的递进过程。还以《离骚》为例，前引王力《楚辞韵读》考证《离骚》以两韵一换居多，有观点也认为《离骚》遵循四句成章的原则，如此则全篇除结尾乱辞外计有共九十二章之多[2]，其章与章之间不再有整体形式上的平行复沓，而更着眼于情感内容的变化推进。马茂元《楚辞选》从内容角度将《离骚》分为九个大段，若按四句一章的划分标准其第一段囊括前六小"章"，在自叙身世品性追求后提出了对楚国统治者的希冀："不抚壮而弃秽兮，何不改乎此度也？"其后经过六个大层次的不同角度的延展后，推进到第八段最后一次幻想的

---

① 陈钟凡著，卞东波整理：《中国韵文通论》（民国诗学论著丛刊），文化艺术出版社2018年版，第61页。

② 赵敏俐、吴思敬主编，李炳海著：《中国诗歌通史·先秦卷》，人民文学出版社2012年版，第392页。

破灭，内心的矛盾冲突与忧愤之情达到最强烈，继而以乱辞结束，末句言："既莫足与为美政兮，吾将从彭咸之所居。"① 两千多字的篇幅，其首尾遥相呼应、层次井然，比之《章句》中说的"启行之辞，逆萌中篇之意；绝笔之言，追媵前句之旨"，《附会》说的"首尾相援"，《离骚》文本作了更具代表性的诠释，确是"通制者"的典范。

结构上的纵向流贯、富于变化也体现在《楚辞》的其他作品中，加之体制规模的扩大，与早期较简单整齐的章节结构相比，楚辞的文本面貌更呈现"类多枝派"的特点，这与后世渐趋繁富的创作有更多的共通性，而其"通制"之术也就更为凸显，并有较高的借鉴意义。《辨骚》中"屈宋逸步"的评价正可看作对其"去留随心，修短在手"（《附会》）的善驭之术的高度肯定。

综上，从措辞连句到整体驾驭，具备宏大体制的楚辞对于《镕裁》《章句》《附会》三篇的创作过程论探讨起到多方面的理论启发，于理论的深入开拓有重要作用。

第五节　修辞之术与楚辞艳说

修辞，在《文心雕龙》中共五见，分别在《宗经》《祝盟》《才略》，大意为修饰文辞及辞令，《宗经》篇所用可为代表："建言修辞，鲜克宗经。"这与"迈德树声"相对，可广指一切文章写作之术，狭义即指具体文辞的运用及修饰，这里用以概括创作论中着意探讨文辞表现之术的八篇，即：《声律》《丽辞》《比兴》《夸饰》《事类》《练字》《隐秀》《指瑕》，相对上节的"成篇过程论"，这组篇目可总体视为"修辞表现论"。

修辞表现，是在写作成篇过程中追求表达效果的更好呈现，与全书重

---

① （汉）王逸撰，马茂元选注：《楚辞选》，人民文学出版社 1998 年版，第 3—40 页。

视文采的突出倾向密切相关，从《原道》中对自然文采的标举、《宗经》中特意强调"建言修辞"到末篇《序志》中的释"雕龙"及彩云之梦，可见刘勰对文采的一贯重视，这在创作论中也有突出体现，上述八篇即是具体探讨修辞表现之术，在整个创作论部分几占半数，八篇所论的理论命题，有沿用传统者也有重新提炼新创者，均以专篇体式作了前所未有的充分讨论，融入新的思考，是传统观念的拓展也是创作新经验的总结。另外，对文辞表达效果的自觉追求与创作上的文人化、个人化转向直接相关，楚辞是文人化创作的重要起点和高标，其有意识的个人自觉创作具备突出的"辞令华采"（《才略》），楚辞"艳说"甚至"笼罩雅颂"（《时序》），对后世修辞经验探讨提供优秀的实践范例。从"枢纽论"中的《辨骚》到各篇所及，《文心雕龙》全书对楚辞辞采的突出与肯定是鲜明的，《辨骚》中曾赞其"气往轹古，辞来切今"，这里"轹"为超越之义，"切"为"切合""恰合"①，"切今"即切合于当时今世，"今"指屈原其时及至刘勰所处的今世，意谓其"文辞"能够应时适变，而不固守经典之文辞，显示楚辞之"辞"于"当今"具有可资效仿的艺术魅力，其对基于文坛现实的修辞术探讨应有典范性的启发意义。

　　八篇所论反映文坛风气的时代所尚以及刘勰的矫弊主张，有较强的现实针对性。又可分为三组：体现声韵偶辞的语言形式美追求的《声律》《丽辞》；《比兴》《夸饰》《事类》《隐秀》等表现之术；专论用字用语讹误及避讳方面的《练字》《指瑕》。《练字》篇简述了文字的发展，理论核心在着眼于字形的"四避"；《指瑕》篇所指出的几种瑕病，刘永济曾归纳八类，

---

　　①　关于"辞来切今"的释义参见祖保泉观点，释为"恰合""辞采可润饰后人"等。见（梁）刘勰撰，祖保泉解说：《文心雕龙解说》，第80—81页。另，罗宗强《释"辞来切今"》一文对这里的"切"之释义也有详细论述，并归纳认为"切合"更符合刘勰本意。见罗宗强：《读文心雕龙手记》，生活·读书·新知三联书店2007年版，第51—62页。切合、恰合，意义基本相通。

黄侃归纳为六类，总体看实均与用字用语有关，由字音字义的使用把握而进一步反映出"体"的问题①。两篇均是从字词着眼，找问题、指出规避禁戒，体现对文辞运用的重视，也是统一于其整个修辞术探讨的大体系中。其余六篇从正面立论，其所归纳、提炼的术语概念虽不无继承但均属新论专论，楚辞于其间的影响关系较为复杂密切，以下分别讨论。

一、声律、丽辞的形式美追求与楚辞的影响关系

《声律》《丽辞》两篇是尤其带有时代特点的修辞专论，对声韵规律、对偶问题的重视是宋齐时代渐为突出的现象。"中国古典文论中谈到的语言形式美，主要是两件事：第一是对偶，第二是声律。"②二者是汉语语言运用更为成熟化的体现，是在表情达意之外对语言形式的审美追求，但与表情达意又是不可分割的。两篇属于时论新论，是对创作新变现象的理论回应，吸收新的创作经验，也有教训反思，在其溯源传统、融合新变的理论思辨中，与楚辞经验不无胶葛。

（一）楚辞"讹韵"与声律探讨

范文澜《文心雕龙注》曾指出，于《情采》《镕裁》之后首论《声律》，"盖以声律为文学要质，又为当时新趋势，彦和固教人以乘机勿怯者"③，"声

---

① 刘永济归纳"古人文章瑕疵"四类：措辞失体、立言违理、用辞伤义、拟人不伦；"近代文家通病"四条：意义依稀、声音犯忌、为文剽窃、注书谬解。见刘永济：《文心雕龙校释》，第158页。其中"立言违理"指刘勰所举左思《七讽》"说孝而不从"，祖保泉《文心雕龙解说》判断"这例子只表明置辞失误而已"，可知也是与用辞有关。见（梁）刘勰撰，祖保泉解说：《文心雕龙解说》，第774页。黄侃归纳为六类：文义失当、比拟不类、字义依稀、语音犯忌、掠人美辞、注解谬误，并补充认为文之瑕病有五族：体瑕、事瑕、语瑕、字瑕、抄袭之瑕。见黄侃著，黄延祖重辑：《文心雕龙札记》，第242—243页。

② 王力：《中国古典文论中谈到的语言形式美》，《文艺报》1962年第2期。

③ 范文澜：《文心雕龙注》，第556页。

律论"是当时的文坛新生现象，范注在本篇之后曾论列渐重声律的历史发展脉络，溯源于曹植，下及陆机、范晔、谢庄等再至沈约等人，但正如沈约在《宋书·谢灵运传论》中所说"自骚人以来……此秘未睹"①，虽不无自矜，但也说明对创作中声韵问题的探讨在此之前并未如此专门突出，刘勰撰写《文心雕龙》正值永明声律论鼎盛的余波，对这一理论焦点问题作出了回应。《声律》篇的理论建构较为特殊，立足新的理论视角作回溯思考，先只溯及先王乐歌，继以乐音、语音的比较引至本篇实际关注的"摛文""内听"问题，接着便直接阐述了自己的若干"大纲之论"，占过半篇幅，后文方以较少文字列举了在声律方面的创作体现，其以曹植、潘岳为上而以陆机、左思为次一等，并补论了诗骚的"清切""讹韵"之别，且再次提及陆机"多楚"的问题，并引发一番"讹音"之论。综上，本篇与楚辞的交集似集中于"讹韵"及对陆机的评价上，即以此切入再做进一步分析。

篇中对楚辞的具体评价之语是："楚辞辞楚，故讹韵实繁。"宋代黄伯思在《新校〈楚辞〉序》中指出："盖屈、宋诸《骚》，皆书楚语，作楚声，纪楚地，名楚物，故可谓之《楚辞》。若些、只、羌、谇、蹇、纷、侘傺者，楚语也；顿挫悲壮，或韵或否者，楚声也……"②"辞楚"，主要即指楚语楚音，是带有楚地方言特征的语汇、语音。但据考证，楚辞作品中的楚地方言词汇实际所占比例并不多③，而其韵部系统与《诗经》也是基本一致的④，春秋战国时期，北方文化被及南方，以黄河中下游各国语言为基础的"雅言"也影响到长江流域，并相互交融形成更广大的区域共同语，

① 《宋书》卷67《谢灵运传论》，第1779页。

② （宋）吕祖谦编，齐治平点校：《宋文鉴》，中华书局1992年版，第1306页。

③ 据统计，王逸《楚辞章句》中明确指为楚语词共二十一处，除去重复计十八处。

④ 如王力归纳《诗经》韵部29部，《楚辞》韵部30部，只"冬"部从"侵"部分出。见王力：《诗经韵读楚辞韵读》。周祖谟列《诗经》韵部31部，并认为屈宋辞赋及诸子的押韵部类与此基本一致。见周祖谟：《周祖谟自选集》，首都师范大学出版社2008年版。参见其中《汉语发展的历史》《〈诗经〉古韵部谐声声旁表》等篇。

书面语言规范较为统一，但各地语音、词汇不尽相同。"方言与方言之间最大的分歧就在于语音"①，汤炳正曾指出音系相对稳定而音值变化大，楚辞的音值与中原各国就是差别较大的②，楚辞作品在流传中以方音诵读是其突出特色，如史载汉武帝时善言楚辞的朱买臣、宣帝时召见诵读的九江被公以及隋时的释道骞等③。楚辞中方言词虽不多却是"见异"之处，加之特殊的发音及句式，故形成不同于《诗经》的"讹韵"印象。

《声律》篇中评陆机之语为："及张华论韵，谓士衡多楚，文赋亦称〔知楚〕(取足)不易，可谓衔灵均之声余，失黄钟之正响也。"这句有异文，黄侃认为"知楚"二字讹，又有主张按《文赋》原文补为"取足不易"④。《文赋》中所谓"取足而不易"原指篇中警策语而言⑤，刘勰所引意在强调陆机的"不易"，也确实含有认为其自知"多楚"而不改易的意思，如此则陆机创作中的"多楚"问题应属主动行为了。陆机创作的"多楚"体现在多方面，如尚艳、悲情美等，楚音是其一，上引张华论陆机的文字出自陆云的《与兄平原书》第十五，该文中陆云也说道："音楚，愿兄便定之。"⑥二陆书信中对音韵问题实有多次讨论，《文赋》中还首次提出了"音声迭代""缘情绮靡"的声韵要求，可见陆机对声韵及楚音问题是有清醒认识也有创作上的注意的，刘勰在举例陆机、左思为"瑟柱之和"时也说"瑟资移柱，故有时而乖贰"，是特别提醒了声律把握中的方音规避。魏晋六朝声律探讨渐兴，也正值上古至中古的语音大变化时期，动荡迁徙促使民

---

① 见周祖谟：《汉代的方言》，周祖谟：《周祖谟自选集》，第 128 页。

② 汤炳正：《〈楚辞韵读〉读后感》，《四川师院学报》1982 年第 1 期。

③ 分别见于《史记·酷吏列传》《汉书·王褒传》《隋书·经籍志》。

④ 如王利器《文心雕龙校正》、詹锳《文心雕龙义证》、祖保泉《文心雕龙解说》等均持此意见。

⑤ 陆机原文为："立片言而居要，乃一篇之警策；虽众辞之有条，必待兹而效绩。亮功多而累寡，故取足而不易。"见（梁）萧统编，（唐）李善注：《文选》卷 17，第 767 页。

⑥ 陆云《与兄平原书》第十五，见（清）严可均辑：《全晋文》卷 102，河北教育出版社 1997 年版，第 1039 页。

族语言进一步趋同、交融与变化，用韵规范也是在创作中逐步认识、探索的，至齐梁则日趋严整。

《声律》中主要关注的是诗乐分离后的语言本身的音律问题，诗到骚的创作变化正体现这一过程。《诗经》原是全部可以配乐歌唱的，楚辞作品中也留有许多乐歌痕迹，关于楚辞是否可歌尚存在争议，但像《离骚》《九章》《天问》等作品已脱离音乐而独立是较为一致认可的，在"吟诵"问题上尚有不同理解，或有认为仍是一种按节歌唱。但不管怎么说楚辞已体现诗乐分离、寄在吟咏的转变，对于关注语言本身之音律不无推进。《声律》中说"内听之难，声与心纷"，楚辞作品中句式的拓展、篇幅的扩大，使"声—心"问题更为复杂突出，其用韵方式更加多样化，双声叠韵的使用较《诗经》也更为繁富，依刘勰所论的"和"与"韵"来看，楚辞自有其"异音相从"与"同声相应"的斟酌安排，并结合内容意蕴形成顿挫悲壮，或韵或否的声韵特点，《隋书·经籍志》记载释道骞善读楚辞时曾有评曰"音韵清切"①，这正与刘勰所评《诗经》一致了。楚辞偶见的方言"讹韵"于其整体的文辞表现并无大碍，《辨骚》中对《离骚》《九章》《九歌》《九辩》也有"朗丽""绮靡"之评，应该说其总体上对楚辞的地域性创作特点是赞赏肯定的，其"对楚辞作品这种'楚语楚音'特点的认识是清楚的，对屈原等楚辞作品所描写的楚地楚物而构成鲜明的'惊采绝艳'的艺术特点和风格，也是认识明确的"②，楚辞的方言特征与楚地风物、特殊的情感内容等共同形成一种独特风格而为后世所效法，陆机之"多楚"即是一例。

综上，从楚辞创作实际及刘勰的《辨骚》等所论看，这与《声律》篇的"大纲之论"并不抵牾，楚辞显然并非好诡逐新的"吃文"之列，反而提供许多正面的声韵驾驭经验，"讹韵"之说，有"宗经"思想的影响，

---

① 《隋书》卷 35《经籍四》，第 1056 页。

② 见陶礼天：《〈文心雕龙〉文学地理批评思想初探》，《首都师范大学学报（社会科学版）》2018 年第 5 期。

放大了楚辞的方言特征，也反映其面对汉语语音的时代演变、从声律角度对方音入韵的警醒，并倡导标准音及规范化。

（二）隐在的"俪体先声"

《丽辞》专论对偶，这一创作现象由来已久，理论上的突出关注却是首次。范文澜注中曾说"原丽辞之起，出于人心之能联想……记忆匪艰，讽诵易熟"①，行文的整齐对仗具有有意性，伴随文辞运用的成熟化，其在南朝之世得到突出关注是与声律论的兴起相同步的。《丽辞》篇的具体阐述中未及屈原，"至于诗人偶章，大夫联辞"一句，斯波六郎曾疑指屈原或屈宋②，但《文心雕龙》全书实未有以"大夫"具指屈原之例，其说多未予采纳，这里还应解为春秋大夫或列国大夫之泛称为是。篇中论及宋玉《神女赋》，是作为"事对"的典范，对汉魏晋作家也多有举例，由"崇盛"到"弥密"，从本篇首尾强调"必双""必两"看，其将丽辞视作必要具备的普遍要求，可见于时风气的推重。本篇虽未直接言及屈原及楚辞，但从其所列作家的创作承传看，楚辞影响是明显的，尤其宋玉及扬马张蔡等汉赋作家，其创作中的"崇盛丽辞"即上接屈原。清代孙梅在《四六丛话》中有明确揭示："屈子之词，其殆《诗》之流、赋之祖，古文之极致，俪体之先声乎?"③楚辞可说是《丽辞》篇所未言及而隐在的创作先导，篇中归纳的四类对偶在楚辞中均有丰富体现，略举几例如下：

言对（正对或反对）：

朝搴阰之木兰兮，夕揽洲之宿莽。……余既滋兰之九畹兮，又树蕙之百亩。畦留夷与揭车兮，杂杜衡与芳芷。……朝饮木兰之坠露兮，

---

① 范文澜：《文心雕龙注》，第 590 页。

② （梁）刘勰撰，詹锳义证：《文心雕龙义证》，第 1300 页。

③ （清）孙梅著，李金松校点：《四六丛话》，人民文学出版社 2010 年版，第 45 页。

夕餐秋菊之落英。……擘木根以结茝兮，贯薜荔之落蕊。……制芰荷以为衣兮，集芙蓉以为裳。……（《离骚》）

令沅湘兮无波，使江水兮安流。……采薜荔兮水中，搴芙蓉兮木末。……石濑兮浅浅，飞龙兮翩翩。……鼌骋骛兮江皋，夕弭节兮北渚。鸟次兮屋上，水周兮堂下。……（《九歌·湘君》）

入不言兮出不辞，乘回风兮载云旗。悲莫悲兮生别离，乐莫乐兮新相知。（《九歌·少司命》）

带长铗之陆离兮，冠切云之崔嵬。……步余马兮山皋，邸余车兮方林。……朝发枉渚兮，夕宿辰阳。……（《九章·涉江》）

事对（正对或反对）：

彼尧舜之耿介兮，既遵道而得路；何桀纣之猖披兮，夫唯捷径以窘步。（《离骚》）

夏桀之常违兮，乃遂焉而逢殃。后辛之菹醢兮，殷宗用而不长。（《离骚》）

接舆髡首兮，桑扈裸行。忠不必用兮，贤不必以。伍子逢殃兮，比干菹醢。（《九章·涉江》）

吴信谗而弗味兮，子胥死而后忧。介子忠而立枯兮，文君寤而追求。（《九章·惜往日》）

对偶之例在楚辞中非常丰富，几乎处处可见，除刘勰所归纳的言、事、正、反，又有当句对、两句对、隔句对等不同变式，使用对偶已是楚辞中较为普遍的现象，以刘勰对楚辞作品的熟知应是了解的，其对偶的手法运用已较为成熟，对汉赋创作的直接影响自不待言。

《丽辞》篇力陈自然成对，有夸大泛化之嫌，文辞运用上的对偶究竟是人力所为，但也从另一方面说明，对偶亦需臻于自然，刘勰清醒注意到"碌碌丽辞"的弊端，倡导奇类异采、反对板滞，善用对偶而能出奇采，楚辞更是这方面的创作典范。精巧、允当、理圆事密、奇类异采、迭用奇偶这些理论归纳应有楚辞经验的内在吸收。

声律、丽辞，作为两种形式技巧，是文辞运用更趋成熟阶段的有意追求。声韵流畅、文辞精工，这种形式美感对文意传达效果的提升无疑会有帮助，但驾驭失当则会适得其反，刘勰于人工而求自然，两篇所论针对时弊均有"矫讹"思考，对创作新趋向予以肯定，有细化的分析认识和理论指导，也表现出宗经、从俗等局限之处，其间楚辞对其结论的形成有一定助力与影响。

二、以"比兴"为中心的系列表现论探讨与楚辞

《比兴》《夸饰》《事类》《隐秀》四篇，就所论议题看有极大的相关性。属于"诗经六义"的比兴随着汉代经学的发展久已深入人心，但"六朝文论家所谓比兴则是一种文学方法"①，逐渐淡化经学色彩而更加关注其作为艺术手法的表现作用，如曹丕在王逸基础上特别突出了屈原之作"据托譬喻"的特点②，挚虞对六义中的比兴也有"喻类之言""有感之辞"的转述③，《文心雕龙》中的《比兴》将这"诗人之二志"明确析出，是对传统理论概念的归纳总结和新铸。《比兴》篇末赞语中的"拟容取心"一语可说彰显刘勰所论"比兴"的实质④，既是创作方法，也是思想原则，系指通过取譬连类的运思方式及手法运用以达到生动表现效果，"如川之

---

① 罗根泽：《中国文学批评史》，上海古籍出版社 1984 年版，第 233 页。
② 据《北堂书钞》所补曹丕《典论·论文》的佚文，见（清）严可均辑：《全三国文》卷 8，河北教育出版社 1997 年版，第 91 页。
③ 挚虞：《文章流别论》，（清）严可均辑：《全晋文》卷 7，第 801—803 页。
④ 王元化《释〈比兴〉篇"拟容取心"说》一文即是从这一根本角度对刘勰之"比兴"展开探讨，从而深入揭示其内在的理论价值。见王元化：《文心雕龙创作论》，上海古籍出版社 1979 年版，第 135—139 页。

涣"。而"比之语味加重则成夸饰也"①,"'夸张'有时就与'比'或'兴'合为一体,密不可分"②。《夸饰》与《比兴》的相关性是显然的。至于"事类",范文澜认为属于丽辞,这是就用事多取对仗形式而言,从用事目的和本质看,在于明理、征义,朱自清曾指出"典故其实是比喻的一类"③,《比兴》中有"或譬于事"一类,黄侃在《文心雕龙札记》中也说"取古事以托喻,兴之属也"④,可见其内在亦与"比兴"相关。又,"比显兴隐","隐秀"的论述与上述诸篇又有许多关联。这里将四篇作为一组作贯通考察,以明其间与楚辞的复杂影响关系。

先从《比兴》篇一段论述谈起。

> 若斯之类,辞赋所先,日用乎比,月忘乎兴,习小而弃大,所以文谢于周人也。至于扬班之伦,曹刘以下,图状山川,影写云物,莫不织综比义,以敷其华,惊听回视,资此效绩。

"若斯之类",指其前文所述各种"比"类运用,列举了宋玉及枚乘等两汉辞赋作家的创作,以说明"比"之于声、貌、心、事的各种具体运用,可见"比体云构"之盛,而结果是"文谢于周人",扬班曹刘以下的山水体物之作则用"比"更为突出,"惊听回视,资此效绩"云云,体现对其艺术表现效果的认可。这段文字之后又补及晋代的潘岳、张翰,并正面提出"比"以"切至"为贵的创作要求,可见其对"比"的整体肯定态度。从上引文字可见,"比"义在汉魏晋的创作中发扬光大,与之相应的却是

---

① 范文澜:《文心雕龙注》,第626页。

② (梁)刘勰撰,祖保泉解说:《文心雕龙解说》,第690页。

③ 朱自清:《〈古诗十九首〉释》。朱自清:《朱自清全集》第七卷,江苏教育出版社1996年版,第192页。

④ 黄侃著,黄延祖重辑:《文心雕龙札记》,第228页。

"月忘乎兴",篇中前文曾指出汉以后"兴义销亡",这一判断虽不无夸张绝对,也反映创作风气的鲜明转变,篇中评屈原之作"依诗制骚,讽兼比兴"①,那么从楚辞以至汉魏晋的创作,"比"之应用渐益广、深,"兴"之有无则是刘勰指出的重要差别,也是造成从"笼罩雅颂"(《时序》)到"文谢于周人"的根本原因。

刘勰释"比兴",有沿袭汉儒的一面,如释"比"为蓄愤斥言、对《诗经》"兴"例的援引等,但更多是从文辞表现角度作新的审视。总体上其认为"比显兴隐","比"主要释为比附、切象;"兴"释为起、起情、"环譬以托讽"②。《比兴》全篇虽从篇幅上较多论"比",但"兴"之义是其明确推重的,值得细加分析。其对"兴"的释义,强调起情,这不仅限于篇首,旨在"依微以拟议",突出了触动文思之"起",环譬托讽,即指婉喻、寄托,是"明而未融","兴"的释义均与情感内容密切相关。楚辞既在前后承传上独显于"比"之继承、"兴"之未失,其"比兴"的综合运用对于深入理解刘勰的比兴论有重要作用。《辨骚》中论经骚之同曾明确提及:"虬龙以喻君子,云蜺以譬谗邪,比兴之义也。"前一例证盖出自《离骚》"为余驾飞龙兮,杂瑶象以为车",以及《九章·涉江》"驾青虬兮骖白螭",王逸在两处分别注出"以言己德似龙玉""以喻贤人清白,宜可信任也"。后一例证出自《离骚》"飘风屯其相离兮,帅云蜺而来御",王逸注"以喻佞人"③。刘勰论骚较多接受了王逸的一些观点,王逸《楚辞章句》明确指出楚辞"引类譬喻"的特点并在注中多处予以点明,上引例证显然吸收了王逸的判断,例证的楚辞原文均无明显喻词,从刘勰所释的比兴之

---

① 范文澜注本为"风兼比兴",依杨明照意见,取"讽兼比兴"。
② 范文澜注本为"环譬以记讽",据杨明照校注,当以作"託"为是,即简体"托"字。(梁)刘勰著,(清)黄叔琳注,李详补注,杨明照校注拾遗:《增订文心雕龙校注》,第463页。
③ 王逸注语见于洪兴祖《楚辞补注》。见(宋)洪兴祖撰,白化文等点校:《楚辞补注》(2002年重印修订本),第43、128、29页。

义看，更接近环譬托讽、发注而后见的"兴"。置于原文语境，可知表面的这些比拟想象确属喻托，其真正予以表现的是处于理想与现实之间内心的执着追寻与悲愤忧虑的情感起伏，此深微之意与泥于表象的单纯摹物刻画是迥然不同的，显于文辞表面又深入文辞背后，是内而外、外而内的交融。《辨骚》所引并非特例，楚辞创作在比兴运用上相对于《诗经》有更丰富的拓展，论者多已指出其更为泛化、体系性的特点，绝少用明确喻词而更倾向暗喻、借喻，也使比、兴之间更加交融难分，似"比"而多"兴"，整体的象征比拟可说弥漫于楚辞的各个篇章，比兴的灵活使用与内情的把握呈现在楚辞创作中得到了紧密结合，体现比兴手法由简单到繁富的变化推进。后世写物铺排的辞赋创作将楚辞的"显性"之比突出继承发扬，上者得有"惊听回视"之效而下者有诡滥之变，致有"为文而造情"（《情采》）之讥，与"起情之兴"的忽略确有重大关系。

锺嵘在《诗品序》中也尤其突出了"兴"，释为"文已尽而意有余"，并认为专用比兴则词踬，也强调了"兴"之于文意蕴藉的特殊作用及比兴有度的问题，可说与刘勰异中有同。① 刘勰的"比显兴隐"论，对"比"有正面肯定也提出警示，对"兴"实暗寓重视与提倡，后来皎然在《诗式》中阐释为"取象曰比，取义曰兴"，是对"比显兴隐"论的进一步明确。② 楚辞是对比兴之义的综合发扬光大，刘勰对其创作经验不无吸收，从而拓展对比兴的理论归纳，其将比兴明确为"拟容取心"的表现方法乃至思想原则，对后世创作及理论探讨产生深远影响。

《比兴》中已论及汉代的"辞人夸毗"，夸饰之法与比兴多相伴随。就文学理论中对"夸饰"的专门论述来说刘勰也属开创，前代有相关论及者多持否定态度，如汉代王充明确提出"疾虚妄"③，挚虞有论赋的过大、过

---

① （梁）锺嵘著，曹旭注：《诗品集注（增订本）》，第47页。

② （唐）皎然著，李壮鹰校注：《诗式校注》，人民文学出版社2003年版，第31页。

③ 语出王充《论衡·佚文》。（汉）王充著，黄晖校释：《论衡校释》，新编诸子集成本，

壮、过理、过美等"四过"说，从"背大体而害政教"立场一概加以否定。①
《夸饰》篇对这一表现手法进行了较全面关注。从篇中所论看，其溯源经
典表明肯定立场，指出"诗书雅言……文亦过焉"，随即指出在宋玉、景
差之后"夸饰始盛"，继举汉赋作家司马相如、扬雄、班固、张衡之作，
其间亦有"诡滥愈甚""虚用滥形"之批评，而总体又对后世山海宫殿之
作给以"因夸以成状，沿饰而得奇"的评价，对"后进之才"的风气所趋
有充分描述，显示有所肯定的态度，可见其对"夸饰"是一分为二看待的。
从"夸饰"的传承链条看，楚辞是其中重要的一环，宋玉等的"夸饰始盛"
正是突出发挥了楚辞创作特色的一面，楚辞已开始大量使用。对这一点刘
勰也有明确体认，如《辨骚》中的"四异"——诡异之辞、谲怪之谈、狷
狭之志、荒淫之意，可说全为"夸饰"之属，刘勰即以"夸诞"概括"四异"；
《诠赋》中说"灵均唱骚，始广声貌"；《时序》中评"暐烨之奇意"；等等。
《夸饰》中未提屈原而突出宋玉、景差等，实以此为讹滥之转关而并不归
咎于屈原。汉魏以降夸饰之盛甚而至于讹滥，也是与"日用乎比"相同步
的，刘勰对于流于形式的过分夸饰是明确反对的，认为其"穷饰"而"饰
犹未穷"，即未得情采、辞理之切当，而倡导"饰穷其要""夸而有节""饰
而不诬"。据《辨骚》所论，楚辞虽有夸诞一面而亦备典诰之体，其"夸"
不离内在情意内容的典正真切，充分体现《夸饰》所归纳的理论要义，正
是能够去泰去甚的"懿"文，楚辞对《夸饰》篇立论的正面启发作用是可
以推而得之的。

　　《事类》专论引事用典，这涉及学与才的问题，本篇主要是从表现之
术的角度予以关注。引事用事，以后世情形看又有广义狭义之别，魏晋后
较成熟的"压缩用典"与早期的引用或引喻并不完全相同，但在刘勰是从

第 870 页。

　　①　挚虞：《文章流别论》，（清）严可均辑：《全晋文》卷 77，第 802 页。

广义上看待的。①《事类》与《比兴》中的"譬于事"近似，细分又包括引成辞与人事的不同，即语典、事典。引事用典渊源亦久，经传之文已有②，《事类》所叙彰显两汉间渐综采及盛的演变，黄侃曾进一步指明"降及百家，其风弥盛。词人有作，援古尤多……汉代几无一篇不采录成语者……爰至齐梁……尤关能事"③，用事在刘勰之世亦属潮流所趋。用事成风也带来弊端，此前挚虞曾论及"古诗之赋"与"今之赋"在情义、事类上的为主、为佐之表现，言下对"今之赋"的"事形为本"有所批评④，稍后的锺嵘、萧统、颜之推等均对此有所评论⑤，且对用事弊端有所揭露或批判。刘勰在《事类》中对"置于闲散"的空泛用事也有所批评，指出用事的谬误之例，《指瑕》所列的拟人不伦、掠人美辞等弊病应也属此列，但与锺嵘的鲜明反对不同，刘勰对这一创作取向持正面肯定态度并提出了自己的建设性意见，倡导用事的博、约、精、核，要求应达到"事得其要""用旧合机""用人若己"。篇中对屈宋有一段直接论述："屈宋属篇，号依诗人，虽引古事而莫取旧辞。"黄侃认为"未为诚论"⑥，系指楚辞也有对"沧

---

① 可参见詹锳所引朱星之论。(梁) 刘勰撰，詹锳义证：《文心雕龙义证》，第1413—1414页。

② 刘大杰曾指出："事实上运用对偶和古事成辞，只是经文的少数的并不常见的现象。……而是刘勰首先确认作文必须对偶和用典，然后援引经文的少数例子来证成自己的论点。"见刘大杰：《中国文学批评史》，上海古籍出版社1979年版，第191—192页。按，"修辞之术"的多篇均有这种现象，因后出创作风气、趋势的影响，而有意关注挖掘经典之文的某些方面，而楚辞在修辞之术上的推进和更具充分性得以彰显，文中详论。

③ 黄侃著，黄延祖重辑：《文心雕龙札记》，第229页。

④ 挚虞《文章流别论》："古诗之赋，以情义为主，以事类为佐。今之赋，以事形为本，以义正为助。情义为主，则言省而文有例矣；事形为本，则言当（按，应为'富'而辞无常矣。文之烦省，辞之险易，盖由于此。"其接下来论述的"四过"（假象过大、逸辞过壮、辩言过理、丽靡过美）之失应也与"今赋"的"事形为本"不无关系。见 (清) 严可均辑：《全晋文》卷77，第802页。

⑤ 祖保泉《文心雕龙解说》中曾归纳，锺嵘、萧统、颜之推等称为"事义"，刘勰有时也用"事义"，如《体性》《知音》，而《附会》所说的"事义为骨髓"则泛指日常事理，不可一概而论。见（梁）刘勰撰，祖保泉解说：《文心雕龙解说》，第710—714页。

⑥ 黄侃著，黄延祖重辑：《文心雕龙札记》，第229页。

浪之歌""素餐之咏"的引用,《渔父》中确实引用了《孺子之歌》的"成辞",而《九辩》"窃慕诗人之遗风兮,愿托志乎素餐"已是化用《诗经·伐檀》之语。总体上看,楚辞中确实较多借用古事以委婉达情,而很少引用成辞。楚辞中的引事用典问题,在汉儒关于是否合经的争论中恰有一定程度的呈现,王逸不无牵强的一些附会解释彰显楚辞在文辞及内容上有所承传的一面,并赞屈原言博识远,而班固指其"不合经传",正体现楚辞的化用自铸,褒贬双方各执一端的理由恰反映出楚辞用典的灵活性。刘勰重新征言归纳的"四同四异"很大程度上即与用典问题有关涉,如对尧舜禹汤、桀纣羿浇、彭咸子胥等古事的论列引述,刘勰将其分别归入同于风雅的"典诰之体""规讽之旨"和异于经典的"狷狭之志",无论同异,这些古代人事在进入楚辞文本后均已为屈原所用,其通过古事引譬连类、寄意君主,抒当下之块垒,是将古事纳入自己的语境而非机械罗列,是"用旧合机""用人若己"。《丽辞》中以"事对"为难,曾推宋玉为运用"事对"的典范,屈原作品中的大量用事一般也是与对偶相并使用的,是宋玉赋作特点的当然来源。屈宋的用事经验影响了后世创作,而相对愈演愈烈的讹滥之风及引事谬误,楚辞又有矫讹之功。

"隐秀"是刘勰新铸的理论术语,《隐秀》篇因其理论本身的丰富独特又兼文本残佚,引起后世的特别关注与争议,如有章句辞藻、风格意象等不同视角的解读①,从其排列序次看,还应首先从属于修辞表现之术,是侧重内而外、外而内的一种整体表现之术,关乎藻采、也关乎内在深远

---

① 唐刘知几在《史通·叙事》篇中即从章句显晦角度继承发扬了刘勰的隐秀理论,清刘熙载《艺概·词曲概》也提出"词以炼章法为隐,炼字句为秀";罗根泽《中国文学批评史》认为隐秀是"基于文字而却溢于文字的风格",刘师培《论文章有生死之别》则认为隐秀属柔的风格。以上引见(梁)刘勰撰,詹锳义证:《文心雕龙义证》,第1481—1485页。詹锳也认同《隐秀》篇"论述诗歌里的柔情和柔性风格",见詹锳:《〈文心雕龙〉的风格学》,人民文学出版社1982年版,第104页。另,祖保泉认为刘勰的隐秀论乃是"创造意隐而象秀的审美要求",见(梁)刘勰撰,祖保泉解说:《文心雕龙解说》,第756页。

的意蕴追求。除去补文部分，篇中对隐、秀的"可信"释义可简要归纳如下：秀，主要释义词有篇中、独拔、卓绝，这与陆机之"警策"、陆云之"出语"似较接近，但"英华曜树"的比喻彰显不无"状溢目前"之义①；隐，释为文外、重旨、复意，余味，兼有意旨及意蕴丰厚之意。如此可见，秀与"切象"之"比"、"发蕴而飞滞"的夸饰是较接近的；而"隐"与"兴"之婉喻、引事以明理较为接近，补篇中也正是看到了这一相通性而直言"隐"是"兼乎比兴"的。依此视角，结合前文所论可知楚辞也是具备隐秀之术的，其发愤抒情，时有独拔之语，有突出的概括表现力；婉而成章、假托寄意也是贯穿楚辞作品中的基本表现手法。而楚辞在"拟容取心"方面对《诗经》手法的进一步丰富拓展乃至超越，提供"隐秀"观照的新的启发，其比拟生动的意象呈现不胜枚举，既有辞采、复包余味，无雕削、非晦塞，整体的文辞表现达到《隐秀》标举的"自然会妙"，可说是隐、秀兼具的"旧章才情"的突出代表。

先秦之儒家传统虽也标举"文质彬彬"②，但总体提倡质朴，并不专门讲辞藻雕采，从孔孟荀到汉儒均持这一立场。魏晋六朝渐次重视采艳和文辞形式技巧的探讨，从曹丕提出诗赋欲丽到陆机的绮靡雅艳追求，再到

---

① 南宋张戒《岁寒堂诗话》曾引刘勰之语："情在词外曰隐，状溢目前曰秀。"（见丁福保辑：《历代诗话续编》，中华书局1983年版，第456页）论者多以此为《隐秀》篇佚文而加以采信，但也有疑为张戒引申者，如周汝昌、陈良运等，参见姚爱斌《〈文心雕龙〉诗学范式研究》第五章关于《隐秀》篇所论，作者亦认同周汝昌等的"撮述"说，并认为《隐秀》中的"隐"属于寓言诗学范式、"秀"是感物诗学发展的重要环节，张戒"撮述"的结果是"将《隐秀》篇寓言诗学与感物诗学并行的格局简化为单一的感物诗学形态"。见姚爱斌：《〈文心雕龙〉诗学范式研究》，湖南人民出版社2012年版，第180—204页。按，关于张戒所引是否《隐秀》原文尚无定论，从《隐秀》残文看，在意旨（隐）、独拔（秀）的阐释之外又有余味（隐）、耀英华（秀）之论等，"感物诗学"的端倪确是已蕴育其中的。

② 语出《论语·雍也》。（魏）何晏注，（宋）邢昺疏：《论语注疏》，十三经注疏本，北京大学出版社2000年版，第86页上。

葛洪提出《诗经》不及后世辞赋之艳的惊世之论①，可见风气的巨大转变。刘勰吸收文坛新变，对儒家传统有继承也有突破，其在创作论中以较多篇章首次充分讨论了诸多修辞表现之术，是文论史上的重大成就，从其创作实践依据看，明显较多倚重了楚辞所开创的"效骚命篇"的另一道路，楚辞于《文心雕龙》的修辞表现论建构尤其影响深著。

第六节　知音批评与楚辞

《文心雕龙》除《序志》外的后五篇向来被视为批评鉴赏论，与立足创作追体验立场的创作论不同，是从读者、批评者立场对创作行为的不同角度的总体审视，其所体现的批评思想原则及方法又是贯注全书的。②前文相关论述中已对《时序》《物色》《才略》《程器》等篇的楚辞影响作用有所讨论，本节集中考察《知音》篇理论建构与楚辞的紧密关系。

《知音》篇立足读者接受视角，确立"知音批评"的重要原则及方法，是文学批评史上第一篇系统的批评鉴赏论，对后世影响深远。"知音"一词较早见于《吕氏春秋》，原与音乐鉴赏有关，是刘勰以前的成辞，连同"高

---

① 葛洪《抱朴子·钧世》："毛诗者，华彩之辞也，然不及上林、羽猎、二京、三都之汪濊博富也。"见（晋）葛洪撰，杨明照校笺：《抱朴子外篇校笺》，第 70 页。

② 陶礼天《〈文心雕龙〉文学批评范式研究》一文中对《文心雕龙》的文学批评原则和方法有全面讨论，提出其文学批评模式可概括为四种：经典批评、才性批评、文体批评与知音批评，每一种批评模式中又系统地包括一系列具体的原则和方法，而这些"模式"共同形成《文心雕龙》文学批评的整体"范式"，是刘勰对文学批评所作出的一种总体建构，具有贯彻全书的精神和一贯的立场。见陶礼天：《〈文心雕龙〉文学批评范式研究》，[意]贾西媚主编：《〈文心对话〉国际会议论文集》，意大利米兰大学出版社 2017 年版，第 75—98 页。另，陶师在《〈文心雕龙〉文学地理批评思想初探》一文中补充认为，文学地理批评是《文心雕龙》的一种自觉的批评方式，与其他四种共同构成其文学批评的范式。见陶礼天：《〈文心雕龙〉文学地理批评思想初探》，《首都师范大学学报（社会科学版）》2018 年第 5 期。

山流水"的故事自春秋战国以降即渐在文士中有广泛回响①，从其使用情况来看，"知音"之概念内涵由最初"通晓音律"的字面义自然转入情感诉求层面，知其"音"而晓其"心"，作为动宾词组或合成名词，均指向能够通过某种心灵契会达于彼此之理解、共鸣的深层期许。齐梁时期随着声律论的兴起，"知音"由音乐领域转入文坛，又有具指"精通声韵"之义，如沈约、王融等所用②，这与"知音"的传统含义仍是较为一致的。至刘勰始将之正式用于文学批评，撰理论专篇，重铸为影响深远的文论批评术语。

《序志》中说"怊怅于知音"，《知音》是《文心雕龙》中呈现较多情感色彩的篇章之一，刘勰在其中也贯注了自己的情感诉求，探讨"知音"，亦渴望"知音"。考察《知音》全文，其在情感贯注、理性思考的情理两端均受到楚辞之重要影响，这一思想启发吸收融入到刘勰"知音批评"的深入思辨，从而在传统思想资源基础上赋予其更为丰富的理论内涵。

一、《知音》篇引述屈原、扬雄语辨析

《知音》篇起首论述层次较为分明：在"音实难知、知实难逢"的感慨之后，首先广引文献所载诸多例证（秦皇汉武、班曹、楼护等），揭示

---

① 据考证，"知音"一词原是出现在《吕氏春秋·仲冬纪·长见》，与师旷调钟的故事有关，伯牙子期的故事出自《吕氏春秋·孝行览·本味》，至汉代在《韩诗外传》及刘向《说苑》中均有相同记载，引述用意在求贤尊贤，《列子·汤问》中则有所增饰且目的改变，晋唐以降多有从道佛之"心印"思想角度加以注解。参见陶礼天：《知音与知味：论〈文心雕龙〉的知音批评模式》，《文史哲》2015 年第 5 期。

② 周勋初《文心雕龙解析》的《知音》篇解题中，列举了《南史·王筠传》所载王筠能识沈约《郊居赋》中的特别读音而沈有"知音"之赞、《诗品序》载王融曾欲进《知音论》等，认为由此可见"知音"一词"乃正式从音乐界移入文坛"。见（梁）刘勰撰，周勋初解析：《文心雕龙解析》，第 771 页。按，沈约、王融等所说"知音"，固已是"文坛之音"，但主要仍指精通声韵而言，与"音"之传统义是一致的，至刘勰始隐喻、化用到更广泛的文学批评，铸成文论批评术语。

"知音难"的主观迷障——"贵古贱今""崇己抑人""信伪迷真",以及"文情难鉴""知多偏好"的客观事实,继而给出冷静思考后的"博观""六观"(位体、置辞、通变、奇正、事义、宫商)的应对策略与方法。至此,似乎论述已较全面,但后文却又转入一段议论抒情,至有深废浅售、阳春白雪之叹,其理论用意何在?"知音批评"之内涵是否止于"博观""六观"?要探明其间的理论进路,文中涉及屈原、扬雄的一段引述评论文字不能不引起注意。这段文字出现在赞语之前、接近尾声之时,于全篇理论建构实有重大关系,不妨由此切入,以在准确把握其引述意图基础上再联系全篇所论作关联思考。

依据范文澜注本,这段引述原文如下:

> 昔屈平有言,文质疏内,众不知余之异采,见异唯知音耳。扬雄自称心好沉博绝丽之文,不事浮浅,亦可知矣。

这段文字在校勘上尚有异文,主要集中在两处"异"字、"不事浮浅"等。刘永济据《史记集解》引刘宋时人徐广语"异一作奥"而认为两字形近致误,"后人据误本楚辞改此文耳",提出两"异"字应作"奥",且下文"深识鉴奥"亦是内证①。这一"形近致误"说尚属猜测,学界对此多未采纳而仍以"异"字为是,詹锳并举出《文心雕龙》的《体性》《丽辞》篇也有"异采"之说的旁证②,故这里仍以"异采""见异"为定。关于"不事浮浅",另有"其不事浮浅""匪事浮浅""共事浮浅""其事浮浅"等不同校订版本③,虽说

---

① 刘永济:《文心雕龙校释》,第185页。
② 《体性》篇:"壮丽者,高论鸿裁,卓烁异采者也。"《丽辞》篇:"若气无奇类,文乏异采,碌碌丽辞,则昏睡耳目。"见(梁)刘勰撰,詹锳义证:《文心雕龙义证》,第1860页。
③ 主要代表学者有:"其不事浮浅"(杨明照,祖保泉);"匪事浮浅"(刘永济);"共事浮浅"(王利器,李曰刚);"其事浮浅"(王叔岷,詹锳)。可参见詹锳《文心雕龙义证》所考。

法不同但从整体理解上是基本一致的，即认为相对于众人的"浮浅"，扬雄是"不事浮浅"的，这里暂以范文澜注本"不事浮浅"为定。

从具体表述看，这段文字是分别援引屈、扬之语后再加作者评论，"见异唯知音耳""不事浮浅，亦可知矣"应是刘勰的评论之语，稍后再论。所引屈原之语——"文质疏内，众不知余之异采"，出自《九章·怀沙》：

> 文质疏内兮，众不知余之异采。材朴委积兮，莫知余之所有。

细读《怀沙》全文可知，在原文语境中，"众不知"的意义尤其突出，这段引文的下句即进而再次强调"莫知余之所有"。检视楚辞各篇文字，这种"不知之叹"几随处可见。如《离骚》的"不吾知""莫我知""不察"、《九歌·大司命》的"众莫知"、《九章·惜诵》的"莫余知"、《涉江》的"莫余知""莫吾知"、《抽思》的"不知"、《远游》的"世莫知"、《卜居》的"谁知"，等等。其中，《怀沙》篇三用"不知"、更兼"莫知""孰知""莫吾知"等表述，尤其体现鲜明。宋玉《九辩》也有"君不知""君弃远而不察"等语，《知音》中也举到宋玉《对楚王问》的"伤白雪"之叹。可以说在屈宋作品中，这种无人理解的孤独、悲愤、感伤是非常强烈突出的，虽主要集中在"君臣之知"但也广及众庶，是"知音之叹"在文士中的最早且突出之体现，并在汉魏以降代有回响。这种求相知而不得的憾恨由人而及文是自然而然的，刘歆谓扬雄的"酱瓿之议"即引发后世文人的共鸣感喟。① 由上可知，《知音》中引述屈宋之言显然有知音诉求的情感认同，及人亦及文，体现于贯穿篇中的强烈的感情色彩。

（梁）刘勰撰，詹锳义证：《文心雕龙义证》，第 1860—1861 页。

① 《知音》中刘勰即曾感喟："酱瓿之议，岂多叹哉！"刘歆之议见于《汉书·扬雄传》："刘歆亦尝观之，谓雄曰：'空自苦！今学者有禄利，然尚不能明《易》，又如《玄》何？吾恐后人用覆酱瓿也。'"《汉书》卷 87 下《扬雄传》，中华书局 1962 年版，第 3585 页。

而楚辞中的"不知"既属普遍,何以专引上述《怀沙》之句值得细究。结合刘勰的评论,可知这段话在新的语境中重心词实际转为——"异采"。其在"众不知"的感喟之外,旨在积极探求如何达到"知","岂成篇之足深,患识照之自浅"(《知音》),其由感性认同进入理性思辨,敏锐关注到知音与否的关键点即在能否"见异",即抓住对象文本的深隐独特之处。前述"异""奥"形近致误之说虽尚难以认定,但也揭示"奥"是当有之义,检读这段文字前后不难体会,"独异"之处常常"深隐"难识,"异""奥"两者宜作相通兼融理解。

综上,刘勰引用《怀沙》之句,除"众不知"的情感共鸣之外,更在于关注"异采"并进而导出"见异"之论,这是其更内在的引述用意。

结合所引扬雄文字可对"见异""鉴奥"有进一步认知。"心好沉博绝丽之文",出自扬雄《答刘歆书》的自述,全句为:

> 雄为郎之岁,自奏少不得学,而心好沉博绝丽之文;愿不受三岁之奉,且休脱直事之由,得肆心广意,以自克就。①

刘勰评以"不事浮浅,亦可知矣",对比《知音》前文"患识照之自浅""深废浅售"之语,可知举例扬雄有借鉴、推重其具备一定的"深识"之意,下文乃自然导出"深识鉴奥,必欢然内怿"。

通观全书,刘勰虽对扬雄的各体创作兼寓褒贬而对其批评思想实是深为服膺的。《文心雕龙》全书对扬雄引述非少②,是较为倚重的作家,除文

---

① 见(清)严可均辑:《全汉文》卷52,第731页。

② 据笔者统计,《文心雕龙》全书直接言及扬雄近40处,有扬子、子云、扬班、扬马、马扬、王扬、刘扬等多种称呼及组合,涉及其创作的主要篇目有《辨骚》《诠赋》《颂赞》《铭箴》《诔碑》《哀吊》《杂文》《诸子》《封禅》《书记》《神思》《体性》《通变》《丽辞》《比兴》《夸饰》《事类》《练字》《时序》《才略》《程器》等21篇,这些尚未包括虽未言及而暗涉之处。另有多篇涉及扬雄的批评观点,文中详论。

笔论及创作论中多篇涉及扬雄的个人创作之外，尤其值得关注的是对其批评观的借重参考。《宗经》中即称引扬雄"比雕玉以作器"之论以证全书"五经含文"的总体取向，《诠赋》《杂文》《才略》以及《情采》《物色》诸篇均对其论赋观点多有引用①，《知音》论"博观"时提到的"操千曲""观千剑"应是出自桓谭《新论》，桓谭原文中也是与扬雄的"千赋"之论一并引述的②。《书记》篇所引的"心声心画论"亦是其批评思想的集中呈现③，对比"非浅非薄""幽必有验乎明"等言论与《知音》所言"虽幽必显""深识鉴奥"等，不难窥知刘勰在扬雄基础上的进一步归纳抽绎而理论指向更为鲜明。

从以上辨析可见，《知音》中引述屈原而推出"见异"之论，又引扬雄"心好沉博绝丽之文"，意在助论"深识鉴奥"，这是其内在的引述意图。

二、"见异知音"的理论推进及刘勰的论骚实践

上述关涉屈原、扬雄的这段引用文字在原文中位于后段，在"博

---

① 以上几篇的具体引涉情况是：《宗经》"比雕玉以作器"之论（《法言·寡见》）、《诠赋》"雕虫"之论（《法言·吾子》）、《杂文》"曲终奏雅"之论（《汉书·司马相如传赞》）、《才略》"文丽用寡"之论（《法言·君子》）、《情采》《物色》"丽则丽淫"之论（《法言·吾子》）。

② "千曲"之论出自桓谭《新论》的《琴道》："成少伯工吹竽……谓曰：'音不通千曲以上，不足以为知音。'""千剑"及"千赋"之论出自《道赋》："子云曰：'能读千赋则善赋。'君大曰：'能观千剑则晓剑。'"见（清）严可均辑：《全后汉文》卷15，第150、154页。

③ 《书记》篇原文为："盖圣贤言辞，总为之书，书之为体，主言者也。扬雄曰：言，心声也；书，心画也。声画形，君子小人见矣。"这段论述中的"书"是从广义理解，并不限于《书记》篇的尺牍之体，所引扬雄语也可视作一般创作的普遍看法。引语出自扬雄的《法言·问神》，见（汉）扬雄撰，汪荣宝义疏，陈仲夫点校：《法言义疏》，新编诸子集成本，第157—160页。原文语境中是针对圣人之经"不可使易知"、圣人之作事"不能昭若日月"的假设疑问而作的应答，认为圣人之经非浅非薄，而瞽旷、狄牙亦不能"齐不齐之耳""齐不齐之口"，又说"君子之言，幽必有验乎明"，"无验而言之谓妄"而君子"不妄"，"惟圣人得言之解，得书之体"，继而归纳出"心声心画"的著名论断。

观""六观"的论述之后，还原《知音》篇的论述脉络，可知其讨论语境已由"音实难知"推进到"音本易知"，纪昀于此早有评论："此一段说到音本易知，乃弥觉知音不逢之可伤。"①回顾篇中起首分析"知音难"的各种主客观现象及原因，进而给出理性的应对策略（博观、六观），然而至此，是否即能达到真正的知音相通？何以本易实难？其反复强调"虽幽必显""理将焉匿""理无不达"、但现实却往往是曲高和寡、深废浅售——附加的这段论述并非是理论的循环、又退回到"知音难"的讨论之域，而是进一步延展思考：究竟如何将批评导向深入、达于"知音"的理想境地？文中一些关键性字眼透露这段论述的递进之意："缀文者情动而辞发，观文者披文以入情"，观文要能"见其心"，观文者贵在以"心"照理，这种心与心之交通才是"知音"的终极境界，而要达于此，须能"见异"、须"深识鉴奥"，由此带来的"欢然内怿"，才是真正达于"知音"的一种内在的精神满足，"知音君子"是要垂意于此的。完整来看，如果说"博观""六观"主要着眼于"圆照之象"，意在辨文之优劣，后文之论述则意在辨知之深浅，将论题进一步引向纵深——由作品成篇之深浅、读者识照之深浅，影响导致最终"知音"批评的深浅。②

再由情感立场之前后对比来看：《知音》前文虽也有感慨愤激语，但相对来说均属外视角的冷静审视，总结现象、分析原因，探求去除迷障的应有的批评态度与方法，其"博观"是前提性要求，"六观"是更具操作性的"知音之术"③；而后文"音本易知"的感慨相比尤深，尤其援引屈原、

---

① 见（梁）刘勰撰，（清）黄叔琳注，（清）纪昀评：《文心雕龙辑注》，第420页。

② 祖保泉《文心雕龙解说》曾指出，"六观"都是"从文学表现形式着眼论述问题的"，但不能忽略"将阅文情，先标六观"两句，"由'六观'表现形式入手，最终要求看出'文情'……探讨'文情'之'源'，理解作者的心灵。""六观"乃着眼文学表现形式的说法可为参考，由文入情，亦是走向纵深之意。见祖保泉：《文心雕龙解说》，第932页。

③ 陶礼天《知音与知味：论〈文心雕龙〉的知音批评模式》一文认为：从现代文学批评研究来看，"六观"整体上说是一种"客观批评"，主要体现为"修辞批评"方法和"结构

宋玉等语，不自觉换位思考，实际立场由外视角切换到作者内视角，对其深具"异采"而不见知的忧愤感伤有强烈情感共鸣，再由作者视角回到读者、批评者视角，从而激发"知音"探讨的深层思辨，并借鉴扬雄经验，得出"深识""见异"的更进一层的理论开掘。

可以说，"博观""六观"所解决的是知音批评的基本态度与方法要求，要去除迷障、无私、不偏，客观全面有所依据地展开批评而非妄谈，突出了重视文本客观依据性的批评视角；"见异"则是"博观""六观"的导向所在，是"知音"的终极目的与标准，"见异唯知音耳"，不能"见异"即非知音。"见异"即是"见心"之评，发现常人不易辨识的深隐独特之处，是对"这一个"的深入肯定，既需"平理若衡"掌握方法细致分析，更需"披文入情"深入体悟，其根本在于追求心与心的契合。可见，从"博观""六观"到"见异"，体现刘勰"去主观"（去偏见）与"重主观"（重体悟）的辩证思考，既冷静探寻批评之术、归纳出可行的具体方法，更从情感上"以心印心"换位思考，追求读者与作者的深层心灵契会，其对"知音"一词的化用充分注意到原本具有的情感诉求，"见异"是其"知音"论的重要归结点。如果说，从横向上知音批评兼具"客观性的文本细部批评"与"整体性体验与品评"[1]，从纵向上也可看作包含披文考察的基础操作与会心见异的深入体情两级程度进阶，这在篇中有明显的前后推进。

综上，楚辞在《知音》中的影响，基于情感诉求认同并启发推进了刘勰关于"知音批评"的深层思考。而楚辞异采之发掘、"知音批评"之具体运用，在其论骚实践中又有突出体现。将《辨骚》与《知音》并观，可以清楚看到刘勰论骚正是对其《知音》篇理论主张的切实践行，也是楚辞对"知音批评"之理论助力的鲜明佐证。

批评"方法。见陶礼天：《知音与知味：论〈文心雕龙〉的知音批评模式》，《文史哲》2015年第5期。

① 陶礼天：《知音与知味：论〈文心雕龙〉的知音批评模式》，第76页。

　　由《知音》到《辨骚》，不妨先从扬雄说起。以上分析可知，刘勰对扬雄之批评思想多有倚重借鉴，即就《知音》所论来看，"心好沉博绝丽"云云，彰显扬雄不同于众庶之"浮浅"的心性取向，可知"深识"在扬雄身上有一定体现，所引文字出自扬雄《答刘歆书》，原文中亦曾言及"得肆心广意""观书于石室"①，再联系其"读千赋"之论，正可为"博观"之佐证，这是能够达于深识的前提基础，"心好"之说突出内在旨趣的契合相通，或亦启发"见异"之体悟思考。而扬雄的许多批评见解又是与论赋，尤其屈原及楚辞有密切关联的，楚辞创作、扬雄的批评、刘勰的借鉴熔铸及其论骚实践之间有较为密切的影响关系。即以扬雄关于"诗人之赋""辞人之赋"的"丽则""丽淫"论为代表②，其在"诗人""辞人"（景差、唐勒、宋玉、枚乘等）之间的褒贬立场是鲜明的，而屈赋并不在"辞人"之列，综合现存文献中扬雄对待屈原的态度，虽不无惋惜、批评之义，联系刘勰所引"扬雄讽味，亦言体同诗雅"（《辨骚》），可知其对屈原作品还是充分肯定的，既非"丽淫"亦非"浮浅"之作，当属于"沉博绝丽"之列，"心好楚辞"也鲜明体现在扬雄的创作和诸多言论之中，刘勰对此多有关注。《情采》中所说"昔诗人什篇，为情而造文；辞人赋颂，为文而造情"，《物色》中所言"诗人丽则而约言，辞人丽淫而繁句"，正是对扬雄之论的进一步发挥，而"辞人"亦指屈原之后的辞赋作家而言，其对屈作之评价则是"诗骚所标，并据要害"、"能洞监风骚之情"（《物色》）。刘勰对屈原及其作品的完整评价集中在楚辞批评的专篇《辨骚》之中，其中两提扬雄，一为论其创作深受楚辞影响"沿波而得奇"，一为上引"体同诗雅"的论骚评价。其言"扬雄讽味"，"讽味"意为吟咏体味，即是注

---

　　① （清）严可均辑：《全后汉文》卷52，第731页。

　　② 《法言·吾子》："或问：'景差、唐勒、宋玉、枚乘之赋也，益乎？'曰：'必也，淫。''淫，则奈何？'曰：'诗人之赋丽以则，辞人之赋丽以淫。'"见（汉）扬雄撰，汪荣宝义疏，陈仲夫点校：《法言义疏》，第49—50页。

重整体、深入的心灵体悟式阅读,《知音》曾言"玩绎方美",与此也是相通的。扬雄出于心性的体悟契会对以屈原为代表的楚辞有高度认同,但其结论为"体同诗雅",实际是持诗赋取同视角,并未真正揭示楚辞的"异采",故刘勰将之同样归入汉人的"褒贬任声"之列,即认为扬雄之论属于主观任意、"玩而未核",而接下来进行了"征言核论"的矫正。可知,扬雄固然"不事浮浅",综合《知音》前后所论,刘勰所主张的是全面深入的知音批评,既重整体的心灵契合亦不废细部的客观分析,"六观"之法是规避主观任意并达于"深识见异"的重要前提和基础,而扬雄于此尚有不足。

汉人论骚,或褒或贬均带有难以剥离的经学色彩,刘勰所举"四家举以方经,而孟坚谓不合传"(《辨骚》)即是这一风气的反映,以经传为依归则必遮蔽、误导对楚辞特点的准确认识,而致"抑扬过实"。刘勰论文虽也高举"宗经"旗帜,却是从"五经之含文"(《宗经》)角度的独特解读,其于论骚之时,敏锐觉察到汉人依经论骚的不足,正是这种更为自觉之"论文"意识的反映,也是两汉以降楚辞批评渐次演变的结果。《辨骚》中面对汉人之褒贬,鲜明提出"将核其论,必征言焉"的批评出发点,将其"征言核论"与《知音》的"六观"相较,可见正是这一批评主张的突出运用。

关于"六观",范文澜曾注曰:"一观位体,《体性》等篇论之。二观置辞,《丽辞》等篇论之。三观通变,《通变》等篇论之。四观奇正,《定势》等篇论之。五观事义,《事类》等篇论之。六观宫商,《声律》等篇论之。大较如此,其细条当参伍错综以求之。"① 范注提示了对"六观"的更细化理解,但所举各篇在全书体系中当主要是立足创作论视角、出于"情动而辞发"(《知音》)的斟酌考虑,《知音》则反其道以行,勾勒从六个方面

---

① 范文澜:《文心雕龙注》,第 717 页。

"披文入情"的批评路径，其着眼点首先在"文"，即作品的文辞表现形式，这与"征言"之"言"也是一致的。作品之文本显而易见，而批评者却易先入为主有所偏爱轻重，刘勰说"斯术既行，则优劣见矣"（《知音》），其视"六观"为批评之术，具有可操作性，从这六个方面入手，确立较为客观全面的批评框架，可有效矫正主观任意之偏见。《辨骚》中"征言核论"，也正为充分把握楚辞文本的客观性呈现，以矫汉人之失，是其有效展开自己的楚辞批评、增强理论说服力的立论基础。其"征言"结果即篇中所归纳的"四同四异"之说，兼涉楚辞之文、意，而综合呈现于外在的表现形式。以"六观"视角看，刘勰对楚辞之位体、置辞、通变、奇正、事义等有较全面的观照，除宫商未涉（《声律》篇有"楚辞辞楚"之论，可作为"观宫商"之补充），"五观"均在"四同四异"中有所体现。位体，以《体性》参之，当指体制、风格而言，是"因内而符外"（《体性》）的，"典诰之体"即指楚辞具备品性风格之正；置辞，未必限于《丽辞》所论，诡异、忠怨以及比兴之运用等都属对楚辞用语特点的归纳，《辨骚》篇末"艳溢锱毫"的感叹亦可作补充参照，楚辞在诗人、辞人的"丽以则""丽以淫"之间呈现不一样的语言面貌；事义，以《事类》参之，具指用事用典，若按"据事以类义"（《事类》）扩而观之，规讽之旨、谲怪之谈、狷狭之志、荒淫之意可说多有相关，也是同异兼具的；至于通变与奇正，四同、四异之分野正是鲜明体现，《辨骚》后文的综合考论乃进一步触及楚辞的整体驾驭和刘勰的辩证态度。"征言"意在辨同异，《辨骚》之考察并非如汉人那样依经论骚而褒同贬异，而是基于传统讨论语境的进一步细读辨析，依托文本、综合同异乃再下结论。总之，刘勰的"征言核论"基本实践了"六观"的操作方法，通过文本细读，去除主观迷障，从而贴紧文本、立言有据地得出不同于汉儒的新的发现——楚辞是同异兼具、有承有变的。

而"六观"的每一"观"实际皆需"披文入情"达于内里，乃能融会贯通为整体的深入体认，刘勰论骚并未止于细部分析，在融汇"四同四异"基础上对楚辞整体有更全面深入的发掘，对其独具之处有了许多超越前人的新的认识，也是对《知音》所倡更高之"见异"批评的有力践行。《辨骚》在《序志》篇的体系论列中被表述为"变乎骚"，可知本篇辨析同异而标举其"变"，刘勰在"四同四异"后的总结也体现这一结论性认识：楚辞有承有变，而总体呈现为"惊采绝艳"之特点。综观《辨骚》全文，所谓"奇文""惊采""惊才"，无不体现楚辞之"变"以及刘勰"见异"之识见，而"变"虽集中体现于"四异"，其总体创作特色也是综合"四同"而共同铸成，此"异"乃综合同异之"异"。《辨骚》中对楚辞五组作品的精当评价，是对其具体创作个性的归纳，彰显楚辞在体裁、风格上的丰富多元，确实是对《诗经》范式的多方面突破，改造传统而出新自洽。由此，"虽取镕经意，亦自铸伟辞"的总体按断、贯注全篇对楚辞奇文以及采艳特点的标举与赞叹等等，亦极具说服力，抓住了楚辞之"异采"所在。

　　"见异"须深识，而深识来自"博观"。《知音》中将"博观"目为"圆照之象"的重要前提，实也具有途径方法意义。操千曲、观千剑、阅乔岳、酌沧波，通过扩大视野、积累经验，具体批评中注意比较辨析则必有助于提高识见。刘勰对楚辞作品的批评，建立在对文学史、前人批评的充分熟悉的基础上，具有丰富的学养积累①。其纵论古今文体，得益于"博观"视野，乃对楚辞有"博徒""英杰"之比较、有"衣被词人"之论断，此"骚人之赋"，变而有正，是应效法学习的典范，乃将《辨骚》置于"文之枢纽"的重要地位，是有意突出楚辞的文源意义、典范意义，并对全书之理论体系建构做出定位。

　　刘勰之《辨骚》在楚辞批评史上是有重大突破与深入的，论骚的态度

---

　　① 关于刘勰之学养积累，可参见罗宗强：《〈文心雕龙〉的成书和刘勰的知识积累——读〈文心雕龙〉续记》，《社会科学战线》2009年第4期。

立场在其同时代来说声音也并不统一，或褒或贬对楚辞"异采"仍有不同程度的遮蔽。刘勰在曹丕、皇甫谧、挚虞等对楚辞文体特征渐益发掘的历史积累基础上，综合考辨同异、注重整体体悟，对楚辞文本有了剥离迷障的较全面、切近把握，从而得出此前未有之崭新结论。鲁迅亦曾评价"可谓知言者也"①，刘勰的楚辞批评是"见异"之评，真正发掘了楚辞的"异采"，确是屈原的"知音"。

综上，能够"深识""见异"方为知音，这是知音批评的最终要求，楚辞的新变启发创作也启发批评，刘勰在楚辞批评中充分运用了"六观"方法矫正偏见，置于诗赋创作大背景的比较分析也反映了"博观"的前期积累，并融汇于整体的审美体悟，正是《知音》所论多种原则方法的综合运用。其"知音批评"模式兼取文本批评与心灵体悟，彰显更内在的批评态度，故能见楚辞之"异"且体会到"见异"之后的"欢然内怿"，达于知音批评的理想境地，《辨骚》篇也是兼具冷静客观剖析而又极富热情充满感染力的杰出篇章。可以说，论骚是其批评实践的典型体现，《知音》正是其批评实践的自我归纳反思，基于实践所得，刘勰借鉴吸收传统的知音观念而有丰富的理论重铸，从而赋予"知音"概念以理论新义，成为影响深远的文论批评术语。

《文心雕龙》的理论渊源固然是多方面的，而楚辞是重要一极，由本章分析可见，《文心雕龙》的创作论、批评论所涉许多具体理论问题、命题，均直接或间接因楚辞而发生，寻绎发掘其间的渊源影响，可清楚见出楚辞如何助力于刘勰的理论建构，从而进一步彰显、挖掘理论之深层问题，有助于更切近、全面地理解《文心雕龙》的理论精髓。

---

① 鲁迅：《汉文学史纲要》，第 20 页。

第四章
《文心雕龙》理论体系建构与效骚原则

在全面考察楚辞对"论文叙笔""剖情析采"及批评论各篇理论内容的具体影响基础上，本章对全书"取效诗骚"问题再作总体观照，置之六朝文学批评发展视野剖析《文心雕龙》对风骚传统的树立，并回到刘勰论述之初的"枢纽"论，总结分析其理论体系建构与楚辞的究竟关系，对绪论所述之体系探讨作出基于楚辞影响视角的新的归纳，并通过反观刘勰论骚在楚辞批评史上的重要影响，对其理论价值及贡献作补充论证。

第一节 "宗经体要""取效诗骚"到风骚传统的树立

本节回顾刘勰"树典救弊"之论文初衷，依托全书所论，总体梳理其由"五经"到诗骚的经典聚焦转变，进而关注《文心雕龙》以及同时代文论批评对于"风骚"传统的树立问题。

一、诗化批评视角下"五经"到诗骚的经典聚焦

本书第一章对《序志》中刘勰自述的一段"论文初衷"曾有分析，可见刘勰在动笔前的周密思考和充分自信。其在段末提道："盖周书论辞，

贵乎体要，尼父陈训，恶乎异端：辞训之异，宜体于要。"阐明其论"文"的总体指导思想：宗经体要。《通变》中也说"矫讹翻浅，还宗经诰"，树典以救弊、以"经典"为范挖掘归纳文体特点及写作要义是《文心雕龙》通贯全书秉持的统一思想。①这一"宗经"取向首先是指以儒家经典的"圣人之文章"即"五经"（或六经）为源头和典范，这在《原道》《征圣》《宗经》篇即突出标举并贯注全书，是其论"文"的一面明确旗帜，其以"五经"为各体之源，论文视野也是涵盖古今文体，定位于能"观衢路"的全面论著。而"五经"的经典意义主要体现在原则立场上的尊奉，从《宗经》对"文源五经"的各体归属划分到"论文叙笔"的具体所论看，"五经"序列与实际文体体系的构建并不完全对应，依经分类是大致区分，重在强调、落实"五经"的源头及经典地位，各体文的具体考察则融汇"五经"有更细致的源流辨析，"论文叙笔"部分因应南朝创作实际及风气所趋，体现出以文笔分系、先文后笔、倚重诗赋文体的特点，"五经"序列中《诗经》一系的地位尤为突出。②通观全书所论，其尊"五经"以论"古今文体"，同时又以诗赋为首要、以"文"类为大宗，通变尚采的文体共识受到诗赋创作风气的明显濡染，下篇的创作批评论也多以诗赋为文本参照对象，有明显的诗化批评色彩。与此相应，诗骚的源头经典地位也随之突出出来，在文体溯源和下篇创作理论的具体探讨中，"文源五经"的总体原则下更集中体现为"取效诗骚"，其所树之"经典"实具体聚焦于《诗经》与楚辞。本书第一章对全书"涉诗涉骚"情况有所评述，已见对诗骚的突出标

---

① 陶礼天《论〈文心雕龙〉的经典批评模式》一文指出：《文心雕龙》文学批评的经典批评模式，就是指刘勰以儒家"五经"为标准，来对其后的一切"文""文学"作品进行批评，它的理论阐述主要体现在《文心雕龙》"文之枢纽"的前五篇中，进而贯彻于《文心雕龙》全书，因为全书都体现出一种"选文"批评（选取各体文章的优秀的代表性作家作品作为楷范）的特点。见陶礼天：《论〈文心雕龙〉的经典批评模式》，《安庆师范学院学报（社会科学版）》2016年第5期。

② "文源五经"到"论文叙笔"的"辨体"变化参见本书第二章第三节所论。

举，这里结合各篇理论内容再作综合观照，以明其内在倚重以及其中楚辞的突出作用力。

从"涉诗涉骚"的文句统计可知，共涉及全书三十六篇之多，其中诗骚兼及者二十篇，"涉诗"三十一篇，"涉骚"二十五篇。[①] 从"文"类各篇以及下篇创作批评论来看，诗骚旗鼓相当、频繁引述的现象明显，"骚"甚至有超过《诗经》之势，这已能部分地说明问题，依托理论内容的详考，可知诗骚经典的渗透更遍及《文心雕龙》全书，而楚辞在其中作用突出。从第二章对"论文叙笔"的综合考察可知，诗赋中心观令"五经"之《诗》的地位突显，"赋颂歌赞，则诗立其本"（《宗经》），而"变乎骚"是诗赋发展史上的重要一环，《诗经》一系的彰显离不开楚辞的创作拓展及对后世的强大影响，楚辞在从经到文的文体发展中起到重大作用，其直接间接与多种文体有渊源关系，对后世各体有总体促发作用，集部壮大、文体分类意识渐著与楚辞密切相关，而更重要在楚辞所带来的通变、尚采观念的泛化普及，全面影响了文体论各篇的考文立场，楚辞之"变"、之"采"使各体之梳理归纳更为辩证全面。

下篇创作论及批评论的理论建构尤其彰显诗骚并尊的前提下楚辞影响的内在深著。其理论命题的抽绎归纳呈现明显的以诗赋创作为主要依据的思考路径，尊奉诗人、《诗经》的立场鲜明，而具体理论推进则与楚辞的"变体"启发密切相关，使理论思辨走向深入。

《神思》对创作构思的首先探讨即与"主言志""最附深衷"（《宗经》）的《诗经》一系创作实践直接相关，《诗经》而后经由楚辞开拓的丰富的诗赋创作经验是《神思》以及《养气》《物色》等心物理论探讨的重要文本支撑，而创作心理的深入关注、贵闲尚简的物色理论之推进则于楚辞吸收尤多。

---

① 见本书第一章第三节的"涉诗涉骚"统计表。

楚辞创作与《诗经》的同异反差引发刘勰对体式风格诸方面的丰富思考，包括《体性》《定势》《风骨》等不同层面的风格专论以及《情采》《通变》等篇，以《定势》所言"模经为式者，自入典雅之懿；效骚命篇者，必归艳逸之华"为代表，可见刘勰对诗骚两途创作的全面关注和综合思考，以《诗》为雅正正途但不废骚体之变，正是这一通达态度使其情采风格探讨立足宽广视野，取得深广的理论开拓。

《镕裁》《章句》《附会》关注成篇之术，对篇体字句的细密讨论明显以诗赋为主要观照对象，于诗骚经验及变化多有摄取，而具备"鸿裁大体"的楚辞推进繁略思辨、字句缝辑及通制之术的深入探讨。《声律》以下等八篇"修辞表现论"涉及多个方面，突出关注诗赋创作中的文采表现之美，"楚辞艳说"影响尤著，且由此挖掘、彰显了儒家经典主要即《诗经》的藻采一面。

后五篇的批评论对创作行为及现象从不同角度作总体审视，也多着眼于诗赋创作，以诗赋之发展演变为突出代表而辐射一切文体创作，如《时序》的世情兴废之思考、《才略》的综合归纳等，而楚辞之承传转关在这一综合视野中愈益显明。作为批评专论的《知音》亦明显倚重楚辞以及其论骚实践的"见异"启发而有理论的重大推进。以《程器》为收结，下篇整体彰显以"文才"探讨为要务亦"贵器用"的才器合一观，而屈原实是最符标准的文德兼备的文士典范。

以上从多个角度对全书理论内容的归纳足证《文心雕龙》对楚辞的全面借鉴。综合来看，《文心雕龙》全书立论以"宗经体要"为总体指导思想，"五经"的地位崇高，是明确标举的源头典范，而随着论述之深入展开，诗赋中心观、诗化批评之立场使《诗经》一系突出，其树典策略实际聚焦到"取效诗骚"，这在各篇具体所论中充分体现，且其中"骚之变"的作用应得到充分重视。通贯全书，这一内在变化是从《辨骚》开始的，《辨骚》提供从"文源五经"到聚焦"诗骚"的重要信号，如将汉人的"经骚"对比具体化为"诗骚"对比、著经之圣人转为作诗之诗人等等，《辨骚》是从经到文的重要过渡，文体意义上对楚辞的深入剖析突出了《诗经》在五经中的特殊性和作为诗歌的文体属性，并推进对其更细化的体式特点认识，如雅颂、风雅的不同侧重性称谓。可说因楚辞之力，反过来强化"五经含文"的独特视角，令其经典批评彰显突出的审美批评品格①，诗骚真正在论"文"视域得到经典化建构并贯注于各篇所论。

二、雅颂、风雅与风骚——诗骚特质辨析与风骚传统的树立

基于"取效诗骚"的批评策略，《文心雕龙》于文学史上风骚传统的树立居功至伟。而何为"风骚传统"、何以独标《诗经》之"风"与楚骚并称、其理论内涵究竟何指尚需细辨。

《文心雕龙》中"诗骚"连用凡三见，分别在《章句》《练字》《物色》篇，均具体指《诗经》及楚辞创作，彰显并称并尊之意，而"风骚"之称仅见于《物色》，已有精神内涵之指向，值得引起特别注意。另外，"雅颂"之称除有两处异文争议外尚有六处②，"风雅"也六见③，比较风骚、雅颂、风雅三个不同语词的具体使用，可对其内涵区别及意图所指有深入体认。

---

① 陶礼天《论〈文心雕龙〉的经典批评模式》一文指出："由于'经'也是'文'，刘勰确立的这一文学经典批评方法，实际上虽然起到一种政治伦理价值判断的功能，但更重要的是从'文'出发，从'美'出发，……成为一种重要的'审美'批评。"见陶礼天：《论〈文心雕龙〉的经典批评模式》，《安庆师范学院学报（社会科学版）》2016 年第 5 期。

② 两处异文如下：其一为《乐府》篇："至宣帝雅颂，诗效鹿鸣。"杨明照据唐写本认为应为："至宣帝雅诗，颇效鹿鸣。"总之指宣帝时命人依照《鹿鸣》声调演唱王褒之诗。其二为《指瑕》篇："雅颂未闻，汉魏莫用。"杨明照认为此段专就文字训诂言，"颂"疑当作"颉"。见（梁）刘勰著，（清）黄叔琳注，李详补注，杨明照校注拾遗：《增订文心雕龙校注》，第92、512 页。

③ 《辨骚》中"固知楚辞者，体宪于三代，而风杂于战国"句，本书不取"风雅于战国"说。

【风骚】

然则屈平所以能洞监风骚之情者，抑亦江山之助乎！（《物色》）

【雅颂】

逮及商周，文胜其质，雅颂所被，英华日新。（《原道》）

乃雅颂之博徒，而词赋之英杰也。……若能凭轼以倚雅颂，悬辔

以驭楚篇……（《辨骚》）

自商暨周，雅颂圆备，四始彪炳，六义环深。（《明诗》）

于是就太师以正雅颂，因鲁史以修春秋……（《史传》）

观其艳说，则笼罩雅颂。（《时序》）

【风雅】

自风雅寝声，莫或抽绪，奇文郁起，其离骚哉！……观兹四事，

同于风雅者也。（《辨骚》）

风雅序人，故事兼变正；颂主告神，故义必纯美。……挚虞品藻，

颇为精核，至云杂以风雅，而不变旨趣，徒张虚论，有似黄白之伪说

矣。（《颂赞》）

盖风雅之兴，志思蓄愤，而吟咏情性，以讽其上，此为情而造

文也；……远弃风雅，近师辞赋，故体情之制日疏，逐文之篇愈盛。

（《情采》）

"风骚之情"是《文心雕龙》中的重要归纳，其"情"何指稍后再论。"风骚"并称是南朝以降方较突出的现象，而将《诗经》分别以"风雅""雅颂"代称则由来已久，魏晋以来多见称述，如曹植与杨修的往来书信、皇甫谧的《三都赋序》等，其在代指《诗经》的同时也隐有意旨倾向之差别。在《文心雕龙》中的使用可分别加以辨析。先看"雅颂"的六处表述：《史传》中的使用出自《论语》，即具指《诗经》中的雅、颂部分，而行文重点在下句的"修春秋"，故与这里考辨刘勰用意关系不大。其余几处均有代指

《诗经》之义，但以"雅颂"代《诗经》耐人寻味。《原道》《明诗》以"雅颂"为商周时期创作的杰出代表，评以"文胜其质""圆备"；而《辨骚》《时序》则明显是与词赋、楚篇、艳说的相对表述，彰显二者之间的对立性特质。"风雅"的表述指向与此不同：《辨骚》两用亦有代指《诗经》之义，而行文语境强调诗骚之同，楚辞继"风雅之声"而"郁起"，其"四事"同于《诗经》之"风雅"；《颂赞》中对"风雅"与"颂"作了"事兼变正"与"义必纯美"的区分，并对挚虞所评扬雄、傅毅之颂"似雅""杂以风雅"提出批评，可见意在维护"颂"的纯粹性；《情采》以"风雅"为"诗人什篇"的代称，并与辞赋相对，总结突出了"志思蓄愤""吟咏情性"的特点。

综上，可以归纳"雅颂"与"风雅"的内涵所指和使用区别。"雅颂"作为楚辞及后世辞赋的对比项，更突出《诗经》的雅正纯美一面，文质相称而圆备，是完美经典的代表；"风雅"与楚辞趋同而与辞人赋颂相对，"事兼变正"，可"志思蓄愤""吟咏情性"。可见《诗经》中风、雅、颂的两类不同组合虽均有代指整体之义而实有不同的侧重指向①。相对来说，"雅颂"相连则"雅"向"颂"义靠拢、"风雅"并称则"风"义尤显，"雅"则根据不同组合分别突出其近颂体与近风诗的一面②。从诗骚关系角度看，

<hr/>

① 葛晓音《从诗骚辨体看"风雅"和"风骚"的示范意义——兼论历代诗骚体式研究的思路和得失》一文对"风雅""风骚"以及"雅颂"的具体内涵作了历史纵向的全面考察，认为"风雅"更多情况下是指兼具美刺的风诗和小雅，"雅颂"是指美而不刺的大雅和颂，"风骚"指风、小雅、骚，突出讽刺比兴，可参考。该文同时认为自汉至唐"风雅"之义有强调正风正雅的思想局限，至元白方有突破，"风骚"自汉至唐也是负面评价占上风。见葛晓音：《从诗骚辨体看"风雅"和"风骚"的示范意义——兼论历代诗骚体式研究的思路和得失》，《中华文史论丛》2006年第3期。按，《文心雕龙》中的"风雅"之义，有强调正风正雅的一面，如《辨骚》概称同于风雅的四事为"论其典诰则如彼"，但亦明言"事兼变正""志思蓄愤"，可知也是包括变风变雅的。"风骚"在《文心雕龙》的评价亦不为负面，下文详论。
② 前注葛晓音文认为，大雅近颂体不杂风体，美而不含刺；小雅杂乎风体，兼有讽刺，近风诗。见葛晓音：《从诗骚辨体看"风雅"和"风骚"的示范意义——兼论历代诗骚体式研究的思路和得失》。

骚有"正"的一面，同于"风雅"，讽喻抒情显著；有博弈犹贤的一面，于"雅颂"为"变"，有叛逆违正之处，是变、奇，却又无丧原则，奇正原则正是刘勰所树立并肯定的。故骚相对于"雅颂"是博徒，而不是"风雅"之博徒，在对称时强调突出《诗经》的"雅颂"一面。

以此再看《物色》中的"屈平所以能洞监风骚之情"，这里不用"诗骚"的一般性连称而取"风骚"，乃有意强调二者相异下的内在相通之处，"风"可视作"风雅"之略称，"风骚"凸显《诗经》的"风雅"特质与"骚"的共通性一面，即讽谏精神、主情等精神内核。而二者毕竟不同，代表着两类不同之创作范型，"模经为式者，自入典雅之懿；效骚命篇者，必归艳逸之华。"(《定势》)刘勰以"风骚"的提取重铸，挖掘弘扬二者共通之内在精神，也保留彰显两途创作之异趣，是对立冲突后的融合，以此为标志，这种风骚的精神原则亦贯注《文心雕龙》的整体理论批评和各篇所论，从而在论"文"视域明确树立了"风骚"并重的文学传统。

本书第二章对汉魏六朝诗骚经典化建构的演变曾作纵向考察，"诗骚"的经典化在不同时期实有不同意义内涵。两汉时期《诗经》始铸为官方儒学经典，楚辞是辞赋创作中实际上的效法典范，但论诗论骚均立足于经学批评视角，经由魏晋时期诗骚观的嬗变，至南朝则突出体现为文学视域的诗骚并论以及对二者正变高下的评价分歧。这一历史过程中，楚辞作为依经典范（抑或违经典范）、实际创作中的赋体典范、名士风流典范、变体典范等多种身份标签集中彰显时代视域之变，与之相应，《诗经》批评也呈现由经到文的视角变化。可知在刘勰时代，诗骚之经典化建构已较明显贴合于"文"之本色，《诗经》中风、雅、颂的细化辨析与组合以及诗骚之间不同称谓的分合变化正反映出诗骚接受上的更为内在深入，也见出各家的立论分歧。就"风骚"之提炼与熔铸而言，正是刘勰深入辨析楚辞创作成就、追索诗骚同异之变而把握其精神特质的传统重铸，超越复古派、极端新变派之成见偏颇。

以"风骚"并称在刘勰前后并非个例。沈约《宋书·谢灵运传论》中明言"同祖风骚"①，已见从相通角度对楚辞的肯定，晚于刘勰的萧纲在《与湘东王书》中批评当时拟古的京师文体"既殊比兴，正背风骚"②，也注意到了风骚比兴之特性，但沈萧二人主要倾向于新变，于风骚传统之论题并未做更多深入。比《文心雕龙》稍晚问世的锺嵘《诗品》于风骚传统之树立实有共建助推之力。《诗品序》中指出"取效风骚，便可多得"③，并从国风、小雅、楚辞三系全面考辨五言诗人创作之源流承继，除小雅一系仅阮籍一人外，其中上品诗人以国风一系居多，三品总体数量则楚辞一系为胜，从其对各系诗人创作特点的评述看，可大致归纳出三系的范型特征：国风一系"怨雅而悲壮"；小雅一系"怨雅而温柔"；楚辞一系则"怨而愤，悲而少壮"，又细分为三个分支。总体看其认为楚辞一系与《诗经》一系的重要不同在于有无"雅"的特点。④ 可见《诗品》对诗骚之文体特质及同异有深入辨析把握，在"风骚"传统的建构上也与刘勰有高度共识。另外，萧统《文选》也有风气相应的体现，其《序》中溯源风雅之道，对屈原寄寓深厚同情，各类文体序列中首列赋、诗、骚且首次将"骚"别列一体，并将《毛诗序》收入"序"类，这些均反映出其重视"骚"之新变、亦尊风雅传统的两取融通倾向。

爱德华·希尔斯的经典著作《论传统》中曾指出，"文学传统是带有某种内容和风格的文学作品的连续体"，具体指某种范型、特征、精华存积等，而当"新的杰作加入这些作品，文学传统就改变了"，"人们对这一

---

① 《宋书》卷 67《谢灵运传论》，第 1778 页。
② 萧纲：《与湘东王书》。（清）严可均辑：《全梁文》卷 11，第 118 页。
③ （梁）锺嵘著，曹旭集注：《诗品集注（增订本）》，第 43 页。
④ 以上归纳参考张少康观点，见张少康：《中国文学理论批评史》（上卷），北京大学出版社 2005 年版，第 241—242 页。

传统中已有的作品有了新的不同的理解"，而现存秩序的改变正是"旧与新之间的和谐"，并且认为"诸种传统的相遇也即意味着传统的冲突。冲突同时伴随着增添、融合、吸收和熔化，这并不是不协调的"①。楚辞是"风雅"之后"郁起之奇文"，开辟了《诗经》之后的另一创作路径且影响深著，楚辞作为"新杰作"的加入，改变"模经为式"的创作范型，进而影响形成"五经含文"的对经典的新的理解、对《诗经》风雅精神的突出体认，经过融合、吸收和熔化从而铸为新的存"异"重"通"的"风骚传统"，这是在齐梁之世经由刘勰、锺嵘、萧统等人所共同建构完成的，并对后世产生深远影响。

第二节 "枢纽"再议与《文心雕龙》的理论体系建构原则

"文之枢纽"的五篇是全书立论的关键，《序志》中说："本乎道，师乎圣，体乎经，酌乎纬，变乎骚，文之枢纽，亦云极矣。"参之五篇之篇名——原道、征圣、宗经、正纬、辨骚，刘勰有意识的表述本身已显示五者间的定位及相互关联，而精要措辞下亦隐含许多深层意味，历来论者从各自角度多有辨析发掘，但也不无歧见，其中"变乎骚"是关键争议点，经骚正变在"枢纽"乃至全书中的分量比重究竟如何、"变乎骚"在多大程度上影响渗透到全书的立论取向，结合本书对《文心雕龙》与楚辞关系的全面考察，拟对"枢纽"用意再作探讨，并由此对全书理论体系建构作出总结。

---

① ［美］爱德华·希尔斯：《论传统》，傅铿、吕乐译，上海人民出版社 2014 年版。分别引见该书第 156、157、163、300 页。

一、《辨骚》之"变"的丰富意义

刘勰对《辨骚》篇的界定概括集中于两个字:"辨"与"变"。篇题中的"辨"字,鲜明揭示了本篇的内容主旨,有学者指出,乃主要辨析三个方面:辨师范屈宋之正途,辨楚辞之特质,辨汉世品评之偏颇。① 而《序志》中所用的"变"字,更侧重"枢纽"五篇之关系考虑及定位,从这一视角,也可对《辨骚》作三个层次的审视。

(一)论"文"的对象范围及重心之"变"

从前四篇的论述对象看,为道、圣、经、纬,与其"宗经体要"的总体思想原则密切对应,从道之文、天地之文的高度起论,并围绕"圣人之经"这一中心,兼及经、纬的关系讨论,四者汇聚的主要对象文本为"经",确切说是儒家之"五经",《宗经》是明确的直接论述,《原道》高屋建瓴概述人文由来而归结于圣人之文(经),《征圣》从经之作者的视角立论,《正纬》缘于"前代配经"而"按经验纬",总之,四篇的主要思考重心均在"经",从远溯早期圣人著述落实到孔子删述的"五经"(六经),并对其殊致异体的文体特点有细致剖析,体现其以"五经"为明道典范和文体之源的树典取向和宽广视野。

但至《辨骚》有明显转变,开首即言"风雅寝声""奇文郁起""诗人之后""辞家之前",楚辞是继《诗经》之后在诗歌创作上的拓展,这便突出将"五经"体系中的"赋颂歌赞"之"诗系一体"彰显出来。从《辨骚》内容看,这种转变迹象明显,如"诗人"之称首次出现,作为"经"之作者代替"周孔""圣人"而与楚辞屈原对论,在后续各篇也多处如此;辨

---

① 陈允锋:《〈文心雕龙·辨骚〉之"辨"义及其思想渊源》,《中国社会科学院研究生院学报》2018 年第 2 期。

析经骚同异时，其具体论述已将汉人的援引多经对比转变为集中于诗骚之间的对比等等。本书第二章"经纬骚"的考论部分曾有详论，此不赘述。以论"骚"专篇置于"文之枢纽"，本身就是一个重大开创，作为作家作品专论（置之全书也是唯一一篇），与前面宗"经"论"道"、旁及"圣""纬"的总括性论"文"视角迥然不同，是转入实质性论"文"的开端，并引领突出了诗赋文体的创作，后续以诗赋为首重大宗的文体考察及诗化批评理论的探讨均与这一重心转移相为一致。可见《辨骚》之"变"，是在从"经"到"文"论述层次过渡上的重要调整，这一"变"义未必是刘勰在概以"变乎骚"时的主要意向，却是从其内容序次本身所明显呈现出来的。

（二）楚辞创作之"变"

《辨骚》中的首要任务即在解决楚辞接受上的遗留问题：辨析汉人的两极评论并作出自己的论断。论者多有认为刘勰仍未摆脱依经论骚的汉人局限，但既要审视汉人得失，正需沿其思路考证原文以彰显前论偏颇不实之处，从其考辨之后的态度即可立判刘勰与汉人不同，并未因楚辞的合经与否而褒同贬异。其考辨的结果是楚辞比之《诗经》同异兼存，即所谓"四同四异"，挖掘其"同"可驳班固、彰显其"异"则证王逸等之失，可见汉人言论不攻自破，均非知言之论。"四同四异"的举例整齐排列显然有意而为，但从"观兹四事""摘此四事"的用语细节看，应属举要而论，故宜首先从整体上把握其辨析同异的用意所在，反驳汉人言论是一方面，也是自证之需，刘勰借由经骚对比的汉人视点，充分关注了楚辞在创作上的巨大变化，从同、异两端对楚辞的多面创作特点作了充分挖掘，其同异论实际从儒家之价值取向转为进入论文视域后的审美价值取向，从而得出了深入把握楚辞特质、有文本根据的坚实结论。楚辞创作之"变"是汉人争论的根本原由，也是刘勰力求征言立论的吸引力所在，其于"古今文体"中独取楚辞作专论并置于"枢纽"，是楚辞杰出之创作成就与影响使然，更是眼光独具的主动选择，至刘勰之世，在论"文"著作中如此全面专门讨论楚辞创作问题尚无先例。刘勰所看重强调的正是楚辞本身之"变"，这一"变"带给他方方面面的丰富思考，深入文本、全面辨析、归纳结论，《辨骚》所完成之任务可说奠定了后续各篇具体理论展开的认识基础。

（三）综合同异之"变"

"变"则意味着不同，似乎必然导致"异"的结果，而《征圣》《序志》中明言"弗惟好异""恶乎异端"，《通变》中则说"通变则久""负气以适变"，在刘勰看来，异、变二者并不等同，总体上可以说其反对"异"而肯定"变"。当然从具体用语看，两字在《文心雕龙》中均多有使用，根据语境或是客观表述、或是各寓褒贬，不可一概而论，这里侧重考察全书的总体立场观点，并不拘于词语辨析。《辨骚》体现刘勰在这一问题上的辩证思考。"变"与"异"本有密切关联，楚辞之"变"也集中体现于"四异"——诡异之辞、谲怪之谈、狷狭之志、荒淫之意，其归纳的"四异"比之保守派对楚辞的批评甚至更为丰富征实。可见刘勰并未出于维护楚辞而忽略掩盖，而是充分彻底地对楚辞文本加以考察，不回避其本就存在的差异。面对如此丰富的不合经之"异"，高举"宗经"旗帜的刘勰并未口诛笔伐，仅置以"博徒"之戏谑①，而

---

① 陈允锋《〈文心雕龙·辨骚〉之"辨"义及其思想渊源》一文中曾援引冯春田关于"博徒"之义同于汉宣帝所言"倡优博弈"的看法，认为冯著提出"博徒"之喻为"否定前人说法的理论手段与工具"是富有启发性的研究思路。本书亦认同这一观点。冯著中说："在这里，刘勰又巧妙地借用了汉宣帝称辞赋'贤于倡优博弈远矣'的话，反过来称《楚辞》为'《雅》《颂》之博徒'。"可见，刘勰这里含有戏谑之意：与"雅颂"对比，不妨视楚辞为"博徒"，而其原本是"贤于倡优博弈远矣"的。见陈允锋：《〈文心雕龙·辨骚〉之"辨"义及其思想渊源》，《中国社会科学院研究生院学报》2018年第2期。冯春田之释义见冯春田：《文心雕龙释义》，第72—73页。

以极大的理论包容力将之接收融入到综合同异的总体判断中①。"四同"（典诰之体、规讽之旨、比兴之义、忠怨之辞）与"四异"一起共同铸成楚辞的总体创作特色，而同异之间并非简单的拼合，八种特征在楚辞文本中是融为一体的，兼涉内容文辞，充分佐证楚辞的"取熔自铸"，并在总体上呈现为迥异于《诗经》的"变体"特色。《辨骚》篇溢于言表的赞叹也是在认可"四异"之后的总体肯定，其对楚辞的总体评价为"奇文""惊采绝艳"，《定势》中也对"效骚命篇"的创作概以"艳逸之华"，奇变采艳是其洞悉同异后对楚辞"变体"特质的精要归纳。故"变乎骚"之"变"，是综合同异的辩证统一之变，不等于"四异"，但也总体呈现为与经典路径的不同，体现刘勰应变立场上的辩证思考。《辨骚》作为"枢纽"中的作品专论，又有笼罩全书的典范意义，这一应变立场也贯注于全书上下篇之论。

综上，"变乎骚"体现出不同层次上的"变"，这是迥然不同于前四篇的特殊视角，于"枢纽"之整体思考意义重大。《序志》中言"变乎骚"、正文之篇名作"辨骚"，结合看主要有两个内涵：其一，辨骚之变。包括辨前人认识之不足、与经相比的异同何在、如何正确"变"把握"变"等，确立其论证之基。其二，变乎骚。即骚之"变"义的吸收贯注，包括：第一，确立以骚变为论文纲领，置于枢纽论；第二，确立奇正结合、华实结合、自然有采等等基本思想原则；第三，从论"文"角度说，通变于全书论文叙笔、剖情析采和文学批评等整体建构。

---

① 关于"四异"，学界多有认为是寓含贬义的。本书认为，"四异"之褒贬与"博徒"之喻的使用一致：即使具体用词本身不无贬义，置于前后文及整篇论述看，是纳入其综合同异后的整体肯定的。对于"博徒""四异"的语词使用及理解，置置于整个六朝视域之大背景，张光年在《骈体语译〈文心雕龙〉》之《辨骚》篇译后记中即曾敏锐指出："所举'异乎经典'的四事，在六朝人看来，并不重要。"见张光年：《张光年文集》第五卷，人民文学出版社 2002 年版，第 65 页。

二、"道—圣—经"一体思考中的新变眼光与《辨骚》

《原道》中有言:"道沿圣以垂文,圣因文而明道。"将《原道》《征圣》《宗经》三篇作贯通看待已是学界共识,三者的逻辑路径鲜明:"道"为本,"圣"为中介,而落实到"经",三者之间已构成一个自足之整体,充分体现《文心雕龙》"宗经体要"的总体指导思想。考察三篇的具体理论内容,其宗经观已有突出的新变化,融入了时代审美经验的新思考。

《宗经》是三篇的落实中心,篇末明确阐述了"宗经"的新视角——"建言修辞"(应是泛指文章写作的各个方面),并引申归纳扬雄言论而概括为"五经含文",这可以看作贯通三篇的宗经的总体定位,其高举宗经旗帜虽不无弘儒之志向与抱负,但着眼点是在论"文"。从这一视角检视三篇所论,彰显其独具的宗"经"以论"文"的新的理论眼光。

《宗经》篇中两称"性灵""文章",于"经"之辞、情尤为关注,主要内容是辨析了"五经"的文体特点、归纳出"文源五经"的文体体系,并总结"宗经六义"的写作法则。其论"文"宗法五经的思想虽承汉儒而来,却是前所未有的全面拓展和弘扬,即以"宗经六义"来看,从情、风、事、义、体、文六方面立论,所论范围及深度更为广泛丰富,"已不仅限于情意和文采的要求",对"经书中'文'的质素有了新的体认",甚至"已经融入了某些并非经书所固有的至少是并未充分体现出来的艺术经验"[①]。综合《征圣》《宗经》两篇所论,总体上呈现出鲜明的主情、贵文尚采、重视新变等倾向,如《宗经》中的"性灵""文章""殊致异体""余味日新",《征圣》中的"陶铸性情""圣人之情""贵文""变通适会"等等,《征圣》中总结说:"然则圣文之雅丽,固衔华而佩实者也。""雅丽华实"是其对经之文的根本认识,也是"道之文"的特质,其宗经的新取向也充分反映

---

① 梅运生:《魏晋南北朝诗论史》,安徽师范大学出版社 2016 年版,第 276 页。

在《原道》篇中。《原道》以圣人之经为基点前溯，追寻更终极之文——天地之文、道之文，虽不无杂糅儒道各家话语之牵强及神秘化倾向，其重文立场是鲜明的，高标"自然文采"之旨，意在为全书立论奠定崇高、正当之理据，并收束于"经"为"道之文"的结论性认识。《原道》篇的溯源脉络可与《通变》篇对看，自黄世、唐虞、夏年以至商周，呈现"从质及文"的渐次演变，并以"文胜其质""丽而雅"的商周之文为最理想典范，也即儒家"五经"（《原道》中称为六经），正与《征圣》《宗经》所论相一致，并一定程度上突出了《诗经》。

以三篇之宗经新论对比《辨骚》，不难体会其间的声气相通，正如有学者指出："这审视经书的新的审美眼光，又是与魏晋以来诗学发展所提供的新的审美经验分不开的。"①刘勰吸收新的时代审美经验以论"文"，其"新的审美眼光"于论"骚"之"变"体现尤著，于论"经"之"正"也是相为贯通的，"变乎骚"一定程度上影响渗透了"宗经"之立场与看法。基于本书第三章对创作批评论的全面考察可知，《文心雕龙》的许多理论问题均与楚辞有重大关系，楚辞新变带给刘勰深刻的理论启发，而检视相关篇章几均可见上溯儒家经典尤其《诗经》的"审美眼光"的发现，如《情采》中说"昔诗人什篇，为情而造文"，《丽辞》言"诗人偶章"，《夸饰》说"虽诗书雅言……文亦过焉"，《物色》有"诗骚所标，并据要害"等等，这一现象几乎是遍布整个创作批评论的。再回视"道—圣—经"所论与《辨骚》，这种因"骚"及"经"的贯通思考是明显的，《辨骚》潜在影响了刘勰之宗经眼光，使其体现出重视情采、新变的并不保守的新立场。

但经骚不同、正变两途，汇总"枢纽"五篇所论可对刘勰论"文"的总体理论建构原则作出最终判断。

---

① 梅运生：《魏晋南北朝诗论史》，第 276 页。

三、"枢纽"五篇关系再分析及《文心雕龙》的理论体系建构原则

"枢纽"五篇篇题中的原、征、宗、正、辨，是五篇立论的具体态度，显示针对不同论述对象的各自一面，《序志》中的本、师、体、酌、变，是系统考虑，彰显五篇之间的关系和总体安排。论者多有提出以前三篇为"正"、为"主"，而以后二篇为"变"、为"奇"、为"辅"的看法，其间轻重关系之具体论述不尽一致。仅就《序志》之"五字"而言，"酌"字于义最轻，"本""师""体"作一组看的话自然分量最重，而"变"字以突兀转折收尾，是五篇中的大扭转，应引起足够注意，依托上文所论，从"变"之视角还可再对五篇关系做新的审视。

为方便比较讨论，现将五篇中赞语前的总结之文罗列如下：

故知道沿圣以垂文，圣因文而明道，旁通而无滞，日用而不匮。易曰：鼓天下之动者存乎辞。辞之所以能鼓天下者，乃道之文也。（《原道》）

然则圣文之雅丽，固衔华而佩实者也。天道难闻，犹或钻仰，文章可见，胡宁勿思？若征圣立言，则文其庶矣。（《征圣》）

夫文以行立，行以文传，四教所先，符采相济，迈德树声，莫不师圣；而建言修辞，鲜克宗经。是以楚艳汉侈，流弊不还，正末归本，不其懿欤！（《宗经》）

若乃羲农轩皞之源……事丰奇伟，辞富膏腴，无益经典，而有助文章。是以后来辞人，采摭英华，……前代配经，故详论焉。（《正纬》）

若能凭轼以倚雅颂，悬辔以驭楚篇，酌奇而不失其贞①，玩华而

---

① 黄侃、范文澜认同"酌奇而不失其真"，刘永济、杨明照等据唐写本认为"真"为"贞"之误并有详细辨析，今从。见刘永济：《文心雕龙校释》，第9页。（梁）刘勰著，（清）黄叔琳注，李详补注，杨明照校注拾遗：《增订文心雕龙校注》，第63页。

不坠其实，则顾盼可以驱辞力，欬唾可以穷文致，亦不复乞灵于长卿，假宠于子渊矣。(《辨骚》)

上文对《辨骚》及"道—圣—经"的一体思考有所讨论，这里先对《正纬》稍做阐述。上文说"酌"字于义最轻，从其总结语看也是明显交代了立论的不得已——"前代配经，故详论焉"，本篇与其他四篇之地位悬殊盖已成学界共识①，梅运生《魏晋南北朝诗论史》中对此篇用意有精要揭示："刘勰的'按经验纬'，使纬与经相分离，从论文的角度说，其意是在把纬书排斥在文章正体之外"，"只取其艺术表现上某些新奇之处"。②

从上列五篇的总结语可以看出，前三篇的同气连枝之意明显，上文已明"道—圣—经"一体思考中的新变眼光与《辨骚》不无相通，而其标举以经为正的立场也是明确坚定的，"楚艳汉侈""正末归本"之言与《辨骚》之赞叹似又矛盾。关于"楚艳汉侈"，本书在文体考论部分有所辨析，结合《通变》及多篇所论可知刘勰是肯定楚艳而批判汉侈的，但以经为正仍是"枢纽"之前三篇不容置疑的鲜明态度。《正纬》在奇变方面与《辨骚》类似，但正如前文所说，纬骚之间地位悬殊，上引梅著进而指出："对屈宋之作，则是努力寻绎其与经书相联系的共同之点，细致分析和大力推举在艺术上的多方面创新，以此在更深层次上阐明其兼综奇正和以正驭奇的论诗原则。"③楚辞对《文心雕龙》全书理论建构的广泛影响前文已证，《辨骚》在其心目中的分量可知，《辨骚》之总结语应视为"枢纽论"的重要补充和总结。

---

① 邓国光曾对《文心雕龙》"假纬立义"问题有较全面挖掘分析，但其视野已不限于《正纬》篇主旨所论。见邓国光：《〈文心雕龙〉文理研究：以孔子、屈原为枢纽轴心的要义》第十三章至十五章的"假纬立义"部分，第193—222页。

② 梅运生：《魏晋南北朝诗论史》，第277页。

③ 梅运生：《魏晋南北朝诗论史》，第277页。

　　"枢纽"既列五篇，必有考虑其间的相关性、补充性，五篇的理论汇总作为整体而辐射全书。至序次第三的《宗经》，充分阐明论证了"宗经"之义，但尚未将后两篇之理论内容包括，如"宗经六义"便与"骚之变"多有不合，以"四同四异"衡之，可说楚辞具备情深、风清、义贞，但亦明显事诞、体丰、文艳，不完全符合"六义"但又并非其反面，是得到认可的变体典范，故至《辨骚》方完成了"取奇补正"的完整论述，其总结语中兼涉雅颂、楚篇的奇正华实之论，是将经骚正变综合考虑的结果，应视为更为完整的理论建构原则，即执正驭奇、华实结合，而"骚"即是达到这一理想结合境地的典范，故后文说"不复乞灵于长卿，假宠于子渊"，可见以"骚"为范、以屈原为师的潜在之旨。"酌奇而不失其贞，玩华而不坠其实"虽是主要针对《辨骚》所论而发，但从"枢纽"之一体关系和核心地位看，也是可作为五篇之总收束而有定位全书之意的。

　　另外，从总括五篇、融通"宗经""效骚"的综合观点看，兼综奇正、华实结合的原则之上，《辨骚》中贯穿始终对楚辞采艳一面的由衷赞赏和突出还应加以补充强调。"枢纽"五篇的撰述态度很可说明问题。体会五篇之论，实有主动、被动、理性、感性之倾向差异：《正纬》属被动，是不得已要做些交代的，也是全书中少见的文字少而贬抑多的篇章；《原道》《征圣》《宗经》皆为主动而理性（感性亦有但相对不突出），显示刘勰的审慎思考与有意标举；《辨骚》则是溢于言表的富于感性的篇章，显示其发自内心的赞叹与喜爱。① 一个可以注意的细节是，作为起首之虚词娓娓道来的"夫"字，《辨骚》一次未用而均见于其他四篇，这在《文心雕龙》

----

　　① 亦有学者注意到《辨骚》在表达上的这种变化，如张光年曾指出："我似乎感觉到，他写《征圣》《宗经》时多少有些矜持；一到《辨骚》，就放开笔来挥洒自如了。"见《张光年文集》第五卷，第 65 页。张少康亦认为："刘勰心目中对《楚辞》的喜爱，可能是要超过《诗经》的。"见张少康：《刘勰及其〈文心雕龙〉研究》，第 75 页。

全书也几乎是篇篇使用的①，可见其在撰述《辨骚》时情感之激越不遑缓论。这一撰述态度也佐证提示《辨骚》在刘勰意识深处的潜在影响，其主动将《辨骚》纳入"枢纽"，铸成兼综奇正、华实结合的辩证通达之论文原则，这是将之作为"文变论"对宗经正论的重要补充完善，是明确的"作者意图"，而其本心在华实结合之外又是注重惊采绝艳的，楚辞在实际论述中担当起超越"文变论"的更普遍性影响角色，是其"文本意图"发展的自然结果，这也是由全书对楚辞的充分倚重所证明的。

放眼五篇之整体来看，"本乎道"之"本"应是五篇乃至全书之本，而"变乎骚"之"变"也是影响整个"枢纽"并关乎全书之变，"道—圣—经"的一体思考中有"变"，《正纬》亦有"变"，刘勰对纬的取用角度或亦是受楚辞影响。五篇之间，在"道—圣—经"的显在链条之外，还应看到另一隐在链条：道—屈原—楚辞。前引《原道》"道沿圣以垂文，圣因文而明道"的一体表述中并未直接言"经"，"文"是更广泛之指称，是以"经"为"道之文"的理想典范，从另一角度而言，能够依经见道，便也是"道之文"。刘勰评价屈原能够"洞监风骚之情"（《物色》）、"号依诗人"（《事类》）、"虽取镕经意，亦自铸伟辞"（《辨骚》），可见楚辞亦是见道之文。《原道》关于"道之文"的表述核之全篇可知重心在"文"，其自然与文采合一的文章"道德"论亦受惠于楚辞作品的实践。上文已证《文心雕龙》全书的理论建构的确受到楚辞全面而深入的影响，其与《诗经》同被树立为效法之典范，甚至在许多重大理论问题上是更为借重于楚辞经验的。可以说，某种程度上"骚"亦为"源"，在"树典救弊"中起到较为突出的示范作用，谓之"师乎骚"实亦不为过，从区别于"师圣"考虑，或可谓之"效骚"，《定势》有"效骚命篇"之语，显示风骚传统之分途影响，而从全书理论建构看，"效骚"之功又是普遍的，重"变"而效"骚"，也是"变乎

---

① 作为起首意义上的"夫"字，除《辨骚》外仅《时序》《才略》未用。

骚"之旨的更深化体现。故从全面观点说，《文心雕龙》之论"文"是宗经亦效骚的。

回顾审视《文心雕龙》的整体论述，从上篇的文之本源流变论到下篇的创作论及批评论，建构了庞大完整之论文体系，其内在逻辑结构、理论体系与形式体例大致一致，《序志》中有清晰勾勒。通过全面之分析可见，执正驭奇、华实结合兼重采艳的理论建构原则贯注其中，骚之变、之新、之奇、之异，是其理论突破与原创之重要渊薮，全书体现出一种鲜明倾向：突出"文之变"与创造性以及对"变"的正确把握。正是这一论文的发展眼光，令其超越前代获得极大的理论创新。《文心雕龙》以宽广贯通之视野纵论古今各体，"思摹经典"（《风骨》）、深入文本、关注才性，开拓了论文的多个重要视域，其论文原则折衷结合兼取奇变又有鲜明的学术个性，其所树立的学术范式和文学批评范式对后世影响深著，其自身也铸成为古代文论批评的杰出学术典范。

第三节　《文心雕龙》在楚辞批评史上的理论推进

本书论题主要关注楚辞对《文心雕龙》全书的理论批评内容及其体系建构的影响问题，主要聚焦点在《文心雕龙》，上述各章节均围绕这一中心视点作了多方面探讨，以明楚辞在《文心雕龙》理论体系建构中的重要地位和影响，从中也清楚觇知刘勰对楚辞的全方位看法，当视点切换为楚辞本位，《文心雕龙》丰富的论骚思想在楚辞批评史上的地位和影响同样值得引起重视，这也有助从这一侧面更清楚认识《文心雕龙》的理论新创之功。本节从这一反向视角再作补充论证，限于本书体例仅作概略性探讨。

置于楚辞批评史的纵向视野中审视《文心雕龙》，刘勰论骚之历史视域和承传关系应予首先关注。本书第一章关于"诗骚经典化建构及演变"部分对此有所讨论，这里基于全书之论骚实践，再对《文心雕龙》这一丰富理论个体对楚辞之批评接受的内在影响问题做进一步挖掘归纳。在楚辞学研究史中，魏晋南北朝时期的楚辞接受也是备受关注的，上接两汉而体现出鲜明的时代视域特点，代表性的观点认为，此一时期的楚辞研究"有了新的开拓与发展"，并逐渐从汉代之经学眼光转向"更为广泛的角度，主要是用文学艺术的眼光来认识与欣赏《楚辞》"①。刘勰的《文心雕龙》是这一整体历史时期中的杰出理论专著，在具备六朝视域共性的基础上，其个体成就及影响力值得深入分析。屈宋所做的"楚辞"作为先秦创作原典，此前有漫长之接受史，刘勰是南齐末年从特定论文视域进行解读的读者，其与楚辞原典之间有着丰富的历史积累，这些铸成"前见"渗透于刘勰的意识之中，而其有自己的熔铸取舍。

刘勰自身即处魏晋南北朝时期的渐次思想演变之中，其对楚辞批评的反思回顾之视点自然聚焦于作为先在传统的汉人之论，故《辨骚》中刘勰自述的楚辞批评传统是直接上承汉儒的，楚辞自诞生之后的第一次批评高峰即在两汉，其所秉持的经学批评观念长期以来深刻影响着后世的楚辞传播与接受，刘勰之理论新见正是在辨析汉人之失的基础上得以建立起来。《辨骚》中详析汉代之五家两派的"褒贬任声"，并提出自己的"四同四异"之论，这里不再赘述，从中可见其有意对论骚迷障作正本清源之辨析的理论自觉。论骚的态度立场在刘勰之时代来说并不统一，如裴子野等保守派的抑骚之论、逐新求变者的盲目附和于骚等等，刘勰直接对汉儒之论作追究考察，也是辨时人之误，是究其根源之举。其综合同异的考辨结论实际也跨越魏晋以来楚辞批评的新的经验累积，是历史经验的叠合与超越，如曹丕、皇甫谧、挚虞等对楚辞文体特征的渐益发掘应是启发其对汉儒之论

---

① 李中华、朱炳祥：《楚辞学史》，武汉出版社1996年版，第65页。

重新辨析的重要理论先导。

刘勰所采取的主要辨析方法是"征言核论",这一极具客观实证精神的批评主张是其重要识见,正是通过对楚辞文本的详细考察乃明证汉儒各执一端的偏见,其文本考察并非拘于机械之文辞比附,而是依托于深入的心灵体悟,是以心印心的审美批评,这在上章"知音批评"一节中也有详论。故"四同四异"是贯通文辞、内情的真正深入文本之见,虽仍然是论同异,"从表面看来,似乎重复走了汉人的老路,但他所得出的结论,却突破了汉人的局限,跳出了以经义衡量文学的圈子"①。这一同异之论超越了汉儒的依经牵合或抑黜,也超越了曹丕以来的零星论断,首次全面、切近地发掘了楚辞的文体特质。

基于"四同四异",刘勰建构了具有总结开拓性的独具的楚辞观,这体现于《辨骚》之结论,也体现于全书理论论证之整体,其将楚辞奇变明确纳入"枢纽"考虑,从而修正其理论建构的基本原则为执正驭奇、华实结合,在实际论述中对采艳之楚辞又有充分倚重。但正如刘勰在《知音》篇所说:"文情难鉴,谁曰易分?"理论之接受也是如此,刘勰的楚辞批评在楚辞研究史上也经历了一番各执一端的偏见误读。

关于楚辞及《诗经》之历代接受,有学者指出,中唐以前所称"风雅",很多情况下是指正风正雅,而自汉至唐"风骚"的负面评价占上风。② 但《文心雕龙》所论是这普遍风气中的异数,其"四同"所对比论证的"风雅"实兼正变,并不强调正风正雅,甚至有突出变风变雅之义,如"规讽""比兴""忠怨"等的归纳,至于"风骚",《物色》中的"洞监风骚之情"也无

---

① 马茂元:《从汉代关于屈原的论争到刘勰的〈辨骚〉》,杨金鼎等编:《楚辞研究论文选》(楚辞研究集成),湖北人民出版社 1985 年版,第 177—184 页。引文见第 183 页,原载《光明日报》1961 年 12 月 3 日。

② 葛晓音:《从诗骚辨体看"风雅"和"风骚"的示范意义——兼论历代诗骚体式研究的思路和得失》,《中华文史论丛》2006 年第 3 期。

贬义。知"变"而加以肯定正是刘勰在经骚观念上的重大突破，其总体视楚辞为变体典范，虽为"雅颂之博徒"，但在实际论述中更倚重发挥了其"辞赋之英杰"的示范作用，正是楚辞创作经验的充分吸收融入乃助成其许多超越前人的理论新见。但这一理论闪光自初唐即在一定程度上被遮蔽或误读，其所铸就的"风雅""风骚"中的重"变"一面并未得到应有的显现。

《文心雕龙》诞生后在唐代即被重视，卢照邻《南阳公集序》曾记载时人对《文心雕龙》《诗评》（即锺嵘《诗品》）"异议锋起，高谈不息"的热议①；同时，唐初因反齐梁文风而波及楚辞，重新引发楚辞评价的褒贬争议。两者皆属唐代文人较为关注的论文热点，而两者之交汇——刘勰的楚辞观，却在时代思潮裹挟下不无误读遮蔽，《文心雕龙》的征圣宗经一面得到突出关注，一定程度上过度干扰了对其楚辞观的准确把握，倾向认为刘勰是对楚辞有所贬抑的。唐代对《文心雕龙》的认识多从宗经角度解读并予以肯定，而对楚辞则各有褒贬。总体上看，唐代的楚辞批评有肯定屈原节操人格及丰富的内容想象的一面，但也有不满之声音，尤其初唐，如王勃"屈宋导浇源于前，枚马张淫风于后"②之论，似是对《文心雕龙》"枚贾追风以入丽，马扬沿波而得奇"（《辨骚》）的负面化解读，杨炯言："大矣哉，文之时义也！有天文焉……有人文焉……贾、马蔚兴，已亏于雅、颂；曹、王杰起，更失于风、骚。"③杨炯此论以复古雅正为主旨，而文辞间与《文心雕龙》之《原道》篇有类似性阐述，从"亏于雅颂""更失于风骚"的表述看，"雅颂""风骚"隐有高下之判。盛唐殷璠编《河岳英灵集》以"文质半取，风骚两挟"为原则④，彰显对刘勰折中思辨之

---

① （唐）卢照邻著，祝尚书笺注：《卢照邻集笺注》（增订本），上海古籍出版社2011年版，第335、336页。

② （唐）王勃著，（清）蒋清翊注：《王子安集注》，上海古籍出版社1995年版，第130页。

③ 杨炯：《王勃集序》，见（清）董诰等编：《全唐文》卷191，上海古籍出版社1990年版，第851页。

④ （唐）殷璠编，王克让注：《河岳英灵集注》，巴蜀书社2006年版，第4页。

理论的吸收和风骚并重之精神。中唐以后渐重讽喻，楚辞批评有所转变，如韩愈、裴度等对楚辞发愤之文的再度体认①，皇甫湜对屈宋之"奇"的拔擢等②，但仍有如柳冕认为屈宋"亡雅正""亡于比兴，失古义"的偏至之论③。陈师道《后山诗话》中曾记载："子厚谓屈氏《楚辞》，知《离骚》乃效《颂》，其次效《雅》，最后效《风》。"④ 这与刘勰"雅颂之博徒""同于风雅"之论显然又是扞格的。刘勰究竟抑骚、赞骚，屈宋究竟是"清源"（沈约语）、"浇源"（王勃语），在唐代理论批评中伴随误读错位交叉杂糅，延续影响唐宋以降的楚辞批评及《文心雕龙》批评。

宋代是楚辞研究的又一高峰，楚辞研究一度成为热点，评价亦有矛盾分歧；对《文心雕龙》的重视与误读也有延续，而随着楚辞认识的正统化，又多有不满刘勰论骚之语。如晁补之对刘勰多有指摘，认为其"亦以原迁怪为病"，"勰安知《离骚》哉！"⑤ 葛立方将刘勰"狷狭之志"语与班固、扬雄等并举，称"皆贬之也"⑥。吴仁杰也列举刘勰"诡异之说"，认为"勰又何足以知之"⑦。核之《辨骚》原文，可知这些皆非刘勰原意。但随着宋代对《文心雕龙》的整体重视，其《辨骚》一篇在楚辞研究中的地位得到

---

① 如韩愈《送孟东野序》："楚大国也，其亡也，以屈原鸣。"见（唐）韩愈著，钱仲联、马茂元校点：《韩愈全集》，上海古籍出版社1997年版，第202页。裴度《寄李翱书》："骚人之文，发愤之文也。"见《全唐文》卷538，第2418页。

② 如皇甫湜《答李生第二书》论道："秦汉已来至今，文学之盛莫如屈原、宋玉……其文皆奇，其传皆远。"见《全唐文》卷685，第3111页。

③ 分别出自柳冕《与滑州卢大夫论文书》及《与徐给事论文书》。见《全唐文》卷527，第2372页。

④ 陈师道：《后山诗话》，见（清）何文焕辑：《历代诗话》，中华书局1981年版，第313页。

⑤ 晁补之：《离骚新序下》，见《景印文渊阁四库全书》集部别集类，第1118册，第684、685页。

⑥ 葛立方：《韵语阳秋》，见（清）何文焕辑：《历代诗话》，第550页。

⑦ 吴仁杰：《离骚草木疏·后序》，见《景印文渊阁四库全书》集部楚辞类，第1062册，第494页。

凸显，洪兴祖《楚辞补注》将其收录后①，后世多沿此例。据杨明照《文心雕龙校注拾遗》附录所辑，吕本中曾引《辨骚》"叙情怨则郁伊而易感，述离居则怆怏而难怀"之语而赞以"此知文者也"②，这是赞美刘勰知言论骚的先声。明清以降以至近现代，随着楚辞研究、《文心雕龙》研究的渐益全面深入，刘勰之论骚的理论价值得以更清晰显露出来，明代许学夷在《诗源辩体》中明确说："勰始折衷，为千古定论。"③鲁迅有"可谓知言者也"之论④，马茂元有《从汉代关于屈原的论争到刘勰的〈辨骚〉》的专论⑤，均是对刘勰论骚之理论贡献的高度认可。

综合《文心雕龙》前后之楚辞研究态势，可见刘勰论骚的丰富理论见解在楚辞批评史上的独特成就、理论推进和历史超越性，其理论价值是渐次得到挖掘与彰显的。楚辞是《文心雕龙》理论生命力的重要支柱，《文心雕龙》亦助成楚辞"余味日新"（《宗经》）的绵延的文学生命力，其对楚辞文体特质深入挖掘，与同时代锺嵘、萧统等共同建构树立文学上的风骚传统，并在后世渐得到普遍尊奉而成文学史之定论。从批评视角与方法而言，《文心雕龙》的楚辞批评，体现"楚辞学"研究中的转向，从经学批评、情志批评更明显转向文本批评、审美批评，对后世的楚辞研究乃至整个文学批评领域产生重要影响。

自汉以降，楚辞在创作上的实际重大影响是事实，套用刘勰"建言修辞，鲜克宗经"（《宗经》）的话，却是"建言修辞，莫不师骚"的，而鲜

---

① 洪兴祖《楚辞补注》目录后的小注在指出"《释文》篇第盖旧本也"之后，言及"鲍钦止云：《辨骚》非楚词本书，不当录"，可知将《辨骚》附录也是顺承先例。见（宋）洪兴祖撰，白化文等点校：《楚辞补注》（2002年重印修订本），第3页。

② 杨明照：《文心雕龙校注拾遗》，第454页。

③ （明）许学夷著，杜维沫校点：《诗源辩体》，人民文学出版社1987年版，第34页。

④ 鲁迅：《汉文学史纲要》，第20页。

⑤ 马茂元：《从汉代关于屈原的论争到刘勰的〈辨骚〉》，杨金鼎等编：《楚辞研究论文选》（楚辞研究集成），第177—184页。原载《光明日报》1961年12月3日。

少理论上的明确体认，刘勰的论骚主张，是对前此之创作影响历史累积的理论发掘与归纳。《文心雕龙》并非楚辞学专著，仍有楚辞的许多方面在《文心雕龙》中并未论及或充分讨论，是受限于其理论体系的建构，论证中也有其个人视域及时代的局限性，而其从论文角度对楚辞的首次专论、精论已显示卓越的思想敏锐性，并依托新的批评方法的运用，深入发掘了楚辞的文体特质，取得楚辞批评史上的重大理论推进。从这一角度来说，刘勰确是屈原在百代而下的知音者。

结　语

　　楚辞对《文心雕龙》理论体系建构的影响是巨大的,《辨骚》中说"将核其论,必征言焉",以上从缘起背景、文体考论、创作论及批评论、"枢纽"总论及整体视角作了征言立论的全面考察,可对这一判断有充分说明。整合各章所论,可以看到《文心雕龙》的撰著与楚辞经典在方方面面的密切关联,基于本书的研究,有了一些新的认识和创获。

　　第一,楚辞文本的突出典范性。作为文本的经、纬、骚是独立于"论文叙笔"的特殊之文,三者之间取舍轻重有别,经正纬奇与经正骚奇显示刘勰不同之态度取向,作为"变体"典范,作为成熟完整的创作文本,楚辞提供更具真实性、可学性的实践参考。

　　第二,"取效诗骚"的总体取向,理论发端在"枢纽"。枢纽中经、纬、骚三者并论而尤重经骚,实际上又从内在逻辑上转为突出"诗骚",对"骚"的考察突出了《诗经》作为诗歌的文体属性,楚辞承载从经到文的重要过渡,诗骚的源头典范意义在后续各篇得到全面贯彻。

　　第三,楚辞在辨体分类、各体考论中的突出地位及普遍渗透性影响。楚辞一"体"而多向,在从经到文的体类拓展中起到重大作用,是重要影响源,又是文体考论中的重要坐标参照,影响形成通变、尚采的文体通识。

　　第四,作者才器观是《文心雕龙》下篇立论的重要视域与出发点。屈原是才器兼具的文士典范，"建言修辞"角度的"宗经"，得力于楚辞的影响，楚辞创作经验融入下篇创作论、批评论之理论建构，提供潜在、深厚、全面的理论助力。从构思心物论、情采风格论到成篇之术、修辞之术以及知音批评，楚辞均有较全面深著之影响。

第五，楚辞之于《文心雕龙》全书理论体系建构的影响关系可作出新的归纳，"效骚"进入其论"文"的核心思想。楚辞是文体之"变"，亦是文体之"源"，基于本书的研究，对此有了清楚确定的体认，执正驭奇、华实结合且兼重采艳的理论建构原则贯注全书，而楚辞之新变与奇艳特质是其理论突破的重要渊薮，楚辞经验的深入发掘与吸收令《文心雕龙》开拓了论"文"的多个重要视域并有重大推进。

回顾《文心雕龙》写作缘起的背景考察，可以进一步认同在诗骚并举并论的时代风气下刘勰的独特熔铸与成就，魏晋六朝以来对风骚传统的逐步建构与完成，尤以刘勰的系统专论为理论之重，而楚辞也正是《文心雕龙》取得理论新创的重要影响源，《文心雕龙》全书的丰富内容，从楚辞影响之一端，更照见其杰出的理论建树及新创所在。

从刘勰所批评的经典文本（包括选文定篇的选文），来探讨《文心雕龙》理论批评观念和理论体系，是一个统筹的考量，这一诠释学与互文性理论视野对于多方面发掘《文心雕龙》之理论精义提供新的视角，楚辞是其中杰出的代表，这一论题仍有充分值得深入探讨的空间，有待今后进一步研究。

参考文献

1. （梁）刘勰：《元刊本文心雕龙》（中国古籍珍本丛书），上海古籍出版社1993年版。

2. （梁）刘勰撰，（清）黄叔琳注，（清）纪昀评：《文心雕龙辑注》，中华书局1957年版。

3. （梁）刘勰撰，（清）黄叔琳注，（清）纪昀评，李详补注，刘咸炘阐说，戚良德辑校：《文心雕龙》，上海古籍出版社2015年版。

4. （梁）刘勰撰，范文澜注：《文心雕龙注》，人民文学出版社1958年版。

5. （梁）刘勰著，（清）黄叔琳注，李详补注，杨明照校注拾遗：《增订文心雕龙校注》，中华书局2012年版。

6. （梁）刘勰撰，王利器校正：《文心雕龙校正》，上海古籍出版社1980年版。

7. （梁）刘勰撰，詹锳义证：《文心雕龙义证》，上海古籍出版社1989年版。

8. （梁）刘勰撰，祖保泉解说：《文心雕龙解说》，安徽教育出版社1993年版，2009年版。

9. （梁）刘勰撰，陆侃如、牟世金译注：《文心雕龙译注》，齐鲁书社1995年版。

10. （梁）刘勰撰，周振甫译注：《〈文心雕龙〉译注（修订本）》，江苏教育出版社2005年版。

11. （梁）刘勰撰，张国庆、涂光社校释译：《〈文心雕龙〉集校、集释、直译》（上下），中国社会科学出版社 2015 年版。

12.（梁）刘勰撰，周勋初解析：《文心雕龙解析》，凤凰出版社 2015 年版。

13.（汉）孔安国传，（唐）孔颖达疏：《尚书正义》，十三经注疏本，北京大学出版社 2000 年版。

14.（汉）毛亨传，（汉）郑玄笺，（唐）孔颖达疏：《毛诗正义》，十三经注疏本，北京大学出版社 1999 年版。

15.（汉）韩婴撰，许维遹校释：《韩诗外传集释》，中华书局 1980 年版。

16.（魏）王弼注，（唐）孔颖达疏：《周易正义》，十三经注疏本，北京大学出版社 2000 年版。

17.（魏）何晏注，（宋）邢昺疏：《论语注疏》，十三经注疏本，北京大学出版社 2000 年版。

18.（汉）司马迁撰，（南朝宋）裴骃集解，（唐）司马贞索隐，（唐）张守节正义：《史记》，中华书局 1959 年版。

19.（汉）班固撰，（唐）颜师古注：《汉书》，中华书局 1962 年版。

20.（晋）陈寿撰，（南朝宋）裴松之注：《三国志》，中华书局 1959 年版。

21.（南朝宋）范晔撰，（唐）李贤等注：《后汉书》，中华书局 1965 年版。

22.（梁）沈约：《宋书》，中华书局 1974 年版。

23.（梁）萧子显：《南齐书》，中华书局 1972 年版。

24.（北齐）魏收：《魏书》，中华书局 1974 年版。

25.（唐）姚思廉：《梁书》，中华书局 1973 年版。

26.（唐）姚思廉：《陈书》，中华书局 1972 年版。

27.（唐）房玄龄等：《晋书》，中华书局 1974 年版。

28.（唐）李延寿：《南史》，中华书局 1975 年版。

29.（唐）李延寿：《北史》，中华书局 1974 年版。

30.（唐）魏征等：《隋书》，中华书局 1973 年版。

31.（宋）欧阳修、（宋）宋祁：《新唐书》，中华书局 1975 年版。

32.（明）宋濂：《元史》，中华书局 1976 年版。

33.（清）赵翼撰，曹光甫校点：《廿二史札记》，凤凰出版社 2008 年版。

34.（清）朱铭盘：《南朝宋会要》《南朝齐会要》《南朝梁会要》《南朝陈会要》（历代会要丛书），上海古籍出版社 2006 年版。

35.（清）姚振宗：《二十五史补编》，中华书局 1955 年版。

36.（清）郭庆藩撰，王孝鱼点校：《庄子集释》（新编诸子集成），中华书局 2004 年版。

37.许维遹：《吕氏春秋集释》（新编诸子集成），中华书局 2009 年版。

38.（汉）扬雄撰，汪荣宝义疏，陈仲夫点校：《法言义疏》（新编诸子集成），中华书局 1987 年版。

39.（汉）王充撰，黄晖校释：《论衡校释》（新编诸子集成），中华书局 1990 年版。

40.（汉）蔡邕：《独断》，《文渊阁四库全书》第 850 册，上海古籍出版社 2003 年版。

41.（晋）葛洪撰，杨明照校笺：《抱朴子外篇校笺》，中华书局 1997 年版。

42.（北齐）颜之推撰，王利器集解：《颜氏家训集解（增补本）》（新编诸子集成），中华书局 1993 年版。

43.（宋）王应麟：《玉海》，《文渊阁四库全书》第 944 册，上海古籍出版社 2003 年版。

44.（清）永瑢等：《四库全书总目》（《四部精要》第 10 册），上海古籍出版社 1992 年版。

45.（汉）王逸撰，黄灵庚点校：《楚辞章句》，上海古籍出版社 2017 年版。

46.（南朝宋）刘义庆撰，（南朝梁）刘孝标注，余嘉锡笺疏：《世说新语笺疏》，中华书局 2007 年版。

47.（梁）僧祐编撰，刘立夫、胡勇译：《弘明集》，中华书局 2011 年版。

48.（梁）钟嵘：《诗品》，（宋）章如愚辑：《山堂先生群书考索》本卷二十二（中华再造善本），国家图书馆出版社 2006 年版。

49.（梁）钟嵘著，曹旭注：《诗品集注（增订本）》，上海古籍出版社 2011 年版。

50.（梁）萧统编，（唐）李善注：《文选》，上海古籍出版社 1986 年版。

51.（梁）萧绎撰，许逸民校笺：《金楼子校笺》，中华书局 2011 年版。

52.（唐）王勃著，（清）蒋清翊注：《王子安集注》，上海古籍出版社 1995 年版。

53.（唐）卢照邻著，祝尚书笺注：《卢照邻集笺注（增订本）》，上海古籍出版社 2011 年版。

54.（唐）殷璠编，王克让注：《河岳英灵集注》，巴蜀书社 2006 年版。

55.（唐）皎然著，李壮鹰校注：《诗式校注》，人民文学出版社 2003 年版。

56.（唐）韩愈著，钱仲联、马茂元校点：《韩愈全集》，上海古籍出版社 1997 年版。

57.（宋）欧阳修撰，李逸安点校：《欧阳修全集》，中华书局 2001 年版。

58.（宋）吕祖谦编，齐治平点校：《宋文鉴》，中华书局 1992 年版。

59.（宋）洪兴祖撰，白化文等点校：《楚辞补注》（2002 年重印修订本），中华书局 1983 年版。

60.（宋）朱熹撰，黄灵庚点校：《楚辞集注》，上海古籍出版社 2015 年版。

61.（明）许学夷著，杜维沫校点：《诗源辩体》，人民文学出版社 1987 年版。

62.（清）王夫之：《楚辞通释》，傅云龙、吴可编：《船山遗书》（第七卷），北京出版社 1999 年版。

63.（清）焦循：《雕菰集》，《续修四库全书》第 1489 册，上海古籍出版社 2002 年版。

64.（清）孙梅著，李金松校点：《四六丛话》，人民文学出版社 2010 年版。

65.（清）董诰等编：《全唐文》，上海古籍出版社 1990 年版。

66.（清）严可均辑：《全上古三代秦汉三国六朝文》，河北教育出版社 1997 年版。

67.（清）刘熙载撰，袁津琥校注：《艺概注稿》，中华书局 2009 年版。

68.（清）何文焕辑：《历代诗话》，中华书局 1981 年版。

69.（清）章学诚著，叶瑛校注：《文史通义校注》，中华书局 1985 年版。

70.丁福保辑：《历代诗话续编》，中华书局 1983 年版。

71. 逯钦立辑校：《先秦汉魏晋南北朝诗》，中华书局 1983 年版。

72. 朱东润：《中国文学批评史大纲》，上海古籍出版社 1957 年版，1983 年版。

73. 刘师培：《中国中古文学史论文杂记》，人民文学出版社 1959 年版。

74. 黄侃：《文心雕龙札记》，中华书局 1962 年版。

75. 刘永济：《文心雕龙校释》，中华书局 1962 年版。

76. 郭晋稀：《文心雕龙译注十八篇》，甘肃人民出版社 1963 年版。

77. 鲁迅：《汉文学史纲要》，人民文学出版社 1973 年版。

78. 刘大杰：《中国文学批评史》上册，上海古籍出版社 1979 年版。

79. 王元化：《文心雕龙创作论》，上海古籍出版社 1979 年版。

80. 杨明照：《文心雕龙校注拾遗》，上海古籍出版社 1982 年版。

81. 詹锳：《〈文心雕龙〉的风格学》，人民文学出版社 1982 年版。

82. 王元化选编：《日本研究〈文心雕龙〉论文集》，齐鲁书社 1983 年版。

83. 陈国庆编：《汉书艺文志注释汇编》，中华书局 1983 年版。

84. 洪湛侯等：《楚辞要籍解题》（楚辞研究集成），湖北人民出版社 1984 年版。

85. 罗根泽：《中国文学批评史》，上海古籍出版社 1984 年版。

86. 张文勋：《刘勰的文学史论》，人民文学出版社 1984 年版。

87. 毕万忱、李淼：《文心雕龙论稿》，齐鲁书社 1985 年版。

88. 蒋祖怡：《文心雕龙论丛》，上海古籍出版社 1985 年版。

89. 穆克宏：《文心雕龙选》，福建教育出版社 1985 年版。

90. 杨金鼎等编：《楚辞评论资料选》（楚辞研究集成），湖北人民出版社 1985 年版。

91. 杨金鼎等编：《楚辞研究论文选》（楚辞研究集成），湖北人民出版社 1985 年版。

92. 冯春田：《文心雕龙释义》，山东教育出版社 1986 年版。

93. 涂光社：《文心十论》，春风文艺出版社 1986 年版。

94. 王运熙：《文心雕龙探索》，上海古籍出版社 1986 年版。

95. 萧华荣:《魏晋南北朝诗话》,齐鲁书社 1986 年版。

96. 尹锡康、周发祥等:《楚辞资料海外编》(楚辞研究集成),湖北人民出版社 1986 年版。

97. 牟世金:《刘勰年谱汇考》,巴蜀书社 1988 年版。

98. 冯春田:《〈文心雕龙〉词语通释》,明天出版社 1990 年版。

99. 冯春田:《文心雕龙阐释》,齐鲁书社 1990 年版。

100. 穆克宏:《文心雕龙研究》,福州:福建教育出版社 1991 年版。

101. 金开诚:《屈原辞研究》,江苏古籍出版社 1992 年版。

102. 王元化:《文心雕龙讲疏》,上海古籍出版社 1992 年版。

103. 李炳勋:《文心雕龙理论体系新论》,文心出版社 1993 年版。

104. 石家宜:《文心雕龙整体研究》,南京出版社 1993 年版。

105. 牟世金:《文心雕龙研究》,人民文学出版社 1995 年版。

106. 李中华、朱炳祥:《楚辞学史》,武汉出版社 1996 年版。

107. 张少康、卢永璘编选:《先秦两汉文论选》,人民文学出版社 1996 年版。

108. 朱自清:《朱自清全集》第七卷,江苏教育出版社 1996 年版。

109. 张明高、郁沅:《六朝诗话钩沉》,中国广播电视出版社 1997 年版。

110. 马茂元选注:《楚辞选》,人民文学出版社 1998 年版。

111. 傅刚:《昭明文选研究》,中国社会科学出版社 2000 年版。

112. 石家宜:《〈文心雕龙〉系统观》,江苏古籍出版社 2001 年版。

113. 张光年:《骈体语译〈文心雕龙〉》,上海书店出版社 2001 年版。

114. 张少康、汪春泓、陈允锋、陶礼天:《文心雕龙研究史》,北京大学出版社 2001 年版。

115. 范文澜:《群经概论》(《范文澜全集》第一卷),河北教育出版社 2002 年版。

116. 洪湛侯:《诗经学史》,中华书局 2002 年版。

117. 姜亮夫著,沈善洪、胡廷武主编:《姜亮夫全集·八·楚辞学论文集》,云南人民出版社 2002 年版。

118. 张光年：《张光年文集》第五卷，人民文学出版社 2002 年版。

119. 褚斌杰：《楚辞要论》，北京大学出版社 2003 年版。

120. 李诚、熊良智主编：《楚辞评论集览》（楚辞学文库第二卷），湖北教育出版社 2003 年版。

121. 黄霖：《文心雕龙汇评》，上海古籍出版社 2005 年版。

122. 戚良德：《文心雕龙学分类索引》，上海古籍出版社 2005 年版。

123. 戚良德：《文论巨典：〈文心雕龙〉与中国文化》，河南大学出版社 2005 年版。

124. 钱穆：《论语新解》，三联书店 2005 年版。

125. 中国文心雕龙学会、全国高校古籍整理委员会编辑：《文心雕龙资料丛书》，学苑出版社 2005 年版。

126. 黄侃著，黄延祖重辑：《文心雕龙札记》，中华书局 2006 年版。

127. 刘师培：《中国中古文学史讲义》，上海古籍出版社 2006 年版。

128. 罗宗强：《魏晋南北朝文学思想史》，中华书局 2006 年版。

129. 张少康：《文心与书画乐论》，北京大学出版社 2006 年版。

130. 霍松林主编，漆绪邦、梅运生、张连第撰著：《中国诗论史》，黄山书社 2007 年版。

131. 刘永济：《屈赋通笺笺屈余义》，中华书局 2007 年版。

132. 罗宗强：《读文心雕龙手记》，生活·读书·新知三联书店 2007 年版。

133. 余嘉锡：《四库提要辩证》，中华书局 2007 年版。

134. 王国璎：《中国山水诗研究》，中华书局 2007 年版。

135. 钱锺书：《管锥编》第 2 册，生活·读书·新知三联书店 2008 年版。

136. 童庆炳：《童庆炳谈文心雕龙》，河南大学出版社 2008 年版。

137. 游国恩著，游宝谅编：《游国恩楚辞论著集》，中华书局 2008 年版。

138. 周祖谟：《周祖谟自选集》，首都师范大学出版社 2008 年版。

139. 郭绍虞：《照隅室古典文学论集》，上海古籍出版社 2009 年版。

140. 郭绍虞：《照隅室语言文字论集》，上海古籍出版社 2009 年版。

141. 耿素丽、黄伶选编：《民国期刊资料分类汇编·文心雕龙学》，国家图书馆出版社 2010 年版。

142. 郭绍虞：《中国文学批评史》，商务印书馆 2010 年版。

143. 汤炳正：《屈赋新探》，华龄出版社 2010 年版。

144. 张少康：《刘勰及其〈文心雕龙〉研究》，北京大学出版社 2010 年版。

145. 邓声国：《王逸〈楚辞章句〉考论》，国家图书馆出版社 2011 年版。

146. 黄灵庚：《楚辞与简帛文献》，人民出版社 2011 年版。

147. 林其锬、陈凤金：《增订文心雕龙集校合编》，华东师范大学出版社 2011 年版。

148. 陶礼天：《中国文论研究丛稿》，学苑出版社 2011 年版。

149. 穆克宏：《魏晋南北朝文论全编》，上海远东出版社 2012 年版。

150. 王力：《诗经韵读楚辞韵读》，中国人民大学出版社 2012 年版。

151. 姚爱斌：《文心雕龙诗学范式研究》，湖南人民出版社 2012 年版。

152. 陈允锋：《〈文心雕龙〉疑思录》，中央民族大学出版社 2013 年版。

153. 傅璇琮、陈尚君、徐俊编：《唐人选唐诗新编（增订本）》，中华书局 2014 年版。

154. 纪晓建：《汉魏六朝楚辞学名家研究》，国家图书馆出版社 2014 年版。

155. 王泗原：《楚辞校释》，中华书局 2014 年版。

156. 杨清之：《〈文心雕龙〉与六朝文化思潮》，齐鲁书社 2014 年版。

157. 刘大杰：《中国文学发展史》，商务印书馆 2015 年版（上下卷分别据 1943、1949 年版）。

158. 詹福瑞：《论经典》，人民文学出版社 2015 年版。

159. 梅运生：《魏晋南北朝诗论史》，安徽师范大学出版社 2016 年版。

160. 熊良智：《楚辞的艺术形态及其传播研究》，商务印书馆 2016 年版。

161. 郑毓瑜：《引譬连类：文学研究的关键词》，生活·读书·新知三联书店 2017 年版。

162. 陈钟凡著，卞东波整理：《中国韵文通论》（民国诗学论著丛刊），文化艺术出版社 2018 年版。

163. 古直：《锺记室诗品笺》，广文书局 1958 年版。

164. 饶宗颐主编：《文心雕龙研究专号》，香港大学中文学会 1965 年版。

165. 张立斋：《文心雕龙注订》，正中书局 1967 年版。

166. 潘重规：《唐写文心雕龙残本合校》，新亚研究所 1970 年版。

167. 蓝若天：《文心雕龙的枢纽论和区分论》，台湾商务印书馆 1975 年版。

168. 王叔岷：《文心雕龙缀补》，艺文印书馆 1975 年版。

169. 王更生：《文心雕龙研究》，文史哲出版社 1976 年版。

170. 石垒：《文心雕龙与佛道二教义理论集》，云在书屋出版 1977 年版。

171. 王更生：《文心雕龙范注驳正》，华正书局 1979 年版。

172. 王更生编纂：《文心雕龙研究论文选粹》，育民出版社 1980 年版。

173. 王金凌：《文心雕龙文论术语析论》，华正书局 1981 年版。

174. 龚菱：《文心雕龙研究》，文津出版社 1982 年版。

175. 李曰刚：《文心雕龙斠诠》（上下），台湾编译馆 1982 年版。

176. 王礼卿：《文心雕龙通解》，黎明文化出版社 1986 年版。

177. 王更生：《文心雕龙新论》，文史哲出版社 1991 年版。

178. 颜崑阳：《六朝文学观念丛论》，正中书局 1993 年版。

179. 游志诚：《昭明文选学术论考》，学生书局 1996 年版。

180. 黄端阳：《文心雕龙枢纽论研究》，国家出版社 2000 年版。

181. 刘渼：《台湾近五十年来〈文心雕龙〉学研究》，万卷楼图书有限公司 2001 年版。

182. 徐复观：《中国文学精神》，上海书店出版社 2004 年版。

183. 邓国光：《文心雕龙文理研究——以孔子、屈原为枢纽轴心的要义》，上海古籍出版社 2012 年版。

184. 黄端阳：《范文澜〈文心雕龙注〉研究》，文史哲出版社 2012 年版。

185. 施筱云：《〈文心雕龙·辨骚〉研究》，曾永义主编：《古典文学研究辑刊》八编第二册，花木兰文化出版社 2013 年版。

186. 陈秀美：《〈文心雕龙〉"文体通变观"研究》，曾永义主编：《古典文学研究辑刊》十一编第 3 册，花木兰文化出版社 2015 年版。

187. 欧阳艳华：《征圣立言——文心雕龙体道思想研究》，上海古籍出版社

2015 年版。

188. Vincent Yu-chung Shih, *The Literary Mind and The Carving of Dragons*: *A study of Thought and pattern in Chinese Literature,* HongKong, Chinese University Press, 1983.

189.［美］宇文所安：《中国文论：英译与评论》，王柏华、陶庆梅译，上海社会科学院出版社 2003 年版。

190.［美］刘若愚：《中国文学理论》，杜国清译，江苏教育出版社 2006 年版。

191.［美］理查德·E.帕尔默：《诠释学》，潘德荣译，商务印书馆 2012 年版。

192.［美］乔纳森·卡勒：《文学理论入门》，李平译，译林出版社 2013 年版。

193.［美］爱德华·希尔斯：《论传统》，傅铿、吕乐译，上海人民出版社 2014 年版。

194.［日］兴膳宏：《兴膳宏〈文心雕龙〉论文集》，彭恩华译，齐鲁书社 1984 年版。

195.［日］户田浩晓：《文心雕龙研究》，曹旭译，上海古籍出版社 1992 年版。

196.［日］安居香山、中村璋八辑：《纬书集成》，河北人民出版社 1994 年版。

197.［日］冈村繁编撰：《文心雕龙索引》，王元化主编，陆晓光、俞慰慈副主编：《冈村繁全集》（别卷），上海古籍出版社 2010 年版。

198.［日］铃木虎雄：《中国古代文艺论史》，孙俍工译，山西人民出版社 2015 年版。

199.［英］特雷·伊格尔顿：《二十世纪西方文学理论》，伍晓明译，北京大学出版社 2007 年版。

200.［英］托·斯·艾略特：《传统与个人才能》，卞之琳、李赋宁等译，上海译文出版社 2012 年版。

201.［德］汉斯-格奥尔格·伽达默尔：《诠释学Ⅰ、Ⅱ：真理与方法》，洪汉鼎译，商务印书馆 2010 年版。

202.［意］艾柯（Umberto Eco）等著，［英］柯里尼（Stefan Collini）编：《诠释与过度诠释》，王宇根译，生活·读书·新知三联书店 2005 年版。

203. 刘节：《刘勰评传》，《国学月报》1927 年第 3 期。

204. 徐复观:《〈文心雕龙〉的文体论》,台湾《东海学报》1959 年第 1 期。

205. 段熙仲:《〈文心雕龙·辨骚〉的从新认识》,《文学遗产》1961 年第 393 期。

206. [日] 林田慎之助:《〈文心雕龙〉文学原理论的诸问题》,《日本中国学会报》1967 年第 19 期。

207. 王梦鸥:《刘勰论文之特殊见解》,台湾《政治大学学报》1968 年第 17 期。

208. 王梦鸥:《文心雕龙质疑》,台湾《故宫图书季刊》1970 年第 1 期。

209. 王梦鸥:《从〈辨骚〉篇看〈文心雕龙〉论文的重点》,台湾《中华文化复兴月刊》1971 年第 5 期。

210. 张淑香:《由〈辨骚〉篇看刘勰的文学创作观》,台湾《幼狮月刊》1973 年第 1 期。

211. 廉永英:《文心雕龙辨骚第五会笺》,台湾《女师专学报》1974 年第 5 期。

212. 周弘然:《〈文心雕龙〉的宗经论》,台湾《大陆杂志》1975 年第 3 期。

213. 周弘然:《〈文心雕龙〉的文体论》,台湾《大陆杂志》1976 年第 6 期。

214. 牟世金:《〈文心雕龙〉的总论及其理论体系》,《中国社会科学》1981 年第 2 期。

215. 缪俊杰:《〈文心雕龙〉研究中应注意文体论的研究》,《古代文学理论研究丛刊》1981 年第 4 辑。

216. 王运熙:《〈文心雕龙〉的宗旨、结构和基本思想》,《复旦学报(社会科学版)》1981 年第 5 期。

217. 张文勋:《〈文心雕龙〉的理论体系》,《云南社会科学》1981 年第 2 期。

218. 汤炳正:《〈楚辞韵读〉读后感》,《四川师院学报》1982 年第 1 期。

219. [日] 林田慎之助撰,陈曦钟译:《裴子野〈雕虫论〉考证——关于〈雕虫论〉的写作年代及其复古文学论》,《古代文学理论研究》1982 年第 6 辑。

220. 李淼:《略论〈文心雕龙〉的文学理论体系》,《文心雕龙学刊》1983 年第 1 辑。

221. 王运熙:《刘勰论宋齐文风》,《复旦学报(社会科学版)》1983 年第 5 期。

222.石家宜：《惟"变"识得〈辨骚〉真》，《文心雕龙学刊》1984 年第 2 辑。

223.王运熙：《从文论看南朝人心目中的文学正宗》，《文学遗产》1984 年第 4 期。

224.滕福海：《〈文心雕龙〉理论体系研究述评》，《语文导报》1985 年第 7 期。

225.王运熙：《刘勰论历代文学》，《中华文史论丛》1985 年第 1 辑。

226.王运熙：《〈文心雕龙〉的〈正纬〉与〈辨骚〉》，《复旦学报（社会科学版）》1985 年第 2 期。

227.[日] 冈村繁：《〈文心雕龙〉的五经和文章美》，《中华文史论丛》1985 年第 2 辑。

228.吕美生：《〈文心雕龙·辨骚〉平议》，《文心雕龙学刊》1986 年第 3 辑。

229.黄维樑：《现代实际批评的雏型——〈文心雕龙·辨骚〉今读》，《中国文化》1991 年第 2 期。

230.[韩] 彭铁浩：《文心雕龙〈辨骚〉篇的性格研究》，启明大学中国学研究所：《中国学志》1991 年第 6 辑。

231.王淑祯：《〈文心雕龙·辨骚〉篇释义》，台湾《兴大中文学报》1991 年第 4 期。

232.徐汉昌：《〈文心雕龙·辨骚〉篇浅析》，台湾《国文天地》1992 年第 11 期。

233.[日] 竹治贞夫、赵晓兰：《关于〈楚辞释文〉的作者问题》，《成都大学学报（社会科学版）》1993 年第 1 期。

234.韩湖初：《论〈辨骚〉篇"执正驭奇"思想在〈文心雕龙〉理论体系中的地位》，《文心雕龙研究》1995 年第 1 辑。

235.李大明：《宋本〈楚辞章句〉考证》，《四川师范大学学报（社会科学版）》1995 年第 1 期。

236.王更生：《隋唐时期的龙学》，《文心雕龙研究》1995 年第 1 辑。

237.周振甫：《六朝文论辨析二题》，《文学遗产》1995 年第 1 期。

238.[韩] 彭铁浩：《〈文心雕龙〉文学论的折衷的性格》，《文心雕龙研究》1996 年第 2 辑。

239. 童庆炳：《〈文心雕龙〉"奇正华实"说》，《文艺理论研究》1999 年第 1 期。

240. 周勋初：《文学"一代有一代之所胜"说的重要历史意义》，《文学遗产》2000 年第 1 期。

241. 黄震云、韩宏韬：《诗经〈篇名〉类释》，《甘肃社会科学》2002 年第 5 期。

242. 王运熙：《文质论与中国中古文学批评》，《文学遗产》2002 年第 5 期。

243. 黄灵庚：《关于王逸〈楚辞章句〉的校理》，《中国文化研究》2003 年夏之卷。

244. 虞蓉：《"五经皆文"：〈文心雕龙〉潜在的逻辑前提——刘勰的"宗经观"新探》，《四川大学学报（哲学社会科学版）》2003 年第 5 期。

245. 张可礼：《三国时期〈诗经〉学者著述叙录及其启示》，《山东大学学报（哲学社会科学版）》2003 年第 2 期。

246. 秦海鹰：《互文性理论的缘起与流变》，《外国文学评论》2004 年第 3 期。

247. 陶礼天：《六朝"文笔"论与文学观——〈文心雕龙〉"文笔之辨"探微》，《文艺研究》2005 年第 5 期。

248. 王运熙：《〈文心雕龙〉的艺术标准》，《文学遗产》2005 年第 5 期。

249. 葛晓音：《从诗骚辨体看"风雅"和"风骚"的示范意义——兼论历代诗骚体式研究的思路和得失》，《中华文史论丛》2006 年第 3 期。

250. 童庆炳：《〈文心雕龙〉"丽辞雅义"说》，《中国政法大学学报》2007 年第 1 期。

251. 周萌：《六朝诗赋观考辨——以〈文赋〉〈文章流别论〉〈文选〉〈文心雕龙〉为中心》，《深圳大学学报》（人文社会科学版）2007 年第 5 期。

252. 黄灵庚：《〈楚辞〉十七卷成书考辨》，《复旦学报》2008 年第 3 期。

253. 钱志熙：《早期诗文集形成问题新探——兼论其与公谦集、清谈集之关系》，《齐鲁学刊》2008 年第 1 期。

254. 姚爱斌：《〈文心雕龙〉诗学范式转换的枢纽——〈辨骚〉篇与〈文心雕龙〉诗学思想关系重析》，《文化与诗学》2008 年第 1 期。

255. 罗宗强：《〈文心雕龙〉的成书和刘勰的知识积累——读〈文心雕龙〉

续记》，《社会科学战线》2009 年第 4 期。

256. 王毓红：《〈文心雕龙〉的互文性解读》，《中国文化研究》2009 年秋之卷。

257. 王运熙：《中国中古文人对俚俗文学与时俗文学的态度》，《中山大学学报（社会科学版）》2009 年第 1 期。

258. 周勋初：《〈文心雕龙·辨骚〉篇属性之再检讨》，《文心雕龙》国际学术研讨会暨中国《文心雕龙》学会第十届年会会议论文 2009 年。

259. 何诗海：《"文体备于战国"说平议》，《文学评论》2010 年第 6 期。

260. 陈秀美：《反思〈文心雕龙〉"文体通变观"之近现代学者的问题视域》，《文心雕龙研究》2011 年第 9 辑。

261. 孙蓉蓉：《谣谶与诗学》，《文学评论》2011 年第 6 期。

262. 王运熙、奚彤云：《〈文心雕龙〉批评当时不良文风的矛头指向》，《文史哲》2011 年第 3 期。

263. 戚良德：《诗骚所标，并据要害——刘勰对〈诗经〉〈楚辞〉创作经验之总结》，《文心雕龙研究》2013 年第 10 辑。

264. 卢盛江：《〈文心雕龙·辨骚〉篇小议》，《文心雕龙研究》2013 年第 10 辑。

265. 曾毅：《从以〈诗〉评〈骚〉到诗骚同源——唐前屈骚批评的转变及其意义》，《求索》2013 年第 10 期。

266. 范立红：《从"五经皆文"看刘勰的"文学"观念》，《湖北社会科学》2014 年第 2 期。

267. 陶礼天：《刘勰"江山之助"论与文学地理学——〈楚辞〉景观美学研究》，《中国文论》2014 年第 1 辑。

268. 陶礼天：《知音与知味：论〈文心雕龙〉的知音批评模式》，《文史哲》，2015 年第 5 期。

269. 陶礼天：《论刘勰的才性批评模式——〈文心雕龙〉文学批评范式研究之一》，张健、郭鹏编：《古代文论的现代诠释》，北京大学出版社 2015 年版。

270. 邬国平：《〈文心雕龙〉结构关系和基本文学思想再思考》，《上海师范大学学报》（哲学社会科学版）2015 年第 5 期。

271. 陶礼天：《论〈文心雕龙〉的经典批评模式》，《安庆师范学院学报（社会科学版）》2016 年第 5 期。

272. 叶汝骏：《20 世纪以来〈文心雕龙·辨骚〉研究综述》，《山西大同大学学报》（社会科学版）2016 年第 3 期。

273. 周建忠、倪歌：《〈释文〉的纠结与〈楚辞〉的篇次——兼及西村时彦〈屈原赋说〉》，《职大学报》2016 年第 5 期。

274. 孙蓉蓉：《〈文心雕龙·正纬〉之辨》，《北方论丛》2017 年第 1 期。

275. 陶礼天：《〈文心雕龙〉文学批评范式研究》，[意] 贾西媚主编：《〈文心对话〉国际会议论文集》，意大利米兰大学出版社 2017 年版。

276. 赵树功：《道贯"三才"与骋才创体——论以"才"为核心的〈文心雕龙〉理论体系》，《文艺研究》2017 年第 10 期。

277. 陈允锋：《〈文心雕龙·辨骚〉之"辨"义及其思想渊源》，《中国社会科学院研究生院学报》2018 年第 2 期。

278. 陶礼天：《〈文心雕龙〉文学地理批评思想初探》，《首都师范大学学报（社会科学版）》2018 年第 5 期。

279. 姚爱斌：《刘勰文学"通变"论的独特建构》，《千古文心——牟世金先生诞辰九十周年纪念文集》，凤凰出版社 2018 年版。

280. 余震宇：《文心雕龙与诗骚传统》，硕士生学位论文，北京大学 2006 年。

281. 任国福：《刘勰的〈楚辞〉阐释与〈文心雕龙〉的形式美学论》，硕士生学位论文，暨南大学 2008 年。

282. 王万洪：《〈文心雕龙〉雅丽思想研究》，博士生学位论文，四川师范大学 2012 年。

283. 张莉：《〈文心雕龙·辨骚〉篇辨疑》，硕士生学位论文，温州大学 2017 年。

284. 李月娇：《〈文心雕龙·辨骚〉研究》，硕士生学位论文，南京师范大学 2018 年。

附录一：
《文心雕龙·辨骚》研究史论

  《辨骚》作为今本《文心雕龙》之第五篇，是刘勰对楚辞的集中全面评论，也是全书较为特殊的一篇，颇具争议，不仅涉及刘勰对楚辞的根本态度，也是关涉全书之大判断的重要篇章。本书拟对《辨骚》之专题研究做纵向梳理，并就涉及的重要问题加以评述，以厘清相关研究脉络及现状，为进一步反思探究全书理论架构提供借鉴。

  回顾《文心雕龙》研究史，绝大多数注译校勘及理论专著均涉及《辨骚》的研究，现当代以来单篇之专题论文亦复不少；另外，文学史、文论史等相关著作也间有论及；古代类书、诗文、笔记杂著之引录袭用评论等亦可窥知其态度取舍。这些都可视为《辨骚》篇研究史的组成部分，本书一并采录，以下拟从几个方面分别加以评述。

一、《辨骚》篇历来之接受与影响

  《文心雕龙》自南齐末年成书以后①，历代之接受状况虽有起伏，但总体上是渐受关注并发挥越来越大影响的，而其中《辨骚》一篇，因其

---

  ① 《文心雕龙》成书的具体系年尚难确定，自清人刘毓崧考订当在南齐之世后各家又有所补充辨证，现学界基本认同在498年至502年之间，值南齐末年，于时刘勰三十余岁。

楚辞 ① 专论的性质及处于"文之枢纽"之末的特殊位置，在《文心雕龙》研究史及楚辞研究史中也渐凸显其重要性。以下循《文心雕龙》及楚辞之研究史、接受史，首先对所涉《辨骚》情况加以辑录考察。

《文心雕龙》成书后在梁代即渐有传播影响，如史载沈约的"大重之"（《梁书·刘勰传》）、萧绎《金楼子·立言》中对《指瑕》篇的吸收化用等。从相关《辨骚》角度来看，成书于梁代的《文选》晚于《文心雕龙》，其将楚辞单列为骚类而与赋别，而《文心雕龙》单辟《辨骚》一篇、另有《诠赋》，虽难确证前后之影响，或可视为共识之呼应。

唐初反齐梁文风，《文心雕龙》在史学界及诗文领域渐受关注，成书于贞观十年的《隋书·经籍志》最早加以著录。王勃《上吏部裴侍郎启》中说"屈宋导浇源于前，枚马张淫风于后"②，似与《辨骚》所论不无关联，王勃、骆宾王、张说等初唐诗人多论及或被评及"江山之助"③，应是出于《物色》，也可窥知其时《文心雕龙》论骚的广为熟知。刘知几的《史通》，后人多有指出其对《文心雕龙》"枢纽"结构的吸收，其论经史之分，类似《文心雕龙》中"五经"向文章之过渡，反映二刘对纬骚、史汉的矛盾心理。另外，唐人选唐诗如《河岳英灵集》《中兴间气集》等多"文质半取，风骚两挟"④；韩柳等古文家倡文道关系论，主张宗经，亦兼通诸子，重文

---

① 本文所涉"楚辞"，主要指刘勰所论以屈原、宋玉等为代表创作于战国时期的楚辞作品，一般不加书名号，在具指专书时专用"《楚辞》"。

② （唐）王勃著，（清）蒋清翊注：《王子安集注》，上海古籍出版社 1995 年版，第130 页。

③ 王勃《越州秋日宴山亭序》："南国多才，江山助屈平之气。"见《王子安集注》第198 页。骆宾王《初秋登王司马楼宴得同字》之序："物色相召，江山助人。"见中华书局编辑部点校：《全唐诗》（增订本）卷78，中华书局1999 年版，第845 页。《新唐书·张说传》："既谪岳州，而诗益凄婉，人谓得江山助云。"见《新唐书》卷125《张说传》，中华书局1975 年版，第4410 页。"江山之助"说此后以讫明清多见论及，此不详述。

④ 殷璠：《河岳英灵集论》，见（唐）殷璠编，王克让注：《河岳英灵集注》，巴蜀书社2006 年版，第4 页。

学性，重骚；晚唐陆龟蒙有诗言"刘生吐英辨，上下穷高卑。……人谣洞野老，骚怨明湘累"①。这些均可看到刘勰《辨骚》之潜在影响。

宋刻本《太平御览》曾引录《文心雕龙》二十三篇但无《辨骚》，葛立方《韵语阳秋》卷第九言及《辨骚》所论"狷狭之志"，晁补之《离骚新序》中也多处评及刘勰之论但却不无误解，洪兴祖《楚辞补注》在目录后曾引鲍钦止云："《辨骚》非《楚辞》本书，不当录"，可知当时的《楚辞》流传本是将《辨骚》一并录列的，这是宋本之旧式②。另据杨明照《文心雕龙校注拾遗》附录所辑，宋人多有明确论及《辨骚》者，如张嵲、楼钥、吕本中、高元之等，亦见褒贬分歧，其中吕本中曾赞其为"知文者也"③。因应楚辞学研究的兴盛，宋代对《文心雕龙》的征引、研究中，关于《辨骚》的讨论较为突出，《文心雕龙》之论骚已是楚辞研究中"有影响的一家之言"④。

元代学者多崇儒，至正本钱惟善序评及枢纽五篇及全书卷帙时体现明显的道统观。王构《修辞鉴衡》之《文不当好奇》曾引黄庭坚《与王观复书》语，从《神思》"意翻空而易奇，文征实而难工"论证好作奇语是文章病，可视作对《辨骚》之尚奇的反拨。潘昂霄《金石例》亦曾引述《辨骚》。

---

① 陆龟蒙：《袭美先辈以龟蒙所献五百言既蒙见和复示荣唱至于千字提奖之重蔑有称实再抒鄙怀用伸酬谢》诗。见《全唐诗》第九册卷六一七，第7160页。
② 李大明《宋本〈楚辞章句〉考证》一文对《辨骚》入《楚辞》情况有详细说明，如下：前引鲍钦止云："《辨骚》非《楚辞》本书，不当录"，则宋时《章句》中必有《辨骚》。又黄伯思《序》云："陈说之本以刘勰《辨骚》在王《序》之前，论世不伦，故绪而正之"，则北宋前期所传《章句》之中已有《辨骚》。《楚辞补注》是《离骚》之后附《辨骚》；《章句》"黄本"于"楚辞目录"后附《辨骚》，"夫容馆本"和"仿宋本"在卷首（"目录"之前）载《辨骚》。虽诸本中《辨骚》的位置有异，但皆合宋本旧式。见李大明：《宋本〈楚辞章句〉考证》，《四川师范大学学报（社会科学版）》1995年第22卷第1期。
③ 杨明照：《文心雕龙校注拾遗》，上海古籍出版社1982年版，第454页。
④ 张少康、汪春泓、陈允锋、陶礼天：《文心雕龙研究史》，北京大学出版社2001年版，第38页。本文对《辨骚》研究史之辑录考察亦多参考是书，特此说明。

明代杨慎始对《文心雕龙》进行了较系统研究，开创明代之龙学，其评点《辨骚》曾对"举以方经"之四家有所辨析，在《情采》篇中以楚辞为例论为情而造文。曹学佺序及眉批提出《文心雕龙》原道以心，征圣以情，从而淡化宗经，由心及情及风及文，认为《文心雕龙》的宗旨为衔华佩实、情见于辞的风雅正统，《辨骚》是辨而去其"异乎经典"之弊，显其扶风雅之切，楚辞循声得貌，正是极真之体现。在版本校勘方面，朱谋㙔、梅庆生、王惟俭等均曾对《辨骚》篇有所辩正。另外，楚辞研究中，汪瑗《楚辞集解》、蒋之翘《评校楚辞集注》、陆时雍周拱辰《缉柳斋楚辞》均几全文征引《辨骚》。许学夷《诗源辨体》论赋亦引《辨骚》文，认为刘勰之论为千古定论、屈子本辞赋之宗不必附经抬高等。①

清代前中期围绕《文心雕龙》之校释批评更为繁盛。版本校勘以黄叔琳辑注本为代表，包括《辨骚》在内汇集历来《文心雕龙》校勘之成果，成为最通行本及后世校勘的主要底本。纪昀的《文心雕龙》批评，多从历史文化背景下理解其理论，其在《辨骚》篇评点中批评浮艳之根亦滥觞于骚，认为其复古以通变等，未必符合刘勰原义。郝懿行之笺注亦较为重要，其评《明诗》"离骚为刺"曾对刘勰之论骚有所评述："案《汉志》以《骚》为赋，此篇以《骚》为诗，盖赋者古诗之流，《离骚》者含诗人之性情，具赋家之体貌也。"②

近现代以来开启全面深入的理论研究，综合性《文心雕龙》校释及理论研究著作对《辨骚》多有论及，文学史、文论专著等也间有提到，此以较有代表性者约略汇集以见关注之总体状况，其具体校勘及理论内容下文详述。晚清刘熙载《艺概》多有论及刘勰之论骚，其《赋概》以《离骚》为变之正，意与《辨骚》宗旨一致。刘咸炘《文心雕龙阐说》对《辨骚》

① （明）许学夷著，杜维沫校点：《诗源辨体》，人民文学出版社1987年版，第34页。
② 见范文澜《明诗》篇注释所引。（梁）刘勰撰，范文澜注：《文心雕龙注》，人民文学出版社1958年版，第72页。

中的楚辞作品评语多有认同评论，五四以降，黄侃《文心雕龙札记》、范文澜《文心雕龙注》、刘永济《文心雕龙校释》于《辨骚》均有所论述指正。此一时期的文学批评史家如陈中凡、郭绍虞、方孝岳、罗根泽、朱东润等均在著作中高度评价过《文心雕龙》，《辨骚》自在论述之列，有意味的是均未及宗经六义。鲁迅在《汉文学史纲要》之《屈原及宋玉》篇、《摩罗诗力说》中对《辨骚》之文亦多有引录评价。

新中国成立后《文心雕龙》研究经历五六十年代之渐兴、"文革"时期之沉寂、新时期之繁荣，结合港台及国外研究，《辨骚》之关注讨论在当代可说有增无减，其间亦有曲折变化。即以新时期《辨骚》之专篇论文为例，据戚良德《文心雕龙学分类索引》统计，我国大陆地区1979年至2005年《辨骚》专篇论文计有108篇之多①，2006年至今据知网所录又增50余篇，近年有张莉《〈文心雕龙·辨骚〉篇辨疑》（2017）、李月娇《〈文心雕龙·辨骚〉研究》（2018）两篇硕士论文。全面校释研究《文心雕龙》之专书已包含《辨骚》的研究，而60年代以来一些专著中对《辨骚》之择选取舍亦显示差别及变化。张光年的白话骈体译文，60年代初所译六篇均为创作论，后才有所增益补充。陆侃如、牟世金60年代之选译已包含"枢纽"五篇。郭晋稀1963年《文心雕龙译注十八篇》于上篇仅选《原道》《辨骚》《明诗》《论说》，其译文有过于强调今人语词倾向，《辨骚》亦如此。周振甫60年代译注二十八篇，于"枢纽"部分仅选《征圣》《宗经》后才增补，其1981年《文心雕龙注释》中论及《辨骚》指出该篇不是用儒家思想贬低楚辞，而是用楚辞新变论证文学的发展。穆克宏1985年《文心雕龙选》择取"枢纽"五篇。蒋祖怡1985年《文心雕龙论丛》有《辨骚》篇研究。毕万忱、李淼1985年《文心雕龙论稿》有针对刘勰之屈作评价的专文研究。涂光社1986年《文心十论》有"辨骚论"，着意剖析其"变"，

---

① 戚良德：《文心雕龙学分类索引》，上海古籍出版社2005年版，第146—157页。

提出两正两奇论。石家宜 1993 年《文心雕龙整体研究》论到"体乎经""变乎骚"是体用关系。

20 世纪 70 年代以降我国台湾地区《辨骚》之专题研究也较突出，论文多见并有专书出现。如王梦鸥 1971 年《从〈辨骚〉篇看〈文心雕龙〉论文的重点》、张淑香 1973 年《由〈辨骚〉篇看刘勰的文学创作观》等专文，廉永英 1974 年有《文心雕龙辨骚第五会笺》，蓝若天 1975 年《文心雕龙的枢纽论和区分论》一书中有"辨辨骚"。周弘然 1975 年《〈文心雕龙〉的宗经论》虽论宗经，提出经为常为故，是广义文学；《离骚》为变为新，是狭义的文学。王淑祯 1991 年《〈文心雕龙辨骚〉篇释义》从分析楚辞各篇内容出发加以论述。徐汉昌 1992 年《〈文心雕龙辨骚〉篇浅析》分析其取熔自铸。《辨骚》篇研究专著有 2013 年施筱云的《〈文心雕龙·辨骚〉研究》等。中国香港黄维樑 1996 年《中国古典文论新探》着意从中西比较角度展开新的探讨，其中《现代实际批评的雏形——〈文心雕龙·辨骚〉今读》一文，认为《辨骚》不同于一般印象式批评，很有现代学术论文精神。

日本《文心雕龙》研究由来已久，早期如汉诗选集《怀风藻》《文镜秘府论》《古今和歌集》等多体现受《原道》《物色》《声律》之明显影响。日本之《文心雕龙》刊本始于 18 世纪，但江户时代（1603—1867）总体尚未全面评价，近代以来始多有研究。于《辨骚》专论看，除铃木虎雄早年之校勘外，青木正儿 1943 年《中国文学思想史》较早论及《辨骚》。斯波六郎曾撰前四篇札记而未包括《辨骚》。兴膳宏 1968 年详注全译《文心雕龙》，另创作于 80 年代的《〈文心雕龙〉与〈诗品〉在文学观上的对立》一文论及刘勰奇文观。韩国车柱环于 1966 年、1967 年完成的《文心雕龙疏证》，择选前六篇，注意内证，针对《辨骚》诡异之辞，引作品精炼论证。金民那 1993 年之博士论文《文心雕龙的美学》，立足前五篇论述文艺产生的基本原理、文艺创变的规律及其关键。彭铁浩 1991 年有《文心雕龙〈辨骚〉篇的性格研究》专文，1996 年《〈文心雕龙〉文学论的折衷的性格》一文认为《正纬》《辨骚》也体现折衷观点。欧美国家于《文心雕龙》之接受早期主要始于《原道》篇的介绍翻译，美国施友忠1959年有英文全译《文心雕龙》，序文指出刘勰的保守主义是习惯，发展观点才是出之于信仰。意大利珊德拉于20世纪90年代撰意大利文全译本。李肇础著下篇德文译本。法国朱利安曾译《宗经》《丽辞》。①

二、《辨骚》篇的注译校勘

依据现存之刊本及手抄本，历来注家对《文心雕龙》文本多有辨析校正，就《辨骚》篇看，唐写本、元至正本及明清以来国内外各种刊本亦不无异文，各家校勘注译不尽一致。明代王惟俭训故本于"枢纽论"注解详备，尤其是《正纬》《辨骚》两篇。有些异文并无关宏旨，或可两存，而有些关键字句的辨析却关系本篇之确切理解，甚而引起广泛的理论争议，以下分别加以归纳。

首先关于本篇之篇名。"辨"或"辩"，元刻本、明清本、唐写本等不尽一致，而对于以"骚"为名，纪昀、李详、许文雨都曾有议论。今人于此篇名无大疑义，"辨""辩"亦可相通而以"辨"为上，"骚"乃统楚辞而言，已为共识。

正文中，文字有出入而与主旨内容之理解无大关系者诸如：淮南作传(赋)，《离骚》"兼之"二字之补，玄(悬)圃，翳(鷖)，讽味(咏)，汤武(禹汤、汤禹)，同于(乎)，(驾)丰隆、(凭)鸩鸟，毙(彈、弊)，深(采)华，独往(任)，菀(苑、捥)，壮志(采)，实劳(辽)，艳溢(逸)等，此不详列。

---

① 以上国外研究状况参见《文心雕龙研究史》第三章第三节、第四章第六节等相关论述。

"典诰之体"下四句唐写本原脱应据补无疑，而此句之注释则有较大分歧。范注认为诗无典诰之体，则"同于风雅"应为"同于书诗"；斯波六郎则认为如以此之风雅与彼之典诰互文而言，此风雅不应改；张立斋《文心雕龙注订》认为此"体"为体要之义，非体裁。

体宪（慢）、风杂（雅）两处异文，刘熙载曾据明本取后者作解，今多取"宪""杂"为正，但也有坚持不同意见者，如我国台湾学者王礼卿1986年《文心雕龙通解》之《辨骚》一篇，仍取"体慢于三代、风雅于战国"，不同意范注依唐写本的改动。这也涉及对刘勰楚辞观之理解。

"博徒"一词原无太大歧义，范文澜注为"人之贱者"，后之注者多从其贬义，牟世金译注中释为"浪子"，20世纪80年代末以来始屡有论辩，这与对刘勰之楚辞观的态度褒贬争议相关，下文详论。

"取镕""自铸"二语，文字校勘无争议，而于文意理解密切相关，刘熙载、黄侃、张立斋、王元化等均曾重点诠释。

"酌奇而不失其真"，刘永济、杨明照据唐写本改"真"为"贞"，范文澜注本、詹锳《文心雕龙义证》文中仍取"真"字，《义证》于注释中则对"贞"之理解详细诠释。二字之理解于把握全篇乃至全书之义关系重大。

《辨骚》所涉之楚辞篇目也是在注译校勘中较为关注之处。主要包括：刘勰所论之《招魂》究竟目为屈原之作还是宋玉；《九辨》抑或《九辩》；《招隐》应为《大招》；"九怀以下"之究竟所指；"其"在文中单指屈原还是屈宋等。

三、《辨骚》篇内容义理研究

围绕《辨骚》篇内容义理之研究，主要涉及刘勰之楚辞观，具体议题诸如"四同四异"的理解、刘勰所论的楚辞篇目、浪漫主义等风格特色讨论、博徒之议、刘勰之思想矛盾态度褒贬以及结合《文心雕龙》他篇讨论文体发展、奇正、物色、通变、知音批评等等，内容极为丰富。对《辨骚》篇的总体地位评价与《文心雕龙》全书体系结构之理解密切相关，放在下文考察，本部分对主要涉及《辨骚》篇内容义理之研究加以总结。

新时期以来围绕《辨骚》及《楚辞》作品之浪漫主义的讨论，带有时代理论语境的特点，六七十年代多位《文心雕龙》研究学者曾参与讨论，现实主义、浪漫主义之区判批评，关乎奇华及楚辞评价，今天看不免有以今释古、以西释中的生硬分析之嫌，但聚焦于《楚辞》异于经典之处的褒贬探析，推进对《楚辞》特征的深入体认。

"四同四异""博徒"之讨论与对刘勰之思想矛盾、态度褒贬的不同看法密切相关。"四同四异"是《辨骚》篇内容主体，学界多有围绕"四同四异"的楚辞风格特色研究，相关之理解判断亦有差异。"典诰之体"前已论及，关键在"体"之理解。对"四异"中"荒淫之意"的看法是主要分歧所由，面对一般所认为的明显"贬词"，刘勰之态度颇费斟酌。"博徒"之议与此相关。前文论及，"博徒"一词的校勘注译原无太大歧义，是含有贬义的。近人刘节《刘勰评传》从修辞角度肯定"六义"，认为视《离骚》为博徒乃两汉以来儒学沉溺人心所致。陆侃如、牟世金《选译》本释《辨骚》之博徒、英杰为浪子、英雄，并在注释中有所补充发挥。"博徒"之议自20世纪80年代末以来陡兴，以韩湖初、李金坤等为代表提出"博徒"乃"博雅之徒"，实为褒义。由此围绕"博徒"一词的褒贬训释引发争论，相关论文前后计有十余篇，近年仍有论及。总体来看，为"博徒"一词力寻褒义者无非为刘勰之"赞骚"辩护，而承认"博徒"确有贬义者却分为崇经抑骚、褒中微贬、无伤主赞大体等意见差别，其间亦有许多分析辨难。"博徒"与对"荒淫之意"的理解判断相似，不仅取决于具体词汇，而应从行文语境、篇章主旨乃至多篇之相互关联、全书理论之具体论证作全面的考察细循，由此乃能作出有据可信之结论。

另外，台湾学者王金凌 1981 年《文心雕龙文论术语析论》一书从术语角度展开分析，其论"情"，包括俗见、情实、思考、情意之义，《辨骚》之绮靡以伤情即属情意。论"体"，认为《辨骚》"典诰之体"指内容，《乐府》"骚体制歌"指形式，这一观点亦有偏颇，"体"之含义的内容形式难以决然分开。龚菱 1982 年《文心雕龙研究》认为《正纬》辩伪，《辨骚》知变，"四同"是守常，"四异"是通变，比兴规讽是修辞、忠怨狷狭是体性、典诰是引据、荒淫是铺叙、诡异谲怪是想象力，经正骚变，经雅骚丽。

台湾学者相关研究另有：王梦鸥 1968 年《刘勰论文之特殊见解》一文，从构辞与文体方面论纬骚与奇诡嬗变；其 1970 年《文心雕龙质疑》一文指出《文心雕龙》有文辞陷阱、理论穷巷，认为《辨骚》之"去圣未远""惊才风逸"等表述属于"游移的言辞"与"暧昧的譬喻"。其 1971 年《从〈辨骚〉篇看〈文心雕龙〉论文的重点》一文，提出由"丽以淫"而归于"丽以则"是刘勰论文的重点，而楚辞是分水岭。李曰刚 1982 年《文心雕龙斠诠》指出，《正纬》之事丰辞富指内容充实扩大、语言激情感性，《辨骚》辨明楚辞不同于汉赋，强调其正确方向。

近年，亦有对《辨骚》本身内容主旨的再挖掘、与他篇之关联影响，以及从中体现的诗学范式及文化思想等研究。姚爱斌 2012 年《文心雕龙诗学范式研究》一书从"寓言范式""感物范式"之新视角展开论述，提出《辨骚》体现《文心雕龙》诗学范式的新变，《楚辞》对"感物诗学"的缘起影响重大，这对重新审视《楚辞》之于《文心雕龙》之重要作用多有提示与启发。

四、《辨骚》篇之归属争议及地位评价

此与《文心雕龙》体系研究密切相关。新时期以来，牟世金、王运熙、

周振甫、张少康、祖保泉等均在相关专著中对《文心雕龙》的体系问题有专文论述，20 世纪 90 年代以来也有几部《文心雕龙》理论体系的专著问世，如李炳勋《文心雕龙理论体系新论》（1993）、石家宜《〈文心雕龙〉系统观》（2001）等。文学史、文论史及一些思想史著作中也对此多有阐述，专论《文心雕龙》理论体系及总体评价的单篇论文 20 世纪 80 年代以来已有七十余篇之多。① 关于此一研究视角的主要分歧及讨论点为：《文心雕龙》之总纲是"文之枢纽"中的前三篇还是前五篇，全书内在之逻辑体系如何，贯穿全书的核心思想或论文宗旨是什么等等。

分歧主要在《正纬》《辨骚》，尤其《辨骚》的归属问题。范文澜《文心雕龙注》在《原道》篇注释中对上篇篇目重新排列，《辨骚》列入文体论，为文类之首，此后多有争议，尤其自 20 世纪六七十年代以降，影响波及我国台湾、日本，至今未息。针对《辨骚》之归属争议主要就在是否列入文体论。

与范注观点相类，认为《辨骚》非枢纽总论，应归入文体论的主要有：郭绍虞、刘大杰、朱东润、陆侃如、牟世金、张文勋、赵仲邑、缪俊杰、向长青等。日本青木正儿 1943 年《中国文学思想史》亦将《辨骚》归入文体论，可能是受范注影响。我国台湾学者舒衷正、华仲麐也认为《辨骚》至《哀吊》为文。其中刘大杰在《中国文学发展史》及《中国文学批评史》中之先后表述并不一致，兼有属于枢纽总论、属于文体论之判断；缪俊杰也倾向兼具之说。牟世金之观点也与其他不尽相同，认为《辨骚》篇目次序上仍属"文之枢纽"，但非总纲。其写于 1988 年、出版于 1995 年的《文心雕龙研究》，具体篇次不动，但认为前三篇为总论，其论文原则为衔华佩实，《辨骚》虽列枢纽而非总论，是兼有枢纽论和文体论性质的。第四

---

① 据《文心雕龙学分类索引》论文部分"理论体系"类统计，1981—2005 年专篇论文 65 篇，见戚良德：《文心雕龙学分类索引》，第 74—80 页。另据知网，2006—2018 年新增 7 篇。

章论到《正纬》《辨骚》的枢纽意义，认为《正纬》在于清除儒经浓雾，《辨骚》则属于楚辞论，主旨不是辨经骚异同，是因为楚辞在文学发展上的典范意义，《离骚》是经之外文学史上的第一部作品，故《辨骚》体现从经到文的转变，突出"辨"与"变"的思想。第五章楚辞论中，更详论《辨骚》是全面的楚辞评论，从总分角度、内容形式、楚辞之影响、后世之学习原则等不同方面均有深入论述。张文勋1981年《文心雕龙的理论体系》一文也认为前三篇为总纲，其写于1984年的《刘勰的文学史论》又论到刘勰肯定《诗经》思想价值并进行艺术分析，强调刘勰对屈原及其作品的高度评价是根据屈作之贡献地位作出的。这些观点，注意明确经骚之主次地位，特别标举《辨骚》之文体论意义，提示了其由枢纽到文体的链接过渡意义。

多数学者认为《辨骚》不属于文体论。段熙仲、王运熙都曾提出《辨骚》应归"枢纽论"，张少康1987年《文心雕龙新探》侧重体系渊源之研究，也明确认为《辨骚》不属于文体论。马茂元、王达津重视前五篇中《辨骚》突破以经典衡文的意义。我国台湾学者周弘然1976年《〈文心雕龙〉的文体论》一文，也明确不同意《辨骚》归入文体论，认为《文心雕龙》中楚辞已归入《诠赋》。王更生1979年《文心雕龙范注驳正》亦不同意《辨骚》归入文体论。时至今日，这一讨论仍在学术界有一定反响。周勋初2009年《〈文心雕龙·辨骚〉篇属性之再检讨》一文认为，"刘勰将一些屈原名篇散入其他文体篇章中，可证《辨骚》不是文体论的专篇"，其举证如《颂赞》之《橘颂》、《祝盟》之《招魂》等，提示从《楚辞》所衍生之文体及对各体文影响角度的再思考。

上述之意见实大致三种：列于枢纽、列于文体、兼而有之。归属问题表面看是枢纽、文体之辨，实关乎《文心雕龙》之内容体系、论文宗旨及其根本楚辞观。时至今日，多数学者认为从篇目系统上还是应按刘勰《序志》所述，归入枢纽论，而关于作为文体的"骚"，尚有若干讨论，如是否可视为一种独立文体还是多有涵摄、对后世文体之影响又如何等。前引明人许学夷《诗源辨体》认为屈子本辞赋之宗，刘勰之论为千古定论。而清代郝懿行基于《明诗》"离骚为刺"认为："《离骚》者，含诗人之性情，具赋家之体貌也。"① 黄侃《文心雕龙札记》中认为："别骚于赋，盖欲以尊屈子，使《离骚》上继《诗经》，非谓骚赋有二……《诠赋》仍以《离骚》为赋矣。"② 范注将《辨骚》归入文体论却又于《辨骚》篇注中论到"骚"非文体之名，单列《辨骚》，乃以其影响甚大。《辨骚》归属之争议，过程中之反复辩难也令我们对作为特殊创作文本的《楚辞》有了更深入体认。卢盛江 2013 年《〈文心雕龙·辨骚〉篇小议》一文即认为，刘勰既以经论骚又以文论骚，且《辨骚》有"前后铆接的意味"，是由道到圣人经典再到文章过渡的关键，衔接创作论。

　　对于《辨骚》与《文心雕龙》主旨之关系，多数观点认为《辨骚》是对主旨之补充，《宗经》篇抑或前三篇之核心主导地位基本达成共识。而《辨骚》之地位评价还存在分歧，其中有完全正面补充与批判吸取之异，这对判断《楚辞》之于《文心雕龙》全书理论体系之建构有直接关系。我国台湾学者周弘然认为楚辞是狭义之文的典范，徐复观认为"五经"为文体之雅的枢纽，楚辞为文体之丽的枢纽。关于核心思想与论文宗旨，历来大致有宗经正变（多数学者）、华实（如牟世金）、雅丽（徐复观等）、文学自然论（冯春田）、宗经六义（李淼）等不同提法，也有论者指出用一个核心概念来涵盖体大思精之《文心雕龙》全书，是难以达到理论圆该并被普遍认同的，故也有试图从多个层面予以解读之论。核心思想或论文宗旨之归纳差异与论者对全书逻辑体系之不同认识相关，又更聚焦于枢纽论部分之讨论，所以这几方面实为相关之一体研究。《序志》所述是《文心

---

① 范文澜：《文心雕龙注》，第 72 页。

② 黄侃著，黄延祖重辑：《文心雕龙札记》，中华书局 2006 年版，第 28 页。

雕龙》全书结构划分的根本依据，在此基础上的理论体系之讨论虽表述各异但也形成某些共识。

关于《辨骚》中所体现的刘勰之于楚辞的态度褒贬，受儒学正统观念影响，传统研究中多取"崇经抑骚"之论，如明人曹学佺认为《文心》宗旨为衔华佩实、情见于辞的风雅正统，《辨骚》是辨而去其"异乎经典"之弊，显示扶风雅之切；纪昀评《辨骚》认为浮艳之根亦滥觞于骚等。20世纪六七十年代以来，基于《辨骚》之归属讨论，刘勰之论骚态度再度引起广泛关注。论者多取"主经辅骚"之论，于"宗经"之外，亦重视楚辞之影响，甚而更有着力扬骚之论。

王运熙 1986 年《文心雕龙探索》一书中认为，前五篇为总原则，《正纬》《辨骚》是一组，倚靠《五经》的雅正文风，吸取纬书、楚辞的奇辞异采。《辨骚》不属于文体论，列入枢纽是重视其地位也是表明文学观念：以儒家经典为准则，对楚辞的奇变文风批判吸取。其认为《文心雕龙》的基本思想是宗经与酌骚结合，雅正与奇丽结合。祖保泉 1993 年《文心雕龙解说》也认为宗经是主导，该书附《对〈文心雕龙〉文学理论体系的思考》一文，认为《辨骚》不应列入文体论，列于文之枢纽，重视《离骚》所显示的宗经和变通适会相统一的理论意义，并贯穿"论文叙笔"及"剖情析采"。下篇之创作论，遵循禀经制式与变通适会双向准则，重视情变、体变、辞变。吕美生 1986 年《〈文心雕龙·辨骚〉平议》一文认为《原道》《宗经》《辨骚》是真正纽结，其中《原道》《辨骚》相反相成，而结合媒介是宗经"六义"。

我国台湾相关论著中"主经辅骚"之论也较具代表性。徐复观 1959 年《文心雕龙的文体论》一文认为，"体"在《文心雕龙》中有体裁、体要、体貌之不同所指，并联系经骚论"体"，认为"体要"属五经系统，事义为主、重实用性；"体貌"属楚辞系统，感情为主、重艺术性。又提出《体性》篇"八体"中有三体出自楚辞（壮丽、轻靡、新奇），论文标准"雅丽"之丽来自楚辞系统。王更生 1976 年《文心雕龙研究》一书亦主宗经,认为《正纬》《辨骚》针俗卫道,而其论批评家素养有宗经、治史、读子、诵骚、明法,于集类独标楚辞。

另外,石家宜 1984 年《惟"变"识得〈辨骚〉真》一文认为刘勰先褒后贬,反映其深刻的思想矛盾。周振甫 1995 年《六朝文论辨析二题》认为《辨骚》篇有局限性,受宗经思想束缚。这些反映《辨骚》之楚辞观的复杂性。

结合《辨骚》着意挖掘楚辞在《文心雕龙》全书之突出作用的相关论文专著也渐有出现。日本学者林田慎之助 1967 年《〈文心雕龙〉文学原理论的诸问题》一文认为,前五篇体现《文心雕龙》的文学原理美学思想,是古代经典和屈原楚辞的思想赋予,仅以前三篇为枢纽不全面,纬书楚辞秉承经书意志,也开拓异端,影响中国文学的表现修辞学的革新原理和抒情的发生形态。该论提示《辨骚》之重要价值,尚待充分挖掘。冈村繁 1985 年《〈文心雕龙〉中的五经和文章美》一文,论及"牵强附会的儒学文体起源论",认为六朝诗文文体大多在与儒学五经无缘环境中产生发展,脱离五经之论未免片面。韩湖初 1995 年《论〈辨骚篇〉"执正驭奇"思想在刘勰文学理论体系中的地位》一文认为,执正驭奇才是其创作理想,勿因征圣、宗经掩盖而忽略《辨骚》这一重要思想。但其将"博徒"理解为博通之徒,以辅证刘勰论骚之褒赞立场,于语词之原义毕竟有违。余震宇《文心雕龙与诗骚传统》(北京大学 2006 年硕士论文)一文论到经书之文学正统观念于汉代以来不断受《楚辞》的挑战,"直至刘勰于《文心雕龙》承认《五经》与《楚辞》对于文学史有着同样的影响力"。该论文较为整体地考察了《文心雕龙》中的诗骚传统,并于《楚辞》方面多有发掘。任国福《刘勰的〈《楚辞》〉阐释与〈文心雕龙〉的形式美学论》(暨南大学,2008 年硕士论文)一文,从刘勰对《楚辞》之阐释接受的角度探讨《文心雕龙》美学观,提出其形式美学观具有新奇美、华丽美、情采美之特征。

李月娇《〈文心雕龙·辨骚〉研究》（南京师范大学 2018 年硕士论文）对楚辞于《文心雕龙》的影响有所延展讨论，涉及其与宗经之关系、对文体论的意义、"华采效骚"的审美理想等。

《辨骚》在"枢纽"中的特立独标及其楚辞专论的性质，令其在《文心雕龙》及楚辞学研究中均受到关注，从《辨骚》之研究史回顾可以看出，渐受推重之趋势明显，从文字校勘注译到义理内容之理解、归属地位之探讨，相关研究论著众多，逐步取得一些共识，也有歧义纷争，有些论题至今仍未取得一致，但都推进对刘勰之楚辞观、全书理论体系及论文宗旨的深入探讨。该篇在全书之地位得到进一步突出，其重要性得到较普遍认同，而刘勰对楚辞之究竟态度、楚辞对《文心雕龙》理论建构的究竟作用，亟须着眼全书各篇做彻底的挖掘归纳。

（本文发表于《徐州工程学院学报》2020 年第 4 期。

编入本书时重加校订）

附录二：
《文选》收录诗赋作品统计表

《文选》"赋"体分类及作家统计表

《文选》赋类 （15 类）	战国 （1 家）	汉 （12 家）	魏① （4 家）	晋 （9 家）	宋 （4 家）	梁 （1 家）
京都		班固 张衡		左思		
郊祀		扬雄				
耕藉				潘岳		
畋猎		司马相如 扬雄		潘岳		
纪行		班彪 班昭		潘岳		
游览			王粲	孙绰	鲍照	
宫殿		王延寿	何晏			
江海				木玄虚 郭璞		
物色	宋玉			潘岳	谢惠连 谢庄	
鸟兽		贾谊 祢衡		张华	颜延之 鲍照	
志		班固 张衡		潘岳		

---

① 建安时期的作家作品归入魏。

《文选》赋类（15 类）	战国（1 家）	汉（12 家）	魏（4 家）	晋（9 家）	宋（4 家）	梁（1 家）
哀伤		司马相如		向子期 陆机 潘岳		江淹
论文				陆机		
音乐		王褒 傅毅 马融	嵇康	潘岳 成公绥		
情	宋玉		曹植			

《文选》"诗"体分类及作家统计表

《文选》诗类（24）	战国（1 家）	汉（8 家）	魏（9 家）	晋（28 家）	宋（11 家）	齐（2 家）	梁（7 家）
补亡				束皙			
述德					谢灵运		
劝励		韦孟		张华			
献诗			曹植	潘岳			
公宴			曹植 王粲 刘祯 应瑒	陆机 陆云 应贞	谢瞻 范晔 谢灵运 颜延之		丘迟 沈约
祖饯			曹植	孙楚 潘岳	谢瞻 谢灵运	谢朓	沈约
咏史			王粲 曹植	左思 张协 卢谌	谢瞻 颜延之 鲍照		虞羲
百一			应璩				
游仙				何劭 郭璞			
招隐				左思 陆机			
反招隐				王康琚			

续表

《文选》诗类（24）	战国（1家）	汉（8家）	魏（9家）	晋（28家）	宋（11家）	齐（2家）	梁（7家）
游览			曹丕	殷仲文 谢混	谢惠连 谢灵运 颜延之 鲍照	谢朓	江淹 沈约 徐悱
咏怀				阮籍	谢惠连		
临终①				欧阳坚石			
哀伤			嵇康 曹植 王粲	张载 潘岳	谢灵运 颜延之	谢朓	任昉
赠答			王粲 刘桢 曹植 嵇康	司马彪 张华 何劭 陆机 潘岳 潘尼 傅咸 郭泰机 陆云 刘琨 卢谌	谢瞻 谢惠连 谢灵运 颜延之 王僧达	谢朓 陆厥	范云 任昉
行旅				潘岳 潘尼 陆机	陶渊明 谢灵运 颜延之 鲍照	谢朓	江淹 丘迟 沈约
军戎			王粲				
郊庙					颜延之		
乐府		乐府古辞班婕妤	曹操 曹丕 曹植	石崇 陆机	谢灵运 鲍照	谢朓	

---

① 西晋欧阳坚石临终诗的排序在"咏怀"类宋谢惠连之后,按各体类均以时代先后为序的体例,此处当属别目一类。

续表

《文选》诗类（24）	战国（1家）	汉（8家）	魏（9家）	晋（28家）	宋（11家）	齐（2家）	梁（7家）
挽歌			缪袭	陆机	陶渊明		
杂歌	荆轲	刘邦		刘琨		陆厥	
杂诗		古诗 李陵 苏武 张衡	王粲 刘祯 曹丕 曹植 嵇康	傅玄 张华 陆机 曹摅 何劭 王赞 枣据 左思 张翰 张协 卢谌	陶渊明 谢惠连 谢灵运 王微 鲍照	谢朓	沈约
杂拟				陆机 张载	陶渊明 谢灵运 袁淑 刘铄 王僧达 鲍照		范云 江淹

附录三：
《辨骚》篇"征言"再议与《文心雕龙》的论文宗旨

一、引言：从枢纽论"二奇"说起

《文心雕龙》枢纽论中有"二奇"：《正纬》与《辨骚》，两篇中分别有言："经正纬奇，倍摘千里"；"奇文郁起，其《离骚》哉！"① 相对于正"经"，二者均属奇变。考之两篇题名及《序志》中的自述，刘勰对待二者的总体态度为：正纬、酌乎纬；辨骚、变乎骚。我们知道，这一源于兵家的"奇"之观念在"两汉以前的文论里，是不常见的"，至六朝文论尤以《文心雕龙》《诗品》等为代表则"更广泛地运用到创作论和批评论中来"。②《文心雕龙》

① 本文所引《文心雕龙》原文均据（梁）刘勰著，范文澜注：《文心雕龙注》，人民文学出版社 1958 年版。以下只随文标注篇目。又，《离骚》是屈原最杰出的代表作，以"骚"代称"楚辞"是汉魏以来的传统，《辨骚》全文也实际涉及屈原（包括宋玉）的多篇作品（详见下文），故该篇所论可视为对以屈原为代表的《楚辞》的总体看法。特此说明。

② 梅运生先生在《钟嵘和诗品》（1982）一书中"评诗的标准（下）""好奇"部分对此曾有详明论述，引见《梅运生诗词论著辑要》，安徽师范大学出版社 2016 年版，第 59 页。该文并曾提到，刘勰在内容、形式两个不同范畴内对"奇"进行了不同的评价，即内容主雅正，形式上主奇变。"情采"与"正变"问题本文拟结合《楚辞》作品及《辨骚》所论在下文再做申述。另，祖保泉先生在《文心雕龙解说》一书中对"奇"字之使用曾做过统计：全书凡五十三处，除普通含义外，又用作文学理论专门术语，有褒义、贬义之分，应根据每

枢纽五篇，《原道》、《征圣》、《宗经》三者相成，"道沿圣以垂文，圣因文而明道"（《原道》），本乎道、师乎圣、体乎经，三者落实于"宗经"，已然树立论文之大旨，似已完备，除此之外别立两目，自是"别有用心"。

"纬"作为释经之书，与"宗经"密切关联，齐梁时代仍处谶纬之学沿而未绝之时①，"前代配经，故详论焉"（《正纬》），所以，该篇之入"枢纽"有其时代背景与风气所因，也可与《征圣》、《宗经》合而为三看，中心仍是《宗经》。相比而言，《辨骚》是更为独特之存在，作为作家作品专论，全书再无其二，况更置之枢纽。《正纬》《辨骚》同属论"奇"亦自有别，试先比较两篇中叙述源起的文字：《正纬》开首叙河图、洛书后随即论到："世复文隐，好生矫诞，真虽存矣，伪亦凭焉"，接下来按经验纬乃指出包括"经正纬奇"在内的"四伪"；而《辨骚》开篇即云"自风雅寝声，莫或抽绪，奇文郁起，其离骚哉！"揣摩文意褒贬自明。两篇同中有异，亦形成一组对比，体现刘勰对待文之"奇变"的根本看法并融入其论文宗旨的思考。

《正纬》篇全文六百余字，在枢纽论五篇中略多于《征圣》，居第四，依据范注本除赞辞外共四段，其中三段五百余字皆旨在论述其伪，并集中归纳为倍擿、理繁、假托、先后失序等"四伪"，只在末段援引四例有所

篇文章的命义、上下文关系及感情色彩加以具体分析。参祖保泉：《文心雕龙解说》，安徽教育出版社 2009 年版。考五十余处"奇"字，较为集中（超过三分之二）出现于下篇创作论、批评论中，可证其广泛运用；枢纽论中《原道》1 处、《正纬》2 处、《辨骚》3 处。周振甫先生在《〈文心雕龙〉译注》"术语及近术语释"中亦有"奇正释""执正驭奇""奇亦为正""奇偶和奇释"等多条专项考释，并可参考。见周振甫：《〈文心雕龙〉译注》，江苏教育出版社 2006 年版。

① 王运熙先生曾指出："纬书盛行于汉魏六朝，南朝时虽经宋孝武、梁武禁止，但文人仍以学习纬书为博学的标志，故王筠为萧统所作哀册文有'思探几赜，驰神图纬'之句。南朝辞赋骈文喜欢用典，其中采用纬书的颇多，从《文选李善注》征引的出处可以看出。由此可见，纬书与汉魏六朝文学有着密切的联系，学习与汲取纬书，成为当时文人创作活动的一个不容忽视的方面。"见王运熙：《〈文心雕龙〉的〈正纬〉与〈辨骚〉》，《复旦学报（社会科学版）》1985 年第 2 期。

肯定，对待纬书，是要"正"是非而有所"酌"取。今日看来，信奉河图洛书的刘勰对纬书之批判或许不够深刻彻底，但明确归纳出"四伪"足见其鲜明立场，其对纬书的内容是持否定观点的，乖谬之义绝不可采，"经足训矣，纬何豫焉？"其认为纬书的可取之处在事辞："事丰奇伟，辞富膏腴，无益经典，而有助文章。"（《正纬》）不妨对末引四例略做分析：

> 若乃羲农轩皞之源，山渎钟律之要，白鱼赤乌之符，黄金紫玉之瑞，事丰奇伟，辞富膏腴，无益经典，而有助文章。是以后来辞人，采摭英华……（《正纬》）

四例所引出自多部纬书，具体指关于伏羲、神农、轩辕黄帝及少皞的传说故事（如《春秋元命苞》）、关于山水音律的灵异之说（如《河图括地象》）、白鱼赤乌的符应（《尚书璇玑钤》《尚书中候》）、黄金紫玉的吉兆（《礼斗威仪》）。即以后二例略举如下：

> 白鱼赤乌之符：
> 《尚书璇玑钤》：武得兵钤，谋东观，白鱼入舟，俯取鱼以燎。①
> 《尚书中候》：有火自天出于王屋，流为赤乌，五至以谷俱来。②
> 另如：
> 《史记·周本纪》：武王渡河，中流，白鱼跃入王舟中。武王俯取以祭。既渡，有火自上复于下，至于王屋。流为乌，其色赤，其声魄云。③

---

① 引见《纬书集成》（上），第377页。[日] 安居香山、中村璋八辑：《纬书集成》，河北人民出版社1994年版。
② 见《纬书集成》（上），第412页。
③ 《史记》卷4《周本纪》，中华书局1959年版，第120页。

《文选·王子渊〈四子讲德论〉》：昔文王应九尾狐而东夷归周，武王获白鱼而诸侯同辞。（两句之下分别录有李善之注引：《春秋元命苞》曰：天命文王以九尾狐。《尚书璇玑钤》曰：武王得兵钤，谋东观，白鱼入舟，俯取以燎。八百诸侯顺同不谋，鱼者，视用无足翼从，欲纣如鱼，乃诛）①

黄金紫玉之瑞：

《礼斗威仪》（一作记威仪）：君乘土而王，其政太平，则日五色无主。……君乘木而王，其政升平，则日黄中而青晕。君乘火而王，其政颂平，则日黄中而赤晕。君乘金而王，其政象平，则日黄中而白晕。君乘水而王，其政和平，则日黄中而黑晕。（下引魏宋均注：象者，取象于镜，见仪表端正）……政象平则白明。……君乘金而王，其政象平，则嘉雨时至。……君乘金而王，则紫玉见于深山。君乘金而王，其政平，则黄金见于深山。君乘金而王，则黄银见。……君乘金而王，其政象平，则海出明珠。……麒麟在郊……为人美眉……其民洪白长大……海出大贝……②

从上引纬书片段来看，确属"事丰奇伟，辞富膏腴"。详析八字，丰、富主要从量上来看，即所述事件丰富、文辞繁富多样。纬书中多有据事比附，更着力于铺张文辞反复渲染，即如上引《礼斗威仪》一段，其间换字排比如太平、升平、颂平、象平、和平、黄中而青晕、黄中而赤晕、黄中而白晕、黄中而黑晕……竭力详陈各种符应之象。量上的丰富以外，纬书事辞的显著特点是：奇伟与膏腴。《说文》："伟，奇也。"伟亦是奇，高大、

---

① （梁）萧统编，（唐）李善注：《文选》，上海古籍出版社1986年版，第2256页。
② 见《纬书集成》（中），第517—526页。

壮伟、异于常态。纬书中灵异之说皆非写实之笔,凭依想象多夸诞而奇幻,如白鱼入舟、有火自天这等奇事。膏腴,状土地之肥美,状文辞则意为华丽、富艳等,上引文句如白鱼赤乌黄金紫玉之辞本身即已色彩绚丽,他如嘉雨时至、海出明珠、麒麟在郊等等以富丽描摹更显神秘祥瑞之象。如此种种,这是纬书令人扑面即感的辞藻特点,这些丰富的奇事丽辞虽属伪托亦难掩光彩①,刘勰认为这是纬书尚可酌取之处,其于文章写作,当有激发想象、丰富表现之功,上引《史记》、王褒文中"白鱼"的引用发挥正是有助文章之证②。

可知对待纬书,事辞之"奇"可采,而乖谬之义应黜,"经正纬奇"从总体来说是寓贬的。纬书本身之文本表现也不足以作为整体之论文范例。《情采》中说"夫铅黛所以饰容,而盼倩生于淑姿;文采所以饰言,而辩丽本于情性",又说"况乎文章,述志为本"。纬文作为释经之文,依经附义曲为之解,即如上引片段,不过繁富描摹罗列并不见叙事显志感动人心的力量,文意单薄远未达独立成熟之文章标准,所以从整体上看,纬书不足为范只可酌取,需纠正其伪以正视听,以免"变"而致误流弊不还。

同为"奇文",论纬与论骚相异又有关联,③"事丰奇伟、辞富膏腴"既是纬书之"奇"的可取之处,也是楚辞④所具备的特点,但对楚辞的态度有所不同,所取亦不仅在事辞。《辨骚》篇全文千余字,甚至超过了《原道》《宗经》,为枢纽论第一,虽文辞之多寡轻重并无一定,但可见作者之

---

① 祖保泉先生在《文心雕龙解说》之《正纬》篇中曾对此有进一步辨析,并指出把古代神话传说与封建迷信区别开来是今天检验纬书的重要任务。参见《文心雕龙解说》,第72页。

② 范文澜《文心雕龙注》第41页注[二七]:"《文选注》多引纬书语,是有助文章之证。"

③ 祖保泉先生曾论到刘氏对纬书"有助文章"之肯定,便暗暗地在"宗经"的前提下,在理论上为具有想象特质的文学建立了立脚点,更为采用纬说、驰骋奇思的屈原作品建立了立脚点。参见《文心雕龙解说》,第72页。

④ 本文所论"楚辞",一般不加书名号,指刘勰所论以屈原、宋玉等为代表创作于战国时期的楚辞作品,在具指专书时方用"《楚辞》",特此说明。

用心。本篇所论基于一"辨"字：辨汉人之不同观点、辨经骚之同异、辨其体其风以及衣被词人之功，通过深入分析明是非断争议，乃给出言之有据的全面评价，并纳入其全书的理论思考。"辨骚"在"辨"的基础上标举"变"，"变"字在此，除客观的"变化"含义外，作者潜在之主观态度究竟如何？是全面认可其"变"还是略有微贬以其"变"为警示，目前仍存在分歧，并直接关联对《文心雕龙》"楚辞观"及全书论文宗旨的理解。《辨骚》中说"将核其论，必征言焉"，本文即拟征言核论，从具体考察楚辞作品之奇变入手，以期在此基础上再议该篇之论断，并由此论证其对全书论文宗旨的影响与作用。

二、"四同四异"征言再议

《辨骚》从辨汉人之不同观点入手，篇中列出五家分为两派："举以方经"的四家中汉宣、扬雄约略言之，刘安的高度赞扬本之楚辞兼具风雅之义的判断，王逸的依经附会只限于虬龙沙土的表面文辞，或失之片面或牵强论证，实因楚辞确有不合经传之处，故这些褒赞实际上部分掩盖了楚辞特异的光辉；另一派的班固看到"其事多与经传不合""其辞丽雅"，但又认为屈原"非明哲""露才扬己"，也未能充分认识楚辞的独立价值。刘勰认为如此（以合经与否为标准）评判楚辞，难免"抑扬过实"，接下来对此进行了征言立论的细致分析。

"四同四异"之说是《辨骚》篇的核心内容，也是刘勰"楚辞观"的基础，得之于其对楚辞作品文本的分析判断，参照《辨骚》篇的多家注解，其举以例证的语句出处大致如下（前为四同后为四异，并据例文简要归纳其具体含义）①：

---

① 本文所引楚辞文本均据马茂元选注：《楚辞选》，人民文学出版社1998年版。

典诰之体：指文中赞颂尧舜禹汤文王周公等圣贤之道，同于儒家的基本精神。

《离骚》：彼尧舜之耿介兮，既遵道而得路。

汤禹俨而祗敬兮，周论道而莫差；举贤才而授能兮，循绳墨而不颇。

规讽之旨：以反例对君主加以警醒劝诫，同于《诗经》之讽谏传统。

《离骚》：何桀纣之猖披兮，夫唯捷径以窘步。

羿淫游以佚畋兮，又好射夫封狐；固乱流其鲜终兮，浞又贪夫厥家；浇身被服强圉兮，纵欲而不忍；日康娱而自忘兮，厥首用夫颠陨。

比兴之义：主要指文辞表现之象征比拟，更强调"比"义，这也是《诗经》的常用手法。

《九章·涉江》：驾青虬兮骖白螭。
《离骚》：为余驾飞龙兮，杂瑶象以为车。
吾令凤鸟飞腾兮，继之以日夜；飘风屯其相离兮，帅云霓而来御。

忠怨之辞：文辞体现出对君主的忠贞与哀怨之情，且要有所节制，实亦关涉文义。

《九章·哀郢》：望长楸而太息兮，涕淫淫其若霰，过夏首而西浮兮，顾龙门而不见。
《离骚》：长太息以掩涕兮，哀民生之多艰。

忽反顾以流涕兮，哀高丘之无女

《九辨》：岂不郁陶而思君兮，君之门以九重。

诡异之辞：强调文辞之诡怪特异。

《离骚》：屯余车其千乘兮，齐玉轪而并驰；驾八龙之蜿蜿兮，载云旗之委蛇。

吾令丰隆乘云兮，求宓妃之所在；解佩纕以结言兮，吾令蹇修以为理。

望瑶台之偃蹇兮，见有娀之佚女；吾令鸩为媒兮，鸩告余以不好。

谲怪之谈：侧重事件之怪异。

《天问》：康回凭怒，地何故以东南倾？

羿焉彃日？乌焉解羽？

《招魂》：一夫九首，拔木九千些。

土伯九约，其角鬐鬐些。……三目虎首，其身若牛些。

狷狭之志：指愤世决绝之语，也即超过了怨而不怒、哀而不伤之限。

《离骚》：謇吾法夫前修兮，非世俗之所服；虽不周于今之人兮，愿依彭咸之遗则！

既莫足与为美政兮，吾将从彭咸之所居。

《九章·悲回风》：浮江淮而入海兮，从子胥而自适。

荒淫之意：指对纵逸享乐的渲染呈现。

《招魂》：士女杂坐，乱而不分些。

娱酒不废，沉日夜些。

综合来看，典诰、规讽、忠怨、狷狭、荒淫云云多涉文意，比兴、诡异、谲怪之类多涉文辞，意、辞两方面均有同有异，既有雅正之传承，亦有奇诡之变异。但以上所列只是各方面的"典型代表"，不免片段机械，既涉思想内容及文辞表现的多个方面，还需联系作品全文才能有更确切的"同异"体会。《辨骚》中还有一段针对作品整体的评论，现以作品为目并结合"散句"出处归纳如下：

《离骚》：总体评价"朗丽以哀志"，并涉及所有四同（典诰之体、规讽之旨、比兴之义、忠怨之辞），以及诡异之辞、狷狭之志。

《九章》：总体评价"朗丽以哀志"，此外具有比兴之义、忠怨之辞、狷狭之志。

《九歌》：总体评价"绮靡以伤情"。

《九辨》：总体评价"绮靡以伤情"，此外具有忠怨之辞。

《远游》：总体评价"瑰诡而慧巧"。

《天问》：总体评价"瑰诡而慧巧"，另兼谲怪之谈。

《招魂》：总体评价"耀艳而深华"，另有谲怪之谈、荒淫之意。

《大招》：总体评价"耀艳而深华"。

《卜居》：标放言之致。

《渔父》：寄独往之才。

现在学界对于有些篇目的归属有所变化，但《辨骚》中是一律视为西汉之前的屈宋之作而加以讨论的①，从作品的丰富可知刘勰对楚辞的广泛涉猎与深入了解。但这些辑录同样并非"全包"，"四同四异"当在篇中许多地方有所体现。《离骚》是关注的重点且涉及多项论断，这里即以《离骚》为据从全文角度做进一步分析。

《离骚》全文近两千五百字，现在按一般文体分类属于自叙传性质的抒情长诗，历来也曾归入"赋"或目为独立之"骚"文，是屈原所独创的文体，在此且不争论。现依大致的内容层次简述如下②，并随文着意考察其"四同四异"：

（一）自述宗族及姓名由来、品性才能，并有建功立业、时不我待之叹。本段虽属直述，但亦有比兴之义，如江离、辟芷、秋兰、木兰、宿莽

---

① 以上篇目中《远游》《卜居》《渔父》《大招》现倾向认为后人所拟。关于刘勰所看到的《楚辞》篇目次第问题，范文澜先生在《文心雕龙注》之《辨骚》篇注二六中引宋代晁公武《郡斋读书志·楚辞类·楚辞释文》跋及洪兴祖《楚辞章句补注》，均认为《楚辞释文》系旧本，跋中所记篇目次第为："盖以离骚经九辩九歌天问九章远游卜居渔父招隐士招魂九怀七谏九叹哀时命惜誓大招九思为次。"并认为"后人始以作者先后次第之尔"。祖保泉先生在《文心雕龙解说》的本篇注释中更指明刘勰看到的《楚辞》篇目次第与《楚辞释文》相同，《九怀》以前，除《招隐士》外，均为屈、宋之作；《九怀》以下，除《大招》外，皆为西汉辞赋家模仿之作。详见该书第81页注一。周振甫先生亦认为刘勰所见《楚辞》，篇目先后和今本不同，但提出"刘勰既以《大招》为屈原作，就不该在《九怀》下有大招"，因此实际上并未认同上引《楚辞释文》之次第。详见《文心雕龙译注》第103页注30。

另，关于本篇所引是屈宋兼及还是皆属屈原的问题。本篇显然专论屈原，但所涉作品却也未必全系之屈原。王逸《楚辞章句》以《九辩》《招魂》两篇为宋玉所作，故屈宋之疑主要集中在这两篇。早在《史记》即认为《招魂》为屈原作品，马茂元先生在《楚辞选》的《招魂》篇解读中也说："《辨骚》一篇，评量屈原作品的得失，摘引例句甚多，事实上不可能而且他也没有阑入别人的作品"（第137页），即认为《辨骚》所引皆被视为屈原之作，并以之证明《招魂》非宋玉所作的结论。然而依此判断，《九辩》也应是刘勰眼中的屈原作品，但在其《楚辞选·九辩》篇解读中却又说公认为宋玉作，而未提前述《辨骚》观点（第169页），两处存在抵牾。考《辨骚》全文，虽赞词中只提屈原，但文中亦说"自《九怀》以下，遽蹑其迹，而屈宋逸步，莫之能追"，此外，《事类》《时序》《才略》等篇在论楚辞时均屈宋并称，故还是视为屈宋皆及比较妥当，至于宋玉系之一篇还是两篇可另论。但《辨骚》仍是屈原之专论，宋玉作品统一于以屈原为代表的楚辞作品的整体评价。

② 以马茂元《楚辞选》对本篇的分段为据。

以喻品性,骐骥以喻贤才等。

(二)述古圣前鉴及现实境况,陈观点立场。这一部分中,除上引尊尧舜、讥桀纣的典诰之体、规讽之旨外,以申椒、菌桂、蕙、芷等众芳喻三后时的贤人可归入比兴之义,"荃不察余之中情兮,反信谗而齌怒","初既与余成言兮,后悔遁而有他;余既不难夫离别兮,伤灵修之数化"等句,是忠怨之辞,且"责数怀王"(班固《离骚序》语)亦显狷狭之志。

(三)与群小的斗争及遭遇。主要运用比拟影射,如写培育各种芳草以喻树才,又以各种花木为食为服以喻高洁等,是为比兴之义。另外,既有"长太息以掩涕兮""虽九死其尤未悔"的忠怨之辞,也多显狷狭之志:"虽不周于今之人兮,愿依彭咸之遗则……怨灵修之浩荡兮,终不察夫民心……宁溘死以流亡兮,余不忍为此态也……伏清白以死直兮,固前圣之所厚。"此段事属暗指而胸臆直抒,强烈之忧愤动人心魄。

(四)退隐之想与否定。于此开始纯任遐想并构拟了多种出路但又一一否定。此段从"悔相道之不察兮,延伫乎吾将反"到"忽反顾以游目兮,将往观乎四荒""虽体解吾犹未变兮,岂余心之可惩",尽显忠怨之辞;芰荷、芙蓉、芳菲菲其弥章等仍寓比兴之义,暗示洁身自好但却不欲退隐仍望一试之志。

(五)对女媭劝辞的想象与否定,即不取明哲保身之选。女媭之辞已属假拟,更沿此遐想"济沅湘以南征兮,就重华而陈词",其辞诡异其事谲怪,但这其中述羿浇言汤禹却又符合典诰之体、规讽之旨,并结之以忠怨、狷狭:"阽余身而危死兮,揽余初其犹未悔,不量凿而正枘兮,固前修以菹醢。曾歔欷余郁邑兮,哀朕时之不当;揽茹蕙以掩涕兮,霑余襟之浪浪。"

(六)求女与幻灭。此一大段上天入地极尽想象,也是被指不合经传的集中体现,现做简单罗列:"驷玉虬以乘鹥兮,溘埃风余上征。……朝发轫于苍梧兮,夕余至乎县圃。……饮余马于咸池兮,总余辔乎扶桑。……吾令凤鸟飞腾兮，继之以日夜；飘风屯其相离兮，帅云霓而来御。……吾令帝阍开关兮，倚阊阖而望予；……忽反顾以流涕兮，哀高丘之无女；……吾令丰隆乘云兮，求宓妃之所在；……望瑶台之偃蹇兮，见有娀之佚女；……及少康之未家兮，留有虞之二姚；……闺中既已邃远兮，哲王又不寤；怀朕情而不发兮，余焉能忍与此终古！"诡异之辞、谲怪之谈可谓俯拾皆是，却又暗含比兴、忠怨乃至狷狭，其事荒诞其情却真，上下求索之急切、求而不得之怅惘，强烈的情感起伏越幻境而照现实。

（七）去留之权衡。假拟灵氛劝以他适，又问卜巫咸而劝说其留以求合，在以若干芳草杂艾为喻暗示环境之险恶后，想象中的"我"决定继续周流上下而浮游求女。本段比兴诡谲一如前文，借巫咸之语叙君臣和合一段亦可见忠怨之情。

（八）最后一次幻想的破灭。这段可视为《离骚》全文的高潮。"为余驾飞龙兮，杂瑶象以为车"，"遭吾道夫昆仑兮，路修远以周流"，"忽吾行此流沙兮，遵赤水而容与"，"驾八龙之蜿蜿兮，载云旗之委蛇"……想象之幻境更加高远奇异，而西极、西皇、西海之指既远应昆仑之古老神话，亦有暗指西秦之隐痛，神异之向往、现实之无奈，内心的矛盾冲突与忧愤之情达到顶峰，虽强言"吾将远逝以自疏"，而"忽临睨夫旧乡"却使这一切幻想归于不得不面对的残酷现实。此段亦属诡异谲辞比兴影射，而彰显亦忠怨亦狷狭之情志。

（九）乱辞结束。"国无人莫我知兮，又何怀乎故都；既莫足与为美政兮，吾将从彭咸之所居。"愤激之语显狷狭之志，但回顾全文可知背后亦含无限忠怨，以身为殉亦不无规讽之意。

这篇长文比之《诗经》确属"奇文"：篇幅宏大内容丰富，述理想遭际、发忧愤之情，其事丰、其辞富、其情烈，或激越喷发，或喻托暗指，亦实亦虚亦直亦隐。以上分析可见，除"荒淫之意"未涉，其余"四同""三异"

均有丰富体现，既具典诰之体、规讽之旨、比兴之义、忠怨之辞，又兼诡异之辞、谲怪之谈、狷狭之志，九段之中时有侧重又连贯一体，共同形成本篇的整体特色：朗丽以哀志。

三、新变典范与论文宗旨

汉儒之于楚辞虽"褒贬任声，抑扬过实"，却也引领文学史上渐趋形成的重骚传统，《文心雕龙》在汉儒意见基础上对"楚辞奇文"进行了较为全面的新挖掘，辨析同异而标举其"变"。依《序志》所述，《辨骚》篇的总体立意是"变乎骚"，变即变化，变则异，相对于《诗经》传统，"四异"正是值得特别注意之处；但赞其"变"并不等同于独标"四异"，其"变"是融合同异的发展演变，若一意照着诡异、谲怪、狷狭、荒淫写下去当然不成，要正确把握"变"还需注意"四同"，之所以赞骚而斥纬，二者之根本分歧也可以说主要在"四同"。

既明四同四异，《辨骚》中进而说："故论其典诰则如彼，语其夸诞则如此。体宪于三代，而风杂于战国，乃《雅》《颂》之博徒，而词赋之英杰也。"这里，因"博徒"一词的使用曾多有争议甚至曲为之解，本文认为，"博徒"自是"博弈之徒"，而刘勰对楚辞之总体态度却未可因此一词而轻下褒贬。试作推论：认为刘勰有抑骚之意者，除介意"博徒"之贬义外，其"抑"处自应着落于"四异"（因"同"于经典而贬抑显然于理不通），然若也以合经与否而下褒贬，岂非等同于所批评的那些汉儒了，《辨骚》之目的并非因同异而论取舍，是"变乎骚"而非"酌乎骚"。况《辨骚》开头也说过："固已轩翥诗人之后，奋飞辞家之前，岂去圣之未远，而楚人之多才乎？"再细读上引博徒、英杰之意，可知是将楚辞放在文学发展史中加以考察，认为方之《雅》《颂》为博徒（博弈之徒，亦可引申出次一等、非正、出奇等多种含义），方之词赋则为英杰，意在强调其传承新变，非意在贬斥。

再进一步分析。对"四同"的认可固无争议，焦点集中在"四异"。关于"诡异之辞""谲怪之谈"，从《正纬》的态度可知并不排斥奇事丽辞；关于"狷狭之志"，从《辨骚》对《卜居》《渔父》的整体肯定、不取班固之论、圣人经典亦有所述及①等可推知也并不排斥；"荒淫之意"多认为有明显贬义，详析例文，主要针对《招魂》"士女杂坐""娱酒不废"之句，《招魂》中这种渲染确是事实，意在陈楚国之美及生人之趣以达讽谏②，作为表现手段的"荒淫之意"是统之于整篇主旨表现的，而刘勰对《招魂》的总体评价是明显褒义的"耀艳而深华"，故这里主要是强调"异"而并非突出"贬"，况参照《明诗》篇论建安文学"并怜风月，狎池苑，述恩荣，叙酣宴"来看，对纵逸享乐的渲染呈现亦未见有明显贬斥。故论析"四同四异"后，篇中以"典诰"概四同、以"夸诞"概四异，客观加以总结，"体宪于三代""风杂于战国"，指出其继承与新变，这是在综合同异基础上的对楚辞的总体判断。

至于如何"取熔经旨"而"自铸伟辞"，从这句对语本身可窥知：于旨（情志内容）于辞，都要有所承取并能独自熔铸才好。上引《离骚》之文即是一篇之中综合同异且融为一体的典范，这里以《离骚》为主兼及其他楚辞作品从情辞角度再做分析：

《宗经》中说："擪风裁兴，藻辞谲喻，温柔在诵，故最附深衷矣。"以比兴藻饰传教化深情是《诗经》的突出特点。楚辞之情辞如何在经典基础上取熔自铸，仍可落实于"四同四异"加以辨析。"四同四异"从情辞两方面可大致划分为：典诰之体、规讽之旨、忠怨之辞、狷狭之志、

---

① 如《论语·子路第十三》载"子曰：'不得中行而与之，必也狂、狷乎？狂者进取，狷者有所不为也。'"（魏）何晏注，（宋）邢昺疏：《论语注疏》，十三经注疏本，北京大学出版社2000年版，第202页。

② 见《楚辞选》第144页引马其昶《屈赋微》语。

荒淫之意；比兴之义、诡异之辞、谲怪之谈。楚辞在文辞表现上与经典有同有异，继承《诗经》以来的比兴传统且大量运用，而楚地之风物、作者之想象等又使其呈现出不同于经典的诡谲之姿，如《离骚》中香草美人虬龙云霓等比喻绚丽独特，朝发苍梧、夕至县圃、丰隆宓妃、有娀佚女等玄想更添奇异浪漫……《物色》中言"及《离骚》代兴，触类而长，物貌难尽，故重沓舒状"，楚辞大大丰富并提高了文辞表达的技巧，使文本面貌更加宏阔而趋于华艳。在文情方面同样有承有变，典诰、规讽、忠怨是同，狷狭、荒淫是异。"荒淫之意"前已说明《招魂》中实含规讽，而对现世之乐、情爱之美的描摹赞颂亦体现风气之改变，这也见于他篇如《九歌》，两篇之总评"耀艳而深华""绮靡以伤情"可见情辞相融的新的风貌。典诰、规讽、忠怨、狷狭，读《离骚》之文亦深有感受。其渴求圣君贤才，渴望变革强国，谆谆之规讽，淋漓之伤怨，无不出于肺腑感人至深，似同经典亦自出机杼，惟其浓烈深挚情溢言表而时有狂狷愤激之语。比之"风雅之兴，志思蓄愤"（《情采》），"楚辞之情"也是"最附深衷矣"。

故《情采》中的这段论述尤须注意：

> 昔诗人什篇，为情而造文；辞人赋颂，为文而造情。何以明其然？盖风雅之兴，志思蓄愤，而吟咏情性，以讽其上，此为情而造文也；诸子之徒，心非郁陶，苟驰夸饰，鬻声钓世，此为文而造情也。故为情者要约而写真，为文者淫丽而烦滥。而后之作者，采滥忽真，远弃风雅，近师辞赋，故体情之制日疏，逐文之篇愈盛。……真宰弗存，翩其反矣。……夫能设模以位理，拟地以置心，心定而后结音，理正而后摛藻，使文不灭质，博不溺心，正采耀乎朱蓝，间色屏于红紫，乃可谓雕琢其章，彬彬君子矣。

"辞人赋颂""诸子之徒"皆指西汉以来的辞赋作家。这里顺便提及另外两处评论:《通变》篇说:"商周丽而雅,楚汉侈而艳,魏晋浅而绮,宋初讹而新。从质及讹,弥近弥澹。"《宗经》也有"楚艳汉侈,流弊不还,正末归本"等语。通读前后而勿泥于句下,可见此在陈述演变,沿这一侈艳道路把握不当乃至浅绮讹新之流弊。《夸饰》篇指出"自宋玉、景差,夸饰始盛;相如凭风,诡滥愈甚",亦可见"流弊"在后世。《辨骚》中说"去圣之未远,而楚人之多才",《通变》又言"楚之骚文,矩式周人",可见屈原为代表的楚辞是被视为最得"经旨"的,均无贬义。上文斥"为文而造情",并分析原因为"心非郁陶、苟驰夸饰、鬻声钓世",强调要"体情"、"存真宰"、"心定理正"再"结音撷藻",这些都可为更好把握情辞之变提供鉴戒。

处于战国时期荆楚之地,屈原的思想情感受到多方面的影响。楚地山水、巫风民俗激发其无限想象与热情,战国之纷乱、楚国之现实又令其深寄感慨,时代风云、江山之助融于个人之人生际遇,组成其篇章中独有的情感内容,这真情是"变"亦是"承",故其合典诰、具规讽、含忠怨,却也述欢酒、任狷狭。"理定而后辞畅"(《情采》),酌采前代之文法文体,顺应当下表达之需、被风气之所及(如纵横之诡俗),驭比兴而致诡谲,故其结构、篇幅、句式、用词以及各种表现手法的运用均焕发新的气象而自铸伟辞。《风骨》篇说"洞晓情变,曲昭文体,然后能孚甲新意,雕画奇辞"。楚辞可谓是新意奇辞的杰出代表,辞诞而情真,具备成熟独立之风貌,自成一体而衣被词人。概而言之,楚辞是《文心雕龙》全面肯定的奇文,正变之典范。

《辨骚》在深入分析的基础上得出"异乎前论"(《序志》)的楚辞观之后,于篇末(赞词除外)指出:

"若能凭轼以倚雅颂,悬辔以驭楚篇,酌奇而不失其贞,玩华而不坠其实，则顾盼可以驱辞力，欬唾可以穷文致，亦不复乞灵于长卿，假宠于子渊矣。"

处枢纽论之尾，在道、圣、经、纬等各方面的考虑斟酌之后，于篇末做如此陈述当非随意之笔。详析此论，长卿、子渊既不足为师，追根探源文学之源头则在《诗经》与楚辞。《文心雕龙》虽高举"宗经"旗帜，五经在其心目中具有至高无上的地位，但考之枢纽论五篇立意，指导全书的论文宗旨却并非单纯的"宗经"（道—圣—文三位一体），而是融合了后两篇尤其《辨骚》的考虑。《宗经》中有"六义"之论，不妨依"六义"来看楚辞，则诡异、事诞、辞富，显然不符；由上所析又知并无妨其情深、风清、义贞，似又相合，可见楚辞正是有承有变。《定势》篇说"是以模经为式者，自入典雅之懿；效《骚》命篇者，必归艳逸之华"，明示此为两种传统。因而，"宗经六义"实是树立依经之体（文能宗经，体有六义）的典范，而非全书之宗旨，而楚辞，是不同于经典的另一条道路。

全书之理论建构，可以说暗寓楚辞的巨大影响。枢纽五篇之总体考虑前已述及，而"驭奇"思想也是融合进前三篇的理论思考的，如影响了《原道》篇的理论向度——自然与采丽、《宗经》中也有"藻辞谲喻"之评价等；"文体论"中除直接影响《明诗》《乐府》《诠赋》《颂赞》《祝盟》《哀吊》《谐隐》等多篇以外，各篇"原释选敷"之论述均贯注"变"的思想；下篇之"毛目"，即创作与批评鉴赏论，上引已涉多篇，几无不体现吸收"楚辞新变"之后的思考。这些拟再另文探讨。"宗经"之外对楚辞这一"另类"传统的树立与吸收，确已影响《文心雕龙》全书的立意与构思。

"酌奇而不失其贞，玩华而不坠其实"，这是综合诗骚两大传统的统一考虑，也正是《文心雕龙》全书的论文宗旨所在，《宗经》说"禀经以制式"，《定势》有"执正以驭奇"，亦可作为论文宗旨的参照补充。

可以进一步总结为：以儒家经典为最高标准，以楚辞为新变典范，以奇正华实的统一为根本要求。这一宗旨的树立，以通达开放的理论视野，使其论述超越前人而更为深入、丰富、全面，终集大成，焕发出卓越的理论光彩。

（本文发表于《首都师范大学文艺学博士文选》第三辑，中国社会科学出版社2018年版，第167—181页。编入本书时重加校订）

附录四：
略论《文心雕龙创作论》的
学术范式意义

　　王元化先生的学术生涯中，"《文心雕龙创作论》具有不可忽视的价值"①。王元化先生《文心雕龙创作论》（下文简称《创作论》）以杰出之理论创获，取得"新时期"《文心雕龙》研究的重大推进，也为学界提供了优秀的学术研究范例，沾溉学林，泽被后学，其学术范式意义尤为值得古代文论研究者予以总结与重视。范式作为科学学之概念，是指某一领域所共享并赖以运作的理论基础及技术规范等，诸如界定应该关注什么、研究什么，以及如何进行诠释、遵循什么样的规则等。《创作论》之范式意义体现在全书的学术追求与理念、理论视点、诠释方法等多个方面，其历次版本之修订亦为古代文论研究提供学术史上的思考与启示。

---

　　① 见 1992 年《文心雕龙讲疏》之出版说明。王元化：《文心雕龙讲疏》，上海古籍出版社 1992 年版。《文心雕龙创作论》一书 1979 年初版后，历经多次修订再版及更名，分别为：《文心雕龙创作论》，上海古籍出版社 1979 年初版；《文心雕龙创作论》，上海古籍出版社 1984 年修订版；《文心雕龙讲疏》，上海古籍出版社 1992 年改订版；《文心雕龙讲疏》，广西教育出版社 2004 年改订新版；《文心雕龙讲疏》，日本汲古书院 2005 年版；《读文心雕龙》，新星出版社 2007 年最终版。初版《文心雕龙创作论》是历次版本之依据与基础，故本文除涉及版本辨析外，总体论述时仍以初版名称为据。

一、有思想的学术与有学术的思想

"有思想的学术与有学术的思想",这是王元化先生在20世纪90年代初期编辑《学术集林》时,有感于"思想淡出,学术凸现"之言论而提出的编辑宗旨和原则,而这也可视为其一贯的治学理念与追求,并已贯彻于早年学术研究之中。作为其代表作的《创作论》,于"文革"结束后的"新时期"中国古代文论研究中卓然自立,取得突出成绩,与这一"学术与思想"互融共进的目标期许与努力实践密切相关。可以说,正是这一"高标准"定位,辅以科学之研究方法,使《创作论》呈现出不同以往的理论面貌与学术高格,从而取得《文心雕龙》研究的重大推进,所达到的理论深度与独创见解为学界所称许。

所谓"有思想的学术与有学术的思想",意在重续学术研究与思想关怀之密切关系,是有鉴于一定历史时期内理论上的偏颇而言。就古代文论研究来说,一方面不囿于传统"以古论古"的章句考证,提倡更广阔视野的理论思辨;一方面警惕"以论代史"的主观倾向,不忽略作为理论基础的校勘注释。《文心雕龙》的研究亦受学术大气候的影响,以校注为主的传统研究绵延至近代,"新的研究比较明显地出现,是在近代八十年的后二十年","最为引人瞩目的是新的、自觉的科学研究之萌芽,它主要表现在对刘勰及其《文心雕龙》作比较全面、深入的理论研究上"①。全面、深入之研究,主要指超越具体文字校勘,将《文心雕龙》放在更广阔的文论史、文学史乃至文化史的视野中审视,从而彰显其重要价值。20世纪初的《文心雕龙》研究,掀开"龙学"史新的一页,以刘师培、黄侃、刘永济、范文澜等为杰出代表,在扎实的旧学功底基础上引入新的观念与方法,视

① 张少康、汪春泓、陈允锋、陶礼天:《文心雕龙研究史》,北京大学出版社2001年版,第129页。

野开阔，学术与思想并进，取得突出成绩。这种观念之转变，也使文本在校勘译注方面取得较大进展，"五四"以后现当代的"龙学"研究在前辈开拓下不断推进，取得多方面成就。20 世纪 50 年代以来，在注重观点原创、推陈出新的时风影响下，传统考据之学愈益受到冷落乃至批判，论出己意、以论代史现象萌生，思想之锋芒实因忽略文本校注基础反受损害，其间历经"文革"十年古代文论研究的整体沉寂，直至 90 年代"思想淡出，学术凸现"言论的提出，显示学术、思想之天平失衡的另极反弹。据王元化先生《创作论》初版后记所叙，是书初创于 1961 年，1966 年完成初稿，1979 年在原稿基础上加以修订正式出版，诞生过程纵贯这一特殊的历史时期，作为"新时期"第一部研究《文心雕龙》文学理论的专著，其以严谨翔实之学术考辨与开拓凌厉之思想见解卓立学林，出版后引起巨大反响。联系其时学界的风气背景，其践行学术与思想并进的识见与勇气尤为值得钦佩，影响之深远，及今犹见。

学术与思想本水乳交融不可分割，对于人文学科的中国古代文论研究尤其要注意学术研究中的问题意识、理论思辨，而这又思辨中的校勘考证、文本依据，需要两不偏废，方能发掘深义而得其要领，避免拘泥、妄说之弊，学术因思想之灌注而有活力，思想以学术之支撑根基乃实。《创作论》于此之范式意义尤为重大，这一治学理念又是具体体现于全书的学术内容与诠释方法之中。

二、内容体例：古代文论诠释的新思路

《创作论》一书体例特别：上篇三篇，《刘勰身世与士庶区别问题》、《〈灭惑论〉与刘勰的前后期思想变化》、《刘勰的文学起源论与文学创作论》，分论身世、思想、文学观等总体问题；下篇"八说"，对《物色》《神思》《体性》《比兴》《情采》《镕裁》《附会》《养气》等八篇提炼主要理论

命题并加以论述，前有《释义小引》，每篇正文后分别附有两到四篇附录不等，共计二十一篇。这样的体例安排，尤其下篇的正文、附录形式，于时人著述中独树一帜。据作者的《释义小引》，这一体例是借鉴阎若璩《尚书古文疏证》"正文""札记"之先例，并认为这一做法看似不严谨，实有可取之处，"行文灵活，不受拘束，可以使作者的意见从多方面得到发挥"。[①] 这一体例安排本身即已彰显作者对《文心雕龙》研究的新的思考：应该重点关注什么，如何推进理论研究的真正深入。

作者在总揽《文心雕龙》全书内容（总论、文体论、创作论）及写作方法（史、论、评）的基础上，本着"选出那些至今尚有现实意义的有关艺术规律和艺术方法方面的问题来加以剖析"的现实关怀[②]，以"创作论"为主要研究对象，抽绎"八说"之理论命题，并以此为中心做重点专论，另以附录形式做相关拓展补充。"八说"计有"心物交融说"（关于创作活动的主客关系）、"杼轴献功说"（关于艺术想象）、"才性说"（关于风格）、"拟容取心说"（关于意象）、"情志说"（关于思想与感情）、"三准说"（关于创作过程）、"杂而不越说"（关于艺术结构）、"率志委和说"（关于创作的直接性），作者自谦"虽不能说已经把这方面的问题囊括无疑"，亦可见深思熟虑后的裁断与学术自信。大体说来，八篇"正文"意在围绕所取核心范畴对刘勰理论的原有意蕴进行发掘，作者谓之"清理"；附录侧重拓展补充，尤以今人及外国理论为参照加以比较论述，作者谓之"批判"。另外，三篇总论立足学术考辨及古代思想史发展，以其坚实立论为下篇创作理论的阐释奠定基础，置于上篇自有深意。综合来看，全书之体例安排与作者内在的研究思路相得益彰，既有全局视野，又直击重点，单刀直入，有拓展有主从。作者在初版《后记》中说："与其勉强地追求融贯，

---

① 见《〈文心雕龙〉创作论八说释义小引》。王元化：《文心雕龙创作论》，上海古籍出版社 1979 年版，第 69 页。

② 王元化：《文心雕龙创作论》，上海古籍出版社 1979 年版，第 68 页。

以致流为比附，还不如采取案而不断的办法，把古今中外我认为有关的观点，分别地在附录中表述出来。"①这一独特体例安排，的确使行文灵活便捷，以多角度论述、客观之呈现，实现理论话语的多声部，由此获得特殊的论述效果，给读者以进一步思考的空间。

《创作论》开放的理论姿态和问题意识，使之充满理论阅读魅力，一经发表即引起学界关注，作者写于1983年的《第二版跋》即已提到"创作论八说释义，更引起了较多的反响"②。未臻融贯实属谦辞，"八说"以点带面，辅以上篇之铺垫、附录之拓展，这一体例安排为多视角探讨理论问题，提供一种有益尝试并取得突出成效。

三、方法论：古代文论的现代诠释

对于古代文论的现代诠释问题，初版《后记》即已表示将古今中外融会贯通起来是写作本书的初衷，如上文所论，为慎重起见采取了"案而不断"的办法。案而不断，细味所论实自有裁断，这一融贯追求落实于行文中具体方法的运用。《创作论》之研究方法突破原有的保守研究，有鲜明的自身特色。作者长达七千言的《第二版跋》对方法论问题曾有详细说明："这本著作是企图在《文心雕龙》的研究上（或者可以说，在我国古代文论的研究上），采用新方法，作出一点尝试。为此，我曾经过多年的思考。""我首先想到的是三个结合，即古今结合、中外结合、文史哲结合"。③这三个结合的方法可从如下几个方面略加分析：

其一，文史哲结合中哲学分析思考的突出与重视。文、史之结合是古代学术研究久已有之的传统，而"文学与哲学之间的密切关系，却往往被

---

① 王元化：《文心雕龙创作论》，上海古籍出版社1979年版，第237页。
② 王元化：《文心雕龙创作论》，上海古籍出版社1984年版，第309页。
③ 王元化：《文心雕龙创作论》，上海古籍出版社1984年版，第308、311页。

忽视……不在哲学基础上从美学角度去分析文艺现象，以致不能触及这些现象的根底，把道理说深说透"①。王元化先生本人具备深厚的哲学修养与学术功底，其《文心雕龙》研究在继承前人的文史结合传统之上，更着力于哲学美学意义的理论挖掘。"八说"之副标题及多篇附录即已彰显这一方法的有意运用，更是贯穿于全书的具体论述之中。这一视角的分析使文学理论研究更趋深入，其后就受到学术界的普遍重视，促进了古代文论以及文学研究的发展。

其二，关于综合研究法，主要指文论研究中的古今结合、中外结合。"拘泥于以古证古的办法，往往不免陷入以禅说禅的困境"，作者认为，"对于萌芽形态尚未成熟的文学现象，只有用后来已经成熟的发达形态的文学现象才能加以说明"，"用今天科学文艺理论之光去清理并照亮古代文论中的暧昧朦胧的形式和内容"，"可以使我们清晰地认识那些本来模糊不清难以索解的问题，而且还可以使我们的研究工作取得新的突破"②。这里，"发达""科学"之指称或有异议，但这一方法确能通过与后者、他者的相互比照更清晰认识古代的文艺理论问题。在《释义小引》中作者亦曾提醒："不应该把这种用科学观点清理前人理论的方法和拔高原著的现代化倾向混为一谈。"③居今探古，同时又能够整体把握原典本义，是当代的古代文论研究者本然之立场，或也可说是本然之学术任务，而以今解古是犹应警惕的理论偏颇，对此问题作者是有清醒认识的，而如何跨越时间阻隔达到对古代文学理论的准确诠释，应是文论研究者的不懈追求。这其中当然还有中西问题。《第二版跋》中提到季羡林先生亦曾建议："应该把中国文艺理论同欧洲的文艺理论比较一下，进行深入的探讨，一定能把中

① 王元化：《文心雕龙创作论》，上海古籍出版社 1984 年版，第 311 页。
② 王元化：《文心雕龙创作论》，上海古籍出版社 1984 年版，第 312、313 页。
③ 王元化：《文心雕龙创作论》，上海古籍出版社 1979 年版，第 71 页。

国文艺理论的许多术语用明确的科学语言表达出来"①。《创作论》在中外
文艺理论的比较方面特色明显、成就突出，论者多以"比较文学"著作目
之，即缘于此，本书曾获得全国首届（1979—1989）比较文学图书奖荣誉
奖。这一兼顾古今中外的综合研究法的自觉运用渗透全书各篇，开阔的理
论视野、亦中亦西、今古并参，理论之光在纵横比照中愈益显明。同时，
无论古今还是中外之比较，应力戒流于表面而须努力探寻内在品质，对于
"比附"问题作者亦抱有警醒："以古证古同样会出现比附……无论出于什
么原因，比附总是要反对的"②。

其三，对传统考据之学的吸收与超越，也是《创作论》的有效诠释之
法。"乾嘉学派的末流失之于琐碎，但是其治学方法和作风方面有很大的
贡献。乾嘉学派偏重于家学和传承，这也使之形成严谨、朴实的治学风
格。"③作者以成功的学术实践纠正长期以来的轻视考据之风。本书手稿原
名《文心雕龙柬释》，其目的就是为《文心雕龙》的重要理论命题与范畴
做简选释义，从根本上说，古代文论的研究都是一种文本诠释，具体文本
的校勘注释为理论研究之根基。《创作论》中诸篇从翔实的文献考据入手，
立论有据，从而具备较强的理论说服力，显示严谨之学术风范，如上篇对
刘勰世系出身、《灭惑论》撰写时间等的考辨。同时，亦注意对传统考据
学的超越，在具体论述中力戒琐碎之弊，着意考据基础上的进一步的理论
阐发。作者指出，"不去阐发内容底蕴，只在典章文物名词术语上作功夫
是一种偏向"④。作者在其一则日记中亦曾对此有进一步申述："前人注疏
（汉人尤甚），以找出出处辄止。范注《文心》，仍不离此习。但作者何以
用前人此一说法，命意何在，是引申本义，还是借喻取譬，而于所用旧说

---

① 王元化：《文心雕龙创作论》，上海古籍出版社 1984 年版，第 310 页。
② 王元化：《文心雕龙创作论》，上海古籍出版社 1984 年版，第 314 页。
③ 王元化：《思辨录》，上海古籍出版社 2004 年版，第 286 页。
④ 王元化：《文心雕龙创作论》，上海古籍出版社 1984 年版，第 315 页。

中寄寓新意又如何？凡此种种，有千变万化之情况，皆须探索之，而不能引起旧贯。"①不拘泥于考据文辞表面，务在说深说透，从而形成自己的考据与理论阐发并重之法，"根柢无易其故，裁断必出己意"（作者引熊十力先生语），使这一传统之学的精华重展优势，为今所用。

此外，《第二版跋》在对刘勰的儒、玄思想辨析补充中，强调应辨别主导思想与思想资料的区别，要警惕语汇对比法。语汇对比法，这里指不做深入辨析、泥于词汇表面的简单化归纳，与前论"比附"相类似，是关乎学术道德风尚的虚浮风气之体现，在《文心雕龙》的研究中亦需引起警示与反省。采用新方法的这一尝试取得突出成效，《创作论》在理论的宽度与深度上获得有力推进，其方法论意义对古代文论研究影响重大。

四、版本修订：反思与精进

《创作论》问世以来迭经多次修订再版，其间之内容变动学界多有论及。②略述如下：据作者写于1979年的初版后记，该书最初写于1961年，1966完成初稿，十多年后重得原稿并加以修订，删去几篇，增《释体性篇才性说》一章及近十篇新的附录。1984年二版除文字修订外，增一处"二版补记"及四处"二版附记"③，并撰写近七千字的《第二版跋》。1992年的第三版更改书名为《文心雕龙讲疏》，基于对"规律论"的重

---

① 《王元化集》第8卷，湖北教育出版社2007年版，第136页。
② 如陆晓光：《王元化〈文心雕龙〉研究的思想轨迹》，该文即对此进行了详细评述，见《中国文论的我与他：古代文学理论研究（第27辑）》，华东师范大学出版社2009年版，第5—22页。
③ 具体为：《刘勰身世与士庶区别问题》文后增二版补记、二版附记；《〈灭惑论〉与刘勰的前后期思想变化》文后增二版附记；《释〈物色篇〉心物交融说》之附录三《审美主客关系札记》文后增二版附记；《释〈附会篇〉杂而不越说》之附录一《文学创作中的必然性和偶然性》文后增二版附记。

新反思，作者对全书文字内容有较大修订：篇目上新增六篇讲话及书序，删去下篇创作论"八说"的两篇附录及两处二版附记；① 除此以外，多篇文字上的变化亦复不少。2004 年第四版新增《〈文心雕龙讲疏〉日译本序》及"备考"（历来评论摘录）。2005 年出版以第三版 1996 年本为底本的日译本《文心雕龙讲疏》。2007 年最终版更名为《读文心雕龙》，删去六篇增文，摘其要为附录，并恢复"八说"其一的附录三《审美主客关系札记》。

　　一部书稿，前后历时近半个世纪，作者以亲身学术实践提供古代文论研究学术沿革的历史投影，极富启示意义。历次版本中以 1992 年第三版改动较大，作者言："当我开始构思并着手撰写它的时候，我的旨趣主要是通过《文心雕龙》这部古代文论去揭示文学的一般规律。……上述种种（六十年代的活跃的学术气氛、黑格尔哲学等）都加强了我认为文学规律可以被揭示出来的信念。……六十年代初开始写作《文心雕龙创作论》时，我对机械论是深有感受并抱着警惕态度的，……但是，这种戒心未能完全遏制探索规律的更强烈的兴趣与愿望。《文心雕龙创作论》初版在论述规律方面所存在的某些偏差，第二版中仍保存下来，直到在这新的一版里，我才将它们刈除。"但"只是删削，而不是用今天的观点更替原来的观点"。② 从中可见作者的思考心迹。这次变动，从篇目增删到文字的"减法"③，集中体现作者的深刻反思与调整，同时，本着存真立场并未做大幅

---

　　① 所删篇目为《释〈物色篇〉心物交融说》之附录三《审美主客关系札记》及其二版附记、《释〈神思篇〉杼轴献功说》之附录一《刘勰想象论的局限性》、《释〈附会篇〉杂而不越说》之附录一《文学创作中的必然性和偶然性》之二版附记。

　　② 见 1992 年版《序》。王元化：《文心雕龙讲疏》，上海古籍出版社 1992 年版，第 2、3、4 页。

　　③ 夏中义、何懿：《论王元化"文心雕龙研究"版本修订———从"心史裂痕"到"潜反思"》，该文将王元化先生这一"减法"具体归纳为"去阶级分析""去偶像语式""去规律标签"，可参看。《华中师范大学学报（人文社会科学版）》2012 年第 1 期。

改写，故作者曾深憾某些篇章"于心未惬"。①2007 年最终版对《审美主客关系札记》的恢复亦引起学界关注，其关于艺术理想的论述引发对于时代人文精神的关联思考。②

《创作论》一书的历次版本修订作为一种学术史现象，彰显着作者的思想理路进程、时代语境对学术研究影响的历史痕迹，从中亦可见作者不断研磨的严谨之学术态度、理论反思的勇气与自我超越、思想之精进。这一实践过程折射学术研究的内向式思考。

王元化先生的《创作论》定位刘勰之核心创作理论，抽绎主要理论命题做专精论述，辅以对其身世、思想、文学观的总体考辨、古今中外相关理论的比照拓展，尤其注意哲学美学层面的深入挖掘，借助独特体例安排之优势、科学方法的综合运用，取得相关理论问题的重大突破，达到同时期《文心雕龙》理论研究的最高水平。其在践行有思想的学术与有学术的思想、古代文论研究的内容与方法、古代文论的现代诠释等方面具有突出的学术范式意义，并通过历次书稿版本之修订提供学术史的思考借鉴。精准把握，居今探古，古代文论的研究任重道远，《创作论》在此领域的杰出探索业已作为范式泽被后学，影响深远。

关于王元化先生《文心雕龙》研究以及其对《文心雕龙》和中国古代文论研究事业方面的杰出贡献，笔者在《文心雕龙研究史》和《王元化先生〈文心雕龙〉研究中的学术反思》一文中③，作过论述；在后一文章的

---

① 《讲疏序》中语，针对《释〈熔裁篇〉三准说——关于创作过程的三个步骤》所言。王元化：《文心雕龙讲疏》，上海古籍出版社 1992 年版，第 5 页。

② 陆晓光：《王元化〈文心雕龙〉研究的思想轨迹》，该文对这一变动有所评述，见《中国文论的我与他：古代文学理论研究（第 27 辑）》，华东师范大学出版社 2009 年版。第 20—22 页。作者并有其他相关论文，如《论王元化新世纪"第四次"反思》（《华东师范大学学报（哲学社会科学版）》2008 年第 6 期），《"新人文精神"——清园王元化的最后遗产》（《文艺理论研究》2010 年第 2 期）等。

③ 陶礼天：《王元化先生〈文心雕龙〉研究中的学术反思》，陆晓光主编：《清园先生王元化》，华东师范大学出版社 2009 年版，第 294—301 页。

篇末，我写了一篇较长的"附记"，回顾了王元化先生对我的教育与影响，本文与此前所论或有重复；但我们认为《文心雕龙创作论》的学术范式意义，不仅是《文心雕龙》研究、中国古代文论研究的重要问题，也是"王元化研究"的一个重要问题，因此还是想就我们的认识再略加表达①。至于《文心雕龙创作论》一书所具体研究的结论，有关所谓创作"规律"诸多观点的论析，或还可以再加探讨，尤其是其中"向上一路"的思想渊源和方法论亦容或存在商讨的余地，例如，刘勰的出身门第与《文心雕龙》一些具体理论批评的立场问题、《灭惑论》写作时间以及因之而产生的佛学与《文心雕龙》的关系问题，是否必要如此"扣紧"分析等等，在此不再赘述。本文不是之处，还请方家教正。

2017 年 12 月 31 日稿毕于北京

（本文系与导师陶礼天先生合撰，发表于《徐州工程
学院学报（社会科学版）》2018 年第 2 期）

---

① 注：本文为纪念王元化先生逝世 10 周年而作，初稿由赵红梅博士执笔。

后　记

这是我博士论文的修改稿。定稿完成于二〇一九年四月二十日，谷雨，于首都师范大学本部 9B 楼 1112 室，值得纪念的时间和地点。

在首师大学习的日子，是愉悦而丰盈的。年过不惑而得以再享学生生涯、学习研究喜欢的专业，幸莫大焉！蒙恩师陶礼天先生悉心教导，四年里，于古代文论领域所窥益深而热爱益增，论文撰写的过程是一次难忘而丰富的历练，所获良多也深知自己还有许多的不足，论文的完成是今后研究的起点，感恩老师的教诲！亦当在这条学术路径上继续努力。

论文从开题到答辩过程中，得到朱良志教授、党圣元研究员、郭鹏教授、陈允锋教授、白岚玲教授、夏静教授、姚爱斌教授等诸位老师的匡正指导，给予我许多宝贵的意见，老师们的用心和付出铭记于心！

感谢我的所有授业老师，感谢同学的无私帮助！赠予我又一次"学生时代"的美好回忆。

还要感谢我所在的青岛大学文学院的领导、同事，为我在职攻读提供许多便利和帮助，使我得以顺利完成学业；感谢家人在这过程中的理解与支持，尤其女儿青照的独立、成长令我免去许多后顾之忧。

感谢人民出版社编辑老师的支持与帮助！尤其翟金明编辑为本书的顺利出版付出大量的辛勤劳动，在此深表感谢！

回忆毕业离校之际，恩师惠赐赠序，寄望当秉持初心、勤勉于学，期有所成。今倏忽两年已过，愧时光流逝虚掷已多。本书出版之际，又蒙老师拨冗撰写长序，师恩深厚无以言表，感愧在心！然当谨记师训，在这条充满艰辛也充满魅力的学术之路上砥砺前行，并时时警醒自勉。刘勰亦有言："生也有涯，无涯为智。逐物实难，凭性良易。"

　　附录中除原有两篇外，增辑作者读博期间所发表《文心雕龙》研究论文两篇，是为记念，亦可提供相关参照。龙学研究广博浩瀚，初涉之作或还浅薄，敬请方家指正。

赵红梅

辛丑年夏于青岛

责任编辑：翟金明

封面设计：周方亚

图书在版编目（CIP）数据

《文心雕龙》与楚辞之关系研究 / 赵红梅 著 . — 北京：人民出版社，2021.10

ISBN 978 - 7 - 01 - 022685 - 9

I.①文… II.①赵… III.①《文心雕龙》- 关系 - 楚辞研究 IV.① I206.2

② I207.223

中国版本图书馆 CIP 数据核字（2020）第 229902 号

《文心雕龙》与楚辞之关系研究

WENXINDIAOLONG YU CHUCI ZHI GUANXI YANJIU

赵红梅 著

人民出版社 出版发行

（100706 北京市东城区隆福寺街 99 号）

北京汇林印务有限公司印刷 新华书店经销

2021 年 10 月第 1 版 2021 年 10 月北京第 1 次印刷

开本：710 毫米 ×1000 毫米 1/16 印张：19.75

字数：271 千字

ISBN 978 - 7 - 01 - 022685 - 9 定价：69.00 元

邮购地址 100706 北京市东城区隆福寺街 99 号

人民东方图书销售中心 电话（010）65250042 65289539